DONGSUH MYSTERY BOOKS 19

THE BURNING COURT
화형법정

존 딕슨 카/오정환 옮김

동서문화사

옮긴이 오정환(吳正煥)
미국 인디아나대학 수학. 동아일보 외신부장 동화통신 편집국장을 역임.
옮긴책 서로이언《인간희극》트웨인《톰소여의 모험》《허클베리 핀의 모험》버튼《아라비안나이트》O. 헨리《O헨리 인생스케치》등이 있다.

DONGSUH MYSTERY BOOKS 19
화형법정

존 딕슨 카 지음/오정환 옮김
1판 1쇄 발행/1977년 12월 1일
2판 1쇄 발행/2003년 1월 1일
2판 4쇄 발행/2013년 8월 1일
발행인 고정일/발행처 동서문화사
창업 1956. 12. 12. 등록 16-345(윤)
서울 강남구 도산대로 163(신사동)
☎ 546-0331~6 (FAX) 545-0331
www.dongsuhbook.com

*

이 책의 출판권은 동서문화사(동판)가 소유합니다.
의장권 제호권 편집권은 저작권 법에 의해 보호를 받는 출판물이므로
무단전재와 무단복제를 금합니다.

편찬·필름·제작 일체「동판」자본으로 이루어짐에 따라
출판권 소유권자「동판」에서 제조출판판매 세무일체를 전담합니다.
사업자등록번호 211-90-02201
ISBN 978-89-497-0100-4 04840
ISBN 978-89-497-0081-6 (세트)

화형법정
차례

제1부 기소장
제1장 … 12 / 제2장 … 25 / 제3장 … 38
제4장 … 52 / 제5장 … 67

제2부 증거
제6장 … 82 / 제7장 … 96 / 제8장 … 112
제9장 … 129 / 제10장 … 145

제3부 논증
제11장 … 156 / 제12장 … 169 / 제13장 … 184
제14장 … 199 / 제15장 … 217 / 제16장 … 234

제4부 요약
제17장 … 256 / 제18장 … 270 / 제19장 … 284
제20장 … 297 / 제21장 … 309

제5부 평결

에필로그 …… 331

초자연적 퍼즐 게임의 매력 …… 336

등장인물

마일즈 데스파드　데스파드 저택의 전 주인, 고인(故人)
마크 데스파드　데스파드 저택의 현 주인
루시 데스파드　마크의 아내
이디스 데스파드　마크의 여동생
오그덴 데스파드　마크의 동생
헨더슨 노인　데스파드 저택의 고용인
헨더슨 부인　헨더슨의 아내
코베트 양　마일즈의 간호사
에드워드 스티븐스　출판사 편집인
마리 스티븐스　에드워드의 아내
퍼팅턴 박사　데스파드 집안의 지인
블레넌 경위　필라델피아 경찰 근무
고던 클로스　범죄 연구가

제1부 기소장

"이곳에서 우리는 무척 즐겁게 저녁식사를 한 뒤 밤이 깊었을 때 잠자리에 들었다. 윌리엄 경은, 그의 조상인 에지보로 노인이 내가 잘 방에서 죽었는데 유령이 되어 방안을 돌아다닌다며, 나를 조금 겁주었다. 하지만 화기애애한 저녁을 보낸 덕분에 엄살을 떨긴 했지만 사실 그다지 무섭지는 않았다."

새무얼 핍스의 일기
1661년 4월 8일

제1장

"한 남자가 묘지 옆에 살고 있었다……."

이 문장은 미완으로 끝난 어떤 이야기의, 독자들의 호기심을 부추기는 서두이다. 에드워드 스티븐스——해석하는 방법은 여러 가지 있겠지만——역시 묘지 옆에 살고 있었다. 하지만 이것은 그야말로 사실을 있는 그대로 말한 것에 지나지 않는다. 물론 극히 가벼운 의미에서 이웃이라 부를 만한 것은 있었는데, 그 데스파드 집안의 평판도 지금까지는 무척 좋은 편이었다. 그렇다고 묘지도 그랬다는 것은 아니다.

독자 여러분이나 나와 별로 다른 데가 없는 남자 에드워드 스티븐스는, 6시 48분에 브로드스드리트 역에 도착하는 열차의 흡연실에 앉아 있었다. 나이는 32세. 4번가에 있는 헤럴드 앤드 손즈라는 출판사의 편집부에서 상당히 중요한 위치에 있다. 이스트 70번가에 아파트를 빌려 살고 있는데, 필라델피아 교외의 크리스펜에 별장이 있어서 시골을 좋아하는 그와 그의 아내는 주말에 자주 그곳에 가서 지냈다. 이번(1929년 초봄) 금요일, 그러니까 오늘 저녁에도 그곳에서 마리와 만날 예정이었다. 그리고 지금 그의 서류 가방 안에는 살인 사건 공판을 다룬 고던 클로스의 신간 원고가 들어 있다. 분명히 말하지만, 사실을 있는 그대로 말하고 있을 뿐이다. 그리고 스티븐스 자신도, 사실 그대로를 말하고 분류하고 정리할 수 있는 것만 다루는 것이 현명하다고 늘 말하고 있다.

이것 역시 강조해 두어야 할 것 같은데 그날도 그날 저녁도 무엇 하나 특이한 것은 없었다. 독자 여러분이나 나와 마찬가지로 그도 국경을 넘는 거창한 일을 하는 것이 아니라 단지 별장으로 가고 있을 뿐이었다. 게다가 그는 자신에게 어울리는 직업과 아내와, 자신에게 맞는 생활을 가진 무척 행복한 남자였다.

열차는 브로드스트리트 역에 제 시간에 도착했다. 그는 역을 돌아나가 개찰구 위의 시간표를 보고 7분 뒤에 크리스펜 행 급행열차가 출발한다는 걸 알았다——첫 번째 정거 역은 애드모어이다. 본선을 30분 정도 달린 헤이버포드 다음 정거 역이 크리스펜이다. 헤이버포드와 브린모어 중간에 왜 정거역이나 독립된 철도구를 두지 않는가 하면, 그건 아무도 모른다. 언덕비탈에 뚝뚝 떨어져서 겨우 6채 정도의 집이 있을 뿐이다. 그러나 어떤 의미에서는 그것만으로도 하나의 사회를 구성하고 있다고 할 수 있다——우체국과 약국도 있고, 킹 거리가 언덕길을 돌아 데스파드 저택으로 향하고 있는 곳에 서 있는 늠름한 너도밤나무 그늘에는 찻집도 있다. 게다가, 설마 그게 이 마을의 관습이나 상징은 아니겠지만 장의사까지 있다.

그 장의사를 볼 때마다 스티븐스는 항상 놀랍고 당혹스러웠다. 어째서 이곳에 그런 것이 있는 건지, 어쩌면 누가 뒤를 봐 주기라도 하는 게 아닌가 하는 생각도 들었다. 그곳의 창문에는 J. 애킨슨이라는 이름이 적혀 있다——그것도 명함처럼 반듯한 글씨로. 창문 안에는 꽃을 꽂는 용도로 쓰는 듯한 볼썽사나운 작은 대리석 항아리 두 개와, 놋쇠 고리로 허리 높이까지 내려오는 검은 비로드 커튼이 있는데, 사람 그림자도 사람이 움직이는 기척도 그는 느낀 적이 없다. 물론 어디서나 장의사가 번창하여, 열렬한 고객들이 쉴 새 없이 출입문을 드나들어야 한다는 것은 아니다. 아무튼 장의사는 대부분 성격이 밝은 사람이 하게 마련이지만, 스티븐스는 애킨슨을 한 번도 본 적이 없다. 그것이 그에게 탐정소설의 한 아이디어를 떠올리게 했다. 그가 그것을 생각해낸 것은, 장의사라면 대량살인을 하고 피해자의 시체를 가게에 둔다 해도 설명에 곤란할 일이 전혀 없기 때문이다.

바로 얼마 전에 마일즈 데스파드 노인이 죽었을 때도 아마 애킨슨이 불려갔을 게 틀림없다. 크리스펜이 존재하는 이유가 조금이나마 있다고 한다면, 그것은 데스파드 저택 때문일 것이다. 이 마을의 이름은 그 옛날, 스쿠킬과 델라웨어 사이의 숲 속에 사는 사람들과 화해하기 위해 찾아왔던 윌리엄 펜 씨의 친척인 윌리엄 크리스펜을 기념하여 이름지어졌다. 크리스펜은, 바로 그 직전인 서기 1681년, 새롭게 양도된 펜실베이니아 주의 토지에 마을을 건설할 준비를 위해 파견되어 온 4명의 위원 중 한 사람으로, 이곳에 오는 항해 도중에 죽었다. 그러나 그에게는 데스파드(마크 데스파드에 의하면, 이 이름은 원래 프랑스어였는데 나중에 철자가 이상하게 바뀌어버렸다고 한다)라는 이름의 사촌동생이 있었고, 그 사람이 펜실베이니아 주에 토지를 얻은 이래 그곳에 데스파드 저택이 생긴 것이다. 이 데스파드 집안의 가장으로, 거민하기 짝이 없었던 마일즈 데스파드가 약 2주일 전에 죽었다.

열차를 기다리는 동안 스티븐스는, 오늘 밤에도 데스파드 집안의 새 주인 마크 데스파드가 여느 때처럼 잡담을 나누기 위해 찾아올 것 같은 예감이 들었다. 그의 별장이 데스파드 저택의 정원에서 그리 멀지 않아서, 두 사람은 2년 전부터 교제해오고 있었다. 하지만 오늘

밤에는 마크도 그의 아내 루시도 만나고 싶지 않았다. 마일즈 노인의 죽음은(40년에 가까운 미식으로 위가 완전히 망가져버린 결과, 사인은 위염이었다) 확실히 탄식하고 슬퍼할 일은 아니었다. 외국에서 살 때가 많았던 그는 가족에 대한 정이 거의 없었기 때문이다. 그러나 그가 죽었을 때 뒤처리는 보통 일이 아니었다. 평생 독신으로 산 마일즈 노인에게는 동생의 자식들인 마크와 이디스, 오그덴, 이 세 조카가 있었다. 사실상 이 세 명이 저마다 유산을 상속할 것이라고 스티븐스는 생각했지만 그다지 흥미는 느끼지 못했다.

이윽고 개찰이 시작되자 스티븐스는 열차에 올라 곧장 흡연실로 걸어갔다. 봄의 밤 하늘은 이미 잿빛에서 검은 색으로 변해 있었다. 역내의 먼지가 가득한 공기와 어두컴컴한 전등불이 비치고 있는 차내의 무거운 공기에서 느껴지는 봄의 향기가 시골에 대한 향수를 더욱 자아내고 있었다. 그리고 그것이 차를 가지고 크리스펜 역까지 마중 나올 아내를 떠올리게 했다. 승객이 반밖에 안 찬 흡연실 안은 늘 그렇듯이 두꺼운 신문을 펼치는 소리와 어깨 너머로 담배연기를 토하는 사람들의 졸음이 오는 듯한 공기에 싸여 있다. 스티븐스는 자리에 앉아 서류가방을 무릎 위에 올려놓았다. 마음에 여유가 생기자 지루한 시간을 때우기 위한 호기심에서, 그날 중에 있었던 약간의 번거로운 두 가지 사건을 생각해 보았다. 하지만, 원래 그런 것을 논리적으로 해명 같은 건 하지 않는 성격이어서, 거기에 맞아떨어질 만한 설명을 상상해 보려 한 것에 지나지 않았다.

이를테면?……그렇다, 이를테면 지금 고던 클로스의 새 책의 원고가 서류가방 속에 들어 있다. 그는 그것을 읽을 생각이다. 고든 클로스(정말 묘한 이름이지만 이것이 본명이다)는 편집장 몰리가 발굴한 사람이다. 그는 어딘가 상식을 벗어난 데가 있어서, 실제로 일어난 살인 사건의 전말을 글로 재현하는 일에 몰두하고 있다. 그 위대한 재능은, 마치 목격자처럼 묘사가 생생하다는 것——본 적도 없는 상황을 놀라울 정도로 잘 묘사하는 필력——에 있었다. 그래서 오해를 받을 때도 종종 있다. 한 유명한 판사는 《배심원》에서 얘기된 것처럼 닐 크림 사건을 기술할 수 있는 것은, 틀림없이 재판이 열렸을 때 법정에 있었기 때문이라고 경솔하게 쓰고 말았다. 그러자 〈뉴욕타임스〉지는 '닐 크림은 1892년에 재판정에 섰고, 클로스 씨는 현재 40세쯤 되었으니, 그는 참으로 놀라울 정도로 조숙한 아이였던 게 틀림없다'고 야유했다. 그러나 이것은 이 책에 있어서는 나쁘지 않은 선전이 되었다.

그런데 클로스의 인기는 그 문체보다 오히려 소재의 선택에 있었다. 그는 한 권 한 권에 유명한 사건을 하나 내지 둘을 다루었는데, 그의 조사는 주로 몇몇 사람들에게만 알려진 놀라운 범죄의 발굴을 대상으로 하고 있었다. 그건 사건 발생 당시에도 놀라운 일이었지만, 오늘날의 독자들도 그 진기한 점으로 하여 눈을 크게 뜨지 않을 수 없게 만들고 있다. 사진과 증거서류가 첨부되어 있었지만 내용이 너무 끔찍해서 어떤 비평가는 모두 교묘한 날조라며 비난했다. 이것 역시 물의를 일으켰지만——그리고 이것도 나쁘지 않은 선전이 되었지만——결국 클로스가 날조한 것은 조금도 없다는 사실이 밝혀졌다. 18세기 브라셀에서 일어난 잔학행위를 다룬 이 사건에서 그 의심많은 비평가는 '나는 우리 시(市)의 이 악마같은 범인을 진정 자랑스럽게 생각한다'고 하는 브라셀 시장의 격렬한 편지를 받기도 했다. 이리하여 고던 클로스는 국내의 베스트셀러 한 권, 그 해의 히트작 하나 쓰지 않았지만 헤럴드 출판사의 달러박스 작가의 리스트에 올랐다.

그 금요일 오후, 스티븐스는 편집장실에 불려갔다. 카펫을 깐 방의 책상 앞에 앉아 있던 몰리는, 크라프트지 봉투에 들어 있는 두꺼운 원고지에 힐끗 눈길을 주며 말했다.

"클로스의 새 책 원고인데, 이번 주말에 집에 가지고 가서 읽어보지 않겠나? 5월의 판매회의에서 이 책에 대해 의견을 얘기해 줬으면 하네. 자네는 이런 종류의 책을 특히 좋아하니까."

"편집장님은 읽으셨습니까?"

"으음" 하고 몰리는 말했지만 약간 분명치가 않다. "어떤 의미에서는 그의 최고 걸작일지도 모르네."

그는 다시 말을 흐리면서 덧붙였다. "물론 제목은 바꾸지 않으면 안 될 거야. 그는 유별나게 장황하고 전문적인 말을 사용하거든. 판매부 쪽에서 오케이할 리가 없어. 그렇지만 그건 나중에 생각할 일이고, 여성 독살범들을 다룬 것인데 틀림없이 반응이 좋을 거네."

"재미있겠군요!" 스티븐스가 의욕적으로 말했다.

몰리는 방심도 당혹도 아닌 눈길로 방안을 둘러보았다. 분명히 뭔가 마음에 걸리는 게 있는 것 같다.

"자네, 고던 클로스를 만난 적이 있나?"

"없습니다. 사내에서 두세 번 본 적은 있지만……그뿐입니다."

커다란 등을 구부린 채 복도 모퉁이를 돌아가거나 문을 밀고 나가던 모습을 떠올리면서 스티븐스는 대답했다.

"그래……이상한 사람이야. 계약을 할 때 그가 어김없이 하는 말이 한 가지 있는데……그것도 흔히 있는 일이 아니지. 그것 외에는 신경도 쓰지 않아……틀림없이 계약서 같은 건 읽어보지도 않는 게 아닐까? 그가 말하는 조건이란, 책 속표지에 반드시 자신의 사진을 크게 넣어 달라는 걸세."

스티븐스는 마른 침을 꼴깍 삼켰다. 벽을 따라 밝은 커버의 책들이 가득 꽂혀 있는 책장이 늘어서 있었다. 그는 손을 뻗어 《배심원》을 한 권 뽑아들었다.

"그래서 이상하다고 하시는 거군요. 저도 기이하다고 생각한 적이 있는데, 아무도 입 밖으로 말하고 싶지는 않았던 모양이죠? 상세한 경력도 없이 그저 사진 밑에 이름만 달랑 있을 뿐 아닙니까? 게다가 초판본인데……."
사진을 지긋이 바라본다.
"정말 의지가 강해보이는……인텔리다운 얼굴, 거의 훌륭한 얼굴이라고 할 수 있을 것 같기는 하군요. 그렇지만 그 사진을 보란 듯이 싣고 싶어하다니, 그렇게 얼굴에 자신이 있는 걸까요?"
몰리는 의자에 앉은 채 고개를 가로저으며 말했다.
"아니, 그렇진 않아. 그는 그런 식으로 자신을 선전하는 걸 좋아하는 사람이 아닐세……. 전혀 아니야. 달리 뭔가 이유가 있는 거지."
그는 어때, 재미있지? 하는 듯한 눈으로 스티븐스를 바라본 뒤, 책상 위에서 뭔가 집어 들더니 그 뒤로는 그 이야기를 접었다.
"뭐 신경 쓸 건 없네……그 원고를 가지고 가게. 조심해서 다뤄야 하네. 사진이 여러 장 들어 있으니까. 아, 그리고 월요일 아침에는 맨 먼저 나한테 들러주게."
별일 아닌 듯이 말하며 몰리는 이야기를 끝냈다.
서(西) 필라델피아를 향해 달리고 있는 열차 속에서 스티븐스는 서류가방을 열고 원고를 들여다보았다. 하지만, 아직 어쩐지 마음이 개운치 않아서 그것을 꺼내는 것이 망설여졌.
고든 클로스에 대한 것이 중요하지도 않고 개운하지 않은 걸로 친다면 마일즈 데스파드 노인은 그보다 더했다. 그렇게 생각하자 스티븐스의 머리에 데스파드 저택과, 너도밤나무 밑의 낡아서 검게 찌든 석조 건물, 그리고 겨울잠에서 기지개를 켜고 있는 화단이 떠올랐다. 그리고 작년 여름, 마일즈 노인이 저택 안의, 한 단 낮게 되어 있는 화단 속을 거닐고 있던 모습도 떠올랐다. 마일즈 노인이라고 했지만 그렇게 나이를 많이 먹은 것은 아니어서 관 속에 들어가 땅속에 묻혔을 때도 아직 56세밖에 되지 않았다. 하지만 점잔빼는 태도와 하얗게 반짝이는 깃에서 쑥 나온 여윈 목덜미, 잿빛 카이저 수염과 쾌활한 데가 거의 없는 태도 때문에, 언제나 실제보다 더 늙어 보이는 것이었다. 스티븐스는 다시, 내리쬐는 햇빛 속에서 멋스러운 모자를 잠깐 들어 보이던 마일즈 노인의 모습을 떠올렸다. 그 눈이 부석부석해서 어쩐지 안쓰러워 보였다.

위염을 앓으면서 편안하게 죽을 수 있는 사람은 아마 거의 없을 것이다. 외국을 여행하며 돌아다닌 끝에 고향에 돌아온 마일즈 노인은, 잔인한 죽음이 서서히 다가오고 있는 것을 알고 있었지만 냉정한 태도로 그것을 견디고 있었다. 이 노인의 태도를 요리 담당인 헨더슨 부인은 눈물까지 흘리며 칭송했다. 그녀는 데스파드 집안의 요리사 겸 가정부인데, 어지간히 엄격한 여자였지만, 마일즈 노인이——자주는 아니었지만——가끔 비명을 지르는 소리를 들은 적이 있다고 했다. 노인의 유해는, 9대에 걸친 데스파드 집안 사람들의 유해가, 더 이상 필요 없게 된 책처럼 쌓여서 안치되어 있는 저택 안의 예배당 지하납골당에 매장되었고, 그 출입구를 막고 있는 돌뚜껑은 다시 원래의 위치로 돌아갔다. 하지만 헨더슨 부인이 깊이 감동한 일이 딱 한 가지 있었다. 그것은 마일즈 노인이 죽기 전에, 같은 간격으로 9개의 매듭을 지은 아무 특색도 없는 끈을 손에 쥐고 있었던 일로, 그것은 그가 죽은 뒤 베개 밑에서 발견되었다.

"정말 훌륭한 마음가짐이라고 생각했어요" 하고 헨더슨 부인은 스티븐스 집안의 요리사에게 털어놓았다. "그분은 그것을 묵주 같은 것이라고 스스로 생각하고 있었던 거지요. 물론 데스파드 집안은 가톨릭이 아니지만 그래도 훌륭한 자세라고 생각했어요."

헨더슨 부인이 히스테리를 일으킨 일이 한 가지 더 있는데 아무래도 히스테리이니만큼 아직도 확실하게 설명할 수 있는 사람은 아무도 없다. 그 사실을 당혹스러운 얼굴로 이상하다는 듯이 스티븐스에게 얘기해준 사람은 마크 데스파드였다.

마일즈가 사망한 뒤 스티븐스는 마크를 딱 한번 만났다. 마일즈가 사망한 것은 4월 12일 수요일 밤이었다. 스티븐스는 그날 밤 마리와 함께 크리스펜에 있었고, 주말이 아닌데도 별장에 머무는 것은 드문 일이었기 때문에 특별히 그 일시에 대해서 정확하게 기억하고 있었다. 두 사람은 이튿날 아침, 노인이 사망한 소식을 듣지 못한 채 자동차를 타고 뉴욕으로 돌아왔기 때문에, 그 일은 신문을 통해 처음으로 알았다. 15일, 즉 주말에 다시 크리스펜에 갔을 때 조문을 하기 위해 데스파드 저택을 방문했지만 장례식에는 참석하지 않았다. 사람이 죽거나 장례식이라는 말만 들어도 마리가 온몸을 떨 정도로 무서워하기 때문이었다. 장례식이 끝난 날 저녁, 스티븐스는 사람이 다니지 않는 어두컴컴한 킹 거리를 큰 걸음으로 걷고 있는 마크 데스파드를 만났다.

마크는 느닷없이 이렇게 말했다.

"우리 집 헨더슨 부인이 이상한 것을 보았다고 하더군."

바람이 강하고 약간 으스스한 황혼 무렵이었다. 킹 거리가 데스파드 저택 쪽으로 구부러지고 있는 일대의 너도밤나무 숲에서는, 이제 간신히 꽃봉오리가 벌어지려는 중이었고, 굵은 나무가 그림자처럼 마크의 머리 위에서 흔들리고 있었다. 매부리코를 한 그의 얼굴은 가로등 불빛 탓도 있겠지만 파르스름하게 보였다. 그는 두 손을 호주머니에 찔러 넣은 채 전봇대에 기대섰다.

"우리 집 헨더슨 부인이 이상한 것을 보았다더군" 하고 그는 다시 한번 말했다. "그렇지만 얼핏 내비치기만 해서 정말로 봤는지 어쨌는지는 잘 모르겠네만……아무래도 마일즈 백부님이 돌아가신 날 밤,

그 방에 여자가 있었고 백부님과 얘기를 하고 있었던 모양이야."

"여자가?"

"아, 자네가 생각하는 그런 여자가 아니라" 하고 마크는 다시 말했다. "헨더슨 부인이 '특이한 고풍스러운 복장을 하고 있었다'는 여자가 그의 방에서 얘기하고 있었다더군. 물론 짚이는 데가 없지는 않아. 그날 밤 우리 5, 6명은······루시와 이디스, 나도 있었지만······세인트 데이비스의 가장무도회에 갔거든. 그래서 루시는 루이14세가 총애했던 몽테스팡 부인으로 분장했지. 이디스는 보닛과 둥근 심을 넣은 치마로 아마 플로렌스 나이팅게일로 분장했을 걸. 난 고급매춘부로 변신한 아내와 거룩한 간호사 분장을 한 동생을 거느린 기사였으니, 호위는 만전이었던 셈이지."

그런 다음 얼굴을 찌푸리면서 덧붙였다.

"아무리 그래도 좀 이상해······자넨 마일즈 백부님을 잘 알지는 못하지? 그는 무척 좋아할 만한 노인이었지만, 늘 자기방에 틀어박혀서 다른 사람을 들이려 하지 않았어······. 하기는 아다시피, 행동거지는 항상 정중하셨지만 식사까지 방으로 가지고 오게 했으니까. 물론 병세가 악화된 뒤로는 내가 유능한 간호사를 고용했지. 하지만 그 일에 대해서는 그도 노발대발 화를 냈어. 간호사를 그의 옆방에서 기거하게 했는데, 그녀가 자유롭게 출입할 수 있도록 두 방 사이에 있는 문을 잠그지 못하게 하는 게 어찌나 힘들었는지. ······그런 형편이니, 헨더슨 부인이 특이하고 고풍스러운 옷을 입은 여자의 모습을 봤다는 것도 전혀 말이 안 된다고 할 순 없지만······."

그래서 뭐가 어떻다는 얘긴지 스티븐스는 알 수가 없었다.

"그렇다면 별로 이상할 것도 없는 얘기 아닌가? 루시나 이디스한테 물어봤나? 어쨌든 그 방에는 아무도 들어갈 수 없는데, 헨더슨 부인이 어떻게 그 여자를 보았을까?"

"이층 베란다 쪽에 있는 창문은 백부님이 항상 커튼을 닫고 있는데, 어쩌다 그리로 들여다보았다고 하더군. 그 일은 루시에게도 이디스에게도 말하지 않았어."

거기서 약간 말꼬리를 흐린 뒤 갑자기 커다랗게 웃었다. "분명한 이유가 있었지. 하지만 '그런 걸' 마음에 두고 있는 건 아닐세……그것이 이상하다는 얘기는 아니란 말이지. 내가 이해할 수 없는 건, 헨더슨 부인이 말한 또 한 가지 사실이야. 그녀의 말에 의하면……이 부분을 잘 들어야 하네……그 고풍스러운 차림새를 한 여자는 처음에 잠깐 백부님하고 얘기하다가, 그 뒤 빙글 몸을 돌려서 그 방에 있는 지금은 없는 문으로 나갔다는 거야."

스티븐스는 그를 쳐다보았다. 마크 데스파드의 매부리코 얼굴에는 야유도 뭐도 아닌 진지한 표정이 떠올라 있었다.

"설마" 하고 그는 애매한 투로 말했다. "유령이라는 말인가?"

하필이면 스티븐스가 그런 말을 꺼내자 마크는 떨떠름한 얼굴이 되었다. "그게 2백 년이나 전에 벽돌을 쌓아 널빤지로 막아버린 문이거든. 수수께끼의 방문자는 간단하게 그것을 열고 나갔다는군. 유령이라고 했나? 글쎄, 그건 아닐 거야. 우리 집은 상당히 오래된 집이지만 유령이 나온 적은 한 번도 없었네. 존경스러울 정도로 훌륭하니까. 훌륭한 유령이라는 것, 상상할 수 있나?……만약 그런 것이 있다면 우리 집의 명예가 될지도 모르지만 찾아오는 손님한테는 실례지. 그 물음에 대한 대답은 역시 헨더슨 부인이 어떻게 됐던 게 아닌가 하는 것이 될 것 같군."

그렇게 말하더니 마크는 바쁜 듯이 걸어가 버렸다. 1주일 전의 일이었다.

그리고 지금 스티븐스는 크리스펜을 향해 달리는 열차 안에서 그때를 회상하고 있지만, 그 수수께끼 같은 이야기를 해명하고 싶은 마음은 그다지 없었다. 그가 생각하고 있었던 것은 각각 다른 일……사무실에서 몰리와 나눈 대화와 길에서 마크 데스파드가 한 얘기로, 그것을 어떻게 해석하면 좋은가 하는 것이 아니라 그것들을 짜맞추어 하나의 이야기로 만들어낼 수 있지 않을까 하는 것이었다. 그렇지만 그것들은 신문에 실린 각각 다른 기사들과 마찬가지로 서로 아무 연관이 없었다. 그러나 실제로 그 정도의 것은 갖춰져 있는 셈이다……허영심 때문은 아니지만, 자신의 사진을 책에 꼭 싣고 싶어하는 작가이자 현실과 담을 쌓은 고던 클로스, 위염으로 죽은 백만장자이자 베개 밑에 9개의 매듭이 있는 끈을 숨기고 있던, 역시 현실과 동떨어진 마일즈 데스파드, 그리고 마지막으로 또 한 사람, 2백 년이나 전에 폐쇄된 문으로 나갔다고 하는, (어느 시대의 것인지 모르는) 고풍스러운 옷차림을 한 여자다. 솜씨 좋은 소설가라면, 이런 서로 무관한 사실 내지 공상을 어떤 식으로 짜맞추어 하나의 이야기로 만들어낼 수 있을까?

스티븐스는 그런 생각은 그만두기로 했지만, 클로스에 대한 것은 여전히 마음에 걸렸기 때문에 서류가방을 열고 봉투에서 원고를 꺼냈다. 상당히 두껍다. 10만 단어는 되어 보였고, 그의 다른 원고와 마찬가지로 철저하지 않고는 배기지 못하는 꼼꼼함을 드러내는 듯 깔끔하게 정리되어 있었다. 각장마다 놋쇠 파스너로 철이 되어 있고, 판화, 사진, 삽화도 클립으로 고정되어 있다. 그는 목차를 훑어본 뒤 제1장의 제목을 힐끗 보았다. 그때, 갑자기 원고를 든 손에서 힘이 빠지면서 무릎에서 미끄러지려고 했는데, 그것은 그 제목 때문이 아니었다.

그 페이지에 무척 낡기는 했지만 아직 또렷한 여자의 사진이 붙어 있었는데, 그 사진 밑에 또박또박한 글씨로 작은 글자가 인쇄되어 있었다.

마리 도브리──1861년 살인죄로 단두대에 올랐다.

그가 보고 있는 것은 그의 아내의 사진이었다.

제2장

 한동안 돌덩이처럼 앉은 채 그는 거기에 적혀 있는 이름과 사진의 얼굴을 뚫어지게 들여다보았다. 그렇게 자세히 뜯어 보는 동안, 자신이 아직 크리스펜행 7시 45분 열차의 흡연실에 앉아 있다는 의식은 희미해지고, 마치 진공 속에 있는 듯한 기분이었다.
 한참 뒤에 눈을 들어 무릎 위의 원고를 깔끔하게 다시 간추린 뒤 창밖을 보았다. 그의 기분은 (평범한 비유지만) 치과에서 이를 뽑은 뒤 의자에 다시 앉았을 때처럼, 심장의 고동이 평소보다 빠르고 머리도 조금 어질어질했다. 그냥 그 정도였다. 방금 깜짝 놀란 일조차 기억하고 있지 않았다. 문득 보니 열차는 레일에 바퀴소리를 울리면서 오버브룩 마을을 달리고 있는 중이었고, 아래의 아스팔트 도로에는 가로등 불빛이 대여섯 개 빛나고 있었다.
 그것은 우연의 일치이거나 잘못 본 것이라고는 도저히 생각할 수 없었다. 마리 도브리는 그녀의 이름이다. 이목구비도 그녀의 것이고 표정도 그가 알고 있는 것이었다. 사진 속의 여인──70년 전에 단두대에 올랐던 여인이 그의 아내와 혈연관계에 있다면……이를테면 증조할머니라고 한다면 나이도 대충 맞아떨어진다. 그러나 증조할머니와 이목구비가 닮은 정도라면 몰라도 표정까지 어딘가 닮은 것은 불길하다.

물론 그것은 아무래도 상관없는 일이다. 부모나 숙부가 단두대에 올랐다 한들 무슨 상관이랴? 게다가 70년이나 전의 무도한 행위 따위는 이미 오래 전에 역사상의 사건으로 정리되었고, 책상 위에 장식된 종이 해골처럼 일상생활과 무관한 것으로서 적당히 등한히 처리되었을 것이다. 그렇지만 역시 섬뜩한 일임에는 틀림없다. 그 사진에는 턱 약간 아래의 작은 사마귀와, 마리가 하고 있는 것을 여러 번 본 적이 있는 오래된 팔찌까지 선명하게 찍혀 있었다. 하물며 그가 근무하고 있는 출판사가 독살범 열전의 제목과 마주보게 그의 아내의 사진을 실어 출판한다는 건 그냥 웃어넘길 수 있는 일이 아니다. "월요일 아침에는 '맨'먼저 나한테 들러주게……" 하고 몰리가 말한 것도 이것 때문이었을까?

아니, 뭐 대수로운 일은 아닐 것이다. 하지만 그래도…….

사진을 다시 한번 잘 보려고 그는 그것을 원고 사이에서 빼냈다. 그것을 손에 들었을 때 어째서 그렇게 묘한 느낌이 들었을까? 사실 그 기분을 분석하는 건 불가능했지만, 가슴에 물밀 듯이 치밀어 오르는 것은 자신이 지금도 얼마나 깊이, 얼마나 열렬하게 그녀를 사랑하고 있는가 하는 마음이었다. 그 사진은 군데군데 갈색 얼룩이 있는, 결이 매우 서친 인화지에 현상되어 있었다. 뒷면에는 활자로 '파리 제7구 장 그장 가 12번지, 플리셰 사진관'이라고 새겨져 있다. 그리고 지금은 잉크색도 퇴색하여 갈색으로 변한 서툰 글씨로 '너무나 사랑하는 마리에게……루이 디나르로부터. 1858년 1월 6일'이라고 적혀 있었다. 이 사람은 연인일까?……아니면 남편일까?

하지만, 정말 그 사진에서 파도처럼 밀려온 것은……고풍스러움과 근대적인 것이 기묘하게 뒤섞인 그 여인의 표정이었다. 그것은 딱딱한 사진 촬영기법과 상관없이 분명하게 드러나 있었다. 그 사진은 크게 찍은 반신상으로, 숲과……비둘기 떼의 풍경이 배경을 이루고 있다. 여인은 금방이라도 한쪽으로 쓰러질 것처럼 부자연스러운 자세로 서서, 테이블보만 덮여 있는 원탁에 왼손을 짚고 있다. 높은 깃이 달린 검은 옷은 호박단 같은 천인지 빳빳하게 부풀려 올린 부분이 번득였고, 꼿꼿하게 내민 얼굴은 살짝 옆을 보고 있었다.

검은 빛이 감도는 금발의 헤어스타일은 좀 달라서 한 쌍의 곱슬머리가 고풍스러운 느낌을 풍기고는 있지만, 아무리 보아도 역시 마리의 머리였다. 얼굴을 카메라로 향한 채 시선은 약간 옆으로 비키고 있다. 눈꺼풀이 약간 소복하고 눈동자가 크며, 새까만 홍채의 잿빛 눈은 그가 자주 '성스러운' 표정이라고 말한 것을 띠고 있다. 입술을 조금 벌려 희미하게 미소를 짓고 있고, 눈은 흔히 화가들이 초상화를 그릴 때의 '비결'로 어디서 봐도 이쪽을 응시하고 있는 것 같다. 비둘기 떼와 숲과 테이블 덮개가 에워싸고 있는 구도는 얄미울 정도로 달콤한 분위기를 연상시키지만, 실제로는 아무리 생각해도 전혀 다른 무언가를 느끼게 했다. 인물만이 살아 있는 것이다. 그는 자신이 손에 들고 있는 것이 뭔가 불길한 물건인 것 같은 느낌이 들면서 손목이 거북하게 떨리는 걸 느꼈다.

그의 시선은 다시 한번 '살인죄로 단두대에서 처형되었다'고 하는 문장으로 갔다. 살인죄로 단두대에 오르는 여자는 흔치 않다. 그렇다면 보통 사건이 아닌 것이 틀림없다.

스티븐스는 속으로 중얼거렸다. "이건 모두 농담이나 속임수야. 아무리 봐도 이건 마리가 틀림없어. 누군가가 나를 놀리고 있는 거라구."

그렇게 중얼거려 보기는 했지만 농담도 속임수도 아니라는 것을 너무나 잘 알고 있었다. 조상과 후손이 이토록 흡사하게 닮은 일도 더러 있을지 모른다. 게다가 애매한 데는 하나도 없었다……사실은 사실이다. 그래, 그녀의 증조할머니가 사형을 당했다 한들 그게 뭐 어쨌다는 말인가?

생각해 보니, 마리와 결혼한 지 3년이 지났는데도 아내에 대해서 거의 아무것도 모른다 해도 좋을 정도였다. 그는 별로 천착하기를 좋아하는 성격은 아니다. 그저 그녀가 캐나다 태생이며 데스파드 집안처럼 몰락한 옛 가문 출신이라는 것만 알고 있다. 두 사람은 파리에서 처음 만나 2주 만에 결혼했다. 생 앙투안느 거리의 양배추 시장 부근에 있는, 지금은 아무도 살지 않는 낡은 저택의 안뜰에서 소설처럼 만난 것이다. 그 거리의 이름이 무엇이며, 파리의 옛 거리를 보며 걷는 동안 어째서 그런 곳까지 가게 되었는지도 지금은 생각나지 않는다. 그 거리는……아니, 잠깐만! 그러고 보니 친구 웰든한테서 들은 말이 있었다. 이 친구는 대학의 영어교수인데 살인 사건의 재판에 흥미를 가지고 있는 사람이었다. 3년 전에 웰든은 이렇게 말한 적이 있다.

"자네, 이번 여름에 파리에 갈 예정이지? 만약 살인 사건이 일어난 장소에 흥미가 있다면, 모 거리의 모 번지에 가보면 좋을 거야."

"거기서 무슨 일이 있었기에?"

"뭐, 그 근처에 사는 사람에게 물어보게. 그래서 알아낼 수 없다면 스스로 조사해 보든지."

결국 아무것도 알 수 없었고 그 뒤 웰든에게 물어보는 것도 잊어버렸지만, 어쨌든 그와 마찬가지로 호젓하게 거닐고 있던 마리를 그곳에서 만난 것이다. 그녀도 그곳이 어떤 곳인지도 모르고, 묘하게 고풍스러운 뜰의 나무문이 반쯤 열려 있어서 들어왔다고 했다. 그가 맨 처음 보았을 때, 그녀는 잡초가 무성한 뜰 한복판에 있는 물이 마른 분수 가에 앉아 있었다. 3면이 방과 방 사이를 잇는 복도의 난간으로 에워싸여 있고 돌벽에는 사람의 얼굴이 새겨져 있었다. 그녀는 프랑스 인으로 보이지 않았다. 그런데 너무도 서슴없이 보통 영어로 그에게 말을 걸어왔다. 그리고 생글생글 웃을 때 약간 '신비롭고' 아름다운 얼굴이 갑자기 생기발랄해지는 것을 보고는 깜짝 놀라지 않을 수 없었다. 보기에 따라서는 참으로 건강한 매력이었다.

그렇다 해도, 그녀는 왜 나에게 얘기해주지 않았을까? 숨길 필요는 없었는데. 아마 그 집은 1858년에 마리 도브리가 살았던 집일 거야. 그 뒤 일가가 캐나다로 이주한 게 틀림없어……그리고 후손인 마리가 조상인 마리에 대한 자연스러운 호기심에서 그 불길한 장소에 한번 가 본 거겠지. 그녀가 이따금 사촌여동생이나 숙모한테서 받은 편지에서 보건대, 그녀의 생활은 무척 평범했던 것 같아. 그녀도 가끔 가족에 대한 이야기를 해준 적이 있지만, 솔직하게 말해 난 그런 것에 그다지 흥미가 없었어. 그녀의 성격은 이상하고 좀 엉뚱한 데가 있지……예를 들어, 깔때기를 보는 것을 그토록 싫어하는 건 왜일까?……고작해야 부엌에 굴러다니는 깔때기를 말이야. 게다가……아니, 그만 두자…….

그런 생각을 하는 동안 그는 사진 속의 마리 도브리가 희미한 미소 뒤에 조소하는 듯한 마음을 숨기고 그를 올려다보고 있는 것을 깨달았다.

어째서 난, 이 옛날의 마리 도브리의 범행을 읽고 단두대에서 이슬로 사라진 미인의 무서움에 대해 알아보려는 생각을 하지 않지? 왜 그렇게 하지 않는거지?

그는 다시 한번 원고를 들고 사진을 제1장의 마지막 부분에 꽂아넣었다. 생각해 보면, 클로스의 재능은 책 제목을 붙이는 방법에서만

볼 수 있는 것이 아니었다. 책 전체에 무거운 제목을 단 뒤, 이 작가는 이야기 하나하나에 독자의 마음을 더욱 부추기는 소제목을 붙여 참신미를 주는 연구를 하고 있었다. 이야기에는 각각 '무슨무슨 사건'이라는 소제목이 붙여져 있고, 이번 경우에도 '불사신의 독부 사건'이라는 끔찍한 느낌의 제목이 달려 있었다.

다음의 문장은 이야기의 본영(本營)을 향해 수류탄을 던져 넣는 것처럼 당돌한 그 서두였다.

"비소는 어리석은 자들이 사용하는 독약으로 알려져 있다. 그 이상으로 적절한 말은 없었다."

이것은 〈화학약품업자〉지의 편집자 헨리 T.F. 로즈 씨가 언명한 말로, 리용 경찰 화학시험소 소장 에드몽 로카르 씨도 그것을 인정하고 있다. 로즈 씨는 다시 다음과 같이 말하고 있다.

"그러나 오늘날 비소는 어리석은 자가 사용하는 독약이 아니며, 이것이 자주 사용되는 것은 범인에게 상상력이 없기 때문도 아니다. 독살자가 어리석은 자이거나 상상력이 없는 자일 경우는 극히 드물다. 뿐만 아니라 증거가 보여주는 바가 그것을 훌륭하게 뒷받침하고 있다. 독약으로서 비소가 여전히 사용되고 있는 것은, 오늘날에도 여전히 이것이 가장 안전하게 사용될 수 있는 독약이라는 이유 때문이다.

우선 의사가 뭔가 의혹을 품을 만한 이유가 없는 한 비소에 의한 독살로 진단하기란 지극히 곤란하다. 주의 깊게 분량을 늘려서 투여하면 그 증상이 위염과 흡사하며……"

스티븐스의 눈은 거기서 움직이지 않았다. 갑자기 다른 생각이 머리 속에 가득 차서 타이핑한 원고의 문자가 뜻도 알 수 없을 만큼 희미해져 버렸기 때문이다. 그렇게 한번 머리에 떠오른 생각은 억제할 수가 없었다. 이런 바보 같으니! 하고 스스로를 비웃을지도 모르고, 자신이 머리가 이상해졌다거나 마음에도 없는 생각을 하는 놈이라고 말할지도 모른다……하지만, 뚱딴지같은 생각이 머리에 문득 떠오르는 건 누구에게나 있는 일이 아닐까? 위염……마일즈 데스파드는 2주일 전에 그 병으로 죽었다. 스티븐스가 생각한 것은 단순한 농담 같은 생각이었다. 그것도 별로 재미도 없는 농담.

"잘 있었나, 스티븐스?"

바로 뒤에서 목소리가 들려왔다. 그는 자기도 모르게 펄쩍 뛸 뻔한 것을 스스로도 느낄 수 있었다.

뒤를 돌아보았다. 열차는 첫 번째 급행정거 역 애드모어에 거의 다 왔기 때문에 속도를 늦추고 있었다. 대학교수인 웰든 박사가 좌석 등받이에 한 손을 걸치고 통로에 선 채, 감정을 잘 드러내지 않는 침착한 얼굴에 최대한으로 뭔가 묻고 싶은 듯한 표정을 띠며 내려다보고 있었다. 그 여윈 얼굴은 고행승처럼 광대뼈가 튀어나와 있고 턱은 뾰족하다. 콧수염을 깨끗하게 밀고 테 없는 코안경을 걸치고 있었다. 얘기를 할 때도, 이따금 쿡쿡 웃거나 큰 소리를 내며 웃는 것 말고는 여전히 무표정하다. 그런 때는 눈을 크게 뜨고, 거의 늘 피우고 있는 엽궐련으로 손가락질하듯이 가리키는 것이었다. 그는 뉴잉글랜드 태생의 우수한 학자로, 남 앞에 잘 나서지 않는 한편 정이 많다. 항상 수수한 옷을 입고, 스티븐스처럼 서류가방을 들고 다닌다.

"자네가 이 열차에 타고 있을 줄은 몰랐네. 모두 잘 지내고 있나? 부인은?" 하고 그가 물었다.

"어쨌든 앉게."

이렇게 말한 스티븐스는 그 사진은 이미 넣어둔 뒤였기 때문에 가슴을 쓸어 내리는 기분이었다. "아,……잘 있네, 고마워."

그리고 거의 무의식적으로 덧붙였다. "그래, 자네 쪽은?"

"뭐, 괜찮아. 딸아이가 감기 기운이 약간 있는 것 말고는. 현재 우리 가족 모두 감기에 걸려 있다네……계절 탓인지 원."

웰든은 어쩔 수 없다는 듯이 말한다. 그렇게 일상적인 인사를 나누면서도, 스티븐스는 만약 웰든이 원고를 펼쳐 그의 아내의 사진을 본다면 뭐라고 말할까 하는 것만 생각하고 있었다.

그가 불쑥 말했다. "그런데, 자넨 유명한 살인 사건을 조사하는 것이 취미라고 하던데, 마리 도브리라는 독살범에 대해 들은 적 있나?"

웰든은 엽궐련을 입에서 떼고 "마리 도브리?……마리 도브리라고 했나?……아, 알았다. 그거야 틀림없이 결혼 전의 이름이겠지" 하고 말했다. 그리고 광대뼈의 피부를 더욱 끌어올리면서 싱글싱글 웃기 시작했다. "자네가 그렇게 물어도, 지금은 완전히 잊어버렸기 때문에 이야기를 들어야……."

"1861년에 단두대에서 처형되었는데."

웰든은 이미 무슨 얘기인지 알아차렸다. "그럼 동명이인이었군."

얘기가 감기에서 느닷없이 살인 사건으로 비약했기 때문에 그도 조금 어리둥절해 있었다. "1861년? 그거, 틀림없나?"

"맞아, 여기 그렇게 적혀 있어. 이렇게 된 일인가 생각해 봤을 뿐이네. 이건 고던 클로스의 신간 원고인데, 그가 쓰는 것은 모두 날조한 것이라느니 아니라느니 하면서 2년 전에 물의가 일어난 적이 있었던 건 자네도 기억하고 있지? 독자의 호기심을 부추기기 위해서였다고 하면서……."

웰든은 다시 속도를 내기 시작한 열차의 창문으로 밖을 내다보면서 말했다. "클로스가 그렇게 말한다면 그렇겠지만, 난 처음 듣는 애길세. 단 한 사람 내가 들은 적이 있는 '마리 도브리'는 결혼 뒤의 이름으로 더욱 유명하지. 그건 이제 정말 고전적인 이름이 되었어. 자네도 틀림없이 어디선가 읽은 적이 있을 텐데. 자네한테 파리의 그녀가 살았던 집을 보러 가라고 말한 적이 있는데, 기억 안 나나?"
"부탁이네, 얘기를 계속해 주게."
특별히 질문을 한 것도 아닌데 웰든은 당혹스러운 표정을 지었다. "그녀는 유명한 브랑빌리에 후작부인으로, 육감적인 미인이었네. 아마 미녀 살인범의 대표적인 예로서 오늘날까지 그 이름이 남아 있는 것 같아. 그녀의 재판기록을 읽어보게……. 무척 충격적일 거야. 그 무렵에는 '프랑스 인'이라는 말이 독살자와 동의어로 쓰일 만큼 너무 많은 독살자가 나타나서, 그 때문에 특별 재판소를 설치하지 않으면 안 되었을 정도였다고 하더군……."
잠깐 말을 끊은 뒤 "기록을 조사하고, 티크 상자와 유리 마스크니 하는 얘기를 읽어보게. 어쨌든 그녀는 자신의 가족도 포함하여 상당히 많은 사람을 살해했는데, 독살 요령은 파리 시립병원의 입원환자를 상대로 연습하여 거의 심오한 경지에 올라 있었지. 그녀가 사용한 것은 분명히 비소였어. 법정에서 낭독된 그녀의 죄상고백은, 오늘날 심리학자들의 연구자료로서도 중요한 히스테리 증례일 거야……. 특히 거기에는 무서운 성적인 진술도 들어 있어. 정말이야."
"그래" 하고 스티븐스는 고개를 끄덕였다. "그래, 그건 약간 기억하고 있네만. 그녀가 처형된 건?"
"1676년에 목이 잘린 뒤 화형에 처해졌네."
열차의 속도가 다시 떨어지자 웰든은 일어서서 윗도리에 묻은 담뱃재를 털었다. "난 여기서 내리네. 주말에 시간 있으면 전화 주겠나? 아내한테 부탁받았는데, 자네 부인이 궁금해하던 과자 굽는 방법을 알아냈다는군. 그럼 잘 가게."

 스티븐스가 내리는 역은 거기서 겨우 2분 뒤였다. 그는 기계적으로 원고를 봉투에 넣은 다음 그대로 서류가방에 집어넣었다. 웰든의 애기는 틀렸어……말도 안돼……. 그 브랑빌리에 후작부인의 쓸데없이 복잡한 애기 때문에 머리만 이상해질 뿐, 지금 내가 생각하고 있는 사건과는 아무 관계도 없는 것이라고 그는 생각했다. '주의 깊게 분량을 늘려서 투여하면, 그 증세는 위염의 그것과 흡사하며……' 그는 머리 속으로 그것만 되풀이하고 있었다.

 "크리스펜……크리스펜!" 하는 커다란 목소리가 열차 앞쪽에서 들려오고, 열차가 철커덕 쿵 하는 낮은 소리를 내며 멈춰 섰다. 플랫폼에 내려서자 지금까지의 온갖 어리석은 생각들이 맑게 갠 밤하늘의 서늘한 공기 속으로 날아가버리는 것 같았다. 콘크리트 계단을 내려가 좁은 거리로 나갔다. 약국은 조금 앞쪽에 있어서 주위가 상당히 어두웠지만, 보도 옆에 익숙한 크라이슬러 자동차의 불빛이 보였다.

 마리는 차 안에 앉아 문을 열고 그를 기다리고 있었다. 그녀를 본 순간 그는 이제까지와 달리 기분이 처지는 걸 느꼈다. 그 사진에 뭔가 무서운 주문 같은 것이 있어서, 그것이 살아 있는 인간의 마음까지 비틀어버리는 것 같았다. 하지만 그것도 금세 사라지고, 승강구에 발을 올려놓은 채 그녀를 쳐다보자 갑자기 우스워졌다. 그녀는 갈색 스커트에 스웨터를 입은 모습으로, 상의를 코트처럼 가볍게 어깨에 걸치고 있었다. 근처에 있는 상점 창문에서 새나온 불빛이 그녀의 금발머리를 비쳐주고 있었다. 그녀는 의아하다는 듯이 빤히 그를 마주 바라보았다. 보기에 호리호리한 몸매와는 어울리지 않는, 폭넓고 낮은 그녀의 목소리가 들려오자 모든 것이 다시 현실로 돌아왔다.

 "왜 그런 데서 싱글거리며 서 있는 거예요? 그만해요! 당신, 술 ……."

그녀는 난처하면서도 재미있다는 듯 어깨를 한번 으쓱한 뒤 이내 쿡쿡 웃으면서 말을 이었다.

"너무 했어요, 술에 취하다니……. 나도 칵테일을 마시고 싶었지만 당신하고 함께 취하려고 참고 있었는데……."

그는 점잔을 빼며 말했다. "술에 취하다니? 술 같은 건 입에도 대지 않았어. 잠시 생각좀 했을 뿐이야. 당신이……어?"

그는 그녀의 어깨 너머로 시선을 주다가, 그녀의 머리에 닿은 다음 거리에 파르스름한 빛을 던지고 있는 극히 희미한 불빛이 어디서 나오는 건지 살펴보았다. 그 눈이 못 박히듯 머문다. 불빛은 어떤 가게 창문에서 새나온 것이었다. 무척 볼썽사나운 작은 꽃병이 몇 개 있고, 철 레일에 끼운 놋쇠고리에서 허리 높이까지 내려오는 검은 커튼이 보였다. 파르스름한 불빛은 커튼 안에서 나오는 것 같았는데, 그 불빛으로 놋쇠고리가 검게 보였다. 그 커튼 바로 뒤에 한 남자의 실루엣이 꼼짝 않고 서 있었다. 거리를 내다보고 있는 것 같았다.

"야, 놀랐는걸! 마침내 J. 애킨슨을 보았어" 하고 스티븐스가 말했다.

"여보, 취하지는 않은 대신 머리가 좀 이상해진 것 같군요. 어서 타요! 엘렌이 저녁식사로 특별한 것을 만들어 놓았다구요."

그리고 어깨 너머로 창문에서 꼼짝 않고 있는 사람 그림자를 보았다. "애킨슨이라구요? 그게 뭐 어쨌다는 거예요?"

"아무 것도 아니야. 저 가게 안에 사람이 있는 기척을 느낀 건 처음이라서."

그리고 덧붙였다.

"저 사람, 누군가를 기다리고 있는 모양이야."

그녀는 늘 그렇듯이 거칠게 핸들을 꺾어 차를 돌렸다. 그런 다음 느릅나무와 너도밤나무 아래를 지나 랭카스터 고속도로를 가로질러,

킹 거리가 반 마일 정도 앞에서 데스파드 저택의 모퉁이를 향해 돌고 있는 어둠 속을 달렸다. 문득 그는 이 밤이 4월의 끝이 아니라 10월 말의 만성절 전야라는 느낌이 들었다. 그도 그럴 것이 차가 움직이기 시작했을 때 분명히 거리에서 누군가가 그의 이름을 부르는 것 같았던 것이다. 하지만 마리가 차를 돌린 뒤 엔진을 힘껏 고속으로 회전시켰기 때문에 배기관이 상당히 시끄러운 소리를 내는 바람에 확실히 들린 것은 아니었다. 뒤를 돌아보았지만 거리에 사람이 아무도 없어서 그 일에 대해선 마리에게 얘기하지 않았다. 그녀가 평소와 조금도 다름없이 그를 만나 무척 기뻐하는 기색이어서 그는 자기혐오에 빠져들기 시작했다. 그리고 과로 때문에 환각과 환청이 일어난 것이 아닌가 생각했다. 그러나 그것도 말이 안 되는 일이었다. 그는 황소처럼 건강하고 황소처럼 신경이 굵다고 마리가 이따금 불평을 터뜨릴 정도이기 때문이다.

"아, 기분 좋아……. 정말 상쾌해. 여보, 이 공기의 느낌 모르겠어요? 저 울타리 바로 밖에 있는 커다란 나무 옆에 사프란이 예쁘게 피어 있어요, 기억나요? 그리고 오늘 오후에는요, 앵초를 조금 발견했어요, 얼마나 이쁜지 몰라요!"

그녀는 숨을 크게 내쉬더니 팔을 굽혀 알통을 만들며 머리를 획 하고 뒤로 젖혔다. 그리고 생글생글 웃으면서 뒤돌아보았다.

"피곤해요?"

"진허."

"정말?"

"응, 정말이야!"

그녀는 의심스럽다는 듯이 말했다. "이봐요, 테드, 그렇게 퉁명스럽게 말할 것 없잖아요? 당신, 칵테일을 좀 마셔야겠어요, 테드…… 오늘 밤엔 우리 외출하지 않아도 되죠?"

"나도 그러고 싶지만, 왜?"

마리는 잠시 얼굴을 찌푸리면서 눈은 꼼짝 않고 도로를 주시했다.

"마크 데스파드한테서 저녁에 몇 번이나 전화가 걸려왔어요……. 당신한테 할 얘기가 있다더군요. 만나고 싶대요. 무척 중요한 얘기라면서 나한테는 얘기해 주지 않았어요. 그런데 그가 잠시 입을 잘못 놀리는 바람에 생각하건대 틀림없이 마일즈 백부님에 관한 일일 거예요. 그 사람 정말 이상했어요."

그녀는 그가 지나칠 만큼 잘 알고 있는 그 '신비로운' 표정을 띤 얼굴을 그쪽으로 돌렸는데, 그 표정은 스쳐지나가는 가로등의 불빛을 받아 똑바로 그를 응시하는 큰 눈과 함께 뭐라 형용할 수없을 만큼 아름답게 보였다.

"테드, 무슨 할 말이 있는지는 몰라도, 당신 귀 기울이지 않을 거죠?"

제3장

 "그 사람이 전화했다고?" 스티븐스는 기계적으로 말했다. "안 가도 된다면 나도 나가고 싶지 않아. 하기는 경우에 따라 다르지만……정말 무슨 걱정거리가 있는 건지 뭔지……."
 무슨 생각으로 그런 말을 했는지 스스로도 몰랐기 때문에 그는 입을 다물었다. 이따금 마리의 얼굴이 아련해지면서 안개에 싸인 것 같은 느낌이 들 때가 있다. 조금 전의 얼굴 느낌도 가로등 불빛 때문이었음이 틀림없을 것이다. 그도 그럴 것이 그녀는 마크 데스파드 따위는 깨끗이 잊고, 뉴욕의 아파트 거실에 있는 가구를 위해 만들고 있는 커버에 대해 계속 얘기하고 있었으니까. 칵테일을 마시면서 우스개 삼아 다시 한번 그 문제를 꺼내 보자……. 그러면 잊을 수 있을시도 모른다고 그는 생각했다.
 그는 마리가 고던 클로스의 책을 읽은 적이 있는지 궁금해졌다. 남편 때문에 상당히 많은 책을 읽었으니까 어쩌면 원고를 본 적이 있을지도 모른다. 그녀의 독서 범위는, 대충 읽는 거겠지만 놀라울 만큼 넓다. 하지만 대부분은 나라의 풍물에 관한 것이었다. 그가 그녀를 쳐다보자 어깨에 걸친 윗도리의 소매가 뒤로 떨어져 있는 것이 보였다. 왼쪽 손목에 팔찌를 끼고 있다──그것은 입에 루비를 문 고양이 얼굴의 잠금쇠가 달린, 몹시 공들여 만든 팔찌로, 아까 그 혐오스러운 사진에서 본 것과 같은 것이었다.

"그건 그렇고, 당신, 고던 클로스의 작품 읽은 적 있어?"

"클로스? 그게 누군데요?"

"범죄 실화를 쓰고 있는 사람이야."

"어머, 말도 안돼! ……난 누구처럼 변태가 아니라구요."

그리고 약간 진지한 말투로 "여보, 자주 생각하는 거지만, 당신들……당신과 마크 데스파드, 웰든 박사는 그런 살인 사건 같은 잔인한 것에 흥미를 가지고 있는데……좀 이상한 취미라고 생각 안해요?"

스티븐스는 어리둥절했다. 지금까지 잔소리를 할 때는 있었어도 그녀가 이런 식으로 말하는 건 들은 적이 없어서 어쩐지 불쾌했다. 다시 한번 그녀를 쳐다보니 오동통한 얼굴은 진지함 그 자체였다.

"어떤 고관이 말했는데, 미국 국민이 살인 사건이나 간통죄에 건전한 관심을 가지고 있는 한 이 나라는 안전할 거라더군. 하지만 당신이 그런 걸 병적이라고 생각한다면……."

그는 서류가방을 가볍게 두드린다. "이 안에 클로스의 신간 원고가 들어 있는데 말이야, 여성독살범에 대해 쓴 것인데 '마리'라는 이름의 여자도 들어 있는 것 같았어."

"네? 그래요? 그래서 당신, 그거 읽었어요?"

"잠시 훑어보았을 뿐이야."

그녀는 전혀 흥미 없다는 듯 더 이상 얘기하지 않고 얼굴을 찡그린 채 부지런히 별장 옆에 있는 차도로 차를 몰았다.

차에서 내린 그는 갑자기 허기와 피곤이 느껴졌다. 온통 하얀 건물에 초록색 덧문으로 대표되는 뉴잉글랜드식 목조가옥은, 상큼한 커튼

사이로 불빛이 새나오고 있어서 느낌이 무척 좋았다. 주위에는 어린 풀과 라일락 향기가 감돌고 있고, 나무가 무성한 언덕이 그 건너편으로 뻗어 있다. 그 언덕 비탈을 따라 100야드쯤, 데스파드 저택의 높은 담장이 찰스 2세를 기념하는 킹 거리 가장자리까지 이어지고 있다.

집 안에 들어가자 그는 의자에 앉아서 그대로 꼼짝 않고 있고 싶었다. 홀 오른 쪽에 있는 거실에는 붉은 빛이 감도는 오렌지색 천을 씌운 소파와, 쿠션이 푹신푹신한 의자가 놓여 있다. 테이블 위에는 몸통이 굵은 램프가 보이고, 화려한 커버의 책들이 빼곡히 들어 있는 책장은 새하얀 널빤지 벽에 붙박이식으로 끼워져 있다. 그리고 난로 위쪽에 단 한 점의 렘브란트의 멋진 복제화가 걸려 있고, 지금은 가정의 수호신이 된……아니, 말하자면 어느 가정에서나 볼 수 있는 칵테일 셰이커까지 있다. 홀을 지나 식당으로 들어가는 유리문 저편에서 뚱뚱한 엘렌이 바닥을 삐걱거리며 식탁을 준비하고 있는 것이 보였다.

마리는 그의 모자와 서류가방을 받아들고 이층에 가서 샤워를 하고 오라고 권했다. 그 편이 차라리 나을 것 같았다. 그는 샤워를 마치고 휘파람을 불면서 계단을 내려왔다. 그런데 다 내려오기도 전에 그 자리에 멈춰 서고 말았다. 그의 서류가방이 전화대 위에 있었다. 은으로 만든 잠금쇠가 반짝반짝 빛나고 있다. 그런데, 그 잠금쇠가 열려 있는 것이었다.

무엇보다 불쾌한 것은 자신의 집 안에 배신자가 있다고 생각하는 일이었다. 그는 그런 의혹이 못 견디게 싫었다. 모든 것이 석연치가 않았다. 그런 기분으로 마냥 서 있는 것도 내키지 않아서 전화대에 가서 서류가방 안의 원고를 재빨리 살펴보았다.

마리 도브리의 사진이 없었다. 예상했던 대로였다.

생각해도 소용없는 일이어서 그는 서둘러 거실로 들어갔다. 집 안의 공기가 미묘하게 변한 것 같은 기분이 들었다.

마리는 칵테일 테이블 옆 긴 의자에 느긋하게 기대 앉아 잔을 들고 있었다. 그녀의 얼굴은 발그레 물들어 있었는데, 그를 보더니 테이블에 있던 또 하나의 잔을 내밀었다.

"왜 그렇게 오래 걸렸어요? 이거 드세요. 기분이 좋아질 거예요."

마시는 동안 그는 그녀가 지긋이 자신을 보고 있는 듯한 느낌이 들었다. 그런 생각이 얼핏 머리를 스치는 것만으로도 몹시 불쾌한 기분이었기 때문에, 그는 초조감을 느끼면서 물러설 수 없다는 심정으로 다시 한 잔을 따라 마셨다. 그리고 조용히 잔을 내려놓았다.

"그건 그렇고 마리, 좀 번거로운 일이 생겼어. 킹 거리 1번지의 집에 묘한 일이 일어났거든. 난 커튼 뒤에서 손이 쑥 나온다거나 찬장에서 시체가 굴러 나온다 해도 놀라지는 않지만 말이야. 당신, 몰라?……당신과 같은 이름으로, 오래 전에 비소를 사용하여 수많은 사람을 상습적으로 죽인 사람."

그녀는 미간에 주름을 잡으며 그를 빤히 응시했다. "테드, 그게 무슨 얘기예요? 당신, 오늘은 내내 태도가 이상해요."

마리는 잠시 말을 흐렸다가 웃으며 계속했다.

"내가 칵테일에 독을 넣었을 거라고 생각하는 거예요?"

"아니, 옛날의 당신이 그랬다는 얘기는 절대 아니야. 하지만 솔직히 이렇게 말하면 어떻게 들릴지 모르겠는데, 당신, 들은 적 없어?……벌써 백년은 지난 일이지만……당신과 쏙 빼닮은데다, 당신의 그 고양이머리 세공이 달린 팔찌와 똑같은 것을 끼고 있는 여자에 대한 것?"

"테드, 도대체 지금 무슨 소릴 하는 거예요?"

그는 다시 애써 가벼운 태도로 말했다. "내 말 잘 들어, 마리. 이

건 이상하다는 걸로 끝날 얘기가 아니야. 그렇다고 대단한 일도 아니고, 그럴 리도 없어. 문제는 18세기 복장을 한 당신의 사진을, 여러 가지 사실로 판단하여 주변 사람을 거의 반쯤 죽인 것이 틀림없다고 생각되는 여자의 증거사진으로 책에 붙이는 것을 재미있다고 생각하는 자가 있을지도 모른다는 얘기야. 물론 그것을 그대로 믿는 사람은 아무도 없겠지. 클로스는 전에도 사실을 날조했다는 비난을 받은 적이 있으니까……. 그 세상을 떠들썩하게 한 라드브르느가 잡지 〈세계〉에서 다룬 것, 당신도 기억하고 있지? 그렇지만 이번 것은 날조도 이만저만한 날조가 아니야. 말이 나온 김에 다 터놓고 물어볼게. 이 마리 도브리라는 여자는 어떤 사람이지?……당신과 혈연관계가 있는 거야?"

마리는 이미 일어서 있었다. 화를 내거나 놀라는 기색은 없고, 단지 당혹과 걱정으로 숨도 쉬지 못하겠다는 듯한 눈으로 그를 보고 있을 뿐이었다. 그리고 그녀는 아무 일 없었다는 듯 뒤로 물러갔다. 그녀가 마치 반쯤 장난처럼 이상하리만큼 얼굴색을 바꾸는 것도, 목옆에 작은 주름이 잡혀 있는 것도, 그가 여태까지 본 적 없었던 일이다.

"테드, 당신이 진지한 것 같으니까 나도 그렇게 말할게요. 다시 말해 오래 전에 많은 사람을 살해한 마리 도브리라는 이름의 여자가 있었다는 거죠?……상당히 흔한 이름이지만. 그리고 당신은 내가 그 여자이거나 그 여자가 나라고 생각하고 있는 거군요. 그래서 당신이 종교재판소 소장역을 하고 있는 거구요. 그렇지만 만약 내가 그 마리 도브리라면……."

스티븐스는 그녀와 그녀 뒤의 벽거울에 비친 자신의 모습을 어깨 너머로 힐끗 보았다. 그 순간 그는 그 거울이 어딘가 이상한 게 틀림없다고 생각했다.

"만약 내가 그 마리 도브리라면, 더 중요한 점도 많겠지만 내가 훨씬 나이를 먹었을 거라는 걸 당신 눈으로 확인할 수 있지 않겠어요?"

"난 그런 말 한 적 없어. 어쩌면 당신이 먼 후손이 아닐까 하고 물었지."

"먼 후손이라구요! 담배좀 주세요. 그리고 칵테일도 한 잔 더. 바보 같군요, 당신도 참. 우리 이러지 말고 즐겁게 지내요."

스티븐스는 깊은 한숨을 쉰 뒤, 의자에 기대앉아 지긋이 그녀를 쳐다보았다.

"당신이 다른 사람을 모두 악당으로 만들어버리는 솜씨는 정말이지 금메달감이야. 좋아, 알았어……. 난 이제부터 신경 쓰지 않을 테니까, 당신 좋을 대로 해. 하지만 이것 한 가지만은 안돼……. 멀쩡한 출판사가 저자의 원고에서 사진을 빼내고는 그대로 시치미를 떼고 있을 수는 없는 일이라구……. 알겠어, 마리? 의논하고 싶어서 하는 말인데, 바로 5, 6분전에 내 서류가방을 열어보지 않았어?"

"아뇨."

"그걸 열어서, 1861년에 살인죄로 단두대에 올라갔던 마리 도브리의 사진을 꺼내지 않았냔 말이야?"

그녀는 폭발 직전이었다. "난 절대로 그러지 않았어요!" 그녀의 목소리가 갈라졌다. "이봐요, 테드, 도대체 왜 그래요. 그런 이상한 말만 하고?"

"아니야, 거기에 들어 있지 않으니 분명히 누군가가 꺼낸 거야. 이 집에는 우리 둘 말고는 엘렌밖에 없어. 음침한 얼굴의 중국인이 내가 이층에서 샤워를 하는 사이 몰래 들어와서 훔쳐간 거라면 몰라도, 어째서 없어진 건지 알 수가 없어. 클로스의 주소가 원고 표지에 적혀 있으니까, 그에게 전화해서 그 사진을 삭제해도 되느냐고 물어볼 생각은 하고 있지만. 그렇다 해도 그걸 잃어버린 채로 둘 수는 없는 일이야……."

"부인, 식사 준비 다 됐는데요."

뚱뚱한 엘렌이 문에서 얼굴을 내밀며 무척 명랑한 목소리로 말했다. 바로 그때 앞쪽 홀에서 현관문을 시끄럽게 노크하는 소리가 들렸다. 노크하는 소리가 났다고 해서 이상하게 생각하거나 놀랄 일은 아니다. 그런 일은 하루에도 열 번도 넘게 있는 일이니까. 그런데 스티븐스는 2, 3초 동안 몸을 움직일 수가 없었다. 소파에 앉은 채 홀로 나가는 아치형 문 저편 구석에 있는 우산꽂이를 곁눈으로 보았다. 엘렌이 뭐라고 투덜거리고 발소리를 쿵쿵 내며 현관으로 나가 문 여는 소리가 들렸다.

"스티븐스, 집에 있어요?"

마크 데스파드의 목소리였다.

스티븐스는 일어섰다. 마리도 그 자리에 무표정하게 서 있었다. 그는 그녀 옆을 지날 때——어째서 그런 행동을 했는지 스스로도 잘 알 수 없었지만, 그녀의 손을 잡고 자신의 입술을 갖다 댔다. 그런 다음 홀로 나가 웃는 얼굴로 마크를 맞이한 뒤, 이제 막 식사를 하려던 참이라며 칵테일 한 잔 하겠느냐고 말했다.

마크 데스파드는 문 바로 안에 서 있었고 그 뒤에 또 한 사람, 스티븐스가 처음 보는 남자가 있었다. 홀의 청동대 위의 전등이 매부리코를 한 마크의 말끔한 얼굴을 비추었다. 완강해 보이는 턱과 근육실의 건장한 체격에 어울리지 않게 몹시 신경질적인 얼굴이다. 불빛은 홀을 재빨리 둘러보는, 희미하게 푸른빛이 감도는 눈도 비추고 있다. 한가운데에서 이어져 있는 부드러우면서도 강해 보이는 연갈색 눈썹에, 마찬가지로 부드럽고 강한 연갈색 머리카락. 마크는 소장변호사로서 체스넛 거리에 사무실을 가지고 있는데, 그건 6년 전에 사망한 부친한테서 물려받은 것이었다. 일에 있어서는 그가 너무 이론만 따지는 성격인지라 그리 번창하는 편은 아니었다. 하지만, 그 눈이 너무 좋아서 안팎을 전부 꿰뚫어보기 때문에 어쩔 수 없다고 그는 말한다. 그는 저택 안을 거니는 것을 좋아했는데, 그런 때는 지주인지 사냥꾼인지 모를 복장을 했다. 수렵용 상의에 플란넬 셔츠, 그리고 코르덴 승마바지에 목구두.

마크는 음악가 같은 화사한 손으로 모자를 주물럭거리며 서서 홀을 둘러보다가, 정중하게 변명하는 것 같으면서도 강한 어조로 말했다.

"갑자기 방해를 해서 미안하네. 나도 어지간한 일이 아니면 이러지 않겠는데 도저히 그냥 있을 수가 없었네. 그리고……"

그는 문 안에 들어와 있던 뒤쪽의 남자를 돌아보았다. 마크보다 키는 작지만 다부진 체격의 남자로, 과묵해 보이고 마크와 마찬가지로 행동거지가 정중했다. 턱이 파릇파릇한, 강인해 보이는 얼굴이다. 혼자서 마시는 알코올로 주독은 올라 있으나 잘생긴 얼굴이었다. 우울한 표정을 띤 갈색 눈과 눈 사이에 V자형으로 주름이 잡혀 있지만 입매의 느낌은 나쁘지 않다. 묵직한 스프링코트의 매무새에도 묘하게 사람의 시선을 끄는 데가 있다. 한번 만나면 기억에 남을 남자다.

"이쪽은 나의 오랜 친구인 퍼팅턴 박사……아니, 퍼팅턴 군일세."

박사라고 말한 것을 얼른 정정했지만 퍼팅턴은 안색 한번 바꾸지 않았다.

"우린 자네하고 은밀하게 하고 싶은 얘기가 있네, 테드. 좀 길어질지도 모르지만 나름대로 이유가 있는 일이라서, 괜찮다면……그러니까……식사는 뒤에 해도 된다면……"

"어서 오세요, 마크!" 평소처럼 생글생글 웃는 얼굴이 된 마리가 아치문에서 말했다. "테드, 서재로 가지 그래요?……모두 함께. 식사는 천천히 해도 되니까."

스티븐스는 소개가 끝난 뒤 홀 안의 2단 낮게 되어 있는 자신의 방으로 서둘러 두 사람을 안내했다. 그곳은 작은 방이어서 세 사람이 들어서자 가득차는 느낌이었다. 타이프라이터 책상 위에 있는 램프의 불빛에 갑자기 밝아진 방은 으스스하고 음산했다. 마크는 조용히 문을 닫은 뒤 그것을 등지고 섰다.

"테드, 마일즈 백부님은 살해됐다네."

스티븐스가 이미 예상했던 일이었기에 별로 놀라지는 않았지만 그래도 몸속이 떨리는 것 같은 느낌은 들었다. 그보다도 그가 진심으로 놀란 것은 마크의 대담한 말과 느닷없이 그렇게 말을 꺼낸 일이었다.

"뭐라고! 마크……."

"비소였어."

"우선 좀 앉게."

잠시 사이를 둔 뒤 스티븐스는 말했다. 책으로 에워싸인 옹색한 방의 가죽 의자 두 개를 가리킨 뒤, 자신은 안쪽에 있는 책상 의자에 앉았다. 그런 다음 책상에 등을 돌리고 두 팔을 옆으로 뻗어 얹은 뒤 두 사람을 쳐다보았다.

"범인은?"

"아직은 우리 집의 누군가라는 것밖에 모르네."

마크는 여전히 음울한 목소리로 대답하며 깊은 숨을 한번 내쉬었다.

"가슴속에 있는 것을 말했으니 이제 왜 자네한테 이런 말을 하는 건지 얘기하지."

그는 긴 손을 무릎 사이에 늘어뜨리고 푸르스름한 눈을 램프로 향한 채 상체를 내밀었다.

"내가 꼭 해야 하고 또 하고 싶은 일이 있는데 거기에는 나 말고 날 도와줄 세 사람이 필요해. 두 사람은 있지만, 나머지 한 사람,

내가 신용할 수 있는 건 자네밖에 없어. 다만 자네가 우리를 도울 마음이 있다면 한 가지 약속해줘야 할 것이 있네. 그 노인의 시체에서 어떤 것을 발견하든 경찰에는 한 마디도 해서는 안 된다는 걸세."
스티븐스는 좀처럼 결심이 서지 않아서 시선을 카펫에 떨어뜨렸다.
"자네는 범인이……설령 누구든……처벌하고 싶지 않은 거로군?"
"처벌한다? 아니야, 그거야 원하는 바지만" 하고 마크는 냉혈한 같은 얼굴로 고개를 끄덕이며 말했다.
"자네는 몰라. 우리는 묘한 문명 속에서 살고 있네, 테드. 만약 내가 반드시 하고 싶은 일이 있다고 한다면, 그건 자기는 자기, 남은 남, 쓸데없는 참견은 하지 않는 걸세. 단 한 가지 내가 싫어하는 것은 바로 선전이라는 말일세. 즉 자기선전 말이네. 우리 미국인에게 그것은 신이자 광신의 대상이며, 운명을 지배하는 것이 되었어. '당신이 나에 대해 어떻게 말하든 상관하지 않겠어……하지만 내 이름만은 분명히 말해줘' 만큼 불쾌한 교의는 아마 없을 거야…… 좋든 나쁘든 사람이 무엇을 얼마나 했는가 하는 것을, 그야말로 전화번호부로 그 사람을 이러쿵저러쿵 품평하는 것과 마찬가지로 판단하는 세상이 되어 버렸으니까. 신문이 나쁜 게 아니야……거울이 들여다보고 싶어하는 자를 들여다보지 못하게 할 수 없는 것처럼, 어떻게 할 수 없는 일이지. 보여주기 위한 것뿐이라면 뭐 그것도 하는 수 없고. 하지만 이번 경우는 달라. 살인 사건이든 아니든, 우리 집 문제를, 아침저녁으로 인사조차 나누고 싶지 않은 독자의 기분을 흥분시키는 기사거리로 만들고 싶지는 않네. 그것이 내 심정이야. 한 마디도 새나가게 하고 싶지 않은 것도 그래서네.
 오늘 밤 자네가 도와준다면 납골당을 열고 백부님의 관을 꺼내 시체를 해부하고 싶네. 난 이미 확신하고 있지만, 시체에 비소가 들어 있는지 없는지 확실하게 확인하고 싶어. 거기에 대해 내가 알고 있는 사실을 모두 얘기하지.

　일주일도 전부터 나는 그가 살해된 것이 틀림없다고 생각하고 있었네……하지만 어떻게 할 방법이 없었어. 그것을 확인하려면 시체를 꺼내 해부하는 수밖에 없으니까. 문제는 어떻게 해서 아무도 모르게 그 일을 할 수 있을까 하는 거지. 어떤 의사라도……즉 그러니까…….″

퍼팅턴이 쾌활하게 입을 열었다.

″마크가 말하려는 것은 곧, 제대로 된 의사라면 그런 검시는 하지 않을 거라는 거죠……그래서 나를 부를 수밖에 없었어요.″

″난 그런 뜻으로 말한 것이 아니었어!″

″알고 있어, 마크.″

퍼팅턴은 스티븐스를 보면서도 여전히 모자를 만지작거렸다.

″이번 일에서는 내 입장을 알고 있는 편이 좋을 겁니다. 난 마크의 오랜 친구로, 10년 전에 그의 동생인 이디스와 약혼한 적이 있습니다. 외과의사로 10년 전에는 뉴욕에서 버젓이 개업하고 있었지요. 낙태수술을 했는데……아니, 이유는 묻지 말아 주세요……옳다고 생각해서 한 일이지만 나중에 말썽이 생겨서 발각되고 말았어요.″

미소까지 띠며 조금도 괴로워하는 기색 없이, 서슴없이 신상 얘기를 하고 있는 것 같았다.

″마침 기삿거리가 귀하던 시기여서 그랬는지……마크의 신문사에 있던 친구들이 벌떼처럼 달려들었어요. 덕분에 난 물론 면허를 취소당하고 말았지요. 뭐 그렇게 대수로운 일은 아니었어요……저축도 있었고. 하지만 그 일로 이디스는 내가 낙태수술을 한 여자가……아니, 이젠 모두 옛날 일입니다…….″

퍼팅턴은 입을 다물더니 이마에 주름을 잡고 턱을 쓰다듬으면서 문

쪽을 응시했다. 그 정도 얘기한 것만으로 목이 마른 모양이었다. 스티븐스는 그것을 눈치 채고 일어서더니 찬장에서 위스키병을 꺼냈다. 퍼팅턴은 다시 입을 열었다.

"그 뒤 난 영국에서 제법 재미있게 지냈습니다. 그런데 1주일쯤 전에 마크가 전보를 보내⋯⋯내가 올 때까지 아무 것도 할 수 없다는 겁니다⋯⋯그래서 곧 배를 탔지요. 이만하면 나에 대해선 대충 아셨을 겁니다."

스티븐스는 잔과 소다사이펀을 늘어놓았다.

"이보게, 마크. 물론 난 비밀을 지킬 거네."

스티븐스는 마크가 예상한 이상으로 심각한 투로 말했다.

"하지만 자네의 의혹이 적중하여⋯⋯백부님이 타살되었다는 것이 밝혀지면 어떻게 할 생각인가?"

마크는 두 손으로 이마를 짚으면서 말했다.

"나도 모르겠네. 그 일로 머리까지 이상해질 것 같아. 어떻게 하면 좋을까? 자네라면 어떻게 하겠나? 다른 사람들은 어떻게 할까? 복수하려고 할까? 그래서 또 살인을 하라는 말인가? 아니, 그건 사양하겠어. 그렇게까지 할 만큼 마일즈 백부님을 좋아하지도 않았고. 그러나 반드시 알아야 해. 이해하겠지? 우리 집에 독살범이 있다는 걸 알면서도 함께 살아갈 수는 없는 일이야⋯⋯게다가 난 서서히 고통을 주는 수법이 마음에 들지 않네. 테드. 마일즈 백부는 급사한 것이 아니라 비참한 죽음을 당했어. 누군지 모르지만, 한 사람이 죽어가는 것을 바라보면서 유유히 즐겼던 게 틀림없어."

그가 의자 팔걸이를 두드렸다.

"자네가 알고 싶다면 얘기해 주겠네만⋯⋯터놓고 얘기해서⋯⋯또 한 가지 있네. 범인은 며칠이나⋯⋯아니, 몇 주일이나 계획적으로 독약을 먹여 왔네. 잘은 모르겠어⋯⋯확실히 언제부터 비소를 탔는지는 말할 수 없지만……그는 비소와 같은 증상을 보이는 위염에 실제로 걸려 있었으니까. 증상이 악화된 뒤 우리는 노련된 간호사를 고용했지만, 그 전부터 그는 점심과 저녁은 쟁반에 담아서 침실로 가져오게 했네. 그는 마거릿조차도……."
퍼팅턴을 향해 마크는 계속했다.
"하녀 말이야……그 마거릿까지 방 안에 들어오지 못하게 했어. 언제나 문 밖의 테이블에 두고 가게 한 뒤 마음이 내킬 때 안으로 가지고 들어갔지. 때로는 상당히 오랫동안 그대로 둔 적도 있었으니까. 집안 식구는 아무도……아니, 내가 알고 있는 한 외부 사람도, 그가 먹을 음식에 독을 섞는 일은 간단하게 해치울 수 있었지. 하지만……."
마크는 자기도 모르게 목소리를 높였다.
"하지만 백부님은 마지막에 많은 양의 비소를 마시고 이튿날 새벽 3시에 돌아가셨는데, 그 전날 밤의 일에 대한 얘기는 별개야. 그렇게 되면 이미 미스터리소설 같은 의혹의 영역이 되지만 난 그것을 철저하게 해명하지 않으면 안돼. 마일즈 백부님을 죽인 범인이 내 아내가 아니라는 사실을 증명하기 위해서라도, 무슨 일이 있어도 밝혀내야 해."
스티븐스는 엽궐련 상자를 꺼내다가 동작을 멈췄다. 누가 그 무서운 범죄의 범인인지는 모르지만 묘한 수법을 사용한 것이 틀림없었다. 마크와 루시는 어떨까?……그는 루시를 생각해 보았다……. 섬은 머리를 옆으로 가르고, 코 주위에 엷은 주근깨가 있지만 이목구비가 단정한 매력적인 미모……웃는 얼굴……누구나 '파티에 가장 잘 어울리는 여자'라고 말하는 타입……더할 수 없이 행복한 결혼생활을 하고 있는 아내. 그는 루시를 떠올리면서 그녀를 의심한다는 건 말도 안 된다고 생각했다.

그러자 마크가 자조하는 듯한 투로 말했다.

"자네가 지금 무슨 생각을 하고 있는지 알아. 내 머리가 이상해진 거라고 말하고 싶겠지?……당치도 않은 헛소리라고. 그래, 그건 알고 있어……지금 내가 이렇게 이 의자에 앉아 있는 것을 알고 있는 것과 마찬가지로 잘 알고 있어……하지만 그게 문제가 아니야. 백부님이 독약을 듬뿍 마신 날 밤, 루시는 나와 함께 세인트 데이비스의 가장무도회에 밤새도록 있었던 것도 알고 있어……하지만, 그것도 문제가 안돼. 내가 알고 싶은 것은 상황증거란 말일세. 자네는 그런 입장에 서지 않아도 되니까……운이 좋은 것에 감사해야 할 거야, 테드. 그렇게 되어 보게, 신기하다거나 이상한 것으로 끝날 수 없을 테니까. 이상한 것도 뭐도 아니라는 걸 알면서도 상황증거를 밝히지 않을 수 없어, 아내를 난처한 입장에 밀어 넣으려고 한 것이 누구인지 알아내기 위해서는 백부님을 죽인 자를 찾아내야 하는데, 그렇게 되면……자네한테 경고하네만……번거로운 일이 될 수도 있네. 자네가 이해할 수 있도록 설명하는 건 어려울 것 같지만……."

"그런 건 생각하지 않아도 되네……그래, 걱정할 필요 없어. 방금 상황증거라고 했나? 도대체 어떤 상황증거 말인가?"

그때까지 위스키병도 잔도 테이블에 놓인 채 아무도 손을 대지 않고 있었다. 마크는 담배 연기를 깊이 빨아들이듯이 숨을 들이마시며 위스키를 잔에 가득 따랐다. 그리고 그것을 불빛에 비쳐 본 뒤 단숨에 비웠다.

"우리 집 요리사 겸 가정부인 헨더슨 부인이 범행 현장을 보았어. 마지막 독약이 담겨 있는 것을. 그리고 그녀가 말한 바로는 그 독약을 먹일 수 있는 사람은 루시밖에 없다는 걸세."

제4장

퍼팅턴이 몸을 내밀면서 말했다.
"자네가 그것을 냉정하게 받아들일 수 있다면 그거야 좋은 징후지만……난 그런 목격자의 말 같은 건 증거로서 약하다고 생각해."
그는 마크가 위스키를 마시는 모습을 무거운 듯한 눈으로 쫓고 있었다. 스티븐스는 퍼팅턴이 술을 마시고 싶어 못 견디면서도 손을 내밀려 하지 않고, 마크의 손에 있는 잔도 못 본 척 하고 있다는 것을 알았다. 그래서 위스키소다를 만들어주자 퍼팅턴은 아무렇지도 않은 듯이 받아들고, 항상 혼자 조용하게 술을 마시는 남자답게 묘하게 안정된 모습으로 마셨다. 퍼팅턴이 다시 말을 이었다.
"자네는 그러니까 그 늙은 헨더슨 부인이 오래 전부터 자네 집에 있었다는 걸 말하고 싶은 거지? 이렇게 생각할 수는 없을까? 어쩌면 그녀가……?"
"이런 사건에서는 어쩌면이라는 가정은 누구한테나 할 수 있어."
마크는 답답하다는 듯이 말했다.
"하지만 그녀가 히스테리를 일으키거나 거짓말을 했다고는 생각되지 않아. 그야 물론 소문 얘기는 무척 좋아하지만……히스테리 같은 건 한번도 보여준 적이 없었고, 더군다나 자네도 말했듯이 그녀와 그녀의 남편은 내가 어렸을 때부터 우리 집에 있었고, 그녀는 오그덴의……자네도 기억하지? 내 동생 오그덴 말이야, 퍼팅턴……그 오그덴의 유모였으니까. 자네가 떠났을 때 그는 아직 초등학생이었지. 또 그녀는 우리 가족에게 진심으로 호의를 가지고 있어. 루시에게도 마찬가지이고……그것도 나는 알고 있어. 그리고 그녀는 마일즈 백부님이 정말 독살되었을지도 모른다는 의심은 손톱만큼도 하지 않고 있어. 그는 위염으로 죽었고, 자신이 본 것은 아무것도 아니라고 생각하고 있네. 그래서 난 그 일을 입 밖에 내지 못하게 하는 데 여간 고심하지 않았지."

"잠깐만!" 하고 스티븐스가 끼어들었다. "그녀가 한 이야기는 고풍스러운 옷을 입은 수수께끼의 여자……있지도 않은 문을 열고 나간 여자와……관계가 있나?"

"있네."

마크는 말하며 불안한 듯이 다리를 떨었다.

"그 부분을 이제부터 얘기하려던 참이네. 그건, 거기에……아니, 거기에만 전체의 이야기 가운데 아무래도 석연치 않은 데가 있기 때문이야. 도무지 어떻게 된 건지 알 수가 없어! 이런 경우 자네가 어떻게 생각할지 지난번에 시험해 본 것도 모두 농담으로 끝내고 싶었기 때문일세……아니, 잘 듣게! 자네들도 한번 스스로 판단해주지 않겠나?"

그렇게 말하더니 화사한 손가락을 바쁘게 움직여 담배 종이와 담배통을 만지기 시작했다. 그는 직접 담배 마는 것을 좋아해서 마치 요술처럼 능숙하게 만다.

"그럼 모든 걸 처음부터 얘기하지……사실 여기저기 묘한 데가 있어서 어쩐지 지옥의 퍼즐이라도 맞추고 있는 것 같은 느낌이 들 정도야. 우선 데스파드 집안의 역사부터 간단하게 얘기하는 게 좋을 것 같네. 아참, 퍼팅턴. 자네는 옛날에 마일즈 백부님을 만난 적이 있나?"
퍼팅턴은 잠시 생각한 뒤 대답했다.
"아니, 없어. 그분은 늘 유럽 어딘가에 나가고 집에 없었으니까."
"백부님과 우리 아버지는 연년생이야……백부는 1873년 4월, 아버지는 74년 3월에 태어나셨지. 이런 일을 내가 상세하게 얘기하는 이유는 언젠가 알게 될 걸세. 아버지는 결혼을 꽤 일찍 21살 때 했지만 백부는 하지 않았지. 나는 1896년에……이디스는 98년에……그리고 오그덴은 1904년에 태어났네. 수입은 토지에서 나오는 수확이었어……데스파드 집안의 조상은 필라델피아에 상당히 많은 땅을 가지고 있었고, 이 근방에도 넓은 땅이 있었으니까. 마일즈 백부님이 그 땅의 대부분을 상속했지만 아버지는 별로 마음에 두지 않았어……원래 아버지는 욕심이 없는 사람인데다 변호사로 성공했거든. 내 부모님은 6년 전에 폐렴으로 돌아가셨어……아버지 병이 어머니께 옮겼지. 어머니가 아버지 간호를 남의 손에 맡기고 싶어 하지 않으셨거든."
"자네 부모님은 기억하고 있어."
퍼팅턴이 짤막하게 말했다. 한손을 눈 위에 대고 있었지만 그다지 옛날을 그리워하는 기색은 없었다.
"그런데 이런 얘기를 하는 건 우리 집안의 배경이 얼마나 평범한지 얘기하고 싶어서네. 불행한 일을 겪은 적이 없을 뿐만 아니라, 나쁜 혈통도 없고 혐오스러운 사건 하나 없었지. 마일즈 백부님은 방랑벽이 있는 노인이었던 건 분명하지만, 요란하게 술을 마시거나 연애 사건을 과시하는 등 굉장히 구식인 면도 있었지. 하지만 요즘에는 오히려 그것이 예의바른 것으로 보이기도 했어. 그런 남자한테는 문자 그대로 이 세상에 적이란 한 사람도 없다고 할 수 있을 것 같아. 사실 거의 외국에서 생활했기 때문에 이 근방에는 아는 사람도 별로 없었지. 만약 누군가가 그를 독살했다면 그건 사람이 죽는 걸 보는 것이 재미있어서 한 짓일 거야……물론 돈을 빼앗기 위한 것도 있겠지만……."
마크는 두 사람을 보았다.
"만약 돈을 위해서라고 하면 우리 모두 용의자라고 할 수 있어…… 특히 나는 더 그렇고. 우리는 각각 막대한 금액을 상속받네. 그건 모두가 알고 있던 일이지. 방금 말했듯이 백부님과 아버지는 비슷한 시기에 태어났기 때문에, 마치 쌍둥이처럼 자라며 사이가 무척 좋았네. 아버지에게 자식이 여럿 있었던 탓도 있겠지만 백부님은 결혼할 의지가 없었는데, 그것 말고는 조금도 문제가 없었네. 그래서 만약 누군가가 그에게 비소를 먹였다고 한다면 그건 은밀한 가정문제가 된다는 얘길세."
"잠깐 두 가지만 묻고 싶은 것이 있네만" 하고 퍼팅턴이 끼어들었다. 그는 여전히 어색하기는 하지만 말문은 열려서 약간 부드러워졌다. "하나는, 그가 비소를 마셨다는 증거가 어디에 있는가 하는 것이고, 또 하나는 사망하기 전부터 그가 방에서 두문불출하는 등 기색이 이상했다고 아까 자네가 말했는데……언제부터 그러셨나?"
그러자 마크는 다시 손을 폈다 쥐었다 하면서 주저하는 눈치였다.
"오해받기 쉬워서 피하고 싶었는데. 그가 심한 기인이 되거나 머리가 이상해졌다, 또는 집안 분위기를 엉망으로 만들었다고 생각하지는 말아주게……그는 옛날 학교에서 배웠던 교육을 늘 자랑으로 여기고 있었으니까. 그가 변한 것은 상당히 오래전부터였던 것 같아. 우리가 그런 식으로 변했다고 느낀 것은 6년쯤 전에 내 부모님이 사망하고 그가 파리에서 돌아왔을 때부터였어. 이미 그때는 옛날의 친절한 백부님이 아니었지……기운이 없어졌다는 게 아니라 단지 멍하다고 할까 망연자실하다고 할까, 뭔가 걱정이 있는 모습이었네. 그때는 방안에만 계시는 일은 없었어. 그렇게 되기 시작한 것은……그러니까.”

그러더니 잠시 생각에 잠겼다. “……그런데 테드, 자네가 이 별장에 온 지 얼마나 되었나?”

"2년쯤 됐지.”

마크는 그 시기가 같은 무렵이었던 것이 재미있다는 듯이 고개를 끄덕인 뒤 말했다.

“그래, 그럼 자네가 온 지 두 달 뒤가 되는군. 방안에 틀어박힌 건 아니고 단지 점심과 저녁식사를 방에서 들고 저녁에도 거기서 지내는 정도였네. 그의 생활은 자네도 알고 있을 거야. 아침식사는 아래층에 내려와서 한 뒤 날씨가 좋으면 뜰을 산책하고 엽궐련을 피우지. 화랑에서 잠시 시간을 보내는 일도 있고, 지루해했던 것뿐이라고 자네들은 말할지도 몰라……안개 속을 헤매고 있었던 일도 있었지. 점심때가 가까워지면 돌아와서 그때부터는 줄곧 방안에 있었네.”

퍼팅턴은 얼굴을 찡그렸다. “그 안에서 무엇을 하고 있었나? 독서? 공부?”

“아니, 그렇진 않을 거야. 책 읽는 건 좋아하지 않았으니까. 하인들이 수군거리는 얘기로는 등의자에 앉아서 창밖을 바라보고 있을 뿐이라고 하더군. 소일거리가 없어서인지 시간을 때우기 위해 자주 옷을 갈아입기도 했던 모양이야. 큰 옷장을 가지고 있었거든. 멋진 차림새와 풍채가 자랑거리였지.

사망하기 6주일 전부터 발작을 일으켜 토하거나 경련 같은 것을 하기 시작했어. 그래서 의사를 부르자고 했는데 들으려 하지 않는 거야. '어리석은 짓이야. 어제 오늘 시작된 게 아닌 걸. 겨자찜질을 하고 샴페인을 한 잔 마시면 곧 좋아질 거다' 하면서. 그러다가 심한 발작이 일어나서 급히 닥터 베이커를 불렀지. 의사는 고개를 저으며 위염이 틀림없다고 했네. 그것도 중증이라더군. 간호사를 고용했지. 그러자 정말 전부터 위가 나빠서 그랬는지 어쩐지는 모르겠지만 분명히 그때부터 병세가 좋아지기 시작했어. 4월 첫째주말에는 모두들 이제 걱정하지 않아도 되겠다 싶을 정도로 좋아졌네. 그러다가 4월 12일 밤이 찾아온 거지.

그 무렵 집에는 가족이 여덟 명이나 있었네……루시, 이디스, 오그덴, 그리고 나. 그밖에 헨더슨 노인……기억하고 있지, 퍼팅턴? ……그는 정원사 겸 잡역부 일을 하고 있네, 그리고 헨더슨 부인이 있고 또 간호사 코베트 양과 하녀 마거릿. 루시, 이디스와 난…… 아까도 말했지만 가장무도회에 갔었네. 무슨 바람이 불어선지 그날 밤 우리집 식구는 거의 모두 집을 비우게 되었어. 설명하자면 이래 …… 헨더슨 부인은 1주일쯤 전부터 집에 없었네. 클리블랜드에 있는 친척 아이의 대모였기 때문인데, 그녀는 대모가 되는 것을 좋아했어. 그 친척이 집안끼리 축하잔치를 한다고 해서, 그곳에서 며칠 머물고 있었네. 12일 수요일은 코베트 양의 정기 외박일이었고, 마거릿은 반해 있던 남자 친구한테서 갑자기 데이트 신청이 들어와서 그리 힘들이지 않고 루시에게 졸라 외출해 버렸어. 오그덴은 시내에 나가……어딘가 파티에 가 있었을 거고. 그래서 집에 남은 사람은 백부님과 헨더슨 노인뿐이었지.

이디스는 늘 그렇듯이 그걸 걱정하더군. 그녀는 누군가 병에 걸렸을 때는 여자가 한 사람이라도 집에 있어야 한다고 생각했으니까. 이때도 자기는 집에 남겠다고 말했지만 백부님이 듣지 않았네.

게다가 헨더슨 부인이 그날 밤 일찍 돌아오기로 되어 있었거든……9시 25분에 크리스펜에 도착하는 열차를 타고 올 예정이었지. 그런데 그것이 또 이디스의 걱정거리였어. 헨더슨이 포드를 몰고 역까지 아내를 데리러 가기로 되어 있었는데, 그렇게 되면 족히 10분은 집안에 백부님만 남게 되거든. 그러자 오그덴이 '별 수 없군' 하면서 헨더슨 부인이 돌아올 때까지 기다리겠다고 했기 때문에, 그럭저럭 만사가 잘 해결된 셈이었지.

　마거릿은 그길로 나갔고, 코베트 양도 긴급할 때의 처치를 적은 메모를 헨더슨 부인에게 남기고 역시 서둘러 나갔네. 8시쯤 루시와 이디스, 오그덴과 나는 가벼운 식사를 했어. 백부님한테서는 아무것도 먹고 싶지 않고 아무것도 필요하지 않다는 분부가 있었고……그날 밤에는 기분이 좀 언짢아 보였어. 하지만 따뜻한 우유를 한 잔 마시는 건 승낙하시더군. 식사를 끝내고 우리가 모두 이층으로 옷을 갈아입으러 올라갈 때, 루시가 우유를 쟁반에 얹어서 가지고 갔지. 그때 또렷하게 기억나는 게 한 가지 있는데……이디스가 층계참에서 루시에게 다가가더니 이렇게 말했어……'언니는 자기 집안 일에 대해선 아무것도 모르는군요……그 우유는 상했어요' 하고. 하지만 둘이서 약간 맛을 보았더니 괜찮았었다고 하더군."

스티븐스는 마크가 느릿느릿 얘기하는 목소리를 듣는 동안, 데스파드 저택의 커다란 창문 밑에 있는 떡갈나무 계단 층계참에서 있었다는 광경이 갑자기 뇌리에 떠올랐다. 벽에는 커다란 초상화가 걸려 있고, 발밑에는 욕실 매트처럼 산뜻한 인도카펫이 깔려 있으며, 창문 아래에는 전화대가 놓여 있다. 왜 전화대 같은 것이 생각난 건지 이상했다. 그런 다음 검은 머리를 옆으로 가르고, 엷은 주근깨는 있지만 '파티에 가장 잘 어울리는 여자'답게 무척 밝고 인상이 좋은 루시와 이디스의 모습도 눈에 떠올랐다. 이디스도 루시 못지않은 미인으로, 키가 약간 크고 머리는 갈색이지만 너무 말라서 눈 주위가 약간 움푹 꺼졌다. 그녀는 장난을 좋아하고 고상한 취미라는 말을 늘 입에 달고 다녔다. 이 일가에는 알력 같은 건 조금도 없었기 때문에 우유 때문에 말다툼을 해도 악의는 느껴지지 않았고, 두 사람 뒤에 야유가인 오그덴이 두 손을 주머니에 찔러 넣고 서 있는 것도 쉽게 상상이 되었다. 그에게는 마크와 같은 가식이 없는 진실함이 결여되어 있었지만, 그런 만큼 파티에서는 인기가 좋았다.

그러나 지금 스티븐스의 머리에 달라붙어서 떨어지지 않는 것은, 사건이 있었던 날 밤 마리와 자신은 어디에 있었는가 하는 것이었다. 그러나 그 답은, 설령 알고 싶지 않다 해도 너무나 확실하게 알고 있었다. 두 사람은 이 크리스펜 별장에 있었던 것이다. 주중에 뉴욕에서 오는 일은 드물었지만, 〈리툰하우스 매거진〉지의 편집자들과 판권 문제로 만날 일이 있어서 왔던 것이다. 뉴욕에서 차를 타고 와서 하룻밤을 보낸 뒤 이튿날 아침 일찍 돌아갔기 때문에, 마일즈가 사망한 것도 이틀 뒤에야 비로소 알았다. 별장에서는 손님도 없었기 때문에 평소 때와 다름없이 밤을 보내고 상당히 일찍 잠자리에 들었다. 전혀 아무 일도 없이 일찍감치 잠자리에 든 것이다.

마크가 다시 얘기하는 소리에 스티븐스는 퍼뜩 정신을 차렸다.

마크는 두 사람을 번갈아 보면서 얘기를 계속했다

"그래서 다시 한번 말하지만, 우유에는 아무 이상이 없어서 루시는 그대로 가지고 올라가 백부님 방 문을 노크했네. 아까도 말했듯이 평소에는 그가 금방 나오지 않기 때문에 옆에 있는 테이블에 내려놓으려고 하는데, 그때만큼은 그가 이내 문을 열고 쟁반을 직접 받아들였지. 그땐 무척 기분이 좋아보여서 늘 뭔가 찾고 있는 듯하면서도 무엇을 찾고 있는지 생각이 나지 않는 것 같은 멍한 표정은 별로 보이지 않았다더군. 퍼팅턴, 자네는 그를 만난 적이 없는 모양인데, 잿빛 콧수염과 넓은 이마, 목줄기에 힘줄이 약간 튀어나온 멋쟁이 노신사를 상상해주게. 그날 밤, 그는 하얀 깃이 달린 구식 파란 누비가운을 입고, 목에는 스카프를 두르고 있었네만. '정말 괜찮으시겠어요? 공교롭게도 코베트 양이 외출해서, 아래층의 벨을 눌러도 들을 사람이 아무도 없어요. 필요한 것이 있으면 직접 하셔야 하거든요. 하실 수 있겠어요? 헨더슨 부인이 돌아오면 위층에 와서 홀에 있도록 메모를 써 두었어요……그 편이 좋겠죠?' 하고 이디스가 말했지. 백부님은 '기껏해야 새벽 2시나 3시까지가 아니냐? 바보 같은 소리 마라. 너희들이 나가면 정말 속이 다 시원할 것 같다. 지금도 지겨우니까' 하고 말했네.

바로 그때 이디스가 키우는 고양이 요아킴이 홀에서 뭔가 발견한 듯한 기색으로 살금살금 다가오더니 백부님 발밑을 지나 방으로 들어갔네. 백부님은 요아킴을 좋아하셨지. 고양이만 있으면 돼…… 재미있게 놀다 오너라 하고 우리에게 말하더니 문을 닫아버렸기 때문에 모두 옷을 갈아입으러 갔네."

이때 스티븐스가 끼어들어 약간 엉뚱한 질문을 했다.

"자네는 아까 루시가 몽테스팡 부인의 모습을 하고 파티에 갔다고 했지?"

"그렇네. 맞아……겉으로는 그랬지" 하고 마크는 대답했는데 어쩐 일인지 그 질문을 받고 퍼뜩 놀란 듯한 얼굴을 했다. 그리고 스티븐스를 보았다.

"이디스가……무슨 생각에선지는 모르겠지만……몽테스팡 부인으로 분장하라고 고집을 부리더군. 그게 멋있어 보인다고 생각했을지도 몰라."

그렇게 말한 뒤 잠시 얼굴을 일그러뜨리며 웃는다.

"하지만 사실을 말하자면 루시의 의상은……그건 그녀가 직접 만든 건데……화랑에 있는 등신대 초상화를 그대로 흉내 낸 것이었네. 그 초상화 속의 여자는 어쨌든 몽테스팡 부인과 동시대의 여자였으니까……이름은 모르겠네만. 그 얼굴의 대부분과 어깨의 일부가……이미 상당히 오래 전부터 그랬던 것 같지만……산 같은 것으로 알아볼 수 없게 되어있었거든. 누군가가 그걸 복원하려고 한 적이 있다고 할아버지한테서 들은 기억이 있는데, 실패했다더군. 그런 것을 그대로 두고 있는 건, 훌륭한 걸작은 걸작인 데다 어쨌든 넬러(고드프리 넬러. 1646~1723. 독일의 초상화가)의 진품인 것 같았거든. 뭐, 브랑빌리에 후작부인의 초상화라는 말도 있지만……그런데 그게 어떻다는 건가, 테드?"

궁금하다는 듯한 말투로 물었다.

스티븐스는 자연스럽게 "배가 고파서 그런가? 아무것도 아니네. 이야기를 계속해 주겠나? 분명히 그녀는 17세기에 프랑스에 살았던 독살자라고 했지? 그녀의 초상화가 어째서 이곳에 있을까?" 하고 말했다.

퍼팅턴은 중얼중얼 혼잣말을 하더니 그 거북스러운 동작으로 손을 뻗어 이번에는 사양하지 않고 직접 위스키를 따랐다. 그런 뒤 시선을 들면서 말했다.

"희미한 기억이지만 뭔가 오랜 연관이 있었던 거겠지. 어쩌면 먼 옛날 그녀가 자네 가계의 누군가와 관계가 있었다던가."

마크가 신경질적으로 말했다. "맞아. 우리 집안의 성이 영국식으로 바뀌었다는 얘기 하지 않았나? 옛날에는 데프레라고 프랑스 어였지. 하지만 후작부인하고는 아무 상관없는 일 아닌가? 난 단지 루시가 그 초상화의 의상을 흉내 내어 사흘 만에 만들었다는 얘기를 하고 있을 뿐이네.

난 9시 반쯤 집을 나섰네. 루시는 예쁜 의상을, 이디스는 둥근 심을 넣은 스커트를 입은 플로렌스 나이팅게일 분장을 했고 난 마을 재단사가 자신만만하게 기사라고 우긴 차림을 하고 있었지. 아, 그 모습! 생각만 해도 정말 유쾌했어……칼을 차다니, 기회만 있으면 누구라도 해보고 싶은 일 아닌가? 우리가 차 있는 곳으로 가니, 포치의 불빛 속에 오그덴이 서서 뭔가 계속 투덜대고 있더군. 우리 차가 차도를 돌아간 곳에서 역에서 아내를 태우고 돌아오는 헨더슨의 포드가 지나갔네.

무도회는 별것 아니었어. 가장무도회치고는 너무 점잖고 고지식했으니까. 솔직하게 말해 난 재미가 없어서 거의 여기저기 앉아 있기만 했고, 루시는 춤을 추었지. 그곳을 나온 것은 2시 조금 지나서였네. 날씨가 맑아서 달도 떠 있었고……몇 시간 만에 기분이 상쾌해지더군. 이디스는 레이스바지……그러니까 둥근 심이 들어간 스커트 속에 입는 건데, 그걸 뭐라고 하는지 모르겠네만……그것이 찢어져서 화가 나 있었고, 루시는 집에 돌아갈 때까지 내내 노래를 불렀지. 집 안은 깜깜한 것 같았어. 차를 차고에 넣을 때 보니, 포드는 있지만 오그덴의 뷰익은 아직 돌아오지 않았더군. 현관 열쇠를 루시에게 건네주자, 그녀는 이디스와 함께 달려갔어. 나는 차도에 서서 잠시 심호흡을 했지. 그곳은 내 집이었고, 역시 내 집이 좋구나 하는 생각이 들었어.

현관에서 이디스가 부르는 소리를 듣고, 난 건물 앞을 돌아 계단으로 올라가서 홀에 들어갔네. 루시는 한손을 전등 스위치에 대고 선 채 천장을 올려다보고 있었는데 어쩐지 겁에 질린 것 같더군.

'뭔가 무서운 소리가 났어요. 정말이에요! 방금 들렸는데.'

그녀가 나에게 말했네.

그 홀은 무척 오래 되어서 밤이 되면 기분이 꺼림칙할 때가 있는데, 그때는 그 정도가 아니었어. 난 급히 이층으로 올라갔네……그런 때는 칼 같은 것도 방해가 되지 않더군. 이층 홀은 깜깜했고 아무래도 기분이 이상했어. 어느 특정한 곳이 아니라 홀 전체가 말일세. 자네들, 그런 기분 느껴본 적 있나?……무언가가 옆을 스치고 지나가고, 뒤에 그 기척만이 남아 있는 것 같은……어쩐지 느낌이 이상했어. 두 사람은 아마 그런 기분 느낀 적이 없을 거야…….

내가 전등 스위치 쪽으로 가려고 했을 때 찰칵찰칵 자물쇠 안에서 열쇠가 돌아가는 듯한 소리가 나더니 백부님 방의 문이 반쯤 열렸네. 방안의 희미한 불빛이 실루엣처럼 반쯤 백부님을 비추고 있었지. 그는 아직 서 있기는 했지만, 한손으로 위를 누른 채 새우처럼 등을 구부리고 다른 한손으로는 문설주를 붙들고 있었네. 그렇게 몸이 둘로 꺾일 정도로 구부린 채 비틀거리면서 붙들고 있다가 간신히 눈을 뜨시더군. 콧등의 피부는 기름종이처럼 번들거리는 데다 눈은 평소 때의 배는 되는 것 같았고, 이마는 땀에 젖어서 숨을 쉴 때마다 마치 온몸을 쥐어짜는 듯한 고통스러운 숨소리가 들렸네. 그는 흐리멍덩한 눈으로 나를 올려다보더군……틀림없이 나를 본 것 같기는 한데, 특별히 누구에게랄 것도 없는 투로 중얼거리듯이 말했네.

'더 이상 견딜 수가 없다……이 고통은 정말 견딜 수가 없어. 이제 더 이상 못 참겠다구.'

그것도 불어로 중얼거리듯이 말하는 거야.

난 달려가서 그가 넘어지기 전에 몸을 붙잡았어. 그를 안아들자……어찌된 일인지 경련을 일으키는 것처럼 사나운 기세로 나를 때리고 발버둥을 치더군……난 그를 그 방의 침대로 옮겼어. 그는 나를 쳐다보려고 하는 것 같았어……목을 홱 뒤로 뻗어 날 보려고 했지……어떻게 말하면 좋을지 모르겠네만……머리 속에서 나를 탐색한다고나 할까, 아지랑이 속에서 내 얼굴을 끌어 내려 하는 것 같았어. 갑자기 몹시 겁먹은 어린아이 같은 목소리로 '설마 너도?' 하고 말하면서.

솔직하게 말해서 난 섬뜩한 기분이 들었네. 그래도 눈빛이 훨씬 좋아진 것을 보니 제 정신으로 돌아간 것 같더군. 침대머리의 어두컴컴한 독서용 스탠드 불빛에 내 얼굴이 보였던 모양이야. 그리고 더 이상 어린아이처럼 뒷걸음질치지는 않았어. 그건 도저히 말로 표현할 수 없는 이상한 모습이었네……망연자실한 듯한 말투였지만 영어로 '욕실에 있는 진통제를'이라고 말한 것 같았는데, 곧 큰 소리로 가지고 오라고 소리를 치더군. 스스로 욕실까지 가지러 갈 힘이 없었던 거야.

그 알약은 전에 그가 발작을 일으켰을 때 사용했던 베로날이었어. 루시와 이디스는 새파랗게 질린 얼굴로 입구에 서 있다가 그 말을 들은 루시가 약을 가지러 홀을 달려갔어. 그가 위독하다는 건 알았지. 그렇지만 그때는 독살이라는 생각은 꿈에도 하지 않았어. 전부터 병이 있었지만 병상이 그렇게까지 진행되니 어떻게 할 방법이 없더군……그저 약이나 먹일 뿐 나머지는 이를 갈며 분노하는 수밖에. 난 가만히 이디스에게 다가가서 닥터 베이커에게 전화를 걸라고 했는데, 그녀는 침착해서 그런 때 상당히 도움이 되었지. 내가 걱정이 되어 견딜 수 없었던 건 백부님의 얼굴에 떠올라 있는 표정이었네……그가 보았거나 보았다고 생각되는 것은 정말 무서운 것인 것 같았어. 잔뜩 겁에 질린 어린아이 같은 그 얼굴은 도저히 잊을 수 없을 거야.

난 잠시나마 그의 끔찍한 통증을 잊게 해주려고 말했네. '그 통증은 언제부터 시작되었어요?'

'세 시간 전부터' 하고 대답했지만 눈은 뜨지 못하더군. 몸을 구부린 채 옆으로 누워 있어서 베개 때문에 목소리가 잘 들리지 않았네.

'그런데 왜 큰 소리로 부르거나 문까지 가지 않으셨어요?'

그는 베개에 입을 댄 채 '그렇게 하고 싶지 않았으니까. 어차피 언젠가는 이렇게 될 일이고 그럴 바엔 마냥 기다리기보단 낫다고 생각했지만 도저히 견딜 수가 없었다.' 그렇게 말하더니 다시 몸을 웅크리더군. 그리고 구멍 안에서 내다보는 듯한 모습으로 나를 올려다보았는데, 아직 약간 겁을 내고 있었고 숨소리도 떨리고 있었네. 그리고 이렇게 말하는 걸세……

'잘 들어라, 마크. 난 이제 틀렸다.' 나의 입에 발린 위안 따위는 들은 척도 하지 않았어. '아무 말 마라……잘 들어, 마크, 나를 나무관에 넣어다오. 알겠니……'나무관' 말이다. 그렇게 하겠다고 맹세해다오.'

그는 열심히……루시가 알약과 물이 담긴 컵을 가지고 와도, 뚫어지게 나만 쳐다보며 눈을 돌리지 않았네. 내 외투를 붙잡고 되풀이 되풀이 나무관 얘기만 했어. 구토가 심해서 알약을 먹이는 것도 보통 일이 아니었지만, 난 간신히 약을 먹이는 데 성공했네. 한참 있으니 백부님은 중얼거리는 듯한 소리로 추우니까 누비이불을 달라고 말하며 눈을 감았어. 침대 발치에 누비이불이 개켜져 있었지. 루시는 아무 말도 하지 않고 그것을 집어 들어 백부님에게 걸쳐드렸네. 난 일어서서 더 덮어드릴 게 없나 하고 주위를 둘러보았지. 그 방에는 커다란 옷장이 있는데 그의 멋진 의상은 대부분 거기 들어 있었기 때문에, 맨 위의 선반에 담요가 있을지도 모른다고 생각했네. 옷장문이 조금 열려 있더군. 담요는 없었지만 다른 것이 들어 있었어.

옷장 바닥의 나무 대에 가지런히 놓여 있는 구두의 열 바로 앞에, 그날 밤 일찍 가져왔던 쟁반이 놓여 있었어. 잔은 비어 있었고, 우유가 아주 약간 남아 있었네. 그런데 우리가 갖다 드리지 않았던 것이 하나 있었어……지름이 4인치쯤 되는 커다란 은컵인데, 이색적인 부조가 새겨진 것으로 내가 알고 있는 한 특별히 값나가는 물건은 아니었어. 내 기억으로는 아래층의 식기찬장에 들어 있었던 것이었지. 자네들은 기억 못할지도 모르지만. 그런데 그 컵 안에 뭔가 끈적끈적한 것이 남아 있더군. 그리고 그 옆에 이디스가 키우는 고양이 요아킴이 길게 누워 있는 거였어. 만져보니 이미 죽어 있더군.
 그때 불현듯 내 머리에 떠오른 게 있었네."

제5장

 마크는 몇 분 동안 깍지 낀 손을 바라보면서 가만히 있었다. 그리고 입을 열기 시작했다.
 "마음속에 의혹이 쌓여서, 거기에 의혹이 있다는 걸 미처 깨닫기도 전에 어느새 차올라 와 결국 선명한 형태로 자리잡거나 마음의 문이 갑자기 열리는……그런 일도 있다고 나는 생각하네만.
 그래, 그때도 나는 그렇게 생각했어. 루시도 내가 본 것을 봤을까 하고 돌아보았는데 아무것도 보지 못한 눈치더군. 그녀는 침대 발치의 난간에 한 손을 걸친 채 내 쪽으로 등을 돌리고 비스듬하게 서 있었으니까. 게다가 평소의 쾌활함은 어디로 가버렸는지, 어떻게 해야 좋을지 몰라 당황한 기색이었어. 그 방에는 하나밖에 없는 전등, 그것도 침대머리에 어두컴컴한 것이 달려 있을 뿐이었지만, 그것이 그녀의 옷을……붉은 기가 감도는 실크에 푸른 마름모꼴 무늬가 있는 상의와 넓은 스커트를 비춰주고 있었지.
 난 그 자리에 그렇게 서 있는 동안 마일즈 백부님의 그때까지의 모든 증상들이 하나하나 머리에 떠올랐네……음식에 까다로웠던 것, 코와 눈의 카타르 증상, 붉게 부어오른 눈, 갈라진 목소리, 종기 때문에 짓무른 피부, 휘청휘청 몸을 가누지 못하는 듯한 걸음걸이까지. 전부 비소 때문이었어. 이불 속에서 백부님의 거친 숨결이 들렸고, 홀에서는 이디스가 낮지만 거친 목소리로 전화교환수에게 뭐라고 말하는 소리가 들려왔네.

 난 잠자코 옷장 문을 닫았어……자물쇠에 꽂혀 있던 열쇠를 돌려 단단히 잠근 뒤 호주머니에 집어넣었지. 그런 다음 홀에 나가 이디스가 전화를 걸고 있는 층계참으로 내려갔네. 의사를 부르는 수밖에 없었어. 간호사는 이튿날 아침이 되어야 돌아올 거고, 비소에 중독된 경우에는 도대체 어떻게 해야 하는지 열심히 생각해 보았지만 아무것도 떠오르지 않더군. 이디스는 막 수화기를 내려 놓은 참이었지. 손은 떨고 있었지만 평소처럼 침착했어. 베이커 선생은 집에 없었고 왕진을 부탁할 만한 거리에는 달리 아는 의사가 없었네. 하지만, 도로를 1마일 정도 간 곳에 있는, 하숙을 주로 하는 호텔에, 이름은 기억하지 못하지만 의사가 있다는 걸 알고 있어서, 그 호텔에 전화를 걸기로 했지. 그 사이에 이디스는 서둘러 백부님 방으로 올라갔어……그녀는 어떻게 처치를 해야 하는지에 대해서는 잘 모르지만, 어쨌든 환자를 돌볼 수 있다고 항상 생각하는 여자거든……그런데 내가 아직 번호를 확인하기도 전에 루시가 홀에 나와 말하는 거야…….

 '빨리 올라오는 게 좋겠어요……돌아가신 것 같아요.'

 백부님은 이미 숨을 거둔 뒤였네. 심장이 멎었으므로 경련도 일어나지 않고 고통도 사라져 있었지. 내가 그의 죽음을 확인하기 위해 몸을 바로 돌려놓으려고 손을 침대 밑에 넣었을 때, 전에도 말한 적이 있지만 끈이 하나 나왔네. 1피트 쯤 되는 별것 아닌 포장용 끈인데, 같은 간격으로 9개의 매듭이 있는 것이었어. 그게 어떤 의미인지는 몰랐어……지금도 모르지만."

그가 얘기를 중단하자 퍼팅턴이 재촉했다. "계속하게! 그런 다음 어떻게 했나?"

"그런 다음? 별로. 집안에 있던 다른 사람은 깨우지 않고 두었네. 그럴 필요도 없었고……새벽까지 두세 시간밖에 남지 않았으니까. 루시와 이디스는 잠이 오지 않는다고 했지만 어쨌든 침대에 들어가라고 했네. 난 백부님의 마지막 가시는 길을 지켜드리겠다는 구실로 밤을 새겠다고 했지만 실은 그 컵을 방에서 내갈 기회를 원했던 거지. 게다가 오그덴이 아직 돌아오지 않았기 때문에 그가 이상한 시간에 술에 취해 돌아오면 안 되니까 내가 자지 않고 있는 편이 좋을 거라고 말해두었지.

루시는 침실에 들어가서 문을 잠궜고 이디스는 좀 울더군. 모두 얼이 빠진 것 같은 기분으로 백부님의 간호를 소홀히 한 것을 후회했지만 난 그럴 정신이 없었지. 두 사람이 방에 들어가자 난 백부님 방으로 돌아가 그의 얼굴에 천을 덮어주었네. 그리고 옷장에서 은컵과 잔을 꺼내 둘 다 손수건으로 단단히 쌌지. 지문에 대해서는 말할 것도 없고! 난 늘 그렇지만……어떻게 하면 좋을지 결심이 서기 전까지는 본능적으로 증거품을 숨겨두는 버릇이 있어."

"비소에 대해 말할 마음은 없었나?" 하고 퍼팅턴이 물었다.

"의사가 제 시간에 와서 백부님이 살아났다면 물론 그렇게 했겠지. '위염 치료를 해봤자 소용없다……그는 독을 마셨으니까' 하고 말했을 거네. 그러나 그렇게 되지 않았어. 그래서……얘기하지 않았네."

갑자기 흥분한 듯 의자 팔걸이를 붙잡은 마크의 손에 강한 힘이 들어가는 것을 스티븐스는 보았다.

"그 정도는 이해해 주지 않으면 곤란해, 퍼팅턴. 알겠나, 나도 하마터면…….."
"아, 진정해."
퍼팅턴이 서둘러 말했다. "어서 얘기를 계속하게."
"컵과 잔을 아래층으로 가지고 가서 서재의 책상서랍에 넣고 자물쇠를 채웠네. 그렇게 하면 증거품은 완전히 사라진 셈이 되지. 하지만 아직 고양이의 사체를 처리하지 않으면 안 되어서, 내가 분장했던 기사 외투에 감싸서 헨더슨 부부가 깨지 않도록 옆문으로 가지고 나갔네. 차도 앞 잔디 저편에 최근에 땅을 파서 만든 화단이 있고, 옆문을 나가면 있는 작은 헛간에 헨더슨이 자주 괭이를 넣어두는 것을 알고 있었기 때문에 나는 고양이를 가지고 가서 땅속 깊이 묻어버렸지. 이디스는 고양이가 어떻게 되었는지 아직 모르고 있었고, 아마 모두들 틀림없이 잃어버린 거라고 생각했을 거야. 간신히 다 묻어갈 때쯤 오그덴의 차의 불빛이 다가오는 것이 보였어……순간, 그가 나를 본 것 같은 기분이 들었는데 그대로 집안으로 들어가더군.

그때는 그것으로 끝났네. 하지만 이튿날……헨더슨 부인의 얘기를 들은 뒤……난 믿을 만한 사실을 알고 싶어서 그 잔과 컵을 시내의 분석화학자에게 가지고 갔네. 시간은 그렇게 많이 걸리진 않더군. 잔 쪽은 아무 이상이 없었어. 하지만 컵에는 계란을 떨어뜨린 우유와 포트와인으로 만든 음료가 조금 남아 있었는데, 그 안에 하얀 비소가 2그레인 정도 들어 있었네."
"2그레인이라고?" 퍼팅턴이 얼굴을 돌리며 반문했다.
"그래, 많은가? 내가 책에서 조사한 바로는……."
퍼팅턴은 심각한 얼굴이었다.
"먹고 남은 양이 그 정도라면……굉장히 많은 거지. 2그레인을 먹고 죽었다는 기록도 있으니까. 뭐, 기록상으로는 그게 최저량이지만 말이야……지금의 경우 컵 안에 그만큼 남아 있었다면 음료 전체에는 다량으로 들어 있었던 게 틀림없어."
"일반적인 치사량은 어느 정돈가?"
퍼팅턴은 고개를 젓는다.
"일반적인 치사량 같은 건 없어. 방금 말했듯이 2그레인만 들어가도 죽는 사람이 있는가 하면, 지금까지 최다량에 해당하는 200그레인이나 마시고도 거뜬하게 살아난 사람도 있으니까. 사람에 따라서 상당히 폭이 있는 거지. 1857년에 프랑스 인 연인을 독살한 용의로 고발된 글래스고의 미인 마들렌 스미스의 사건, 들은 적 있겠지? 으음, 그녀의 연인 랑주리에의 위 속에는 88그레인의 비소가 들어갔어. 그래서 재판에서 변호사는, 어떤 사람이라도 그런 다량의 비소를 모르고 마실 수는 없는 일이므로 자살이 틀림없다고 주장했지. 아마 이것이 배심원의 평결에 영향을 주었던 모양이야……스코틀랜드에서는 배심원들의 평결이 '증거불충분'으로 나오면, '무죄……단, 두 번 다시 이런 일을 하지 말 것'이라는 것과 같으니까. 그런데 그로부터 6년 뒤 휴어트라는 여자가 어머니를 살해한 죄로 추스터에서 재판을 받았는데, 이 노파는 사인에 조금의 의혹도 제기되지 않았어……의사가 사인을 위염이라고 했거든. 그런데 시체를 발굴해 보니 위장 안에서만 154그레인의 비소가 발견되었다더군."

턱수염을 깎은 흔적이 파릇파릇한 얼굴에 분별심 있는 표정을 띤 퍼팅턴은, 이제 혀가 완전히 풀린 듯 그런 얘기를 하는 것이 자못 재미있다는 눈치였다. 그는 빈 잔을 만지작거리면서 얘기를 계속했다.

"그리고 또 하나, 1860년대 초기에 베르사유의 마리 도브리 사건이 있어. 끔찍한 범죄였지. 여러 번의 살인행위에 동기는 거의 없었고, 그저 사람이 죽어가는 모습을 보는 것을 즐겼던 모양이야.

한 희생자는 겨우 10그레인의 비소로 살해되었는데 다른 희생자는 100그레인이나 먹어야 했지. 그녀는 마들렌 스미스처럼 운이 좋지는 않아서 길로틴에서 목이 잘려버렸지만."

그때 스티븐스는 이미 일어서서 책상 끝에 걸터앉아 있었다. 그리고 알겠다는 듯이 고개를 주억거리면서 홀로 나가는 하얀 페인트를 칠한 문 쪽을 보고 있었다. 조금 전부터 그 문이 뭔가 마음에 걸렸던 것이다. 홀의 불빛이 그 방의 불빛보다 밝아서 보통 때는 커다란 열쇠구멍 사이로 홀의 불빛이 비치기 마련인데 그게 잠시 보이지 않았다……그건 곧, 누군가가 문 저쪽에 서서 엿듣고 있다는 얘기다.

퍼팅턴은 계속했다.

"하지만 그게 핵심은 아니야……내가 시체를 조사하면 알 수 있는 일이지만. 중요한 것은 독약을 언제 마셨느냐 하는 거네. 자네가 말하는 시간을 믿을 수 있다고 한다면, 아마 갑자기 시도된 것 같으니 아주 다량의 독약을 마신 것이 되겠군. 보통……독약이 액체인지 알약인지에 따라 다르지만……급성증상은 몇 분에서 한 시간 사이에 나타나고, 그 뒤 6시간에서 24시간, 아니, 경우에 따라서는 더 늦어지는 일도 있지만, 그 정도 지난 뒤에 사망하는 법이지……하지만, 며칠씩 살아 있었던 예도 있어. 그렇다면, 자네 백부님의 죽음이 얼마나 갑작스러운 것이었는지 알 수 있을 거야. 자네들은 9시 반에 그를 두고 나갔다고 했는데, 그때는 적어도 상당히 상태가 좋았어. 그리고 자네들이 새벽 2시 반에 돌아왔을 때는 일어나 있기는 했지만 이내 사망했고, 그렇지?"

"맞아."

퍼팅턴은 잠시 생각에 잠겨 있다가 다시 말했다.

"뭐, 물론 그랬을 거야. 충분히 있을 수 있는 일이야. 그는 그때까지 이미 위염을 앓고 있었던 데다……자네가 말한 대로라면……조금씩 독약을 먹고 있었으니 한꺼번에 많은 양을 먹으면 한 순간이지. 그게 언제인지만 알 수 있다면······."

마크는 단정하는 듯한 투로 "그건 확실하게 말할 수 있네······11시 15분 지나서였어" 하고 말했다.

스티븐스가 끼어들었다. "그렇겠군. 그래, 그건 헨더슨 부인이 한 묘한 이야기를 들었기 때문이겠지? 그 얘기를 듣고 싶은데 자네는 좀처럼 얘기해주지 않는군. 도대체 어떤 얘기였나? 어째서 그 얘기를 하지 않으려는 건가?"

그는 어쩐지 자신이 실례가 될 정도로 흥분하여 비난하는 듯한 태도를 보인 것이 아닌가 하는 기분이 들었지만, 마크는 느끼지 못한 듯 뭔가 결심한 기색으로 말했다.

"아직은 얘기하지 않을 생각이네."

"왜?"

"얘기하면 나와 헨더슨 부인을 머리가 이상한 사람으로 생각할 게 뻔하니까."

마크는 계속 생각하고 있다가 진정하라는 듯 손을 들며 말했다.

"잠시만! 어쨌든 잠시만 기다려 주게! 그 일은 이미 수십 번 생각해 보았네. 그걸 생각하면 밤에도 잠을 이루지 못할 정도야. 하지만 한번이라도 있는 그대로 누군가에게 얘기했다 하면······지금까지 자네들한테 얘기하지 않았던 것은 처음부터 믿어주지 않을 게 틀림없기 때문이야. 뿐만 아니라 자네들은 내가 납골당을 파헤치려고 하는 엄청난 계획에 자네들을 끌어들이기 위해서 그러는 거라고 생각할지도 모르고. 게다가 백부님의 사인문제부터 해결하지 않으면 안돼. 2시간만 시간을 내주겠나? 그거면 충분해······그때까지 첫 번째 문제는 해결할 수 있을 테니까."

퍼팅턴은 초조하다는 듯이 몸을 꼬았다.

"자네도 정말 이상하군, 마크. 그렇지 않나! 나는 자넬 이해할 수가 없어! 도대체……뭘 믿지 못한다는 건가? 지금까지 자네가 한 이야기 중에 말도 안 되는 얘기는 조금도 없었어……굳이 말하자면 끔찍하다고 할까 극악하다고 할 수 있는 면이 없지 않지만……이상하지는 않아. 단순한 살인이야, 이건. 그밖에 뭘 믿을 수 없다는 건가?"
"이미 옛날에 죽은 여자가 아직도 살아 있을지도 모른다는 것."
마크가 조용히 말했다.
"그런 말도 안 되는……!"
마크는 조용히 고개를 아래위로 끄덕이면서 퍼팅턴에게 말했다.
"내 맥을 짚어보는 게 어떻겠나……내 무릎관절을 두드려서 다리가 반사적으로 들리는지 봐주게……난 맹세코 제정신이야. 물론 그런 일은 절대로 믿을 수 없지……루시가 거기에 관련되어 있다는 걸 믿을 수 없는 것과 마찬가지로. 두 가지 추리를 생각할 수 있어……하지만, 어느 쪽도 있을 수 없는 일이야. 나도, 불현듯 마음속에 떠오른 생각을 내뱉어버림으로써 한바탕 웃음으로 날려 보내버리고 싶을 뿐이야. 하지만, 지금 그 얘기를 하면 자네들이 어떻게 생각할지……그보다 우선 납골당을 파는 걸 도와주겠나?"
"그러지" 하고 스티븐스가 말했다.
"퍼팅턴, 자네는?"
퍼팅턴은 불만스럽다는 듯한 목소리로 말했다.
"이제 와서 거절할 수 있을 것 같으면, 멀리 3천 마일이나 떨어진 곳에서 달려오지 않았어. 하지만 잘 듣게……그 일을 도와주면 더 이상 장황하고 이상한 이유를 내세우진 않겠지. 정말이야! 꼭이네! 하지만 이디스가 어떻게 생각할지……."
그의 흐린 갈색 눈에 얼핏 분노의 빛이 떠올랐으나, 마크가 세 잔째 위스키를 잔에 따라주자 표정이 누그러졌다.
 "납골당을 어떻게 팔 생각인가?"
 마크는 다시 기운이 난 듯했다.
 "아, 잘 됐다! 다행이야! 어려운 일은 아니지만 시간과 노력이 상당히 들고 손도 더럽혀야 돼. 아무리 생각해도 일손이 네 명은 필요해……나머지는 헨더슨인데, 그 사람이면 믿을 만한 데다 이 일은 그의 영역 안에서 하는 거니까. 지금 집에는 그밖에 없지만 그 부부의 집은 납골당으로 가는 길 바로 옆에 있어서 돌멩이 하나 움직여도 나중에 한눈에 알아볼 거야……다른 사람들은 이래저래 구실을 붙여서 둘러댈 수 있지만. 우리가 이제부터 해야 할 일은 말할 것도 없고……돌멩이 두 개를 움직이는 소리조차도 집 뒤에 있는 사람한테는 반드시 들리고 말아. 그런데 일에 대해 설명하자면……."
 스티븐스는 그 정경을 머리에 떠올려보았다. 길고 나지막한 잿빛 건물 뒤에 군데군데 자갈이 섞인 넓은 콘크리트길이 똑바로 뻗어 있다. 길 양쪽은 한단 낮은 화단으로 되어 있고, 화단을 지나면 그때부터 길은 느릅나무 가로수길이 되어 집에서 60야드 정도 앞에 150년 이상이나 닫혀 있는 데스파드 집안의 소예배당까지 이어져 있다. 그 예배당 앞에서 그리 멀지 않은 길 왼쪽에, 옛날 데스파드 집안에서 목사를 살게 했던 작은 집이 있는데, 지금은 그 집에 헨더슨 부부가 살고 있다. 예배당 앞의 자갈이 드러난 포장도로 어딘가 아래에──그것임을 알게 해주는 것은 아무것도 보이지 않지만──납골당 입구가 있다는 얘기를 스티븐스도 들은 적이 있다. 마크는 지금 그것을 설명하고 있는 것이다.
 "콘크리트 포장을 7제곱피트쯤 파야 하는데 일을 서두르자면 많이 깨야 할 거야. 자갈 사이의 콘크리트에 가능한 한 깊게 박아 넣고 옆으로 비틀 수 있는 강철 쐐기가 10개 이상 필요할 거고……그것도 긴 것으로. 그렇게 하면 콘크리트가 들려서 이음매가 떨어지지. 그런 다음 커다란 망치로 때려서 잘게 부수는 거야. 그 밑의 자갈과 흙은 6인치 정도 되는데, 그 밑에는 납골당 입구를 막고 있는 납작한 널돌이 한 장 있을 뿐이네. 이 돌은 세로 6피트에 가로 4피트인데, 미리 말해두지만 무게가 1500파운드에서 1800파운드는 되니까……쇠 지렛대를 돌 밑에 집어넣고 비틀어 여는 수밖에 없어. 그런 다음 돌계단을 내려가면……말로만 해도 엄청난 일이지……."

"음, 정말 대공사로군."

퍼팅턴은 질렸다는 듯이 말한 뒤 무릎을 치면서 말을 이었다.

"그럼 어디 해보기로 할까. 그건 그렇고, 이 일은 누구한테도 알려져선 안 되는 거겠지? 잔뜩 파헤친 뒤에 아무도 모르게 덮어 놓을 수 있다고 생각하나?"

"완벽하게 감쪽같이는 안 되겠지. 헨더슨과 나처럼 그렇게 한 줄 알고 보는 사람은 알아볼 수 있을 거야. 하지만 다른 사람은 어떨까? 얼마 전 백부님 장례식 때 파헤쳤으니, 끝 쪽에 파낸 흔적도 좀 있고, 그런 포장을 한 길은 대개 다 비슷비슷하니까."

그렇게 말한 마크는 다시 안절부절못하는 기색으로 얘기를 자르며 일어섰다. 그리고 회중시계를 꺼냈다.

"그럼, 가볼까? 지금이 9시 반이니까, 가능한 한 빨리 가자구. 일을 방해하러 오는 사람은 아무도 없겠지. 우린 먼저 갈 테니까, 테드……자네는 뭘 좀 먹은 뒤에, 될 수 있는 대로 빨리 와주게. 헌 옷을 입는 게……."

뭔가 마음에 걸리는 일이라도 생각났는지, 그렇게 말하다가 중단하더니, "이런! 잊고 있었어! 마리는 어떻게 하지? 그녀에게 뭐라고 말할 건가? 설마 이 일을 애기하지는 않겠지?" 하고 속삭였다.
 "걱정 말게……애기하지 않을 테니까. 나한테 맡겨."
 스티븐스는 문에 시선을 준 채 대답했다.
 그 말투에 두 사람이 놀라는 눈치인 것은 스티븐스도 알았지만, 두 사람 다 저마다 마음에 짚이는 데가 있는지 그의 말을 믿었다. 방의 담배연기가 자욱한 공기와 시장기 때문에, 그는 일어서자 머리가 조금 어지러운 걸 느꼈다. 그리고 문득 마리와 함께 이 별장에서 보낸 4월 12일 수요일 밤의 일이 생각났다. 그는 그날 밤 유난히 일찍 침대에 들어갔다. 어찌된 일인지 못 견디게 졸음이 쏟아져서, 책상 위에 놓인 원고에 코를 박다가 일찌감치 10시 반에 잠자리에 들었던 것이다. 마리는 뉴욕을 떠나 싱그러운 공기를 마신 탓이라고 했다.
 그들은 나란히 홀로 나갔다. 마리는 보이지 않았다. 마크는 마음이 급한 듯 곧장 집밖으로 나갔다. 하지만 퍼팅턴은 현관 입구에서 잠시 머뭇거리면서 모자를 가슴에 댄 예의바른 모습으로 주위를 둘러본 뒤, 부인에게 인사 전해달라고 하더니, 마크를 따라 구두소리를 내면서 벽돌이 깔린 오솔길을 걸어갔다. 스티븐스는 현관에 서서 밤공기를 들이마시면서 마크가 운전하는 차의 불빛이 움직이는 모습을 보고 있었다. 엔진소리와 서로 속삭이듯 나무 우듬지에서 우는 바람소리가 들려왔다. 그는 집안으로 들어가서 가만히 문을 닫은 뒤, 갈색 도기 우산꽂이를 바라보았다. 마리는 부엌에서 그녀가 좋아하는 중국 양치기 처녀의 노래를 콧노래를 섞어 부르면서 왔다갔다하고 있었다. "비가 오네……비가 오네……양치기 처녀는……." 그는 식당을 지나 부엌문을 밀고 들어갔다.
 엘렌은 이미 돌아간 것 같았다. 마리는 앞치마를 두르고 찬장 앞에 서서 양배추, 토마토, 마요네즈를 늘어놓은 조리대에서 콜드치킨 샌드위치를 잘라 접시에 예쁘게 담고 있었다. 그녀는 그를 보더니 빵칼을 잡은 손으로 흘러내린 어두운 노란색의 머리를 쓸어올린 뒤, 심각한 표정에 희미한 미소를 지으면서 눈꺼풀이 부은 듯한 잿빛 눈으로 그를 응시했다. 그런 그녀를 보자, 그는 사카레(1811~63. 영국의 소설가이며 시인)가 괴테를 노래한 희시(戱詩)(《베르테르의 슬픔》이라는 제목의 발라드) 가운데 딱 어울리는 시구가 떠올랐다.

품행이 방정한 처녀처럼
샬로테는 빵과 치즈를 자르고 있네.

새하얀 타일의 부엌에서는 전기냉장고가 웅웅 소리를 내고 있었다. 모든 것이 어리석게 생각되었다.
"마리……"
그녀는 밝은 목소리로 대답하더니 빵칼로 샌드위치를 가볍게 두드리며 말했다.
"알아요. 나가려는 거죠? 이거 먹고 가요, 여보. 그 사람들이 기다리고 있나요?"
"내가 나갈 거라는 걸 어떻게 알았어?"
"엿들었기 때문은 아니에요. 당신들 모두 정말 이상하더군요. 내가 어떻게 할 거라고 생각했어요?"
그녀의 얼굴에 약간의 긴장감이 떠오른다.
"덕택에 모처럼의 밤이 엉망이 되어버렸지만 당신은 나가지 않으면 안 되고, 안 그러면 언제까지나 머리에 남아 있을 거라는 걸 알고 있으니까. 여보, 오늘밤 당신한테 주의를 주길 잘한 것 같아요…… 병적으로 변하면 안 된다고. 난 이렇게 될 줄 알고 있었어요."
"알고 있었다고?"
"네에, 분명히 단정할 순 없었지만……크리스펜에서는 어디서나 그런 소문이 들려오고 있는 걸요. 난 오늘 아침 이곳에 와서 얼핏 들었어요. 다시 말해 데스파드 씨 집에서 뭔가 이상한 일이 있었다는 것……'뭔가'일 뿐, 그것이 어떤 일인지는 아무도 모르는 것 같지만. 어디서 그런 소문이 나왔는지도 몰라요. 조사해 봐도 알 수 없을 걸요. 누가 그런 말을 했을까 생각해봤자 소용없어요. 조심해야 해요. 알았죠?"

부엌의 공기는 변해 있었다. 아니, 모든 것이 변해 있었다. 현관홀의 갈색 도기 우산꽂이만 해도 색깔이 전혀 다르게 보였다. 마리는 식기찬장의 에나멜 칠한 선반에 작은 소리를 내며 빵칼을 놓더니 옆에 와서 그의 두 팔을 붙잡았다.

"잘 들어요, 테드. 나, 당신 사랑해요. 알고 있죠?"

그건 그도 너무나 잘 알고 있다.

"그렇지만 내가 생각하고 있던 건……."

"다시 한번 잘 들어요, 테드. 우리의 사랑은 내가 당신이라는 사람을 이해하고, 당신도 나를 이해해주는 한 계속될 거예요. 당신이 어떻게 생각하는지는 모르겠지만. 언젠가 곧 길버그라는 곳에 있는 집과, 아드리엔 숙모님에 대한 얘기를 할지도 모르니까 그때는 당신도 이해해줄 거예요. 하지만 지금 당신이 생각해야 하는 건 그런 것이 아니에요. 그렇게 사람을 경멸하는 듯이 웃지 말아줘요. 난 당신보다 연상인 걸요……훨씬 훨씬 연상이잖아요. 그러니까 혹시 지금 내 얼굴이 주름투성이로 까맣게 변한다면……."

"그만해, 그런 얘기! 당신은 히스테리야!"

그녀는 입을 딱 벌리더니 다시 칼을 손에 들었다.

"나, 어떻게 된 모양이에요. 하지만 좋은 걸 가르쳐 드릴게요. 당신은 오늘 밤 무덤을 파헤치러 가지만 내 추측으로는……그냥 추측에 지나지 않지만……아무것도 찾지 못할 거라고 생각해요."

"그래, 나도 뭔가 발견할 수 있을 거라고는 생각하지 않아."
"이해하지 못하는군요. 그럴 거예요. 하지만……하지만 부탁이니까 제발 너무 깊이 개입하지 말아줘요. 나 때문이라고 얘기하면 그 사람들도 이해해주겠죠? 나를 생각해 줬으면 해요. 지금은 그것밖에 말할 수 없어요. 내가 방금 말한 것을 생각해요……이해하려고 하지 않아도 좋지만 날 믿어줘요. 자, 이 샌드위치를 먹고 우유를 한 잔 마셔요. 그런 다음 이층에 가서 옷을 갈아입어야죠. 그 헌 스웨터가 좋을 것 같아요……그리고 예비침실의 옷장에 작년에 세탁소에 보내는 걸 깜박 잊은 테니스용 바지가 들어 있어요."
품행이 방정한 주부답게 '샬로테'는 빵과 버터를 계속 잘랐다.

제2부 증거

"사자(死者)가 문을 노크하면,
얼른 열었다가 즉시 닫고
문고리를 걸고, 빗장을 지른 뒤
끈으로 꽁꽁 묶을 것……"
　　　　　R.H. 바람 《잉골즈비 전설》

제6장

 스티븐스는 킹 거리를 지나 데스파드 저택 입구까지 걸어갔다. 그리 먼 거리는 아니다. 달은 뜨지 않았지만 별빛이 가득했다. 문기둥 위에 포탄 모양의 그리 볼품없는 머리장식이 있는 입구에, 창살문이 여느 때처럼 크게 열려 있었다. 그는 안에 들어가 문을 닫고 빗장을 질렀다. 자갈이 깔려 있는 차도는 약간 오르막이다. 집까지 거리가 얼마 되지는 않지만 차도가 멋진 정원 속으로 구불구불 이어지고 있는 탓인지 유난히 길게 느껴졌다. 이런 저택인지라 헨더슨은 인부를 두 사람이나 쓰지 않으면 집안일을 다 처리할 수가 없다. 스티븐스가 모터가 달린 제초기를 타고 돌아다니고 있으면, 어김없이 그 집의 누군가의 머리가 가지런히 깎은 산울타리 위로 보이거나, 채각채각……채각채각 하는 가위 소리와 함께 마치 유령처럼 나뭇가지 사이로 얼굴이 쑥 나오기도 한다. 여름에 높지막한 잔디밭에서 휴대용 의자에 앉아 햇살을 받아 눈부시게 빛나는 화단을 내려다보고 있으면 금방 졸음이 쏟아진다.
 차도를 올라가면서 스티븐스는 그런 것을 생각하고 있었다. 다른 일은 아무것도 생각하지 않았다. 나는 생각하지 않는다, 고로 존재한다.

T자의 머리 부분 형태를 하고 있는 저택은 좁고 긴 데다 지붕이 낮으며 짧은 날개가 도로 쪽을 향하고 있다. 무척 고색창연하기는 해도 이렇다할 특이한 데는 없었다. 너무 오래 돼서 앞으로 그리 오래 버티지 못할 것처럼 보이는 것도 아니고, 뼈대가 드러나서 죽음을 기다리고 있는 것도 아니다. 하지만 어딘가 무너져 가고 있다는 느낌이 없지 않았다. 곡선을 그리는 지붕은 칙칙한 붉은 기가 도는 갈색으로 변했고, 가느다란 굴뚝도 연기는 나오지 않지만 아직은 튼튼하게 버티고 있는 것 같았다. 창문의 창틀은 17세기 말의 프랑스풍으로 작다. 19세기에 누군가가 지붕의 낮은 현관포치를 지었지만, 그것도 눈에 두드러지지 않아서 거의 원래 건물의 일부나 다름없는 느낌이다. 포치에 불이 켜져 있다. 스티븐스는 걸어가서 문을 두드렸다.

건물을 제외한 곳에는 불이 켜져 있는 것 같지 않았다. 잠시 뒤 마크가 문을 열어주었다. 그가 앞장서서 세월의 때가 묻은 곰팡이 냄새, 성서와 가구 광택제 냄새가 나는 낯익은 홀을 지나, 부엌으로 스티븐스를 데리고 갔다. 근대적인 도구류도 그 부엌에서는 작아 보여서, 마치 작업실 같은 느낌이었다. 오래된 해리스트위드(가장 고급 트위드) 옷을 입고 있어서 더욱 거구로 보이는 퍼팅턴은, 가스레인지 옆에 육중하게 서서 담배를 피우고 있다. 그 발 아래에는 검은 가방과 커다란 가죽상자가 놓여 있다. 핸더슨 노인이 테이블에 기대 세워놓은 망치, 삽, 곡괭이, 강철 쐐기, 8피트는 됨직한 쇠지레를 살피고 있었다. 코르덴 바지를 입고 있는 그는, 자그마한 노인인데도 탄탄한 체격이다. 코가 길쭉하고, 푸른 눈 가장자리에는 호두처럼 주름이 잡혀있으며, 벗겨진 머리에는 몇 가닥의 잿빛 머리카락이 말끔하게 붙어 있다. 부엌 안은 어쩐지 안정감이 없어 뭔가 음모를 모의하기 위해 모두 모인 것 같은 분위기가 감돌고 있었고, 그 중에서도 헨더슨 노인이 가장 불안해 보였다. 스티븐스가 들어오자 그는 깜짝 놀라 일어서더니 뒷덜미를 긁적였다.

마크가 신경질적인 투로 말했다.

"괜찮네. 범죄를 저지르려는 건 아니니까. 준비는 됐나, 퍼트?"

그리고 개수대 밑에서 칸델라 두 개와 커다란 등유깡통을 꺼냈다.

"테드, 자네가 좀 도와주게. 칸델라에 등유를 가득 넣어주지 않겠나? 납골당에서는 손전등을 사용할 거지만, 지면을 파는 동안 사용할 건 이 칸델라밖에 없네. 음, 이거면 충분할 것 같은데. 자, 이제부터 이 해머로 대공사를……" 하고 약간 말을 흐리면서, "설마 자네들은……?"

헨더슨은 여전히 목덜미를 긁으면서 준비를 했다. 그리고 굵은 베이스 목소리로 기가 막히다는 듯 말했다.

"저어, 마크 나리. 이제 와서 여러 말 할 건 없지만, 이런 일은 저로서는 내키지 않고, 돌아가신 나리께서도 좋아하지 않으실 거라고 생각하지만, 나리께서 걱정 없다고 하시니 저도 하겠습니다. 뭣하면 해머에 천을 씌워서 소리를 줄이는 게 어떨까요? 기억하십니까?……이디스 아가씨가 편찮으실 때 뜰의 담장을 새로 손본 일이 있었는데, 그때 그렇게 해서 소리를 줄인 적이 있습니다. 그러면 도로까지 들리지는 않을 겁니다……다만 제가 걱정하는 것은, 마님과 이디스 아가씨와 제 집사람이……아니, 오그덴 도련님이 돌아 오실지도 몰라서. 정말이지……아시다시피 오그덴 도련님은 무척 호기심이 많아서 만약 이상하다고 생각하시면……."

마크가 짤막하게 말했다.

"오그덴은 뉴욕에 있네. 다른 사람들은 모두 적당히 얘기해 두어서 주말까지는 돌아오지 않을 거야. 준비 됐나?"

스티븐스는 부엌 찬장 안에서 양철 '깔때기'를 찾아내어 두 개의 칸델라에 등유를 가득 넣었다. 모두들 도구를 들고 뒷문으로 나갔다. 마크와 헨더슨이 칸델라를 대롱거리면서 앞장서서 걸어갔다. 철도의 건널목지기가 사용하는 것 같은 실용적으로 만든 소박한 칸델라의 불빛이, 시체도둑들의 도구를 잠깐 밝게 비추어주었다. 아무리 봐도 이 저택 안에서는 어울리지 않는 것들이었다. 앞쪽에는 누덕누덕 포장을 때운 넓은 도로가, 한단 낮게 되어 있는 화단 옆을 지나, 키 큰 느릅나무 가로수에서 예배당까지, 어두운 별빛 속에 똑바로 뻗어 있다. 한참 뒤 그들은 헨더슨 부부가 살고 있는 작은 집 앞을 지나, 다시 20피트 정도 앞에 있는……예배당 입구에서 그리 멀지 않은 지면에 '칸델라'를 놓았다. 헨더슨은 장화 뒤축을 진흙땅에 박고, 자갈이 섞인 지면에 이제부터 파헤쳐야 할 범위를 선으로 긋더니, 두 개의 '칸델라'를 각각 적당한 위치에 다시 놓았다.

그런 다음 약간 엄격한 목소리로 말했다.

"그럼…… '곡괭이'가 다른 사람에게 맞지 않도록 조심하십시오. 제발 그것만은 조심하셔야 합니다. '쐐기'를 박아 넣을 구멍을 '곡괭이'로 판 뒤, 나머지는 해머를 사용해주세요. 잘 하세요……."

"알았네, 알았어" 하고 퍼팅턴이 기운찬 목소리로 말했다.

"그럼, 슬슬 시작해볼까?"

'곡괭이'가 철컥 하고 소리를 내며 움직이기 시작하자 헨더슨이 혀를 차는 듯한 소리가 들려왔다.

작업은 두 시간이 걸렸다. 스티븐스는 오솔길 옆의 밤이슬에 젖은 풀 위에 벌렁 드러누워 계속 가쁜 숨을 몰아쉬었다. 손목시계를 들어다보니 11시 45분이었다. 서늘한 바람이 불고 있는데도 그의 몸은 온통 땀에 젖어 있고, 심장은 격렬하게 뛰어서 마치 기계로 온몸을 죄어오는 것 같은 느낌이었다. 늘 책상에 앉아서 일을 했기 때문일까?……분명히 그럴 것이다. 하지만 마크를 제외한 다른 세 사람 중에서는 그가 가장 힘이 세어서, 무거운 돌을 처리하는 일은 오로지 그의 몫이 될 수밖에 없었다.

 포장을 벗기는 것은 그리 힘들지 않았지만 엄청나게 큰 소리가 나서, 반 마일 앞에서도 들리는 게 아닌지 걱정이 된 마크는, 소리가 어느 정도 들리는지 일부러 안채의 현관까지 가보았을 정도였다. 자갈과 흙을 치우는 일도 그리 힘들지 않았지만 까다로운 헨더슨이 깔끔하게 쌓아올리지 않으면 안 된다고 해서 그 일에 또 한참 시간이 걸렸다. 그런 다음 거의 반 톤이나 되는 널돌을 지렛대로 비틀어 여는 것이 가장 큰일이었다. 한번은 퍼팅턴의 발이 미끄러져서 널돌이 기우뚱한 순간, 스티븐스는 그것이 정통으로 머리 위에 떨어지는 줄 알고 간담이 서늘해졌다. 널돌은 상자 뚜껑처럼 열리더니 그대로 묵직하게 섰다. 납골당 입구는 상자 속과 같은 느낌이 들었는데 돌벽으로 에워싸인 장방형 내부로 10피트쯤 내려가는 돌계단이 있었다.

 "이제 끝났군."

 퍼팅턴은 숨이 차서 기침을 하기 시작했지만 그래도 힘찬 목소리로 말했다.

 "이제 도구를 사용하는 일은 다 한 셈이지? 그럼, 난 뒷일도 있으니까 집에 돌아가서 손을 씻고 오겠네."

 "그리고 한 잔 하겠지?"

 마크는 그의 뒷모습에 시선을 주면서 작은 소리로 말했다.

 "뭐, 그것도 나쁘지 않지."

 그런 다음 돌아서서 '칸델라'를 내리더니, 이리처럼 눈을 번뜩이며 헨더슨에게 짓궂게 웃어보였다

 "먼저 내려갈 텐가, 헨더슨?"

상대는 펄쩍 뛰는 목소리로 말했다.

"아닙니다! 무슨 그런 말씀을……아시겠지만, 저는 이 안에는 한 번도 내려간 적이 없어서……나리의 아버님, 어머님, 그리고 백부님이 매장되셨을 때도 내려가지 않았으니까요. 지금도 관을 꺼내는 걸 도와야 하는 게 아니라면 내려가고 싶지 않습니다."

마크는 '칸델라'를 조금 높게 쳐들면서 말했다.

"억지로 들어갈 필요는 없네……들어가고 싶지 않으면. 나무관이니 그리 무겁지 않을 거고, 두 사람이면 충분히 다룰 수 있을 테니까."

"아닙니다, 저는 들어가야겠습니다."

헨더슨은 덤벼드는 것처럼 강한 어조로 말했지만, 아직도 겁을 내고 있는 것이 역력했다.

"나리께선 자꾸 독약, 독약 하시는데!……독약이라니요! 만약 돌아가신 아버님이 지금 여기 계신다면, 나리께 독약을 타실지도 몰라요! 이런 기막힌 얘기는 들은 적이 없습니다. 알고 있습니다, 알고 있어요……. 나리께 말대답하는 건 절대로 아닙니다. 전 이제 고작해야 늙어빠진 조 헨더슨이니까요……. 하지만 나리께서 어렸을 때는 그래도 상당히 매섭게 가르치기도 한지라……."

그렇게 말하려다 그만두더니 땅바닥에 침을 뱉는다. 하지만, 이번에는 조용히 말을 하는 것을 보면, 덤벼들 듯이 해댔던 것과는 반대로 정말 진심이었던 것 같다.

"그런데 솔직히 말해, 누가 이 근방에서 우리를 내내 지켜보고 있는 듯한 소리, 못 들으셨습니까? 저는 이곳에 왔을 때부터 계속 그런 기분이 들던데요."

그리고 힐끗 어깨 너머로 뒤를 돌아본다. 스티븐스는 두 손을 쥐었다 폈다 하면서 일어서더니, 납골당 입구에 가까이 서 있는 두 사람

쪽으로 걸어갔다. 마크는 칸델라로 주위를 한바퀴 비쳐보았지만, 느릅나무 가로수가 바람에 술렁이고 있을 뿐 아무 기척도 없었다.
 마크가 갑자기 말했다.
 "자, 들어가세. 퍼트도 곧 오겠지…… '칸델라'는 이곳에 두고…… 이건 공기를 먹는데 저 아래는 바람이 안 통해서……저 속에서는 가능한 한 공기를 아껴야 하거든. 이 냄새, 알겠나? 난 손전등을 가지고 왔으니까……."
 "손이 떨고 있군요, 나리" 하고 헨더슨이 말했다.
 "무슨 소리……자, 따라오게."
 좁은 계단 안은 축축하기는 하지만 질척한 데는 조금도 없었고, 고여 있는 공기가 뜨뜻미지근한 느낌으로 폐를 적셔오는 것 같다. 계단을 다 내려가자, 아치형 입구의 썩은 나무문이 납골당을 향해 열려 있었다. 그들이 들어가자 무거운 공기가 일렁거렸다. 마크는 손전등을 비추면서 안으로 들어갔다. 그 지하납골당은 바로 열흘 전에 열었기 때문에 지금 들어가는 것이 그만큼 쉬운 거라고 스티븐스는 생각했다. 그렇지만 장례식 때 바쳐진 꽃 냄새가 물씬 풍겨서 축축하고 후텁지근한 느낌은 여전했다.
 손전등의 불빛이, 세로 25피트, 가로 15피트쯤 되는 장방형의 묵직한 대리석 포석으로 만들어진 납골당을 비춰주었다. 중앙에는 팔각형의 대리석 기둥이 둥근 천장을 지탱하고 있다. 그리고 양쪽이 묘혈을 이루고 있었다. 입구에서 보아 정면에 해당하는 넓은 벽과 오른쪽의 좁은 벽에 시체를 안치하는 벽감이 여러 단 설치되어 있었다. 무덤 속인 데도 노출된 관은 장소를 절약하려는 현실적인 생각에서인 듯 벽에 붙어서 죽 늘어서 있다. 벽감도 관과 그다지 다를 것 없는 크기이다. 천장 가까이 데스파드 집안의 조상들의 유해가 누워 있는 곳에는, 벽감도 대부분 표면을 잘 다듬은 대리석이나, 소용돌이 장식과 한두 개의 일그러진 천사상으로 장식되어 있고, 사자에 대한 송덕문까지 새겨진 것이 있는데, 아래로 내려갈수록 벽감이 조금씩 간소해지고 있다. 단에 따라서는 유해가 제대로 안치되어 있는 것도 있지만, 그 중에는 거의 비어 있는 것도 있다. 한 단은 관이 8개나 들어갈 수 있도록 되어 있었다.

손전등의 불빛이 납골당의 다른 한 쪽, 즉 왼쪽 벽에 붙여져 있는 좁고 긴 대리석 장식판을 비추었다. 거기에는 이곳에 매장된 사람들의 이름이 새겨져 있었다. 그 위에는 머리를 숨긴 대리석 천사상이 하나 걸려 있다. 장식판 양쪽에 커다란 대리석 항아리가 놓여 있고, 거기에 꽂힌 꽃이 말라버린 채 고개를 숙이고 있는 것이 보였다. 그리고 그보다 더 많은 꽃들이 바닥에 흩어져 있었다. 스티븐스는 장식판 맨 위에 폴 데프레(1650년~1706년)라고 새겨져 있는 것을 보았다. 그 이름이 18세기 중반이 지나 '데스파드'로 바뀐 것이다. 이 일가가 인도차이나 전쟁 중에 영국을 지지했기 때문에, 영국식으로 데스파드로 하는 것이 편리하다고 생각했음을 짐작할 수 있었다. 장식판 맨 밑에는 마일즈 바니스터 데스파드(1873년~1929년)의 이름이 깜짝 놀랄 만큼 굵은 글씨로 새겨져 있었다.

마크는 손전등을 이리저리 움직이며 마일즈의 관을 찾았다. 그것은 정면벽의 가장 아랫단에 있는 벽감에 들어 있었는데, 바닥에서 겨우 1, 2 피트밖에 떨어져 있지 않았다. 그 단은 마일즈의 관으로 꽉 차있었다. 왼쪽의 벽감은 관이 들어 있지만 오른쪽 벽감은 아직 몇 개가 비어 있었다. 다른 관은 모두 먼지와 녹과 부식으로 훼손되어 있는데 그것만 새롭게 반짝이고 있을 뿐만 아니라, 그 단에서 나무관은 그것뿐이어서 특히 눈에 잘 띄었다.

모두들 잠시 동안 아무 말 없이 서 있었다. 스티븐스의 귀에 바로 뒤에 서 있는 헨더슨의 숨소리가 들렸다. 마크는 돌아보며 손전등을 헨더슨에게 넘겨주었다.

"저걸 비춰주게" 하고 말했는데 그 목소리가 본인도 몸을 꿈틀할 정도로 크게 메아리쳤다. 그 목소리의 진동에 의해 먼지가 일어나는 것 같은 느낌이었다.

"자, 시작하세, 테드, 관 저쪽을 잡아주게, 이쪽은 내가 잡을 테니. 나 혼자서도 할 수 있지만, 그래도 둘이서 하는 게 낫겠지."

그들이 앞으로 걸어나간 순간 뒤쪽의 계단을 내려오는 발소리를 듣고는 다시 한번 놀라며 뒤를 돌아보았다. 계단 위의 납골당 입구에 '칸델라'가 켜져 있고, 거기에 자루와 상자와 보온병을 든 퍼팅턴이 서 있었다. 관 양쪽에서 스티븐스와 마크는 두 손을 벽감에 넣어 관을 끌어당겼다.

"굉장히 가벼운데" 하고 스티븐스가 자기도 모르게 말했다.

마크는 아무 말도 하지 않았지만 그날 밤 작업에 착수한 뒤로 이렇게 놀란 적은 없었다는 듯한 얼굴을 하고 있었다. 관은 가장자리를 소용돌이무늬로 장식하여 번쩍번쩍 윤을 낸 떡갈나무로 만든 것으로 그다지 큰 편은 아니었다. 마일즈의 키가 5피트 6인치였기 때문이다. 관머리 쪽에는 은으로 된 명찰이 붙어 있고, 거기에 마일즈의 이름과 생몰 연월일이 새겨져 있었다. 두 사람은 관을 아주 조금만 들어올려 끌어 낸 뒤 바닥에 내려놓았다.

"너무 가벼워, 아무래도."

스티븐스가 다시 말했다.

"이보게, 이 정도면 드라이버도 필요 없지 않을까? 가장자리 한복판에 커다란 잠금쇠가 두 개 있을 뿐이군. 꽉 눌러주게."

퍼팅턴이 보온병을 놓는 소리가 났다. 그는 뭔가를 감쌀 생각인 듯 시트도 한 장 가지고 있었다. 마크와 스티븐스가 잠금쇠를 비틀어 열자 서서히 관 뚜껑이 열리기 시작했다.

관은 '텅 비어' 있었다.

헨더슨의 떨리는 손에 들려 있는 손전등이 하얀 공단이 깔린 관을 비추었다. 하지만 그것은 '비어' 있었다. 먼지 하나 없다.

서로의 숨소리만 들릴 뿐 아무도 입을 열지 않았다. 마크가 갑자기 주저앉는 바람에 하마터면 그대로 뒤로 넘어질 뻔했다. 마크와 스티븐스는 서로 약속이나 한 듯 관 뚜껑을 도로 덮고 다시 한번 은명찰을 보았다.

"오, 하느님!……" 하고 헨리가 말하려다가 그만둔다.

"자네……설마 자네, 관을 잘못 짚었다고 말하려는 건 아니겠지?"

마크가 약간 거칠게 말했다.

"그런 일은 절대로 없습니다" 하고 헨더슨이 말했다. 그의 손이 너무 심하게 떨고 있는 것을 본 마크는 그의 손에서 손전등을 빼앗았다.

"전 유해가 그 관에 들어가는 것을 틀림없이 봤습니다. 보세요, 모두가 관을 내릴 때 부딪친 상처가 여기 이렇게 남아 있지 않습니까? 그리고 다른 관이라 하면……다른 건 모두……."

그가 여러 단을 이루고 있는 철제관을 가리켰다.

"음……역시 그의 관이야. 그러면 시체는 어디에 있지? 어디로 가 버린 거지?"

그들은 어두컴컴한 속에서 서로 얼굴을 마주 보았고, 스티븐스의 뇌리에 납골당의 공기처럼 숨이 막힐 것 같은 이해할 수 없는 생각이 문득 떠올랐다. 상식적인 사람이라서 그런지 아니면 위스키를 마셨기 때문인지 퍼팅턴만은 침착해 보였다. 아니 아주 조금 안절부절못하고 있는 것 같기도 했다.

"기운을 내."

퍼팅턴이 날카로운 목소리로 그렇게 말하면서 마크의 어깨에 손을 얹었다.

"자, 자, 두 사람 다 어리석은 생각은 하지 말게. 시체는 사라졌다……하지만, 그게, 뭐 어떻단 말인가? 아무 일도 아니잖아? 누군가가 우릴 앞질러 시체를 훔쳐간 것뿐이야……어떤 이유에선지는 모르지만."

"무엇 때문에요?" 하고 헨더슨이 어이없다는 표정으로 덤벼들었다.

퍼팅턴이 그를 쳐다보았다.

"무엇때문이냐고 묻고 있습니다."

헨더슨이 더욱 소리를 높여 되풀이했다. 그리고 어쩐지 이런 일이 있을 줄 전부터 예감하고 있었다고 생각하면서 두 손으로 뒤를 더듬으며 뒷걸음질쳤다. 마크가 손전등 불빛을 그의 얼굴에 대자, 노인이 입 속으로 알아듣지 못할 소리를 중얼거리면서 무언가를 뿌리치는 듯 골덴 소매 자락으로 얼굴을 문질렀다.

"누군가라고요? 누가 어떻게 이곳에 출입할 수 있단 말입니까? 그것을 알고 싶습니다, 퍼팅턴 박사님. 그게 마일즈 씨의 관이었다는 건 성경에 대고 맹세할 수 있다고 방금 말했는데, 저는 그분의 유해를 거기에 넣어 이곳에 내리는 것을 직접 보았습니다. 그뿐인 줄 아십니까? 퍼팅턴 박사님……누가 이곳에 출입했을 리가 없지 않습니까?! 생각해 보십시오. 입구를 여는 깃만으로도 우리 네 사람이 덤벼들어 두 시간 동안이나, 죽은 사람도 눈을 뜰 정도로 소동을 벌여야 했습니다. 여기서 20피트도 떨어지지 않은 곳에서 우리 부부가 창문을 열고 자고 있는데, 누가 이곳으로 들어갈 수 있겠습니까?……게다가 저는 잠귀도 밝은데 아무 소리도 듣지 못했어요. 그리고 또, 콘크리트를 반죽하여 제대로 포장하고 모든 것을 원래대로 할 수 있을까요? 안 그렇습니까? 아니, 또 있습니다. 그 포장은 바로 1주일 전에 제가 한 것인데……어떻게 했는지 똑똑히 기억하고 있습니다……그건 제가 한 그대로였습니다. 그때부터 지금까지 아무도 그 포장에 손을 대지 않았고, 만진 흔적도 없다는 걸 신께 맹세할 수 있습니다."

퍼팅턴은 별로 화내는 기색도 없이 그를 바라보았다.

"자네 말을 의심하는 건 아니네! 너무 심각하게 생각하지 않는 게 좋다는 것뿐이야. 시체도둑이 그곳에서 들어가지 않았다면 어딘가 다른 곳으로 들어간 거겠지."

마크가 이를 악물고 말하는 듯한 목소리로 느릿느릿 말했다.

"대리석 벽에……대리석 지붕에……대리석 바닥이야."

그 바닥을 저벅저벅 밟아본다.

"다른 입구 따윈 있을 수 없어……대리석판이 단단하게 다져져 있으니까. 자넨 비밀통로 같은 걸 생각하고 있는 모양인데……뭐, 조사해 보면 알겠지만 절대로 없다고 장담할 수 있어."

"이렇게 말하면 좀 '뭣'하지만……자네가 지금 장담한다고 한 일이 실제로 일어났다면 어떻게 하겠나? 자네는 마일즈 백부님이 스스로 관에서 일어서 이 납골당을 나갔다는 건가?"

"아니면……."

헨더슨이 조심스럽게 말했다.

"누군가가 그의 시체를 꺼내 다른 관에 넣었다고 생각하십니까?"

"그런 일은 거의 없겠지" 하고 퍼팅턴이 말했다.

"하지만 그렇다 하더라도, 자네가 말하는 문제의 수수께끼는 달라질 게 없어. 누군가가 그렇게 하기 위해 어떻게 이곳에 들어오고, 어떻게 다시 나갔다는 말인가?" 그리고 생각에 잠긴 얼굴로 말한다.

"하기는 관이 저 벽감에 안치될 때부터 이 납골당이 폐쇄되는 사이에 시체가 도난당했다고 한다면 얘기는 달라지지만."

마크는 고개를 저었다.

"그런 일은 절대로 없어. 실제로 매장 의식은……그 '티끌이므로 티끌로 돌아가는' 의식은……모든 참석자 앞에서 목사에 의해 집행되었어. 그것이 끝나자 모두들 이 계단을 올라갔고."

"이 납골당을 마지막으로 나간 사람은 누구였나?"

"나야."

마크가 신랄한 어조로 말했다.

"의식에 사용한 촛불을 끄고 촛대를 정리해야 했으니까. 하지만 그것도 1분 정도밖에 걸리지 않았고, 세인트피터 교회의 목사님이 계단에서 기다리고 계셨어. 목사님과 나에게 의심할 만한 비밀 행위가 없었다는 건 맹세할 수 있어."

"난 그런 뜻으로 말한 게 아니야……모든 사람들이 납골당을 나간 뒤의 일을 말하고 있는 거지."

"모두들 나간 뒤 곧바로 헨더슨과 일꾼들이 작업을 시작하여 완전히 막아버렸어. 물론 그 사람들을 수상쩍게 생각할 수 있을지도 모르지만, 그때도 많은 사람들이 주위에서 작업이 끝나는 것을 보고 있었으니까."

"으음, 그렇다면 별 문제가 없군."

퍼팅턴이 혼잣말처럼 말하더니 한쪽 어깨를 으쓱했다.

"하지만 누군가가 미친 짓을 한 건 틀림없는 사실이야, 마크. 뭔가 당치도 않은 이유로 누가 시체를 여기서 훔쳐냈고, 시체는 그 뒤 그림자도 흔적도 없이 사라지거나 어딘가에 숨겨진 거지. 그 이유가 뭘까? 이유가 있었기 때문에, 오늘밤 우리가 하려 한 것을 선수 친 거야. 내 생각으로는 백부님이 독살된 것은 의문의 여지가 없어. 시체가 발견되지 않는 한 살인범의 입장은 절대적으로 안전할 수 있지. 의사는 마일즈 노인의 죽음을 자연사라고 진단했어. 그런데 시체는 사라지고 없으니. 자네는 변호사니까 당연히 알고 있겠지만 아무래도 그 노인은 타살되었다는 느낌이 들어. 하지만 시체가 없으면 그가 자연사하지 않았다는 증거는 어디에도 없는 셈 아닌가? 물론 유력한 정황증거는 있지만 그것만으로는 충분치 않아. 우유와 달걀과 포트와인의 혼합액 속에 비소가 2그레인이나 들어 있었고, 그 컵이 그의 방에서 발견되었어. 하지만 그게 어떻다는 거지? 그가 그것을 마시는 것을 본 사람이 있나? 틀림없이 그가 그것을 마셨거나 그것과 관련이 있다는 증거가 있나? 이상하다고 생각했다면 나중에라도 그가 말하지 않았을까? 게다가 그가 손에 들었다는 걸 알고 있는 건 자네가 나중에 무해하다고 입증한 우유가 든 컵뿐이니까."

"퍼팅턴 씨도 변호사가 되실 걸 그랬습니다."

헨더슨이 억양 없는 목소리로 퉁명스럽게 말했다.

퍼팅턴이 빙글 돌아섰다.

"내가 말하는 것은, 이 독살범이 어떤 '수법'을 썼는지는 모르지만 왜 시체를 여기서 내갔는가 하는 거네. 우리는 그 수법을 알아내지 않으면 안돼. '텅 빈' 관밖에 없으니까 말이야."

"완전히 '텅 빈' 건 아니네" 하고 스티븐스가 처음으로 입을 열었다.

그때까지 그는 관 속을 아무 생각 없이 멍하니 바라보기만 해서 처음에는 몰랐지만 곧 관에 깔려 있는 공단 색깔에 묻혀 있던 것이 선명하게 드러났다. 그것은 시체의 오른손이 놓여 있었던 것으로 짐작되는 곳에 있었다. 그는 상체를 굽혀 그것을 집어들고 사람들 눈앞에 내밀었다. 그것은 1피트 정도 되는 길이의 어디서나 볼 수 있는 포장용 끈 자투리로 같은 간격을 두고 아홉 개의 매듭이 맺혀 있었다.

제7장

　그리고 한 시간 뒤 무거운 다리를 끌며 계단을 올라가 신선한 공기 속으로 나왔을 때, 그들은 다음의 두 가지 점만은 인정하고 있었다. 하나는 납골당에 비밀통로나 그 밖에 출입할 수 있는 길이 전혀 없다는 것, 또 하나는 시체가 현재 납골당에 없으며 다른 관에도 들어 있지 않다는 것이었다.
　아래쪽 단에 있는 관은 모조리 꺼내어 하나하나 철저하게 확인했다. 거기 있는 모든 관을 열어볼 수는 없는 일이었다. 관 위에 쌓여 있는 먼지와 녹슨 상태, 굳게 닫힌 뚜껑이, 그 자리에 관이 안치되었을 때부터 누구의 손도 닿은 적이 없다는 것을 나타내고 있었다. 퍼팅턴은 단념하고 위스키를 한 잔 더 마시러 집으로 돌아갔지만, 헨더슨과 스티븐스는 다시 기운을 내어 사다리를 가져와서, 그것을 올라가 위쪽 단에 들어 있는 데스파드의 조상들의 관을 조사했다. 마크는 안절부절못하며 그들의 힘든 작업을 도와줄 생각도 하지 않았다. 손으로 만질 수 있는 곳은 구석구석 살펴보았지만, 아무리 그래도 시체가 숨겨져 있지 않다는 사실만 점점 더 확실해질 뿐이었다. 꽃병의 꽃을 버린 뒤 다같이 꽃병을 기울여 보았지만 역시 수확은 없었다. 그렇게 되자 달리 시체를 숨길 만한 곳이 없어서 모두들 시체가 납골당 안에 없다는 것을 인정하지 않을 수 없었다. 그들이 있는 곳은 화강암판으로 만들어진 상자 속이었다. 이젠 제2의 가능성도 제1의 가능성과 마찬가지로 사라졌다는 걸 인정할 수밖에 없다. 도저히 믿을 수 없는 일이었다. 어떻게 들어왔는지 모르지만, 누군가가 박쥐처럼 관에 달라붙어 관에서 시체를 꺼내고……이런 생각만으로도 푸세리와 고야까지 등골이 오싹해질 생각이지만……뭔가 설명이 되지 않는 이유에서 그 시체를 다른 곳에 넣으려 했다 치더라도 시체를 둘만한 장소는 어디에도 없었다.

1시 조금 전에 작업이 완전히 끝났을 때는 네 사람 다 그 냄새와 공기를 더 이상 견딜 수가 없었다. 그들이 무거운 다리를 끌면서 계단을 올라왔을 때 헨더슨이 오솔길 저편의 숲 속으로 들어가더니 이내 심하게 구토를 했다. 그들은 헨더슨의 작은 돌집의 좁은 거실에 들어가 불을 켰다. 잠시 뒤 헨더슨도 들어와 이마의 땀을 훔치면서 조용히 진한 커피를 끓였다. 그런 다음 네 사람은 초라하고 좁은 방의 테이블에 둘러앉아 침울한 얼굴로 말없이 커피를 마셨다. 난로선반의 사진액자 사이에 놓여 있는 시계가 10분전 1시를 가리키고 있었다.

"기운을 내게."

한참 뒤 가까스로 퍼팅턴이 말했지만 타고난 붙임성은 그리 느껴지지 않았고 눈도 멍하니 흐려져 있었다. 그는 힘겹게 담배에 불을 붙였다.

"우리는 문제를 안고 있고……상당히 까다롭고 재미있는 문제지만……그래서 마크가 또다시 이상한 생각을 하기 전에, 그것을 먼저 해결해야 한다고 생각하는데……."

"도대체 왜 내가 이상한 생각을 한다는 건가?"
마크가 불만인 듯이 말했다.
"자네는 꼭 그런 투로 말하는데 자네가 문제를 해결하고 싶어하고 말고는 내 알 바 아니야……내 눈으로 본 증거를 의시하게 만들어서 우리더러 그 일에 덤벼들게 만들고 있는 거라는 생각밖에 안 드는군."
커피잔에서 시선을 떼며 스티븐스에게 묻는다.
"자넨 어떻게 생각하나?"
"난 별다른 의견이 없네……."
스티븐스는 진지하게 대답했다.
"당신은 오늘 밤 무덤을 파헤치러 가지만, 아무 것도 찾지 못할 거예요"라고 하던 마리의 말을 그는 떠올리고 있었다. 그러한 여러 가지 불쾌한 가능성을 머릿속으로 떠올리면서도 가능한 한 다른 사람들이 눈치채지 못하게 해야 한다고 생각했다. 가장 좋은 방법은 퍼팅턴을 저 혼자 열 올리게 만드는 것이다. 머리가 어질어질해서 커피를 마셨는데, 뜨거운 커피가 목구멍에 스며드는 것 같았다. 그가 천천히 의자에 등을 기대려고 할 때, 상의 옆주머니가 불룩한 것이 느껴졌다. 뭐가 들었을까? 그건 '칸델라'에 기름을 넣을 때 사용한 양철 '깔때기'였다. 두 개째 '칸델라'에 기름을 다 넣었을 때, 그들이 그에게 '곡괭이' 두 개와 커다란 해머를 들게 했기 때문에, 무심코 주머니 속에 집어 넣은 것이 이제야 생각났다. 그 낄때기에 손이 닿자 아무래도 설명이 되지 않는 마리의 기묘한 버릇이 떠올랐다. 그녀는 '깔때기' 같은, 별것도 아닌 물건을 무척 싫어한다. 도대체 무엇 때문일까? 고양이를 싫어하거나 특정한 꽃과 보석을 까닭 없이 싫어하는 사람이 있다는 얘기는 들은 적이 있지만 그건……그건 석탄통을 보면 뒷걸음질치거나 당구대가 있는 방을 견딜 수 없이 싫어한다는 것과 같은 이상한 버릇이었다.
 그런 생각을 하면서 그가 말했다.
 "자네는 어떻게 생각하나, 박사?"
 "이렇게 말하면 '뭣하지만' 난 박사가 아니네" 하고 퍼팅턴은 담배를 뚫어지게 쳐다보면서 말했다.
 "이건 흔히 있는 '밀실' 문제로……다만 일반적인 것보다 훨씬 복잡할 뿐이라고 생각하네. 살인범이 무엇 하나 만지지도 움직이지도 않고 어떻게 밀실에 출입했는가 하는 수수께끼를 해명하는 것만으로 끝날 문제가 아니야……그곳이 단순히 밀실이기만 한 것이 아니니까. 그것보다 더 어려운 문제지. 화강암으로 된 납골당, 창문 같은 것도 없고, 문도 없고, 무게가 반 톤이나 되는 널돌로 뚜껑을 만들어 그 위에 흙과 자갈을 6인치나 깐 뒤 콘크리트로 단단하게 포장한 데다, 손가락 하나 댄 흔적이 없다고 장담하는 증인까지 있는 형편이니."
 "그렇게 장담한 사람은 저고, 사실 그대로 말한 것입니다."
 헨더슨이 말했다.
 "그래. 내가 말하는 것은 범인이 어떻게 출입했는지 해명할 필요가 있을 뿐만 아니라, 시체가 어떤 방법으로 사라졌는지도 해명해야 한다는 거네. 보통 어려운 문제가 아니야……오늘날 트릭이나 속임수는 그 수법이 거의 다 밝혀졌으니까."
 퍼팅턴은 몹시 빈정대는 듯한 미소를 지으며 그들을 둘러보았다.
 "이 문제를 풀 수 있는 방법을 적어도 하나로 압축하지 않으면 안 돼. 거기에는 네 가지 방법을 우선 생각할 수 있네……네 가지뿐이야. 그 중 두 가지는 배제할 수 있네……물론 그건 전문 건축가가 조사할 문제이기 때문이지. 하지만, 99퍼센트 거기에 비밀통로가 없다는 것과, 이미 시체는 그 안에 없다는 건 확실하다고 봐도 될 것 같은데, 안 그런가?"

"그렇지" 하고 마크가 대답했다.

"그럼 남은 것은 두 가지네. 첫째로 헨더슨은 자신이 알고 있는 사실을 모두 얘기했고, 그가 아내와 함께 그 납골당에서 20피트도 안 되는 곳에서 살고 있는데도, 누군가가 밤사이에 그곳에 들어가서 흔적 하나 남기지 않고 모든 것을 원상대로 해 두었다는 점."

헨더슨은 너무 말도 안 되는 일이어서 대꾸할 가치도 없다고 생각했기 때문에 잠자코 있었다. 그는 다리가 높고 삐걱거리는 소리가 나는 흔들의자로 물러가서 팔짱을 끼고 앉아 의자를 계속 흔들었다.

"그야 물론……나도 그런 얘길 믿는 건 아니네. 그렇다면 남은 가능성은 단 한 가지밖에 없는 셈이 되지……즉 시체는 처음부터 납골당에 들어 있지 않았다는 것."

"으음."

마크가 테이블을 톡톡 두드리면서 말했다.

"하지만 그것도 믿을 수 없는 일이야."

"저도 그렇게 생각합니다" 하고 헨더슨이 끼어들었다.

"퍼팅턴 씨……전 옆에서 참견하고 싶지 않고 당신 말에 토를 달거나 극구 반대하는 것처럼 보이고 싶지도 않지만, 황당한 데도 정도가 있어야지요. 이렇게 말하는 사람은 저뿐인 것 같지만, 그렇지 않습니다. 퍼팅턴 씨가 마일즈 씨의 유해가 처음부터 그곳에 들어 있지 않았다고 말씀하시면, 장의사와 두 명의 조수를 나쁜 사람으로 만드는 것이 됩니다……솔직하게 말씀드려서 퍼팅턴 씨, 어떻게 그런 일이 있을 수 있단 말입니까? 상황은 이랬습니다. 이디스 아가씨가 저더러 무슨 볼일이 생길지도 모르니까 장의사의 인부들이 작업하는 동안 내내 지키고 서서 마일즈 씨의 유해 옆을 떠나지 말라고 분부하셨습니다. 그래서 저는 시키는 대로 했지요. 요즘은 아시다시피 시체를 관에 넣어 객실에 안치해 두고 조문객이 옆을 지나가며 관 속을 들여다보는 옛날 같은 일은 하지 않습니다……시체를 방부처리하여 매장될 때까지 침대에 눕혀두었다가, 그 시간이 되면 비로소 관 속에 넣고 뚜껑을 닫아서, 운구하는 사람들이 아래층으로 운반합니다. 아시죠? 마일즈 씨 때도 그랬습니다. 그런데 유해를 관에 넣는 동안에도 저는 틀림없이 그 방에 있었습니다……어쨌든 분부를 받았으니까 거의 그곳을 떠나지 않았고, 밤에도 부인과 제가 밤새도록 유해 옆에 있었지요……그런 다음 유해를 관에 넣어 뚜껑을 나사못으로 고정한 뒤 운구하시는 분들이 곧 들어와서 운반해 갔습니다. 그분들이 아래층으로 운반할 때 저도 따라갔지요. 게다가……."
헨더슨은 그 부분에서 거드름을 피우듯이 힘을 주어 말했다
"그분들 중에는 판사, 변호사, 의사 양반들도 계셨는데, 그분들이 이상한 짓을 하실 거라고는 생각할 수 없는 일 아니겠습니까?
 관을 아래층으로 운반해 간 뒤 뒷문을 통해 건물 앞의 오솔길로 나가, 이쪽으로 와서 틀림없이 내렸습니다……저곳에."
그는 납골당 쪽을 가리켰다.
"저 밑에 내려가지 않았던 사람들……그러니까, 우리는 납골당 입구를 둘러싸고 기도를 올렸습니다. 한참 뒤 밑에서 모두들 올라오자 의식은 끝났지요. 곧바로 제 조수 배리와 매켈지가 젊은 톰 로빈슨의 도움을 받아 납골당을 메우는 작업을 시작했기 때문에, 저도 집으로 돌아가 옷을 갈아입고 곧 다시 나가서 작업을 지시했습니다. 그런 다음에는 여러분도 아시는 바와 같습니다."
그가 앉아 있던 흔들의자가 다시 한번 크게 삐걱이더니, 화분이 올려져 있는 낡은 라디오 쪽을 향해 천천히 흔들렸다.
"하지만 아무래도 어딘가 이상해! 자네도 유령을 믿지는 않겠

지?" 하고 퍼팅턴이 큰 소리로 말했다.

흔들의자는 점점 움직임이 느려지더니 멈췄다. 그리고 헨더슨이 느린 어조로 말했다.

"천만에요……저는 믿습니다."

"그럴 리가!"

헨더슨이 팔짱을 낀 채 찌뿌퉁한 얼굴로 테이블을 쳐다봤다. 그리고 입을 열었다.

"제 얘길 들어 보세요……저는 유령이 있고 없고에 대해서는 관심 없습니다. 유령이 무섭냐고 물으신다면, 저는 별로 무섭지 않다고 대답하겠어요……지금 이 순간에도 이 방 속에 유령이 돌아다닌다 해도 말입니다. 미신가라면 유령을 무서워하겠지만 전 미신 같은 건 믿지 않습니다."

그리고 잠시 생각하더니 "벌써 40년도 더 된 일입니다만 저는 제 고향 펜실베이니아에서 배링거 할아버지가 하신 말씀을 지금도 자주 떠올립니다. 그 무렵의 배링거 할아버지는 아무리 못되어도 아흔 살은 되셨는데, 언제나 단정한 실크모자를 쓰고 계셨지요. 하지만 다른 사람들과 마찬가지로 매일 집 앞에서 풀을 뽑거나 집 주위에서 무슨 일이든지 하며 부지런히 몸을 움직이는 분이었습니다……글쎄, 한번은 실크모자에 와이셔츠 차림으로 60피트가 넘는 가파른 지붕 위에서 '기와'를 갈고 있는 것을 보고, 모두들 기겁을 하고 놀란 적이 있었습니다……아무튼 아흔 살이었으니까요. 그분의 집 옆에 그때는 이미 사용하지 않게 되어 아무도 돌보지 않는 오래된 묘지가 있었습니다. 그런데 할아버지는 자기 집 지하실을 수리하기 위해 묘지 울타리를 훌쩍 뛰어넘더니 오래된 비석을 몇 개 뽑아왔습니다. 정말이지, 어이가 없는 일을 한 거죠.

지금도 똑똑히 기억하고 있지만 저는 그분이 구덩이를 파고 있는 뒤뜰을 지나가다가 그 광경을 보고 말했습니다…… '배링거 할아버지, 그런 비석을 가져왔다가 무슨 화라도 입으면 어쩌려고 그러세요, 무섭지 않으세요?' 하고 물었지요. 그랬더니 할아버지는 가래를 짚고 서서, 담뱃진이 섞인 침을 퇴! 하고 뱉더니 이렇게 말했습니다…… '조……조……난 죽은 사람 같은 건 무섭지 않아. 너도 죽은 사람은 무서워할 필요 없어. 조심해야 할 건 살아 있는 놈들이야' 하고요. 전 그 말을 평생 잊은 적이 없습니다. '조심해야 할 건 살아 있는 놈들이야.' 사실 맞는 말이지요. 죽은 사람은 산 사람에게 해를 끼치지 못합니다. 적어도 이 살아 있는 나한테는 아무 짓도 못한다……고 저는 생각하고 있습니다. 그리고 유령이 있느냐 없느냐에 대해서는 며칠 전 밤에 라디오에서 셰익스피어의 말을 들었는데……."

마크는 이야기를 중지시키지 않고 그의 얼굴을 의아한 듯이 쳐다보고 있었다. 헨더슨은 어딘가 멍하기도 하고 심각하기도 한 표정으로 테이블 가장자리에 물끄러미 시선을 던진 채 거드름을 피우는 모습으로 천천히 의자를 흔들었다. 죽은 사람과 살아 있는 사람, 어느 쪽이 더 위험하다고 믿고 있는지는 몰라도 그가 겁을 먹고 있는 것은 분명했다.

마크가 빠른 말로 물었다.

"물어보고 싶은 것이 있는데……자네 부인이 나한테 한 말을 혹시 자네한테도 하던가?"

"마일즈 씨가 돌아가신 날 밤 그분의 방에 있었던 여자 말입니까?"

헨더슨이 테이블 끝에서 시선을 돌리지 않은 채 반문했다.

"그렇네."

헨더슨은 잠시 생각하다가 대답했다.

"예, 했습니다."

마크는 다른 두 사람 쪽으로 몸을 돌렸다.
"아까 내가 말했었지……이 이야기는 하고 싶지 않고 해봤자 믿어주지 않을 거라고. 하지만 무엇을 어떻게 믿어야 할지 모르게 되어버렸으니, 얘기하기로 하겠네.

 이것도 얘기했다고 생각하는데……이제부터 하는 이야기의 첫 부분에서 중요한 것은, 헨더슨 부인은 1주일 정도 집을 비우고 있었고, 그날 밤 우리가 가장무도회에 갈 때까지 돌아오지 않았다는 점이네. 따라서 그녀는 루시와 이디스가 어떤 옷을 입고 있었는지 몰랐어……아니, 잠깐만!"
그는 헨더슨을 쳐다보며 물었다.
"자네가 얘기했다면 모르지만. 그녀가 돌아왔을 때 그 얘기를 했나?"
"제가요? 아닙니다."
헨더슨이 화난 듯이 대답했다.
"저 자신도 그분들이 어떤 옷을 입으셨는지 몰랐으니까요. 멋진 옷을 짓고 계신 줄은 알고 있었지만……멋진 옷이라는 것뿐이지, 저에게는 모두 똑같이 보이거든요. 전 아무 말도 하지 않았습니다."
마크가 고개를 끄덕였다.
"그녀가 나에게 한 이야기는 이렇네. 그날 밤……즉 수요일 밤 그녀는 9시 35분쯤 역에서 돌아왔네. 돌아오자마자 그녀는 뭔가 달라진 것이 없는지 집안을 쭉 둘러보았어. 하지만 아무 이상도 없었지. 그런 다음 마일즈 백부님의 방문을 노크했네……그는 문을 열어주지는 않았지만 대답은 한 모양이더군. 이디스와 마찬가지로 그녀도 걱정이 되었지. 지금 우리가 있는 이 집에서는 백부님이 창문을 열고 큰 소리로 외치지 않는 한 목소리가 들리지 않네. 그래서 그녀는 이디스와 마찬가지로 복도에 앉아 있거나 아래층에 있겠다고 말했는데 백부님은 들어주지 않았어……귀찮았던 모양이야. 그리고 '도대체 자네는 날 어떻게 생각하고 있는 거지……금방이라도 죽을 병자라고 생각하나? 조금도 걱정할 필요 없다고 말하지 않았어? 자네 집으로 돌아가.'

대충 이런 말을 했지. 그 말을 듣고 그녀는 깜짝 놀랐어……그는 늘 우스꽝스러울 정도로 정중하게 말을 했기 때문이지. 그녀는 '그럼 어쨌든 11시쯤 다시 보러 올게요' 하고 말했다더군.

그래서 11시에 다시 백부님의 방에 갔는데, 거기서부터 얘기가 이상해지네.

한 1년 전에 방송이 시작되었을 때부터, 매주 수요일 밤 11시에 그녀가 듣고 있는 라디오 프로그램이 있었지. 아마 그건……."
그리고 재미있다기보다는 몹시 혐오스럽다는 듯한 냉소적인 말투로 "'인제르포드 제공, 경음악 휴식의 시간'이라는 30분짜리 프로그램인데, '휴식'이니 뭐니 하는 게 아니라……달콤한 시럽 같은 것을 선전하는 것으로……."

헨더슨은 마음속 깊이 놀란 듯한 표정으로 눈을 껌벅였다. 그리고 흥분한 말투로 "좋은 음악입니다……무척 좋은 음악으로, 하잘 것 없는 게 아닙니다. 마음을 쉴 수 있는 음악이지요" 하고 열을 내며 말했다.

"사실을 말하자면 이곳에도 라디오가 있습니다……무척 좋은 것이죠. 그런데 2주일 전에 고장이 나버리자 집사람은 안채에서 그 프로그램을 들을 수 있느냐고 물었습니다."
"그야 들을 수 있지" 하고 마크가 말했다.
"그래서 난……그……그때까지는 조금도 괴이하다거나 불길하게 느끼는 마음이 없었다는 걸 보여주기 위해서라도, 특별히 인제르포드 제공의 '휴식의 시간'에 대한 얘기를 해두는 편이 좋다고 생각하네만. 악마들이 정말 마력을 휘두를 수 있다면……그리고 인제르포드 제공의 '휴식의 시간' 같은 것이, 낡아빠진 선전 문구에 익숙해져 있는 현대의 평온 무사한 궤도를 타고 우리의 난방 설비가 완벽한 생활에 비집고 들어올 수 있다면……그야말로 악마는 강하고 무서운 것이라고 해도 이상하지 않을 거야. 인간들은 곳곳의 도회지에 모여 수백만 개의 횃불 같은 불을 켜고, 바다 저편에서 들려오는 노랫소리를 들으며 고독 따윈 조금도 느끼지 않을 수 있지……밤에 바람 속을 걸어야 하는 황야는 어디에도 없는 정말 매력적인 세계. 하지만 테드, 뉴욕의 아파트에서……또는 퍼트, 런던의 자네 집에서……아니, 전 세계의 어떤 집이든 상관없지만……밤에 집에 돌아가서 늘 하던 대로 문을 연 순간, 인간의 '살아 있는' 소리가 아닌 목소리가 들렸다고 하면 어떨까……우산꽂이 뒤를 들여다볼 마음도 안들 것이고, 한밤중에 난로를 살피러 가고 싶어도 뭔가가 살금살금 나오는 게 아닐까 하는 생각이 들어 갈 수 없지 않을까?"

"그런 건 생각 탓이야" 하고 퍼팅턴이 몹시 단호하게 말했다.

"으음, 나도 그렇게 생각해."

마크는 고개를 끄덕이고 싱글싱글 웃으며 맞장구를 쳤다. 그런 다음 크게 숨을 한번 쉬고 말했다.

"그래, 좋아. 그럼 원래 이야기로 돌아가지. 헨더슨 부인은 11시 라디오 프로그램에 맞춰 서둘러 안채로 찾아왔네. 미리 말해 두지만, 라디오는 이층의 유리창이 있는 베란다에 있었지. 요점만 알면 되니까 너무 상세한 얘기는 하지 않기로 하겠네. 그 베란다 한쪽 끝에 마일즈의 방으로 통하는 유리문이 있다는 것만 말해두지. 우리는 자주 그에게 왜 그 베란다를 사용하지 않느냐고 물었네……우린 그곳을 별로 사용하지 않았거든. 하지만 무슨 이유에선지 그는 그곳을 좋아하지 않았던 것 같아. 평소에는 언제나 그 유리문에 두꺼운 커튼을 치고 있었지. 지극히 평범한 유리문이지만 등공예 가구류, 밝은 느낌의 커버, 화분 같은 것이 놓여 있었고, 집안의 다른 곳보다 훨씬 현대적으로 꾸며져 있었네.

그녀는 이층으로 올라갔네. 그 프로그램이 시작되었으면 어쩌나 하고 마음이 급했기 때문에, 복도의 마일즈 백부님 방밖에서 주저하지 않고 노크한 뒤 기분은 좀 어떠세요? 하고 물었지. 아, 괜찮소, 걱정 마시오, 하는 대답을 듣고, 그녀는 그대로 복도 모퉁이를 돌아 베란다에 들어갔네. 마일즈 백부님은 헨더슨 부인이 라디오를 듣는 것에 대해서는 불평을 하지 않았네. 그것도 나름대로 이유가 있었겠지만, 라디오는 괜찮다고 자주 말했었지. 그래서 그 점에 대해서는 그녀도 사양할 필요가 없었던 셈이지. 그래서 그녀는 백부님 방 유리문에서 멀리 떨어진 구석에 있는 라디오 옆의 조명등을 켠 뒤 앉았네. 라디오에서 소리가 날 때까지 2, 3초 기다리는 사이에, 유리문 저편에서 웬 여자가 얘기하는 소리가 들려왔네.

그녀는 깜짝 놀랐지. 평소에 백부님은 가능한 한 사람을 방에 들이고 싶어 하지 않았고, 더구나 그때는 집안 식구들이 모두 외출하고 없다는 걸 알고 있었거든……. 이튿날 아침 그녀가 나에게 얘기한 바에 의하면, 그때 그녀의 머리 속에 맨 먼저 하녀 마거릿이 아닌가 하는 의심이 들었다고 했네. 그녀는 백부님이 여자를 좋아하는 것을 알고 있었고 마거릿은 예쁜 아가씨였으니까. 게다가 그녀는 백부님이 마거릿을 묘한 눈길로 바라보는 걸 본 적도 종종 있었고, 아무도 없을 때 마거릿이 이따금 그 방에 불려갔다고 분명히 말했네. 간호사 코베트 양은 그리 예쁜 편도 아니고 바람기가 있는 여자도 아니었기 때문에 의심하지 않았지. 그녀는 라디오에서 소리가 날 때까지 꼼짝 않고 앉아서 시선을 고정한 채 그날 밤 마일즈 백부님이 혼자 있고 싶어한 것, 누군가가 문을 노크하면 기색이 좋지 않았던 것 등, 의문스러운 점을 이리저리 생각하고 있었는데……아무래도 마음이 안정되지 않았네."

마크는 마지막 말을 입에 올리기 전에 잠시 말을 흐리며 헨더슨을 힐끗 쳐다본 뒤 말했다. 헨더슨이 머뭇머뭇 몸을 움직였다.

"그래서 그녀는 가능한 한 소리가 나지 않게 일어서서 유리문 쪽으로 걸어갔어. 아직 이야기가 계속되고 있는 듯 희미하게 소리가 났는데, 그때 마침 라디오가 나오기 시작했기 때문에 전혀 알아들을 수가 없었지. 그때 마침 딱 적당한 곳이 한 군데 발견되었네. 유리문에는 묵직한 갈색 비로드 커튼이 쳐져 있었는데 커튼을 칠 때 약간 꼬인 모양인지 문 왼쪽 구석의 상당히 높은 곳에 커튼이 부풀어서 약간의 틈이 생긴 것이 보였어. 그리고 문 오른쪽 아래에도 또 하나의 틈이 있었지. 양쪽 다 잘 보이지는 않지만 한쪽 눈으로 들여다보려면 못할 것도 없었네. 그녀는 먼저 왼쪽 틈새 사이로 들여다본 뒤, 걸어가서 다른 한쪽 틈새도 들여다보았네. 베란다는 한구석의 조명등밖에 불빛이 없기 때문에, 방안에서 이쪽이 보일 가능성은 별로 없었지. 막상 들여다본 그녀는, 자신이 염려했던 도덕적인 의혹은 해소되었고, 성적이고 혐오스러운 행위가 벌어지고 있지 않다는 것을 알았네. 보통의 가정부들이 설레는 가슴으로 열쇠구멍 속을 들여다보며 기대하는 장면을 그녀도 기대하고 있었는데, 그 기대가 빗나가버리자 약간 실망했지…….

왼쪽 틈에서는 정면 벽의 위쪽밖에 보이지 않았네……그 벽에는……이건 집의 뒤쪽에 해당하는 벽인데……창문이 두 개 있고, 그 두 창문 사이에는 등받이가 무척 높은, 찰스 1, 2세 시절풍의 이색적인 의자가 놓여 있었어. 그리고 호두나무 널빤지를 붙인 벽에는, 백부님이 좋아하시던 그루즈의 작은 그림이 걸려 있었고, 그녀에게는 의자와 그림은 확실히 보였지만 사람 모습은 눈에 들어오지 않았기 때문에, 다음에는 오른쪽 틈새로 들여다보았네.

그러자 백부님과 누군가 다른 사람의 모습이 보였어. 머리맡을 오른쪽 벽에 갖다 붙인 백부님의 침대 옆쪽이 정면으로 보였지. 방의 불빛은 침대 머리 위쪽에 있는 갓이 있는 희미한 전등뿐이었어. 백부님은 가운을 입은 채 침대에 일어나 앉아서 펼친 책을 무릎에 엎어놓고 헨더슨 부인이 있는 유리문 쪽을 똑바로 보고 있었어……하지만 그녀를 보고 있는 것은 아니었네.

유리문을 등지고 자그마한 체구의 여자가 백부님을 보며 서 있었네. 방금 말했듯이 불빛이 어두웠기 때문에 그 여자의 뒷모습은 실루엣처럼 보였어. 미동도 하지 않고 마치 구름처럼 아련한 모습이었는데, 전혀 움직이지 않는 것이 좀 이상하게 생각되었지만, 바로 옆에 있었기 때문에 그 여자가 입고 있는 옷은 헨더슨 부인에게도 세세한 부분까지 똑똑히 보였네. 하지만 그녀는 '바로 그 그림에 있는 것과 똑같았어요'라는 말밖에 하지 않았어. 그녀가 말하는 것이 브랑빌리에 후작부인이라는 건 알았지만, 정확하게 이름을 말하지는 않았네……바로 자네가……."
그렇게 말하려다 헨더슨을 쳐다본다.
"……'납골당'이라고 하지 않고 그냥 '거기'라고 하는 것과 마찬가지지. 그런데 내가 약간 이해할 수 없었던 것은, 어째서 그녀가 어딘가 이상한……이상하다고 생각했는가 하는 점이야. 루시와 이디스가 어떤 옷을 입고 있었는지는 모르지만 두 사람 다 그날 밤 가장무도회에 갔던 것은 알고 있었으니까, 그 순간 그 여자는 두 사람 중 하나라고 생각하는 것이 당연한 일일 텐데. 게다가 그녀도 한참 뒤에 그 생각이 나서 그랬던 게 아닌가 하고 생각했다고 나에게 말했지. 내가 강조하고 싶은 것은, 그녀가 불길한 느낌이 아니라 단지 잠시 동안 '어쩐지 무척 이상한 느낌이 들었다'고 한 점이야. 나는 어째서 이상한 느낌이 들었는지 확실하게 알고 싶었는데, 그녀의 생각으로는 백부님의 얼굴 표정 때문이었던 것 같네. 불빛은 어두웠지만 그녀가 있는 위치에서는 똑똑히 보였던 모양인데, 그건 공포의 표정이었다고 했네."

그가 잠시 입을 다물자, 열어둔 창문 밖 숲속에서 바스락거리는 소리가 들려왔다.

"정말 놀랍군, 자네……."

스티븐스는 가능한 한 목소리를 낮추어 말했다.

"그 여자는 어떤 모습이었나? 뭔가 알아낸 것은 없었나? 헨더슨 부인은 달리 뭔가 보지 못했고? 이를테면……머리가 블론드였다거나 검었다거나?"

"그런데 그녀도 거기까지는 알 수 없었대."

마크가 억양 없는 목소리로 대답했다. 그는 가슴 앞에 두 손을 모아 쥐더니 말했다.

"엷은 천으로 만든 것을 쓰고 있었다더군……그것도 얼굴을 가리고 있는 것이 아니라 머리를 덮으며 약간 뒤로 흘러내려와 있었지……그리 큰 것은 아니고, 네모나게 목덜미가 파인 드레스 등 부분까지 내려와 있었어……즉 중간쯤 되는 길이였던 모양이네. 하지만 그게 또……미리 말해두네만, 이건 어디까지나 헨더슨 부인의 어렴풋한 기억의 인상을 내가 말로 전하고 있는 것뿐이네……'뭔가 무섭고 이상한 느낌'이었던 것 같아. 원래 머리에 쓰는 것이 아닌, 스카프를 잘못 쓰고 있는 것 같은 느낌을 받았나봐. 내가 그녀의 이야기에서 판단한 바로는, 이것은 모두 그녀가 순간적으로 느낀 것이네……왜냐하면, 그녀는 그 여자의 목 근처도 어쩐지 이상한 느낌이 들더라고 했거든. 난 그녀의 얘기에서 추측하는 수밖에 없는데, 그로부터 대엿새 지난 뒤 그녀가 날 찾아와서 이런 말을 하더군……'그 여자의 목이 몸에 확실하게 붙어 있지 않았던 것 같은 느낌이 들었어요' 하고 말이야."

제8장

　스티븐스는 주위의 물건들을 똑똑히 의식하고 있었다. 그을린 벽지, 옛날에는 좋은 물건이었을 것 같은, 아마 데스파드 저택에서 사용했던 것인 듯한, 이음매가 갈색인 가죽을 붙인 가구류, 여러 장의 가족사진, 커피잔, 테이블에 쌓여 있는 원예 카탈로그, 그리고 특히 마크의 숱 많은 연갈색 눈썹과 푸른 눈, 매부리코를 한 말쑥한 얼굴. 창문에 걸린 레이스커튼이 약간 흔들리고 있었다. 바깥은 좋은 날씨다.
　헨더슨의 얼굴이 흙빛이 된 것도, 흔들의자가 라디오 쪽을 향하고 있는 것도 그는 알고 있었다.
　"이놈의 마누라가" 하고 헨더슨이 중얼거리듯이 말했다.
　"그 사람은 저에게 그런 말은 하지 않았습니다."
　"음, 그야 당연한 일이겠지."
　퍼팅턴이 혐오스럽다는 듯이 말했다.
　"마크, 난 자네 턱에 한 방 먹이고 싶네. 그게 자네를 위한 일이니까, 그런 말도 안 되는 얘기를 하다니……."

"그렇게 너무 나무라지 말게."

마크의 목소리는 평온했다. 이제 그렇게 신경이 흥분된 모습도 아니었고, 온화한 얼굴에 당혹한 빛과 약간의 피로가 느껴질 뿐이었다.

"허튼 얘긴지도 몰라, 퍼트. 실은 나 자신도 그렇게 생각하고 있네. 다만, 난 내 귀로 들은 얘기를 하고 있을 뿐이야……병에 대해 얘기하는 것처럼 감정을 배제하고 말이네……하긴, 그렇게 할 수 있다면 말이지만. 그게 무엇이든, 난 반드시 해결법을 찾아내지 않으면 안 되기 때문이지……얘기, 계속해도 될까?……아니면 자네들이 원한다면 그만둬도 좋아."

"아니야, 계속하는 게 좋겠어" 하고 퍼팅턴이 말하면서 다시 자리에 앉았다.

"다만 이것만은 분명해. 만약 자네가 그 얘기를 좀더 일찍 아까 저녁때라도 했더라면, 우리가 자네를 도와줬을지 어떨지는 장담할 수 없네."

"그건 알고 있어……그런데 다시 한번 이 문제를 이해하기 쉽도록 하기 위해 헨더슨 부인도, 나도, 자네들이 지금하는 얘기를 듣고 받은 쇼크 같은 건 느끼지 않았다는 점을 알아주기 바라네. 다시 말해 그다지 현실감이 느껴지지 않았다는 얘기지. 그런데 그것이 점점 확실해진 걸세. 자네들은 루시가 그런 옷을 입고 있었으니까 내가 지어낸 이야기를 하는 거라고 말할지도 모르네만 뭐 그래도 할 수 없는 일이지. 더구나 만약 경찰이 그 얘기를 들으면 틀림없이 그렇게 생각할 거야. 음, 자네들이 그렇게 말하는 것도 무리가 아니야……나도 믿어줄 거라고는 생각하지 않았으니까.

방금도 말했듯이 헨더슨 부인은 백부님 방에서 한 여자를 보았네……평범한 여자의 모습이어서 그녀는 틀림없이 루시나 이디스일 거라고 생각했지. 좀 묘하다는 느낌은 들었지만, 그 이상은 깊이 생각하지 않았네. 그래서 그곳을 떠나 라디오 옆 의자로 돌아가서 '휴식의 시간'을 들었다더군. 그녀로서는 유리문을 두드리며 '데스파드 부인이세요?' 하고 물음으로써, 자기가 커튼 틈새로 들여다본 것을 알릴 필요까지는 없었으니까. 하지만 그녀는 그것으로 완전히 이해되지는 않았던 모양이네. 그래서 15분쯤 지나 광고가 나와 누군가가 인제르포드의 달콤한 시럽을 선전하기 시작하자, 그녀는 다시 한번 유리문으로 돌아가서 오른쪽 틈새로 방안을 들여다보았네.

브랑빌리에 후작부인의 옷을 입은 여자의 위치가 분명히 달라져 있었어……그렇지만 6인치 정도 침대에 다가섰을 뿐 그 자리에 역시 꼼짝 않고 서 있었지. 아주 조금밖에 움직이지 않았던 모양으로……그래서 아무리 들여다봐도 움직이는 것처럼 보이지 않았을 정도였지. 게다가 여자의 오른손이 보인 것으로 판단하건대 아주 조금씩 오른쪽으로 향한 것 같았네. 그 오른손에……내가 나중에 옷장 속에서 발견한 은컵을 들고 있었는데, 그것도 계속 들고 있을 뿐 움직이지 않았어. 백부님 얼굴에 더 이상 공포의 빛이 없었기 때문에 헨더슨 부인은 안심했네……그래, 그녀의 말을 빌리면 전혀 표정다운 표정이 없었던 것 같아.

바로 그때……꼭 그런 법이지만……헨더슨 부인은 기침이 나올 것 같아서 참을 수가 없었네. 목이 간질간질해서 견딜 수가 없자 그녀는 유리문 옆을 급히 떠나 베란다 한가운데로 가서 가능한 한 소리를 죽여 기침을 했지. 그런데 다시 유리문으로 돌아가보니 이미 여자는 없었다는 거야.

백부님은 그때까지 침대에 앉아서 침대머리에 머리를 기대고 있었네. 왼손에 은컵을 들고 있었는데, 오른쪽 팔뚝을 눈에 대고 있었기 때문에 얼굴은 보이지 않았고 여자도 보이지 않았네.

그녀는 불안해지기 시작했어. 그래서 방안을 더 자세히 살펴보려고 했는데, 틈새가 너무 작아서 안 보였지. 그래서 혹시나 하고 유리문 왼쪽의 틈새 쪽으로 급히 갔네.

그런데, 아까 얘기했던 창문이 두 개 있는 정면 벽에는……옛날에 문이 하나 달려있었어. 그러나 이미 2백년도 전에 벽돌로 막고 그 위에 널빤지를 붙여버렸는데, 벽에는 지금도 그 문기둥의 윤곽만은 남아 있지. 그 문기둥은 두 개의 창문 꼭 중간에 있었어. 옛날에는 그 문이 건물의 일부로 통하고 있었는데 그 부분이 없어지는 바람에……."

마크는 다시 말끝을 약간 흐리다가 계속했다.

"동시에 그 문도 벽돌로 막혀버린 셈이지. 내가 제정신이라는 걸 보여주기 위해 말해 두지만 지금도 그곳에 비밀문이 있을지 몰라……하기는 어떤 일에 사용하는지는 알 수 없지만. 난 그런 것을 본 적도 없고 알고 있는 거라고는 벽돌로 막아버린 문에 지나지 않아.

그런데 헨더슨 부인은 자신이 본 것은 잘못 본 것도 아니고 거짓말도 아니며 사기도 아니라고 주장하고 있네……벽의, 옛날에 문이 있었던 부분 한복판에 걸려 있는 그루즈의 그림을 비롯하여 창문과 창문 사이에 있는 것은 모두 보였어……등받이가 높은 의자 윗부분도……마일즈 백부님의 옷이 그 의자 등받이에 걸쳐져 있는 것까지 보였네……하지만 그런데도 벽의 문이 열리더니 브랑빌리에 후작부인의 옷을 입은 여자가 그리로 나가더라는 거야.

그 문은 안쪽으로 열리게 되어 있어서 그루즈의 그림도 그것과 함께 움직였고 여자가 문을 나갈 때 문이 움직여 의자 등을 건드렸네……그때까지는 여자가 조금도 움직이지 않는 것이 이상했지만 막상 움직이는 걸 보니……그건 걷는다기보다 미끄러지는 것 같아서, 그런 움직임 또한 등골을 오싹하게 했다더군. 헨더슨 부인은 죽을 것처럼 무서웠다고 했고 나도 무리가 아니라고 생각했네. 문에 대해 그녀에게 더 물어보았지……예를 들어 손잡이는 달려 있었는가 하고, 어딘가에 숨어 있는, 용수철이 달린 진짜 비밀문이 있다고 한다면, 그런 것도 중요하기 때문이지. 그런데 그녀는 기억하지 못하더군. 게다가 여자의 얼굴도 보지 못했고……그리고 문은 닫혔지. 한 순간 뒤, 그녀가 늘 익숙하게 보아왔던 단단한 벽으로 다시 돌아갔네. 원래대로 돌아가고 말았어……그래, 그녀로서는 그렇게 밖에 말할 수 없었지.

그녀는 라디오가 있는 곳으로 다시 갔지만 전무후무하게 그때 처음으로 인제르포드가 제공하는 '휴식의 시간'의 스위치를 껐네. 그리고 앉아서 생각해 보려고 했지. 마침내 용기를 내어 유리문으로 다가가서 그것을 두드리며 말했네…… '라디오 잘 들었어요. 뭐 필요한 것 없으세요?' 하고. 그러자 백부님은 화내는 기색은 조금도 없이 평온한 목소리로 말했다는군…… '없소, 고마워요. 아래층에 가서 쉬시오……당신도 피곤할 테니.' 했다는 거야. 그래서 그녀는 한번 더 용기를 짜내어…… '거기 함께 계셨던 분은 누구세요? 말소리가 들리는 것 같았는데' 하고 말했더니 그는 웃으면서…… '틀림없이 꿈이라도 꾼 모양이군……여긴 아무도 없었소. 그만 됐으니까 어서 가보시오!' 하고 말했는데, 그녀는 그 목소리가 어쩐지 떨리고 있는 것처럼 느껴졌다는군.

하지만 솔직하게 말해서 그녀는 더 이상은 무서워서도 있을 수 없어서 이곳으로 달려왔네. 그런데 그로부터 2시간 반 뒤에 백부님이 돌아가시고, 내가 발견한 컵이니 하는 것에 대해서는 아까 얘기한 대로야. 헨더슨 부인은 이튿날 아침……아직 겁을 먹고는 있었지만……나한테 와서 지금 한 이야기를 은밀하게 해주었지. 그날 밤 루시가 어떤 옷을 입고 있었는지를 듣고 당황해서 어쩔 줄 몰라

하더군. 게다가 그녀는 백부님이 독살되었다는 사실을 아직 모르고 있네. 그러니까 관 속의 시체가 사라졌어도 나나 그녀는 이상할 게 없는 셈이지. 조금 전에도 말했듯이 그 벽에 비밀통로가 있을지도 모르네. 하지만 비밀 복도가 벽과 벽 사이를 타고 내려간 곳에 연결되어 있다면 몰라도, 그렇지 않다면 도대체 그 문은 어디로 연결되는 것일까? 그 벽에는 창문도 있고 또 건물 뒷벽을 이루고 있으니까. 그리고 마지막으로, 적어도 그 납골당에 몰래 드나들 수 있는 구멍이 없다는 것만은 확실해. 이제부터는 자네의 문제인데, 퍼팅턴……난 가능하면 감정을 개입시키지 않고 얘기하느라고 했네. 뭔가 떠오르는 게 있나?"

그때 헨더슨이 침울한 모습으로 흔들의자를 흔들면서 말하기 시작했다.

"그 얘기는 분명히 저도 그녀한테서 들었습니다만. 첫날밤 우리가 마일즈 씨의 유해를 밤새도록 지키고 있었을 때는, 정말이지 그 얘기에 얼마나 당황했는지 모릅니다! 마치 제가 이 눈으로 직접 보고 있는 것처럼 얘기해 주었으니까요."

"테드."

마크가 갑자기 말했다. "어째서 자네는 아까부터 잠자코 있기만 하는 건가? 왜 그러는 거지? 박제된 말처럼 거기에 앉아 있기만 하니……자네 말고는 모두 뭔가 의견을 말하고 있는데, 자네 생각은 어때?"

스티븐스는 다시 정신을 수습했다. 그리고 지금은 일단 이 일에 흥미를 보이는 척하는 것이 좋다……그래, 그리고 알고 있어도 아는 척하지 않고, 궁금한 것이 있다는 듯 이것저것 의견을 늘어놓는 편이 좋다고 생각했다. 그래서 주머니 속의 담뱃갑을 더듬은 뒤, 파이프를 손으로 닦았다.

"얘기하라고 하니 하겠네. 퍼팅턴이 말하는 '유일한 가능성'이라는 것을 생각해 보세. 자네도 경찰이 하듯이, 부인에게 불리한 증거를 제공하는 건 견딜 수 없는 일일 테지. 알고 있겠지만, 난 부인이 그런 짓을 한다는 건 상상도 할 수 없네······그건 이를테면, 마리가 하지 않았다고 생각하는 것과 마찬가지지."

그리고 낮은 소리로 웃자 마크도 그 말을 듣고 비로소 마음의 짐을 내린 것처럼 고개를 끄덕였다.

"그래, 그건 그렇지. 그래서?"

"그래서 먼저 생각할 수 있는 건 부인이 은컵에 비소를 넣어 마일즈 씨에게 먹인 뒤, 비밀 문으로······아니, 지금은 뭔지 모르지만 뭔가의 장치를 통해······나갔다는 것. 두 번째로 생각할 수 있는 건 부인이 그날 밤 어떤 옷을 입고 있었는지 알고 있는 누군가가 그녀로 변장한 것······그리고 그 커튼의 틈새도 우연이 아니라 일부러 꾸며둔 것으로, 살인범은 헨더슨 부인이 거기서 들여다보고 여자의 뒷모습을 볼 수 있도록 꾸며서, 나중에 그녀가 그 여자가 부인이었다고 증언하도록······."

"흐음! 그럴싸해!" 하고 마크가 반색했다.

"세 번째로 생각할 수 있는 건 이 사건은 정말······초자연적이라고 하면 웃을 테니까 말하고 싶지 않지만······불사자(不死者)나 이 세상 사람이 아닌 사람, 즉 악마의 짓이라는 얘긴데······."

퍼팅턴이 한손으로 테이블을 두드리며 말했다.

"자네도 그렇게 생각한단 말인가?"

"아니······라고도 할 수 없네. 나도 마크과 같아······이를테면 나중에 틀린 것으로 밝혀지더라도 생각할 수 있는 가능성은 모두 생각해 봐야 한다고 보네. 결과적으로 믿을 수 없는 것이 되더라도 뚜렷한 증거를 부정할 수는 없는 법이니까. 이 눈으로 보고 만질 수 있는 명백한 증거라면 그것은 다른 증거와 마찬가지로 진지하게 다루어야 하네. 헨더슨 부인이 만약 부인이……또는 이디스, 또는 우리가 알고 있는 어떤 여자가……독이 든 컵을 백부님에게 건네는 것을 보았다고 말했다면……그리고 또 그녀가, 그 컵을 그에게 건넨 것은 2백 년 이상이나 전에 죽은 여자라고 말했다면 어떨까? 그 경우는 믿고 믿지 않고와는 상관없이 현실적인 증거만을 다루어서, 적어도 부인을 위해 공정한 판단을 내린 뒤, 이 두 가지 생각은 모두 믿을 수 없는 것으로 해야 하네. 만약 한 가지 사실만의 증거를 운운한다면 이 사건은 자연적이 아니라 초자연적인 것임을 보여주는 증거가 더 많이 나오지 않을까?"

퍼팅턴은 반신반의하는 눈길로 재미있다는 듯이 스티븐스를 쳐다보고 있었다.

"상당히 이론적인 궤변이로군, 안 그런가? 어쩐지 테이블 위에 다리를 올려놓고 맥주 가져와! 하고 소리치고 싶어지는 기분이네. 그래서, 그 다음은?"

"먼저 첫 번째 가능성을 생각해 보세" 하고 스티븐스는 계속한다. 그는 파이프를 물었다. 지금까지 단숨에 얘기했기 때문에 이번에는 너무 말을 많이 하지 않도록 천천히 생각한 뒤에 말해야 한다는 걸 알고 있었지만, 가슴에 쌓인 것이 터져나오는 걸 막을 수가 없어서 목소리를 깔며 말했다.

"이 가능성에서 생각하면 부인은 용의자가 되네. 그것을 깨뜨리려면 완전한 알리바이가 없으면 안돼. 그녀는 밤새도록 자네와 함께 있었겠지?"

마크는 목소리에 힘을 주었다.

"물론이네. 뭐 다른 사람하고 있었던 적은 있지만, 그 사람들이 그녀였음을 증명해줄 거네. 그러니 내가 모르는 사이에 사라졌을 리가 없었던 셈이지."

"하지만 자네들은 가면을 쓰고 있었지?"

"맞아. 그런 취향들이니까……우리가 누구인지 다른 사람들이 알아맞혀보게 하는 거지……."

그렇게 말하다가 마크는 갑자기 입을 다물더니, 엷은 푸른색 눈을 그대로 움직이지 않았다.

"가면을 벗은 것은 몇 시쯤이었나?"

"평소 때와 같은 12시."

"그런데 우리가 비소를 먹였다고 보는 시간은 11시 15분이었네."

스티븐스는 그렇게 말하면서 파이프로 허공에 선을 그렸다.

"그렇다면 여기서 세인트데이비스까지는 45분이 안 걸려 갈 수 있으니까, 가면을 벗는 시간에 맞출 수 있게 되네. 그러니까 미스터리소설에 나오는 경찰관이라면, '그녀의 남편이 본 여자……파티의 손님들이 본 여자는 루시 데스파드가 아니라 브랑빌리에 후작부인의 옷을 입은 두 여자가 가면을 벗을 때까지 교대한 거라고 보면 어떨까?' 하고 말하겠지."

마크는 꼼짝 않고 앉은 채로 말했다.

"자네가 나에게 그런 식으로 생각할 수 있느냐고 물었으니까 생각해 보았네만, 터무니없는 소리는 하지 말아주게. 자네……어떤 가장을 하든 남편이 자기 아내를 못 알아볼 거라고 생각하나? 또 다른 사람늘도 모를 거라고 생각해? 가면이라고 하지만, 얼굴 윗부분만 가리는 도미노 가면이었는데……친구가 봐서 모를 리가 없어. 자넨 도대체……."

스티븐스는 초조한 듯하면서도 진지한 어조로 입을 열었다.

"난 절대로 그런 식으로는 생각하지 않고 다른 누구라도 마찬가지일 거야. 그것이 자네의 비장의 카드이기도 하고……그것을 입증할 증인이라면 열 명도 넘게 데리고 올 수 있을 테니까. 다만 난 그 문제를 거론해서 최악의 조건하에 두고, 그 경우에도 아무것도 거리낄 것이 없다는 것……악의를 가지고 보지만 않는다면 의문의 여지가 조금도 없다는 걸 자네한테 보여주고 싶었네. 난처한 문제라고 해서 그냥 덮어두어서는 안돼. 세상에는 그보다 더 난처한 문제가 얼마든지 있으니까. 그리고……."

그렇게 말하다가 문득 다른 생각이 머리에 떠올랐기 때문에 그만두었다. 만약 그 생각을 잘 이용할 수 있다면 쓸데없는 것을 배제하고 어느 한 사람도 상처를 받지 않게 끝낼 수 있을지도 모른다. 그것이 바로 그가 원하는 바였다.

"그리고 여러 가지 가능성 중에서, 난 아무도 생각하지 못한 것으로 보이는 다른 가능성을 이미 얘기했네. 그건 살인 같은 건 일어나지 않았다는 거지. 초자연적인 것이든 아니든, 그 여자가 만약 그 사건과 전혀 무관하고, 마일즈 씨는 의사의 말대로 위염 때문에 돌아가신 거라면 어떨까?"

퍼팅턴은 턱을 문질렀다. 그는 스티븐스를 가만히 쳐다보면서 뭔가 골똘한 생각을 하고 있는 눈치였는데, 입 밖에 내기는 좀 우습지만 재미있다는 듯이 머뭇머뭇 얼굴 근육을 움직이며 말했다.

"그런 의견이 나오지 않을까 하고 예상하고 있었네. 누구나 그런 생각을 할 수 있지……가장 안이한 추리니까. 그러나 말이네…… 납골당에서 시체가 없어진 것은 어떻게 된 거지? 이건 명백한 사실이기 때문에, 초자연적인 현상으로 치부할 수 없다는 건 자네들도 인정할 거야. 게다가 비소가 들어간 컵을 들고 있던 여자에 대한 것도 경찰관이 농담으로 받아들일 수 있는 얘기는 아니지."

"그런 말을 경찰관에게 어떻게 한단 말인가?"

마크가 단호하게 말했다.

"자, 자네의 가능성이란 것을 얘기해 주게, 테드. 제2의 가능성은 누군가가 루시로 변장했다는 얘기였지?"
"그 대답은 자네한테서 듣고 싶네. 그렇게 할 수 있는 건 누군가?"
"누구나 할 수 있지. 만약……."
마크는 손가락 끝으로 테이블을 두드리면서 말했다.
"만약 자네가 이 세상 어디에나 있을 법한, 특별히 이렇다 할 것이 없는 우리의 선량한 그룹 가운데 누군가와 그것이 관계가 있다고 생각한다면 말이지만……그거야 아무라도 가능해. 하지만 난 도저히 인정할 수 없어, 그건. 루시를 범인으로 생각하는 것이 머리가 어떻게 된 거라고 한다면, 이디스도 그렇고 하녀 마거릿 또한 그래. 그리고……."
그는 잠시 생각한 뒤 말을 이었다.
"난 살인사건 기사를 읽을 때마다 이상하게 생각되는 점이 한 가지 있네……이웃을 만나면 예의바르게 인사하고, 보험료도 제때 지불하며 20년 동안 착실하게 근무하다가, 어느 날 갑자기 아무렇지도 않게 사람을 죽이고, 시체를 난도질하여 숨기는 짓을 하는, 착실하고, 조용하고, 품행이 단정했던 남자에 대한 이야기 같은 건 도저히 이해가 안돼. 동기와 원인은 아무래도 좋아……하지만, 그의 가족과 친구들이 그를 어떻게 보고 있었는지 알고 싶네. 이상한 기색이나 행위는 없었는지, 그늘의 눈에 특이한 점은 없었는지, 범행 뒤에도 여전히 모자를 쓰고, 여전히 가짜 자라스프를 좋아했는지, 여전히 아무개로서 전혀 달라진 데가 없었는지?"
퍼팅턴이 무뚝뚝하게 말했다.
"자네는 스스로 질문을 던지고 자네 가족은 누구 한 사람도 살인범일 리가 없다는 답을 내고 있군 그래."

"그래……그렇지만 그건 인지상정 아닌가! 이를테면 말이네, 자네는 이디스가 범인이라고 생각할 수 있나?"
퍼팅턴은 어깨를 으쓱하더니 말했다.
"그렇게 생각할 수도 있지. 하지만 만약 그렇다면 난 그녀를 비호할 거네, 역시……. 지금은 내 삶과 아무 관계가 없지만……이미 10년이나 된 사이여서 객관적인 시각을 가질 수 없는 거지. 난 과학적으로 보려고 노력하고 있지만, 그렇게 되면 자네와 루시, 이디스, 나, 스티븐스……."
"마리" 하고 마크가 말했다.
스티븐스는 퍼팅턴의 강한 시선을 받자 그것이 별 생각 없이 응시하는, 딴 뜻이 없는 것이라는 걸 알았지만 어쩐지 기분이 초조해졌다.
퍼팅턴이 가벼운 목소리로 말했다.
"아, 그 이름이라면 들은 적이 있네. 내가 말하려고 한 건, 과학적으로 생각하면 우리 중 누구라도 사람을 죽일 수 있다는 거네. 당연한 이치라고 할까."
마크는 현재 직면해 있는 문제와는 상관없는 것을 생각하고 있는 듯한 느릿한 어조로, 중얼거리듯이 말했다.
"그렇게 생각하는 건 좋지만 초자연적인 것이 존재한다는 건 믿을 수 없어. 나에게 중요한 것은 스티븐스가 말한 첫 번째 가능성일세. 초자연적인 것의 존재는 솔직히 말해 나도 잘 모르고 의구심을 가지고 있어. 하지만 이렇게 말하면 이상하게 들릴지도 모르지만, 나는, 우리 가족 중 누군가가 살인범이라는 것보다는 신뢰성이 있다고 생각하네."
스티븐스가 말했다.
"그렇다면, 믿지 않는다고 해도 제3의 가능성을 조금만 생각해 보지 않겠나? 이 사건에 '불사의 인간' 같은 것이 관련되어 있다고 상정하고, 다른 두 가지 가능성에 적용해본 것과 같은 규칙을 적용해보면······."

"어째서 '불사의 인간'이라는 말을 사용하는 건가?"

마크가 물었다.

스티븐스가 보니 마크의 자못 흥미롭다는 듯이 반짝이는 눈이 자신을 지그시 응시하고 있었다. 섣불리 말을 잘못 꺼내고 말았다. 일부러 그런 말을 사용한 것이 아니라, 자기도 모르게 입에서 튀어나오고 만 것이다. 그는 고던 클로스의 원고를 떠올렸다. 그 속에서 그가 읽은 이야기는 사진도 첨부되어 있는 〈불사의 독부사건〉이라는 제목이었다. 그래서 그런 말이 머리에 떠오른 것일까?

"내가 물은 것은 그 말을 사용한 사람을 딱 한 사람 더 알고 있기 때문이네. 이상하군. 많은 사람들이 유령이니 뭐니 하지만 또 다른 종류로 흡혈귀라는 것이 있는데, 그건 신화적인 전설 속에서는 '불사자'로 불리고 있네. 아, 정말 묘하단 말이야. 이 말을 사용한 사람을 꼭 한 명 본 적이 있어."

"그게 누군가?"

"이상하게도 그게 마일즈 백부님이야. 그건 2년 전에 내가 웰든과 이야기를 하고 있을 때 느닷없이 나왔는데······자네도 알고 있지? ······대학의 웰든 말이네······. 그래, 어느 토요일 아침, 우리는 집 앞의 뜰에 앉아 있었는데, 뜰에서 갤리온 선(船)······갤리온 선에서 유령 같은 식으로 이야기가 옮겨가고 있었지. 내가 기억하고 있는 한 웰든은 밤의 어둠 속에서 나타나는 여러 가지 종류의 요괴들을 얘기하기 시작했는데······그때 백부님이 평소보다 멍한 얼굴로 휘청휘청 나와서 2, 3분 동안 말없이 우리 얘기를 듣고 있다가, 문득 이렇게 말했네······이미 상당히 오래 전의 일이지만, 책 같은 건 읽은 적도 없는 백부님이 한 말이어서 더 이상하게 들렸기 때문에 기억하고 있는데…… 이런 말을 하시더군…… '또 한 가지 종류가 있는 걸 잊고 있는 것 같군. "불사의 인간" 말이네.' 하고, '살아있는 것은 뭐든지 다 죽은 게 아니라는 의미라면 이해할 수 있지만 그런 게 아니고 "불사의 인간"이란 건 무슨 말입니까? 웰든도 살아 있고 저도 살아 있지만, 저는 자신을 "불사의 인간"이라고 생각하지 않습니다.' 하고 내가 말하자, 백부님은 멍한 눈으로 나를 바라보며…… '넌 모른다.' 하시더니 다시 휘청휘청 가버리셨네. 웰든은 백부님 머리가 좀 이상하다고 생각한 듯, 곧 화제를 바꿨지. 그 뒤로 나도 그 일은 잊고 있었는데 방금 생각이 났어…… '불사의 인간'이라고 말한 것을! 이건 무슨 뜻일까? 도대체 자네는 어디서 그런 말을 배웠나?"

"뭐, 무슨 책에서 본 거겠지" 하고 스티븐스는 심드렁하게 말한 뒤 화제를 돌렸다.

"단어 사용에 집착할 건 없겠지. 뭣하면 유령이라고 해도 되고, 자네는 이 집에 유령이 나온다는 소문이 났던 적은 한번도 없었다고 했지?"

"그렇네…… 물론 난 지금까지 이곳에서 일어난 여러 가지 사건에 대해 내 나름대로 의견을 가져도 된다고 생각하네…… 퍼트가 얘기하겠지만, 난 이래봬도 푸른 사과를 먹고 복통이 일어나도, 살인범이 누구인지 짐작할 수 있는 정도의 통찰력은 가지고 있으니까."

"그럼, 자네의 그 통찰력으로 도대체 과거의 어떤 관계에 대해 말하고 있는 건가?…… 우선 브랑빌리에 후작부인과 자네와의 관계? 자네는 오늘밤 데스파드 집안이 그녀와 밀접한 관련이 있다고 말했지. 산으로 부식된 초상화가 그녀의 초상화인 것 같다는 말도 했고, 이디스는 그 초상화를 싫어하는 것 같고, 루시가 그것을 가장무도회에 입을 의상의 견본으로 삼았을 때도, 일부러 그것을 '몽테스팡 후작부인'이라고 불렀으며, 헨더슨 부인의 경우는 그 이름을 입에 올리는 것조차도 꺼려한 것 같던데. 그 17세기 살인마와 20세기의 데스파드 집안에 도대체 어떤 관계가 있는가? 옛날의 '데프레 집안'에 그녀에게 희생된 자가 있기라도 한 건가?"
"아니야, 아닐세, 그런 게 아니라, 더 훌륭한, 법적으로 당당한 관계라고 할 수 있네. 데프레 집안 사람이 그녀를 체포했으니까."
"그녀를 붙잡았다고?"
"그렇네. 브랑빌리에 후작부인은, 경찰이 혈안이 되어 자기를 추격하고 있는 파리에서 달아나 리에주의 수도원에 숨었네……수도원 안에 있는 한 경찰도 그녀를 붙잡을 수 없을 테니까. 그런데 프랑스 정부가 파견한 두뇌가 명석한 데프레는 한 가지 꾀를 생각해냈네. 그는 상당히 잘생긴 남자였고 브랑빌리에 후작부인은……자네도 책에서 읽은 적 있는지 모르겠지만……그런 면에 약한 편이었지. 그는 신부로 변장하여 조용히 수도원에 잠입한 뒤, 그녀를 만나 그 마음을 흔들고, 강변으로 함께 산책하러 가지 않겠느냐고 유혹했어. 그녀는 물론 그 자리에서 '예스'라고 대답했지만, 그건 그녀가 기대하고 있었던 '밀회'와는 거리가 먼 것이었지. 데프레가 휘파람을 불자 경찰관이 왔고, 그로부터 몇 시간 뒤 그녀는 마차에 감금되어 기마경관들에게 호위를 받으며 파리로 압송되었네. 그녀는 1676년에 목이 잘린 뒤 시체는 화형되었네."
마크는 말을 끊더니 담배를 말기 시작했다. 그리고 다시 입을 열었다.
"그는 사형되어 마땅한 살인마 여자를 고육지책 끝에 보기 좋게 체포했으니 훌륭한 남자였겠지만, 내 나름의 생각에서 말한다면 뱃속이 검은 배신자였던 것 같은 기분이 들어. 그는 훌륭한 지위를 가진 데프레로서 5년 뒤에 크리스펜과 함께 미국에 와 이 저택을 지었고, 1706년에 사망하자 그의 유해를 안치하기 위해 저 납골당이 만들어진 걸세."

스티븐스는 여전히 억양 없는 목소리로 물었다.

"사인은?"

"내가 알고 있는 바로는 자연사였지만 한 가지 묘한 일이 있었는데……그가 죽기 전에 한 여자가 그의 방으로 찾아왔던 모양이야……그 여자가 누구였는지 그 뒤에도 전혀 알 수 없었지만, 그 일에 대해서는 조금의 의혹도 제기되지 않았던 걸 보면, 우연한 일이었겠지."

퍼팅턴이 재미있다는 듯이 물었다.

"그리고 그 데프레가 쓰던 방이 마일즈 백부님이 있었던 방이었다는 얘기겠지?"

마크는 고지식한 표정으로, "아니, 데프레의 방은 백부님이 있었던 방과 그 당시에는 이어져 있어서 문을 통해 오갈 수 있었는데, 건물의 날개 부분이 1707년 무렵 불타서 없어졌기 때문에, 벽돌을 쌓고 널빤지를 붙여 막아버린 거지."

바로 그때, 작은 거실 문에 다급한 노크 소리가 들리더니 루시 데스파드가 문을 열고 들어왔다.

노크소리를 들은 순간, 헨더슨의 흔들의자가 미끄러져서 다시 라디오에 부딪쳤다. 발소리를 전혀 듣지 못했기 때문에 노크 소리에 그들은 자신들도 모르게 벌떡 일어섰다. 루시는 황급하게 여행복으로 갈아입고 새파래진 얼굴로 돌아온 모습이었다.

"그렇다면 역시 경찰이 납골당을 파헤친 거군요……역시" 하고 그녀는 말했다.

마크는 잠시 머뭇머뭇한 뒤 가까스로 입을 열었다. 그리고 그녀의 마음을 진정시키려고 손을 움직이면서 다가갔다.

"걱정 마, 루시……정말 괜찮다니까. 그 납골당을 파헤친 건 '우리'니까. 잠깐……."

"마크, 뭐가 괜찮다는 거예요? 얘기해 줘요. 도대체 어떻게 된 일이죠? 경찰은 어디에 있어요?"

마크가 걸음을 멈추자 다른 사람들도 얼떨결에 움직임을 멈췄다. 난로 선반 위의 작은 시계 외에는 모든 것이 멎어버린 것 같은 느낌이었다. 잠시 동안 스티븐스는 감각이 마비된 것 같은 기분이었다. 이윽고 마크가 입을 열었다.

"경찰이라니? 어디 경찰 말이야? 무슨 얘기를 하고 있는 거지?"
루시가 답답하다는 듯이 말했다.

"우리, 이래봬도 가능한 한 서둘러서 돌아왔어요. 뉴욕발 마지막 열차……여기까지 오는 마지막 열차……를 겨우 잡아타고 돌아온 거라구요. 이디스도 곧 올 거예요. 마크, 무슨 일이에요, 네?"

그녀는 핸드백을 열어 한 통의 전보를 꺼내더니 그것을 마크에게 건넸다. 그는 그것을 눈으로 두 번 읽은 뒤에야 겨우 다른 사람들에게도 읽어주었다.

뉴욕 웨스트 64번지 31
E.R. 레버튼 부인 댁
마크 데스파드 부인 앞

'마일즈 데스파드의 죽음에 관해 새로운 사실 발견. 긴급 귀가 요망'

필라델피아 경찰서
블레넌

제9장

 집 앞의 오솔길에는 아직도 '칸델라'가 켜져 있었다. 열려 있는 문 약간 안쪽에서 손잡이에 한손을 걸치고, 커다란 느릅나무 가로수를 등지고 서 있는 루시 데스파드의 모습을, 스티븐스는 그 뒤에도 오래도록 잊지 못했다. 루시의 온화하면서도 두뇌가 예민해 보이는, 싹싹한 얼굴에서 어딘가 강인함이 느껴졌다. 검은 눈썹 아래 빛나고 있는 연갈색 눈에서 풍기는 머리가 좋아 보이는 느낌……그것이 그녀의 가장 큰 특징이었다. 작은 몸집에 제법 탄탄한 체형이지만 어딘지 모르게 우아한 데가 있다. 활기찬 표정이 매력적인 점을 제외하면 결코 미인이라 할 정도는 아니었고, 지금은 안색이 몹시 좋지 않아서 '주근깨'도 약간 도드라져 보였다. 그게 유행인지는 모르겠으나 색깔은 화려하지만 단순한 디자인의 슈트에, 머리에 꼭 맞는, 역시 단순한 모자, 그 아래 검은 머리카락이 귀까지 내려와 있다.
 마크가 다시 한번 전문을 읽는 동안 그녀는 그런 모습으로 서 있었다.
 "이건 틀림없이 누군가의 장난이오" 하고 스티븐스가 말했다. "그 전보는 장난이에요. 경찰이 고문변호사처럼 정중하게 귀가를 요청하는 전보를 칠 리가 없어요. 경찰이라면 뉴욕경찰에 전화를 걸어 그곳 경찰관을 당신이 있는 곳으로 보내게 할 거요. 마크, 이건 누군가의 고약한 장난이야."

"정말 그렇게 생각하나?" 하고 마크가 처음으로 말했다. 그리고 방 안을 왔다갔다하기 시작했다. "맞아……누가 이 전보를 쳤는지는 모르겠지만 경찰은 아니야. 어디 보자……7시 35분에 마켓 거리 서부지구 전보국에서 쳤군. 이것만으로는 알 수 없지만."

"도대체 어떻게 된 일일까요? 납골당이 열려 있고……경찰이 온 거 아니에요? 그리고……."

그녀는 마크의 어깨 너머로 시선을 주더니 놀란 목소리로 말했다. "아니, 톰 퍼팅턴 씨 아니에요?"

"그래요, 루시." 퍼팅턴이 스스럼없는 투로 말하며 다가오자, 루시는 기계적으로 한쪽 손을 내밀었다. "오랜만이군요."

"정말이에요, 톰. 그런데 도대체 여긴 무슨 일로 오셨어요? 영국에 계시는 줄 알았는데. 당신, 그리 많이 변하지는 않았군요. 정말이에요……변했다 해도……아주 조금."

퍼팅턴은 상투적인 인사를 했다. 그가 영국으로 가버렸을 무렵, 루시와 마크는 아직 결혼하지 않은 상태였던 모양이다.

"짧은 일정으로……오늘 오후에 도착했소. 10년 만이어서 한 이틀쯤 머물렀으면 하는 생각이오."

"네에, 물론 좋고말고요! 우린……."

무엇을 어떻게 해야 할지 모르겠다는 표정으로 루시는 다시 한번 기계적으로 뒤를 돌아보았다. 이번에는 모든 사람의 귀에 발소리가 들리더니 이디스가 들어왔다.

이디스는 루시보다 화려하지만 어딘가 의식적으로 그렇게 행동하고 있는 듯한 느낌을 주었다. 서른을 한두 살 넘겼을 뿐이니 늙었다 거나 꾸미는 데가 많다는 건 아니다. 단지 루시보다 속마음을 잘 드 러내지 않는 여자인 듯 싶었다. 그래서 스티븐스는 20대 시절의 그녀 가 어땠는지 상상하고 싶지 않았다. 그녀는 루시보다 키는 크지만 뼈 대가 가늘고 호리호리하다. 너무나도 데스파드 집안다운 태도와 얼굴 을 하고 있다. 갈색머리, 푸른 눈, 마크와 마찬가지로 고집스러운 느 낌. 거기에 눈 주위가 조금 움푹한, 상당한 미인이다. 그녀가 들어온 순간 헨더슨이 뒷걸음질치며 거북한 표정을 짓는 것이 눈에 띄었다. 지금까지 스티븐스는, 겉으로는 의연한 그녀의 행동과는 반대로 어딘 지 모르게 연약함을 숨기고 있는 듯한 기묘한 인상을 받은 적이 몇 번 있었다. 지금의 그녀는 모피코트를 입고 모자는 쓰지 않았는데, 뭐라 표현하면 좋을지 모르겠지만 말쑥한 차림을 하고 있었다. 그녀 는 퍼팅턴을 보자 걸음을 멈추었지만 안색은 조금도 변하지 않았다.

루시는 핸드백의 잠금쇠를 바쁘게 열었다 닫았다 하면서 말했다.

"이디스……별다른 일은 없는 것 같아. 전보는 가짜 전보였고 경찰 은 아무도 오지 않았대."

이디스는 퍼팅턴에게 시선을 향한 채 미소를 짓더니 상냥한 목소리 로 말했다.

"이번에는 솔직하게 말해 내 예감이 적중한 것 같군요. 틀림없이 난처한 문제를 가지고 온 거겠죠?"

그리고 왼손을 뻗으며 모두의 얼굴을 둘러보았다.

"모두들 그걸 숨기고 있어요. 오빠, 무슨 일이야? 루시도 나도 무 척 걱정했어……나에게도 알 권리 정도는 있겠지."

"장난이야……저 전보는……."

"오빠……마일즈 백부님은 독살된 거야?"

잠깐 침묵이 흘렀다.

"독살? 아니, 그렇지 않아! 왜 그런 생각을 했니?" 마크는 그녀의 얼굴을 쳐다본다. 루시보다 평온한 얼굴이었지만 내심의 긴장은 숨길 수가 없었다. 그는 순간적으로 그럴 듯한 거짓말을 생각해냈다. 그는 루시를 안고 그녀의 등을 가볍게 두드려주면서, 책망하는 눈길로 다시 한번 이디스를 돌아보았다.

"어차피 알게 될 일이니까 지금 여기서 얘기해도 상관없지만 심각한 일은 아니야……살인이니 뭐니 하는 말도 안 되는 소리를…… 어떻게 그런 생각을 떠올린 거지?……게다가 경찰과 관련된 일은 아무 것도 없어. 그래도 불쾌한 일이야. 누군지 모르지만 호기심 많은 자가 '가짜' 전보와……편지를 보냈을 거야. 나도 편지를 받았으니까……익명의 편지를. 거기에는 마일즈 백부님의 유해가 납골당에서 사라졌다고 적혀 있었어."

하지만 아무리 생각해도 그런 거짓말이 통할 것 같지 않자 그는 서둘러 덧붙였다.

"난 별로 신경 쓰지 않았다……하지만, 헨더슨이 좀 묘한 말을 해서. 그래서 납골당을 열어보기로 한 거야. 그런데 이디스, 이런 말을 하게 되어 유감이지만, 그 편지는 정말이었어. 유해가 사라지고 없더구나."

이디스는 약간 걱정은 하면서도 그의 말을 의심하는 것 같지는 않았지만 그렇다고 완전히 안심하지도 못하는 눈치였다.

"사라졌다고?" 그녀는 되물었다. "하지만 어째서?……어떻게? ……그러니까……."

퍼팅턴이 자연스럽게 끼어들어 얘기를 받았다.

"그래요, 어처구니없는 짓이지만 그리 드문 일도 아니지……하기는 미국에서는 지난 5년 동안 그런 협박조의 사건은 없었던 것 같지만. 1878년에 있었던 스튜어트 사건, 들은 적이 있소, 이디스?

이 백만장자의 유해가 무덤에서 사라졌는데 범인들은 보상금을 요구했소. 같은 일이 듀네히트에서도 있었는데……이곳과 흡사한 납골당이 파헤쳐졌어요. 요즘의 공갈협박범들은 생각도 할 수 없는 일이지만."

"하지만 무서운 일이에요" 하고 루시가 말했다. "시체를 훔치고……돈을 요구하다니……."

퍼팅턴은 모두의 관심을 그쪽으로 돌려놓고, 담담한 어조로 잘 이끌어가고 있었다.

"그 시체를 돌려받기 위해 스튜어트는 2만 5천 달러를 줬는데, 듀네히트의 경우는 경찰이 범인 한 명을 체포하고 시체를 찾았소. 법률상 전례가 없어서 이 재판은 이색적인 것이었어요. 그 무렵까지 기록에 남아 있는 시체 도난 사건은 모두 시체를 의학교에 팔아넘기는 것이 목적이었는데, 이건 달랐으니까. 아마 범인은 5년형을 받았을 거요……내가 추측하기에 이번 경우는, 데스파드 집안은 오래된 납골당을 훼손하고 싶지 않을 것이므로, 마일즈 씨의 유해를 되찾기 위해 어쩔 수 없이 돈을 지불할 거라고, 범인들이 생각한 것 아닐까요?"

루시는 한숨을 쉬더니 마크의 팔을 떠나 테이블에 기대섰다.

안도한 나머지 눈물이 나올 것 같아서 작은 소리로 웃으며 말했다.

"하지만, 그렇다면……저어……다행이에요. 네, 정말……안심했어요. 이디스, 당신 덕택에 나, 정말 무서웠어. 그래도 물론 경찰에 신고는 해야 할 것 같은데……."

그러자 마크가 말했다.

"그럴 필요 없어. 당신은 내가, 사냥개 떼의 습격을 받은 여우의 사체처럼 백부님의 유해가 수난을 당하도록 내버려 둘 것 같아? 아니야, 난 사양하겠어. 시체 도둑들이 퍼트가 말한 그런 목적으로 훔친 거라면, 일을 확대시키지 않고 기분 좋게 돈을 지불할 거야. 자, 두 사람 다 기운을 내."

이디스가 무척 온화하게 말했다.

"이렇게 말하면 '뭣'하지만 난 믿을 수가 없어."

미모의 마녀 같은 것이 정말 있을까?……마녀라는 말은 이디스에게 너무 어울리지 않아서, 이건 우스꽝스러울 정도로 지나친 말일지 모르지만, 그렇게 의심스럽다는 표정을 짓고 있는 미인을 보니 아무래도 그런 모습이 연상되었다.

그러자 마크가, "믿을 수 없다고? 아직도 독살이니 뭐니 하는 부질없는 생각을 하고 있는 거야?" 하고 물었다.

"이제 그만 집으로 돌아가요" 하고 이디스가 재촉했다. 그리고 헨더슨을 보더니, "조, 거긴 지금 무척 추울 테니까 난로에 불을 넣어 줘요."

"예, 아가씨. 당장 넣겠습니다." 헨더슨이 순순히 대답했다.

"늦었으니, 괜찮다면 나도 이만……" 하고 스티븐스가 말하자 이디스가 서둘러 돌아보더니 "아니에요. 당신도 같이 가주세요. 테드……꼭요. 다같이 이 문제를 해결해야 해요……오빠, 함께 가시자고 해요. 이번 일에는 뭔가 악의적인 데가……어딘지 골탕 먹이려는 데가 있는 것 같지 않아요? 전보를 친 사람이 누군지는 모르지만, 우리를 조롱하고 웃음거리로 만들었어요……이건 돈을 바라고 시체를 훔쳐 간 게 아니에요. 그렇다면 그런 전보를 칠 리가 없잖아요? 난 처음부터 이런 일이 일어나지 않을까 하는 느낌이 들었어요." 그리고는 입을 다물더니 두 개의 '칸델라'가 켜져 있는 쪽을 다시 한번 바라보며 몸을 떨었다.

모두들 오솔길을 걸어가는 동안 내내 말이 없었다. 퍼팅턴은 이디스에게 말을 걸려고 했으나, 겉으로는 아무런 거리낌 없는 것처럼 보여도 두 사람 사이에는 벽이 있었다. 루시만은 이번 일은 그다지 무서워할 일이 아니며, 불쾌하고 소름이 끼치기는 하지만 그렇게 소동을 벌릴 일은 아니라고 생각하는 것 같았다. 하지만 스티븐스는 '전보를 친 사람이 누군지는 모르지만, 우리를 조롱하고 웃음거리로 만들었어요'라고 한 이디스의 말이 머리 속에서 떠나지 않았다.

저택으로 들어간 그들은 넓은 홀을 지나 정면의 서재로 갔다. 하지만, 그곳은 모든 것을 과거와 과거의 냄새로 무겁게 에워싸는 것 같아서, 이런 의논을 하기에는 어울리지 않는 방이었다. 폭도 길이도 길지만 서까래가 보이는 천장은 그리 높지 않았고, 사방의 벽은 어두운 녹색의 회반죽과 칼시민 도료로 근대적인 신선미를 풍기고는 있지만, 오래된 방의 고풍스러운 느낌이 난로를 비롯하여 구석구석에서 스며 나오고 있었다. 뒤뜰을 향한 창문에는 셔터가 내려져 있었다. 이디스는 밝은 램프 옆에 놓여 있는, 속을 너무 많이 넣은 팡팡한 의자에 앉았다. 현대풍 장식을 아름다운 것으로 치는 근대적으로 세련된 심미안에서 보면, 그 방은 마일즈와 마크가 먼 나라들을 여행하며 수집한 잡동사니로 어수선하다는 생각밖에 들지 않지만, 이 장난감 같은 물건과 싸구려 장식품을 사랑하는 17세기적 취미에서 본다면, 이 방은 마음에 쏙 드는 방일 것이다.

"이디스, 구태여 그런 얘기 해야만 했어? 난 그런 얘기 별로 좋아하지 않아……돌아오는 기차 속에서 했던 말도 마음에 안 들어. 이제 그런 일은 잊어버리고……" 하고 루시가 말했다.

"아니, 안돼" 하고 이디스는 냉정하게 부정한다. "나뿐만 아니라, 언니도 이 집에 이상한 일이 있다는 소문이 이 일대에 쫙 퍼져 있는 건 알고 있잖아?"

마크가 휘파람을 불었다. "소문이라니?"

"그리고 그 소문이 누구의 입에서 나왔는가 하면, 바로 마거릿이었어……물론 일부러 그런 건 아니야. 자기도 모르게 그만……말이 나와 버린 거지. 간호사가 나한테나 의사한테 얘기하는 걸 들었을지도 모르지만. 그렇게 놀란 얼굴 하지 마, 오빠. 그 간호사가 내내 우리 모두를 의심하고 있었다는 것과, 그래서 집을 비울 때는 늘 방문을 잠그고 다녔다는 것, 알고 있었잖아?"

마크는 또 다시 휘파람을 불더니, 불안한 듯이 퍼팅턴과 스티븐스를 힐끗 쳐다보았다.

"비밀, 비밀……비밀, 비밀……아니, 이 사람도 저 사람도 모두 뭔가 숨기고 있는 것 같군. 우리를 의심한다고? 왜?"

"누군가가 그녀의 방에서 뭔가를 훔쳤기 때문이야."

마크는 잠시 입을 다물고 있다가 약간 초조한 듯이 말했다. "알고 있는 것을 그렇게 조금씩 꺼내놓는 건 그만둬. 넌 항상 거침없이 말하지 않았어? 무엇을 훔쳤다는 거야? 언제? 어떻게?"

"마일즈 백부님이 돌아가시기 전 주말이니까 토요일……아마 8일이었을 거야."

그리고 스티븐스를 보며 "기억하고 계실 거예요, 테드. 당신과 마리가 우리 집에 브리지를 하러 왔으니까……마크 오빠 혼자 이겼지만. 그러다가 어찌된 일인지 쓸데없는 괴담이 나오게 되었잖아요?"

"나도 기억해." 루시는 내심의 불안을 재미있어하는 표정으로 숨기려고 애쓰며 말했다.

"마크가 하이볼을 너무 많이 마셨기 때문에 그렇게 된 거야. 하지만 괴담이라고 해서 쓸데없는 거라고 말하는 건 좀 그런데? 무척 재미있지 않았어?"

"그 다음날 아침 코베트 양이 나한테 와서, 뭔가 없어진 물건이 있는 것 같다고 했어. 그녀의 말투가 좀 불쾌했지만 뭘 잃어버렸느냐고 물었지. 그녀는 전보다는 구체적으로 말했는데, 누군가가 어찌다가 그녀의 방에서 어떤 물건을 가지고 나간 것 같다는 거야……그녀는 어떤 경우라고는 확실하게 말하지 않았지만, 마일즈 백부님에게 먹이라고 의사가 준 약 같았어. 작은 네모난 병이라고 했어. 그리고 마지막으로 덧붙이기를, 그 약은 아무나 사용할 수 있는 것이 아니고, 만약 다량으로 먹으면 목숨을 잃을 수도 있는 독약이니까, 만약 각성제인 줄 잘못 알고 가지고 갔다면……아마 그런 일은 없을 거라고 생각하지만……돌려줬으면 좋겠다고 했어. 뭐, 그런 일인데, 누군가를 의심하고 있었던 것 같지는 않아. 누군가가 장난을 친 거라고 생각한 건지도 모르니까."

마크가 뭔가 말하려 했다. 스티븐스는 마크가 "그렇지만 치료를 위해 비소를 비치해 두는 일은 없어"라고 말하려 한 것이라고 짐작했다. 마크는 벌렸던 입을 그대로 다물었다. 그리고 당혹한 표정으로 퍼팅턴을 본 뒤, 다시 루시에게 눈을 돌려 "당신도 그런 얘기 들었어?" 하고 물었다.

그녀는 난처한 듯이 대답했다.

"아뇨. 하지만 이상할 것 없잖아요? 나보다도 이디스한테 가는 것, 당연한 일인 걸요……누구라도 그렇게 할 거예요. 나라도 나 같은 사람한테는 가지 않을 거예요……이해할는지 모르겠지만."

마크는 주위를 둘러보았다.

"하지만 말이 안돼……누군가가 훔쳐간 게 틀림없는데……" 하고 말하다가 그만두었다.

"넌 코베트 양에게 뭐라고 말했니, 이디스? 그리고 어떻게 했지?"

"알아보겠다고 했어."

"그래서 알아봤니?"

"아니." 이디스의 얼굴에 연약함과 의혹과 우유부단함이 다시 나타났다. 무기를 휘두르며 돌파구를 겨냥하여 돌진하다가도 결정적인 순간에 꼭 주춤했다.

"아마……나는 무서워졌던 것 같아. 물론 말이 안 된다는 건 알지만 무서웠어. 그렇다고 그냥 있었던 건 아니야……백부님의 약병에 대해 얘기하는 것처럼 넌지시 물어봤으니까……하지만 짚이는 사람은 아무도 없었어. 그리고 독약이라는 말은 한 마디도 하지 않았어. 도저히 말할 수 없었는 걸."

"이거 골치 아프게 되었군" 하고 마크가 말했다. "하지만 그럴……리가 없어. 안 그래, 퍼트? 이건 자네가 전문인데 도대체 어떤 약일까?"

퍼팅턴이 얼굴을 찌푸리며 말했다.

"병상에 대한 의사의 판단에 따라 다른데, 난 그 의사가 어떤 진단을 내렸는지 들은 적이 없어서 말이야. 하지만 여러 종류가 있었을지도 몰라. 잠깐만! 잠깐, 이디스, 간호사는 그 일을 의사에게 보고했을까?"

"베이커 선생님한테? 네, 그야 물론이죠. 그래서 당연히 난……."

"그렇다면, 닥터 베이커는 마일즈 씨는 위염으로 사망했다고 주저 없이 말했으니……즉 전혀 의심하지 않았던 거군?"

"전혀!"

그러자 퍼팅턴이 자신 있게 말했다.

"그렇다면 걱정할 것 없어. 마일즈 씨가 사망했을 때의 증상을 일으킬 가능성이 있는 조제약……이를테면 안티모니 같은 것은 아니었다는 건 단언할 수 있어. 안 그래, 분명하잖아? 그렇지 않다면 의사와 간호사가 곧 알 수 있었을 테니까……그래, 그 약은 아마 진정제나 디기탈리스, 스트리키니네 같은 심장자극제였을 거야. 그런 약품은 자네도 알고 있듯이 목숨을 빼앗아가는 일도 있기는 하지만, 모두 신경성 독약으로 불리는 것인데……이 역시 단언할 수 있지만, 그런 걸로는 마일즈 씨가 사망했을 때와 같은 증상을 일으키는 일은 있을 수 없어. 절대적이라고 해도 좋을 정도지! 그렇다면, 뭐가 걱정이지?"

"알고 있어요." 이디스는 시무룩한 목소리로 중얼거리듯이 말하더니, 의자 팔걸이를 손톱으로 긁었다.

"그런 줄 알고 있어요……지금까지 내내 자신에게 그렇게 말해주었고, 그런 일이 있을 리 없다는 걸 알고 있었으니까……그런 일을 할 사람은 아무도 없다고!"

그녀는 미소를 지었다……아니, 지으려고 했다.

"하지만 그 약병이 돌아온 뒤에도 코베트 양은 자기 방을 나갈 때는 언제나 문을 잠갔고 백부님이 돌아가신 밤에도 역시 잠갔어요."

"돌아왔다고?" 하고 마크가 놀라서 말했다. "그래, 바로 그걸 묻고 싶었어. 그 병은 어떻게 된 거지? 닥터 베이커도 그저 두 손 놓고 허허 하고 웃고만 있었던 것도 아닐 테고? 그런데 돌아왔다고?"

"응. 분명히 일요일 밤에. 없어진 것은 단 24시간밖에 안되었으니까 소동이 일어날 새도 없었던 거지. 맞아, 일요일 밤이었어……똑똑히 기억해. 마리가 다음날 아침 테드와 함께 뉴욕으로 돌아간다면서 작별인사를 하러 왔거든. 난 9시쯤 방에서 나갔다가 이층 홀에서 코베트 양을 만났어. 그랬더니 그녀가…… '저, 누군지 모르지만 고맙다고 인사를 해야 할 것 같아요……약병이 돌아왔거든요. 누군가 데스파드 씨……즉, 마일즈 씨의 방 문 앞에 두고 갔더라구요' 하고 말하기에, 내가 '알맹이는 그대로 들어 있었어요?' 하고 물었더니, '네, 그대로 있는 것 같아요' 하고 말했어."

"이제야 알겠다……그러니까 백부님이 훔친 거로군" 하고 마크가 말했다.

"백부님이?" 이디스가 멍하니 반문했다.

"틀림없이 그렇잖아?" 하고 말한 마크는 문득 생각이 났는지, "아, 어떻게 생각하나, 퍼트? 그 약병에 모르핀 알약이 들어 있었던 건 아닐까?" 하고 물었다.

"음, 그렇겠군. 자네 얘기로는 마일즈 씨는 통증 때문에 잠을 잘 못 잤던 것 같으니까."

마크는 다른 사람들을 향해 손가락을 세워 보이며 말했다. "게다가 당신들도 백부님이 통증이 오면 언제나 의사가 주는 것보다 많은 양의 모르핀을 원했던 것 기억하고 있지? 그래, 그랬던 거야! 그래서 백부님이 간호사의 방에서 그 약병을 훔쳐내어 대여섯 알 꺼낸 뒤에 돌려주었다면? 아, 잠깐만! 백부님은 돌아가시던 날 밤, 누군가 욕실에 가서 진통제를 가져오라고 소리치지 않았어? 그것이 훔친 모르핀 알약이었고, 자기 방에 두었다가 간호사한테 들키면 곤란하니까 욕실 약품선반에 넣어두었던 게 아닐까?"

그러자 루시가 말했다. "하지만 글쎄요. 욕실에는 모르핀 같은 건 전혀 없었어요. 그곳에 있었던 건 항상 비치해두는 보통의 진정제뿐이었어요."

"그야 그렇겠지……만, 그런 가정도 성립할 수 있지 않을까?"

"충분히 있지" 하고 퍼팅턴이 맞장구를 쳤다.

"당신들 모두 어떻게 된 것 아니에요?" 하고 이디스가 온화한 목소리로 말하다가, 다음 순간 갑자기 그 목소리가 비명처럼 날카로워졌다. "당신들은 무슨 일이 일어났는지 잊어버렸어요? 무엇보다 백부님의 유해가 사라지지 않았어요? 시체도난이라니!……그 납골당에서 끌려 나가 지금쯤은 난도질을 당했을지도 모르는데……아니야, 그 정도가 아닐지도 몰라. 그런데도 한가롭게 앉아서 어린아이 다루듯이 날 속이려 들다니. 아니야, 절대로 아니야. 난 알아. 당신도 그래요, 루시. 난 참을 수가 없어. 진실을 알고 싶어……뭔가 무서운 일이 일어나고 있는 게 틀림없잖아? 지난 2주일은 생각만 해도 넌더리가 나. 톰 퍼팅턴, 도대체 당신은 뭐하러 이곳에 돌아와서 날 괴롭히는 거죠? 우리가 지금 여기 있어주기를 바라는 건 무슨 말이든 속시원하게 하는 오그덴뿐이에요……그 아이가 있으면 모든 게 다 잘 풀릴 텐데! 정말 이런 건 견딜 수가 없어, 도저히."

두 손이 떨고 목도 떨고 있었다. 아름다운 마녀로 돌아가, 커다란 의자에 앉아 당장이라도 울음을 터뜨릴 것 같은 모습이다. 루시는 빛나는 갈색 눈으로 그녀를 지그시 바라보고 있었는데, 스티븐스는 꼼짝 않고 응시하는 그 눈빛에서 말로 표현할 수 없는 동정의 빛이 느껴졌다. 마크는 천천히 걸어가서 이디스의 어깨에 손을 얹었다.

그리고 부드럽게 말했다. "진정해, 이디스. 진정제를 한 알 먹고 푹 자도록 해. 루시와 함께 이층으로 가는 게 어때?……그 사람이 먹여줄 테니까. 우리한테 맡기면 돼……무슨 일이 있더라도 잘 해결할 테니까. 알았지?"

이디스는 잠시 말없이 있다가 이윽고 말했다. "알았어. 그런 비난하는 말을 한 건 미안하지만 이제 기분이 나아졌으니까 괜찮을 거야. 오빠도 갑자기 생각난 일이 마음에 걸려서 스스로 어떻게 할 수 없을 때가 있을 거야(그건 마크의 말투와 똑같았다). 전에 집시 여자가 나보고 심령작용을 받기 쉽다고 말한 적이 있지만 나 자신이 그렇다고 말하지는 않겠어……하지만 루시, 당신이 그 초상화의 드레스를 모델로 해서 지은 옷을 입은 건 불길했어. 난 옛날부터 그런 짓을 하는 건 불길하다고 생각했어. 그야 미신이라고 생각하는 건 알지만 난 물동이를 머리에 이고 균형을 잡는 것처럼 상식을 잘 발휘해서 처세하는 건 싫어해. 물동이의 물이 흘러넘치지 않도록 등을 구부리거나 머리의 방향을 바꿀 마음도 없고. 달이 차고 기우는 것이 인간의 두뇌에 직접적인 영향을 미친다는 건 확실한 과학적 사실이잖아?"

퍼팅턴이 멍한 어조로, "달은 미치광이의 어머니로, 미치광이라는 말은 달에서 나왔다……는 말도 있으니까" 하고 말했다.

"당신은 도대체가 오로지 현실적인 것밖에 모르는 사람이니까, 톰. 그렇지만 지금 한 말은 맞아요. 초자연적인 일 중에서도, 사람의 마음이 무려 수백 마일이나 떨어진 곳에서 영향을 받는다는 것만큼 기묘하고 놀라운 일도 없잖아요?……그…….."

스티븐스는 그녀가 그렇게 말했을 때 모두의 표정이 변한 것을 알았다. 그리고 자신의 표정도 변하고 있었을 것이 틀림없었다.

"생각이 안이해. 난 그렇게 생각하지 않는데 왜 또 그런 현실과 동떨어진 말을 하는 거요?" 하고 퍼팅턴이 말했다.

"이런 말을 하는 날 바보 같다고 웃을 것 같아서 그랬어요." 이디스가 못마땅한 얼굴로 말했다. "그런 생각이 정말 안이한 건지 어떤지 시험해 보고 싶군요. 기억하고 있지? 루시. 백부님이 돌아가시던 날 밤은 보름날이어서, 우리, 저 달좀 봐, 하고 말했잖아……당신과 마크는 돌아오면서 내내 노래를 불렀지? 하지만 불사의 인간이라는 말이 머리에 떠오르자……."

"무슨 인간이라고? 이봐, 이디스, 어디서 그런 이상한 말을 들었니?"

마크는 그 말을 처음 들은 것처럼 흥분하여 빠르게 말했지만, 그렇다 해도 목소리가 너무 큰 것 같았다.

"무슨 책에서 읽었어……나, 이층이 아니라 이 방에서 나가 뭔가 먹을 것을 찾아봐야겠어. 자, 가요, 루시. 아, 정말 피곤해……샌드위치를 만들어 줄래요?"

루시가 기운차게 일어서더니 돌아보며 마크에게 윙크를 했다. 두 사람이 나가자 마크는 묵묵하게 생각에 잠긴 채 방안을 두 바퀴 돈 뒤 난로 옆에 서서 담배를 말기 시작했다. 헨더슨이 지하실에서 증기를 보내기 시작했는지 보이지는 않지만 방 어디선가 라디에이터가 덜컹덜컹 소리를 내기 시작했다.

마크가 난로의 돌에 성냥을 그으면서 말했다.

"모든 사람이 뭔가 숨기고 있는 것 같군. 백부님의 시체가 사라졌는데도 그녀들이 놀란 기색이 없었던 건 자네들도 눈치챘겠지……아니, 적어도 이디스는 그랬어. 그녀들은 자세하게 물으려 하지 않았고 납골당을 들여다보려 하지도 않았어……아니, 정말이지, 이디스는 무슨 생각을 하고 있는 걸까? 우리와 같은 생각을? 아니면, 밤이 되면 묘한 생각을 하는 버릇이 있는 건가? 어떻게 생각하나?"

"나는 알 것 같네."

"아니야, 그녀도 책에서 읽은 거겠지. 불사의 인간……이라. 책에서 읽은 거야, 틀림없이……자네와 마찬가지로." 그렇게 말하며 스티븐스를 본다. "같은 책일까?"

"그건 아닐 거야. 내가 읽은 건 아직 원고 상태니까. 클로스의 신작이지……고던 클로스. 자네도 그의 작품이라면 뭔가 읽은 것이 있겠지?"

마크는 입을 다문 채 눈을 크게 뜨고 스티븐스를 응시하고 있었는데, 성냥개비를 수평으로 들고 있어서 불이 아직도 타고 있었다. 잠시 뒤 손가락이 뜨거워지자 보지도 않고 성냥개비를 돌에 비벼 껐다.

"클로스라니 철자가 어떻게 되나? 이상하군. 자네 말이 맞아, 퍼팅턴……아무래도 묘한 생각만 머리에 떠올라……이러다가는 나부터 먼저 진정제를 먹어야할 것 같군. 그 증거로, 그 이름이라면 지금까지 수십 번이나 본 적이 있었는데, 정말이지 비슷한 이름조차 생각나지 않았으니. 고던 클로스……즉, 고던 생 클루아. 하하하!

이거, 내가 어떻게 된 거 아닌가?"

"흐음, 그게 뭐 어쨌단 말인가?"

"모르겠나?" 마크는 재미있다는 듯이 짓궂은 목소리에 힘을 주며 말했다. "이런 사건에 휘말리다 보면, 상상력만 발휘하면 좋은 생각이 떠오르는 법이지. 이곳에 고던 클로스라는 상당히 좋은 작품을 쓰는, 하지만 악의는 별로 없어 보이는 양반이 있어……그런데 그 이름을 보면 불사의 인간……즉, 살인범과 피해자들은 영원히 죽지 않고 이 세상에 환생한다는 것을 똑똑히 알 수 있지. 왜냐하면 재미있는 건지 어떤지는 모르겠지만……고던 클로스, 즉, 고던 생 클루아는 브랑빌리에 후작부인 마리 도브리의 유명한 연인으로, 그녀에게 독약의 사용법을 처음으로 가르친 남자였어. 그는 그녀보다 먼저 죽었지……실험실에서 독약을 제조하는 솥 위에 기대서 말이야. 만약 살아 있다면 독살사건을 전문으로 다루는 법정에서 사지가 찢기거나 화형의 형벌을 받았겠지……'화형법정'이라고 하는 법정에서. 고던 생 클루아가 죽자 경찰은 티크 상자 속에서 증거품을 손에 넣었고, 그 결과 브랑빌리에 후작부인에게 혐의가 걸렸네. 그녀는 그에게 싫증이 나서 점점 그를 싫어하게 되었지……그렇다고 뭘 어떻게 했다는 건 아니야. 생 클루아는 어찌된 까닭인지 죽고 말았어……뒤마의 말을 빌리자면 생 클루아는 독약을 제조하던 중에 유리마스크가 벗겨져서, 독가스에 질식하여 솥에 머리를 처박고 죽었다는데……그런데 그 독가스는 후작부인을 위해 만들고 있었다지, 아마?"

스티븐스가 갑자기 말했다. "오늘밤엔 이만 실례하겠네. 이제 집에 돌아가봐야겠어……내일 아침, 납골당에 콘크리트를 바르면 되는 거지?"

퍼팅턴이 그를 보며 말했다.

"기분 좋은 밤이니까 나도 문까지 함께 가겠네."

제10장

 두 사람은 울창한 숲 아래 뜰 옆을 지나 차도를 걸어갔다. 한동안 퍼팅턴도 스티븐스도 말이 없었다. 마크는 헨더슨과 마지막 의논을 하고, 테니스코트용 방수포로 납골당 입구를 덮어두기 위해 나갔다. 스티븐스는 퍼팅턴이 뭔가 생각에 잠겨 있다면 도대체 무엇을 생각하는 건지 궁금했다. 그래서 먼저 입을 열어, "약병이 사라졌다가 다시 돌아온 일로, 아까 그녀들에게 얘기한 것 이외에 뭔가 짚이는 데가 있나?" 하고 물었다.
 "응?" 퍼팅턴이 그제야 방심에서 깨어난 듯 말했다. 그때까지 그는 자갈길에 다리를 거의 끌듯이 걸으면서 하늘의 별을 쳐다보고 있었다. "아니네, 아까도 말했지만 모든 걸 정리하여 논리적으로 생각해보는 중이네만. 다량을 먹으면 목숨을 잃게 되는 약품이 든 작은 병이 한번 사라졌다가 다시 돌아왔다는 건 알고 있지만……알고 있는 건 그것뿐이지, 나머지는 간호사를 만나보지 않으면 알 수 없을 것 같네. 그것이 액체인지 고형인지조차 모르고 있는데 그게 가장 중요한 점이거든. 다만 그 약품이 뭐였는지에 대해 다음의 두 가지 가능성을 생각할 수 있네. 첫 번째 가능성은 그것이 스트리키니네나 디기탈리스 같은 심장자극제였을지도 모른다는 것. 만약 그렇다고 한다면……솔직하게 말해 무척 위험하지. 독살범은……범인이 있다면 말이지만……그 범인은 아직 계획한 일을 다 끝내지 않았을 수도 있지."

스티븐스는 고개를 끄덕였다.

"음, 그건 나도 생각했네."

"하지만 말일세, 그럴 가능성은 극히 적어. 그런 것을 도난당했을 땐 조사를 하거나, 제대로 설명이 될 때까지는 온 집안을 발칵 뒤집어가며 찾게 마련이지. 그런데 의사도 간호사도 그다지 당황한 기색이 없었어……굳이 말하자면 안절부절못했을 뿐이네……알겠나? 같은 논리로 없어진 물건이……이를테면 안티모니 같은 자극적인 독물이었다고 생각할 수도 있네……만약 그렇다면 마일즈 씨의 사인이 병사라는 사망진단서가 나올 리 없잖은가? 그래, 두 번째 쪽이 상당히 가능성이 있을 것 같군. 그러니까 모르핀 알약이 대여섯 알 없어졌을 거라는 마크의 추측."

"마일즈 씨가 훔쳤다는 말인가?"

퍼팅턴은 미간을 찌푸렸다. 그 점이 무엇보다 난점인 모양이었다.

"그렇네, 충분히 있을 수 있는 일이지. 게다가 그렇게 생각하는 편이 그래도 앞뒤가 가장 들어맞아……우리는 간단하게 인정할 수 있는 추리를 하려고 애쓰고 있는 거니까 말일세."

부석부석한 눈이 새삼 신기하다는 듯이 하늘의 별을 둘러본다.

"하지만 마일즈 씨라고 단정해 버리는 데도 두세 가지 문제점이 있네. 우선 약병이 돌아온 일. 마일즈 씨의 방은 간호사의 방과 붙어 있고 병이 없어진 뒤 간호사가 자기 방의 문……즉 복도로 나가는 문……을 잠그고 다녔어. 하지만 마일즈 씨 방으로 바로 통하는 문이 또 하나 있고, 그건 환자를 보살펴야 했기 때문에 아마 잠그지 않았을 거네. 그렇다면 만약 마일즈씨가 병을 훔쳤다가 다시 돌려줄 생각이었다면, 어째서 그 문으로 들어가서 그녀의 방에 두고 나오지 않았을까? 왜 복도로 나가는 문 밖 테이블 위에 두었을까?"

"그 답은 간단하네. 누가 훔쳤는지 간호사가 알 수 있기 때문이지 ……그녀의 방에 들어갈 수 있는 건 그뿐이니까."

퍼팅턴은 차도에 멈춰 서서, 그것만으로는 인정할 수 없다는 듯 뭔가 작은 소리로 중얼거린 뒤 말했다.

"나도 나이는 못 속이겠어, 그 머리가 안 돌아가다니. 그래, 분명히 그 말이 맞을 거야. 나도 간호사가 복도로 나가는 문은 잠궈도, 마일즈 씨의 방과 연결된 문은 잠그지 않았을지도 모른다고 생각했네. 그렇다면, 그녀도 마일즈 씨가 훔친 거라고 의심하고 있었을지도 모르겠군."

"그렇지……그런데 그렇게 생각하면서도 뭘 궁리하고 있었나?"

"동기일세." 퍼팅턴은 집요하게 말하면서, 수준 높은 교양을 지닌 사람들이 적당한 말이 생각나지 않을 때 보여주는 그런 몸짓으로 두 손을 들어 가볍게 움직였다. "모르핀을 훔친 이유 말이네……훔친 사람이 마일즈 씨든 다른 사람이든. 그런데 마일즈 씨가 훔쳤다면 동기는 뻔해. 하지만 다른 누군가가 훔쳤다면? 도대체 그걸 어디에 사용했을까? 다시 한번 사람을 죽이기 위해서인 것 같지는 않아. 대여섯 알……아니, 아마 없어진 건 두세 알일 걸. 그 이상은 아닐 거야 ……그렇지 않다면 의사가 혈안이 되어 찾았을 테니까. 보통 모르핀은 4분의 1그레인의 정제로 되어 있고, 생명과 관련된 분량은 2, 3그레인이지만 절대적인 치사량에는 4그레인은 필요하지. 그래서 살인을 위한 것은 아니네. 다음에 집안에 누군가 모르핀 상용자가 있지 않나 하는 점도 문제 밖이야. 그런 자가 있었다면 병째 훔쳐서 돌려

주지 않았을 게 뻔하니까. 다음에는, 밤에 세상 모르게 깊이 잠들었으면 좋겠다고 생각하는 자가 있지 않았나 하는 건데, 이건 충분히 있을 수 있는 일이야……하지만, 그 경우에도 왜 혼수상태에 빠져버릴 수도 있는 강렬한 것을 사용했을까 하는 문제가 생기지……불면증이 아닌 한 그럴 필요가 없으니까. 욕실에 놓여 있는 일반 진정제를 왜 사용하지 않았을까……왜 몰래 모르핀을 훔치는 짓을 했을까?……그래서 지금까지 생각해본 모든 추측이 다 빗나간 것이라고 한다면, 그것을 훔치려 한 목적이 무엇인가 하는 문제가 남지 않겠나?"

"그래서?"

"그래서 말인데……." 퍼팅턴은 사뭇 냉정을 가장하면서 계속했다. "글쎄, 뭔가 밤사이에 꼭 해야 할 일이 있는데 누가 그 소리를 듣거나 모습을 보면 안 되는 사람이 있다고 치세……만약 그 자에게 4분의 1그레인의 모르핀을 먹이면 방해를 받을 염려는 깨끗하게 사라지지 않을까?"

그렇게 말한 뒤, 다시 한번 밤하늘 아래 멈춰 서서 우울한 듯 얼굴을 찡그리며 주위를 둘러보았다. 그 눈이 지그시 스티븐스를 응시하자 스티븐스는 문득 뇌리를 스친 것이 있어서 자기도 모르게 긴장했다. 그 순간 그는 마치 그림을 보듯이 마일즈가 독살된 날 밤의 일……그와 마리가 여기서 4분의 1마일밖에 떨어지지 않은 자신의 별장에 있었고, 자신이 10시 반도 안 되었는데 왠지 이상하게 졸려서 침대에 들어가버린 날 밤의 일이 머리에 떠올랐다.

갑자기 퍼팅턴이 입을 열었다. "스티븐스, 방금 난 저 납골당을 열어봤더니 시체가 사라지고 없었던 일을 생각하고 있었네. 만약 헨더슨 부부가 모르핀을 자기도 모르는 사이에 먹었다고 한다면, 시체 도둑이 몰래 납골당을 파헤치고 있는 소리를 들을 수 없지 않았을까?

어떻게 생각하나?"

"그래, 그거였어!" 스티븐스는 갑자기 마음속의 구름이 걷힌 것처럼 느끼면서 소리쳤다. 하지만 그러면서도, "그렇지만……" 하고 말끝을 흐렸다.

"집에 있는 다른 사람들이 들었을지도 모른다는 얘기겠지? 그리고 헨더슨이 납골당 입구를 손댄 흔적이 없었다고 장담한 것도? 그가 있는 사실 그대로를 말한 거라면 그렇겠지. 하지만 고려의 여지가 있는 건 그뿐만이 아니네. 분명히 우리도 엄청나게 큰 소리를 냈어. 그때 일을 떠올려보세. 우리는 포석을 깨는 데 '쐐기'와 해머를 사용했네. 그러나 돌의 상태를 잘 생각해보게. 그건 모두 그림퍼즐을 맞춰 붙인 것처럼, 크기와 모양이 일정하지 않은 돌과 돌 사이의 틈을 회반죽으로 메우기만 한 얇은 것이었고, 콘크리트……점성이 강한 콘크리트 같은 건 전혀 없었으며, 그 아래는 흙과 자갈뿐이었어. 그 정도 같으면 포장의 일부를 가늘고 길게 잘라 들어올리면 되지 않겠나? 양쪽 끝에 얕은 홈을 판 뒤 회반죽을 조금만 깨면, 덩어리째 옆으로 제꼈다가 나중에 다시 끼워 맞출 수 있네. 그래서 헨더슨이 발밑을 힐끗 보고 원래 그대로인 것처럼 보이자, 전혀 손댄 흔적이 없다고 생각한 것도 무리가 아니지. 흙과 자갈을 파헤쳤지만, 바로 1주일 전에 납골당을 열 때 파헤친 흔적이 남아 있었으니 구별이 되지 않을 테니까."

스티븐스는 너무나도 자신감 넘치는 퍼팅턴의 의견을 믿고 싶었다. 아니, 마음 한구석에서 의혹이 솟아도 그것을 곰곰이 생각하고 있을 여유가 없었다. 또 다른 개인적인 문제로 머리 속이 가득했기 때문이다.

두 사람은 뜰의 문 있는 곳까지 다다랐다. 그들은 걸음을 멈추고 산들바람이 부는 어두컴컴한 킹 거리를 바라보았다. 드문드문 가로등 불빛이 보이고, 그 밑의 타르를 바른 도로가 검은 강처럼 빛나고 있었다. 그때까지 몹시 기세가 등등했던 퍼팅턴은, 다시 원래의 조심스러운 모습으로 돌아가서 약간 온화한 목소리로 말했다.

"나 혼자 떠들어서 미안하군. 요컨대 우리는 무언가에 매달리고 싶었던 것 같아. 이디스는 자네한테 나를 물질주의자라고 말했겠지……하지만, 그렇다고 해서 내가 경멸당할 이유는 없다고 생각하네. 암, 그렇고 말고. 옛날에도 이디스는 이러쿵저러쿵 나에 대한 험담을 했지만. 그녀는 내가 낙태 전문 의사이고……게다가 낙태시킨 여자가 내 진료소에서 근무하고 있었기 때문이라고 믿었네. 그렇다면 어느 쪽이 물질주의자인지 모르는 것 아닌가?"

집에서 나오기 전에 마신 마지막 한 잔에 혀가 풀린 모양이었다. 흥분해서 갖은 말을 늘어놓는 게 아닌가 했지만, 지금까지 몸에 밴 자제심으로 그것을 억제하는 모습이었다.

"그래, 그 말이 맞아. 냇가의 앵초, 노란 앵초한테는 잘못이 없어……아니, 적어도 나에게 있어서 말이네. 하지만 현자(賢者)가 나에게 보여주고 싶어한 것은 절대로 그런 게 아니야. 앵초 같은 건 자연의 상징도 아니고, 그 신기한 꽃봉오리의 개화가 서푼짜리 시인의 소재가 될 리도 없어. 눈에 아름다운 것이라면 그것 말고도 널려 있으니까……이를테면 달리는 말, 뉴욕의 스카이라인도 그렇지. 방금 말한 하잘 것 없는 앵초 따위는 기껏해야 테이블에 놓인 꽃병의 장식물이나 되는 게 고작이지. 안 그런가?"

"음, 그렇겠지."

"그렇다면 유령이니 불사의 인간이니 하는 얘기도……."

그렇게 말하려다가 씁쓸한 미소를 짓더니 약간 숨이 찬 듯 잠시 말을 끊었다.

"말해봤자 뭐하겠나, 그만두겠네. 하지만 이것만은 믿어주었으면 하는데. 납골당 일은 내가 설명한 대로라고 생각하네. 물론 장의사가 속임수를 썼다면 달라지지만."

"장의사라면 J. 애킨슨 말인가?"

그렇게 묻자 퍼팅턴이 눈썹을 치켜 올렸다. "조나 영감을 말하는 건가? 그래, 아마 자네도 알고 있을 거야……기인이지. 데스파드 집안에서 사망하는 사람들을 대대에 걸쳐서 매장해온 사람인데, 지금은 완전히 늙어버렸지. 그래서 헨더슨 영감은 장의사가 속일 리 없다고 정색하고 말한 거고……상대가 애킨슨이니까. 이번에 이곳에 돌아왔을 때 마크도 그 영감에 대해 얘기했는데, 그의 얘기로는, 지금은 조나의 아들이 사실상 일을 물려받아 하고 있는데, 제법 잘한다더군. 마크의 부친은 조나 영감을 무척 마음에 들어 해서, 자주……이건 두 사람만의 농담인 듯하지만……그에게 아직도 '방귀보다 못한 찻집'에 있나? 라거나, '맨날 있는 그 구석'에 있느냐고 말했다더군……난 무슨 뜻인지 모르겠네만, 어쩌면……그럼, 잘 가게."

스티븐스는 상대가 분간을 하지 못할 정도로 취해 있다는 걸 알고 작별인사를 한 뒤 곧장 길을 걷기 시작했다. 일부러 그렇게 한 것이다. 그는 혼자 있고 싶었다. 차도를 걸어가는 퍼팅턴의 발소리가 들리지 않을 때까지 빠른 걸음을 늦추지 않았다.

그리고, 주먹을 휘두르거나 무언가를 때리거나, 도저히 견딜 수 없을 때처럼 그냥 이를 악물거나……어쨌든 몸 어딘가를 움직여서 당혹감을 뿌리치고 싶었다. 모든 것이 너무나도 막연하여 붙잡을 데가 없었다. 퍼팅턴처럼 여러 가지 의문을 정연하게 해소할 수 있거나 누군가 냉정하게 판단해줄 수 있는 사람이 옆에 있어서 명확한 질의응답을 할 수 있다면, 상황을 좀더 이해할 수 있을지도 모른다. 그는 스스로 자문자답해 보기로 했다…….

넌 마리가 이상하다고 진심으로 생각하고 있는가?……막연하게 이상하다고 하지만, 어디가 어떻게 이상하다는 말인가?……특별히 어디가 어떻다는 걸 알고 있는가?

거기까지 생각하자, 마치 불길 속에서 달아나려 할 때의 거의 육체적인 반사작용처럼 기분이 처지면서 마음이 굳게 문을 닫아버렸다. 의문점을 정확하게 표현할 길이 없으니 해답을 찾을 방법도 없다. 헛되이 구름을 붙잡는 것만 같고 정체를 알 수가 없다. 근본적으로 이런 의혹의 기분이 어디를 어떻게 통해 머리 속에 들어왔단 말인가? ……움직일 수 없는 증거가 있기라도 하단 말인가?……그렇다고 할 만한 것은 제곱인치도 채 안되는 대지(臺紙)에 붙어 있던 한 장의 사진, 이름이 같고 용모가 흥미로울 정도로 닮았다는 것. 그리고 그 사진이 없어진 것……단지 그것뿐이었다.

그는 자신의 하얀 별장 앞에서 걸음을 멈추고, 그것을 새삼스럽게 바라보았다. 현관문 위의 불은 꺼져 있었다. 거실 창문 너머로 붉은 빛이 흔들리고 있을 뿐, 그밖에는 어디에도 불빛이 없었다. 마리가 난로에 불을 피우다니, 그녀는 불을 싫어하는데 이상한 일이다. 뭔가 불길한 예감이 들었다.

현관문이 잠겨져 있지 않았다. 그는 문을 열고 거실에서 희미한 불빛이 어른어른 새나오고 있는 어두컴컴한 복도를 걸어갔다. 아무 소리도 들리지 않고, 다만 난롯불이 별 기척도 없이 타고 있는 소리만 들릴 뿐이었다……생나무가 타고 있는 게 틀림없었다.

"마리!" 하고 그는 불러보았다.

여전히 아무 소리도 없다. 그는 불안한 마음으로 거실에 들어갔다. 예상했던 대로 장작은 생나무였다. 그것도 굵은 것이 송진으로 인한 노란 연기를 숨이 막히도록 토하고 있고, 그 속을 어른어른 불꽃이 소용돌이치면서 흔들리고 있었다. 탁탁 불꽃이 튀었다. 연기의 일부는 석재난로의 차양을 훑으며 밖으로 나가고 있었다. 그 어른거리는 불빛 때문에 평소에 눈에 익은 방이 다른 방처럼 보이는 것도 기묘한 느낌이었지만, 그래도 난로 옆에 있는 낮은 탁자 위에 샌드위치 한 접시와 보온병, 그리고 찻잔이 놓여 있는 것은 보였다.
"마리!"
그는 다시 복도로 나갔다. 무거운 발소리로 단단한 마룻장까지 삐걱거리는 것 같았다. 전화대 옆을 지나가려다, 아직 그곳에 그대로 놓여 있는 서류가방에 무의식적으로 손을 뻗었다. 이번에는, 서류가방이 열려 있고, 그 안의 서류도 급히 한번 꺼냈다가 다시 집어넣은 것처럼 비스듬하게 들어 있는 것을 확실히 알 수 있었다.
계단을 올라가는 그의 발밑에서 계단이 삐걱삐걱 소리를 냈다. 건물 뒤쪽에 있는 그들의 침실에는 침대 램프는 켜져 있지만, 마리는 보이지 않고 침대 커버도 그대로 씌워진 채였다. 난로 선반의 작은 탁상시계가 정적을 깨고 바쁘게 시간을 알렸다. 3시 5분. 그때 책상에 기대 세워 놓은 봉투가 눈에 들어왔다.
그 메모에는 이렇게 적혀 있었다……

테드

나, 오늘밤 외출해야겠어요. 우리의 안전을 위해서예요. 내일 돌아올게요. 도저히 설명할 수 없는 일이지만, 걱정하지 말아요. 당신이 어떻게 생각할지 몰라도, 아마 상상도 못할 거예요. 사랑해요.

추신――자동차로 가지 않으면 안돼요. 거실에 식사를 준비해 두었어요. 커피는 보온병에 있고요. 내일 아침은 엘렌이 차려주러 올 거예요.

그는 메모를 접어 책상 위에 놓았다. 갑자기 몰려오는 피곤을 느끼며 침대에 걸터앉아 눈앞의 횅댕그렁한 방을 바라보았다. 그리고 일어서서, 가는 길에 있는 전등을 차례대로 켜면서 다시 아래층으로 내려갔다. 다시 한번 홀의 서류가방을 살펴보니 예상했던 대로였다. 클로스의 원고는 12장까지 있었는데 지금 보니 11장밖에 없다. 1861년에 살인죄로 단두대에 올랐던 마리 도브리에 대해 쓴 부분이 빠져 있었다.

제3부 논증

"어느 날 로렌스는 침실에 들어가서 작고 검은 비로드 가면을 집어들더니, 재미삼아 그것을 쓰고 거울 앞으로 가서 자신의 모습을 비추어보려고 했다. 하지만, 느긋하게 들여다볼 사이가 없었다. 침대에서 바쿠스터 영감이, '그딴 것 벗지 못하겠어? 이 바보 같은 놈! 죽은 사람의 눈으로 들여다보려는 게야?' 하고 호통을 쳤기 때문이다."

M.R. 제임스 《언덕에서 바라보는 광경》에서

제11장

 이튿날 아침 7시 반. 스티븐스가 샤워를 하고 옷을 갈아입은 뒤, 개운한 기분으로 아래층으로 내려가는데, 현관문을 누가 머뭇머뭇 노크하는 소리가 들렸다.
 그는 갑자기 혀가 굳은 것 같아서 대답도 하고 싶지 않았기 때문에 난간을 붙잡은 채 멈춰 섰다. 그것이 마크라면 밤새도록 이리저리 생각해두었기 때문에 그런대로 얘기할 수 있을 것 같았는데, 막상 닥치면 뭐라고 말해야 좋을지 막연하기만 했다. 아래층의 불은 아직도 켜져 있었고, 거실에는 후끈한 연기가 자욱했다. 잠을 못 잔 탓이지만, 밤새도록 침대에 들어가지도 않았기 때문에 머리가 조금 지끈거려서 좋은 생각이 전혀 떠오르지 않았다……그토록 고심해서 짜낸 말조차 하나도 입에서 나오지 않는데, 밤새도록 머리 속에서 맴돌기만 했으니 갑자기 좋은 생각이 떠오를 리가 만무하다. 아래층의 광경이 완전히 낯선 느낌으로 다가오는 것 같았다. 아침의 빛은 창문까지 밀려온 차갑고 하얀 안개에 차단되어 보이지 않았다. 마음을 녹여주는 것이라면 그가 코드를 꽂아둔 커피 추출기가 식당에서 내고 있는 보글거리는 소리뿐이었다.

그는 계단을 내려가 식당에 들어가서 커피추출기의 플러그를 살짝 뽑았다. 이른 아침의 커피 내음이 향기롭기 그지없다. 그리고 그는 현관을 향해 대답했다.

"계세요?" 하는 낯선 목소리가 들렸기 때문에 그는 약간 맥이 빠졌다. "저어……."

밖에 서 있는 사람은 긴 감색코트를 걸친 몸집이 다부진 여자였다. 행동거지는 머뭇거리고 있지만 가슴 속에 분노가 맺혀 있는 것 같은 느낌이었다. 어디선가 본 적이 있다는 느낌이 들었다. 웨이브를 준 머리에 아무렇게나 얹은 듯이 쓴 작은 감색 모자 밑의 얼굴은 미모라고는 할 수 없어도 매력적이고 인텔리다운 냄새가 풍겼다. 기민해 보이는 갈색 눈……연갈색 속눈썹은 거의 깜박이지 않았다. 실제로 그랬지만 너무나도 솔직하고 활발한, 일하는 여성다운 모습이었다.

"절 아시는지 모르겠지만 전 데스파드 저택에서 몇 번인가 당신을 뵌 적이 있어요. 댁의 불빛이 보였기 때문에……전 마이라 코베트라고 해요. 마일즈 데스파드 씨의 간호사였어요."

"아, 그렇군요, 맞아요! 자, 들어오세요!"

그녀는 모자를 잠시 만지작거리더니 데스파드 저택 쪽을 힐끗 쳐다보았다.

"저어……뭔가 이상하군요. 간밤에 누군지 모르지만 저에게 즉시 오라는 연락이 왔거든요."

그런 다음 다시 약간 머뭇거렸다. 그 한심한 전보 얘기일 거라고 스티븐스는 짐작했다.

"……하지만 전 환자를 보느라 외출해 있었기 때문에, 바로 1시간쯤 전에 집으로 돌아가서야 전보를 읽었어요."

점점 화가 나기 시작한 듯, "그래서 여러 가지를 생각하다가 가능한 한 빨리 가봐야겠다고 생각해서 왔는데, 그 집에 가봤더니 아무 대답이 없는 거예요. 문을 그렇게 두드렸는데도 아무도 나오지 않았어요. 어찌된 일인지 통 알 수가 없군요. 그런데 이 집의 불빛이 보여서 잠시 여기서 기다릴 수 있을까 하고……."

"물론입니다. 들어와요."

그는 뒤로 물러서서 힐끗 도로 쪽으로 시선을 주었다. 하얀 안개 속에 전조등을 켠 자동차 한 대가 엔진 소리를 내면서 언덕을 올라오고 있었다. 차는 약간 묘하게 커브를 돌며 속도를 늦추더니 보도로 다가왔다.

"하이호!……하이호!" 하고 큰 소리로 외치는 소리가 났다. 틀림없는 오그덴 데스파드다.

차문이 쾅하고 닫히고, 오그덴의 상당히 키 큰 모습이 안개 속의 보도를 걸어왔다. 가벼운 낙타지 코트 아래 정장바지가 보였다. 그는 어느 가정에서나 흔히 볼 수 있는 격세유전의 한 예다. 다시 말해 데스파드 집안의 누구와도 닮은 데가 없었다. 매끄러운 검은 머리…… 파릇파릇한 턱……약간 여윈 뺨. 오늘 아침에는 수염을 깎아야 했는데, 검은 머리만 단정하게 빗질했는지 헬멧처럼 빤질빤질했다. 눈 아래 잔주름이 잡힌 얼굴은 혈색이 몹시 좋지 않고 털구멍이 하나하나 다 보일 정도다. 부석부석한 눈꺼풀 아래의 눈이 재미있다는 듯이 간호사한테서 스티븐스로 옮겨갔다. 나이는 아직 스물다섯, 나잇값을 못하는 일이 자주 있지만 겉으로 보기에는 형 마크보다 나이가 들어 보였다.

그는 두 손을 바지주머니에 찔러 넣으면서 말했다. "안녕! 도락자의 귀가라고나 할까요? 아니! 이런, 이런! 밀회 약속인가요?"

오그덴은 늘 그런 식으로 말한다. 그리 불쾌할 것도 없지만 그와 함께 있어서 유쾌한 일이 좀처럼 없는 것도 사실이다. 오늘 아침에는 상대할 기분이 들지 않아서 스티븐스가 말없이 코베트 양을 홀로 안내하자, 오그덴은 문을 닫고 두 사람 뒤를 어슬렁어슬렁 따라왔다.

스티븐스가 그녀에게 말했다. "좀 어질러져 있어서……거의 밤새워 일을 하느라. 하지만 커피는 끓여 두었는데, 한 잔 하겠소?"

"고마워요, 마실게요." 코베트 양은 대답하고 나서 갑자기 한기를 느낀 듯 몸을 떨었다.

오그덴은 "흐흥" 하는 콧소리를 내더니, "커피라구요! 파티에서 아침에 돌아온 남자에 대한 대접은 아니군요. 이 집에는 알코올류는 없나요?" 하고 넉살좋게 물었다.

"내 방에 위스키가 있으니 직접 따라 마시게."

그가 보니, 간호사와 오그덴이 묘한 시선으로 서로를 보고 있었다. 하지만 말은 하지 않았고 이상하게 어색한 느낌이 있었다. 코베트 양은 굳은 표정으로 거실에 들어갔다. 스티븐스는 식당의 커피추출기를 집어들고 부엌으로 들어가서 커피잔을 찾기 시작했다. 그 사이 오그덴이 위스키가 든 잔을 들고 부엌문을 밀고 들어왔다. 콧노래를 부르고 있지만 눈은 조심스럽게 주위를 둘러보고 있었다. 그리고 진저에 일을 찾는 듯 냉장고 문을 열면서 지나가는 말처럼 말했다.

"그럼, 저 마이라도 경찰에서 이곳으로 오라고 한 전보를 받은 모양이군. 나처럼."

스티븐스는 잠자코 있었다.

오그덴이 계속했다.

"난 간밤에 받았는데. 한창 파티를 순례하던 중이었으니 마시는 걸 중지할 수도 없었고, 게다가 경찰이 미행하는 것도 괜찮지 뭐…… 모두가 알고 있는 일을 확실하게 알 수 있으니까."

그렇게 말하더니 얼음접시를 꺼내 개수대 끝에 탕탕 때린 뒤 다림추를 살피는 듯한 신중한 손길로 얼음 한 개를 위스키 속에 떨어뜨렸다.
"그건 그렇고, 당신은 간밤에 마크가 납골당을 파헤치는 걸 도왔겠죠?"
"어떻게 그걸?"
"나도 바보는 아니라니까요"
"물론이지. 그럴 리가."
오그덴은 잔을 내려놓았다. 그리고 혈색 나쁜 얼굴을 약간 찡그리며 조용히 말했다.
"그 야유는 무슨 의미일까요?"
스티븐스가 뒤돌아본다.
"이보게. 지금 내 기분은 자네를 저 식기찬장에 내동댕이치고 싶은 정도야……아니, 구실만 있다면 누구라도 상관 않겠어. 하지만 머리를 식히기 위해, 아침 7시 반부터 말씨름하는 건 그만두겠네. 냉장고에서 크림을 꺼내주겠나?"
오그덴은 웃었다.
"미안하군요. 그렇지만 왜 그렇게 화를 내고 있는지 모르겠군……아! 이것도 내 탐정취미라서. 위스키를 가지러 당신 방에 갔더니 마크 형이 말아놓은 담배가 두 개비 있더군요. 그리고 형이 그린 것 같은 납골당 위의 포장도로 약도도 있었고. 네! 맞아요……난 무슨 일에나 눈치가 빠른 편이죠. 그게 때로는 도움이 돼요. 형이 뭔가 일을 꾸미려고……그래서 간밤에 우릴 모두 집에서 내보내고 싶어한 것도 다 알고 있어요."
그의 갸름한 얼굴이 굳어지더니 짓궂은 표정이 떠오른다.
"경찰관들이 와서, 당신들이 열을 올리며 포장을 뜯은 것을 알고 뭐라고 하던가요?"
"경찰은 오지 않았어."

"뭐라고요?"

"게다가 그 전보도 아무래도 경찰이 친 것이 아닌 것 같고."

오그덴은 아랫입술을 물고 날카로운 눈으로 스티븐스를 힐끗 보았다. 표정이 조금 변해 있었다.

"나도 그런 게 아닌가 하고 생각은 했지만……하지만……안 그래요, 스티븐스? 어차피 내가 집에 돌아가면 알게 될 일인데 말해버리는 게 어때요? 당신 방에 세 사람이 있었던 것 같던데. 잔이 세 개 있었으니까. 한 사람은 누군가요?"

"퍼팅턴 박사."

"네에?" 오그덴의 얼굴이 잠시 생각에 잠기는 듯 하더니 약간 재미있다는 듯한 표정을 지었다.

"거물의 귀환이라. 물론 그 의사 자격을 박탈당한 남자 말이에요. 영국에서 태평세월을 보내고 있는 줄 알았어요. 그가 찾아낼 만한 일이라면……나도 알 수 있는데. 그러면 '좋아, 만사 나에게 맡겨' 하고 말하겠지, 참 나!"

(이런 식으로 사람의 신경을 건드리는 말을 하는 것도 그의 버릇이다)

"틀림없어. 형은 그에게 뭔가 시키고 싶었겠지……납골당 안을 샅샅이 파헤치는 것 같은. 그건 그렇고……말해주지 않겠어요……뭘 찾았는지?"

"아무것도."

"예에?"

"글자 그대로 아무것도 찾지 못했다는 얘기야. 납골당에는 시체가 들어 있지 않았어."

고개를 움츠리는 오그덴의 얼굴에 마치 빛이 한 줄기 스쳐 지나가듯이 얼핏 의심스럽다는 듯한 표정이 지나갔다. 스티븐스가 그 얼굴을 이때만큼 불쾌하게 여긴 적은 없었다. 오그덴이 한 순간 살피는 듯한 시선을 보내는가 싶더니, 한손을 냉장고에 넣고 사과소스 접시를 가만히 끄집어내어 개수대의 물 빼는 망 위로 스티븐스에게 밀어 주었다.

"다시 말해 당신들 의기투합한 세 친구는 군기 아래 집합했고, 죽은 마일즈 백부님이 독약으로 살해되었다는 걸 알았기 때문에 시체를 아무도 모르는 곳에 숨긴 거겠죠. 마크가 경찰을 어떻게 생각하고 있는지는 알고 있으니까. 안 그래요?"

"아니야, 난 있는 그대로를 말했을 뿐이네……이 찻잔을 가져가야겠으니 저 문을 잡아주겠나?"

오그덴은 깜짝 놀란 듯했지만 이번에는 정말 생각에 잠긴 눈치로 멍한 채 시키는 대로 했다. 스티븐스는 오그덴이 바쁘게 머리를 움직여, 빠져나갈 구멍을 찾고 있다는 걸 잘 알고 있었다. 오그덴은 상대방을 당황하게 만드는 시선으로 뚫어지게 스티븐스를 보며 말했다.

"그건 그렇고, 마리는 어디 갔어요?"

"그녀는……아직 자고 있어."

"이상한데."

스티븐스는 그 말에 딴 뜻은 없겠지……늘 그렇듯이 아무 말이나 생각 없이 뱉어내 상대방을 불쾌하게 만드는 '수법'에 지나지 않는 거라고 생각했다. 오그덴은 뭔가 갑자기 생각난 듯 스티븐스 옆을 성큼성큼 지나 위스키 잔을 든 채 코베트 양에게 말을 걸었다.

"코베트 양, 아까부터 얘기를 하고 싶었는데 먼저 환영주부터 한 잔 하지 않을 수가 없어서. 건강을 위하여 건배!"

이 자식, 이런 식으로 계속 허튼 소리를 늘어놓으면 당장 이 뜨거운 커피를 머리에 부어버려야지 하고 스티븐스는 생각했다. 두 손을 무릎에 포개고 앉아 있던 코베트 양은 오그덴을 보고도 전혀 움직이는 기색이 없었다.

오그덴이 계속했다.

"전보 말인데……당신한테는 뭐라고 써보냈지?"

"왜 저한테 전보가 왔다고 생각하세요?"

"모두들 똑같은 말을 하게 만든단 말이야. 하는 수 없지……다시 한번 말하는 수밖에. 나에게도 왔기 때문이야. 여기 있는 테드한테도 말했지만 간밤에 받았어. 하지만 파티에서 파티로 옮겨 다니느라 바빠서……."

코베트 양은 현실적인 사람답게, "파티에서 파티로 옮겨 다니는 데 바빴다면, 어떻게 당신 손에 들어갔죠?" 하고 물었다.

오그덴이 눈을 가늘게 떴다. 지독하게 비웃어주어서 그녀를 끽소리 못하게 만들거나, 가벼운 야유를 날려 앞뒤 분간하지 못할 만큼 화나게 만들어버릴 태세였지만, 그래봤자 득될 게 없다고 마음을 고쳐먹은 모양이다.

"꼭 알아야겠어? 우연히 캐리반 클럽에 들렀더니 전보가 와있더군. 아니 정말이야……어째서 내가 하는 말을 액면 그대로 받아들이지 않는 건지, 원! 그대로 받아들이는 편이 좋을 텐데……그 가게에 가면 전보가 있을 테니까. 게다가 이곳에는 테드 스티븐스도 있고, 다 털어놓고 얘기하는 게 어때……그도 다 알고 있으니까 말이야. 게다가 보기에 따라서는 당신이 이곳에 불려온 건 오히려 다행인지도 몰라. 당신의 증언이 경찰에는 중요할지도 모르니까. 정말이야."

코베트 양은 진지한 목소리로 말했다.

"그것 고맙군요. 제가 왜 증언을 해야하죠?"

"물론 마일즈 백부님에게 누가 독약을 먹였기 때문이지."

"멋대로 그런 말씀 하시면 곤란해요!"

그녀가 큰 소리를 지르는 바람에 커피가 흘렀다.

"말씀하실 게 있으면 베이커 선생님한테 하세요. 그런 식의 말을 들을 이유가……" 하고 말하다가 그만둔다. "그야 저도 나중에 걱정은 했지만, 그건 그런 의심을 받을까봐서가 아니라 사건이 있던 날 밤 외출했기 때문에……."

"그리고……" 하고 오그덴이 사이를 두지 않고 말을 가로챘다. "……당신이 당신 방의 문을 잠그고 다녔기 때문에, 그가 발작을 일으켜도 무슨 조치를 취하기 위해 들어갈 수 없었지. 그래서 생각하기에 따라서는 당신은 자기 환자를 죽인 것과 마찬가지야. 직무유기죄에 해당하는지 어떤지는 몰라도 이 사실이 표면화되면 당신에 대한 평판은 그리 좋지 않을 걸."

그녀도 그것을 걱정하고 있다는 것은 모두 알고 있었는데, 오그덴이 능숙하게 화제를 그쪽으로 몰고 갔다.

"그래, 물론 당신한테도 할말은 있겠지. 백부님의 병이 많이 좋아진 것으로 보였고, 누군가가 당신 방에서 무서운 독약을 훔쳐간 일이 있고 나서 두 번 다시 그런 일이 일어나지 않도록 당신이 조심한 것도 당연해. 하지만 그렇다고 아무런 의심을 받지 않을 수 있었을까? 베이커는 완고한 사람인데다 약간 망령기가 있지만 그렇다고 해서 의심을 받지 않을 수 있을까? 당신 방에서 독약이 사라진 것은 토요일이었고, 백부님은 다음 수요일에 돌아가셨어. 이렇게 말하면 '뭣'하지만, 아무래도 이상하단 말이야."

오그덴이 스스로 몹시 흡족해하고 있었기 때문에 사실의 구명보다는 일을 복잡하게 만들려 하는 그의 목적이 갑자기 분명해졌다. 코베트 양도 그걸 알았기 때문에 다시 굳은 표정으로 돌아갔다.

그리고 넌더리가 난다는 듯이 말했다. "당신은 다른 사람들보다 많은 것을 알고 있는 것 같으니 물론 아시겠지만……어떤 약품이 없어졌든, 첫째로 그것으로 사람을 죽일 수는 없고, 두 번째로 그것으로 데스파드 씨 같은 증상이 일어나는 것도 아니에요."

"음, 나도 물론 그렇게 생각하진 않았어. 그렇다면 그건 비소가 아니었다는 얘기군. 그럼 뭐였지?"

그녀는 대답하지 않았다.

"당신은 누가 훔쳐갔는지 조금은 짐작하고 있을 텐데……."

코베트 양은 빈 커피잔을 테이블 위에 가만히 내려놓았다. 스티븐스는 그 아침따라 이상할 정도로 공기에 민감했는데, 오그덴의 질문이 그냥 떠보는 것이 아니라는 것도 알았다. 또 그녀가 사정이 있는 듯이 방 안을 둘러보거나 계단 쪽을 보면서 귀를 기울이며 무언가를 기다리고 있는 듯한 기색인 것도, 오그덴만 없으면 뭔가 할 얘기가 있어서 조바심치고 있다는 것도 알았다.

"짐작 같은 것 없어요." 그녀가 침착하게 대답했다.

오그덴이 기고만장해서 말했다. "자, 자! 얘기해 버리는 편이 낫지 않을까? 마음도 조금은 가벼워질 거고, 그렇게 하면 나도 뭔가 짐작……."

"자네는 언제나 그렇게 묘하게 말하는 버릇이 있나?"

스티븐스가 무뚝뚝하게 말했다.

"부탁이니까 조금 예의바르게 구는 게 어때? 자네는 경찰이 아니니까. 자네는 백부님이 그런 일을 당했는데도 전혀 아무렇지도 않은 모양이군."

오그덴이 돌아보더니 빈틈없는 얼굴에 미소를 지었다.

"오우! '당신'도 뭔가 숨기고 있는 게 아닌지? 뭔가 있는 게 틀림없어. 아까부터 평소의 쾌활한 당신과는 전혀 다른 걸 보면, 백부님의 시체가 사라졌다는 것도 거짓말일지 몰라. 아니 거짓말이 아닐지도 모르지만 그 판단은 보류하겠어."

코베트 양이 일어서자 오그덴은 그 쪽으로 힐끗 시선을 주며 말을 이었다.

"아직 나가려는 건 아니겠지? 응? 우리 집에 가는 거라면 내가 차를 태워줄 테니까."

"아니에요, 괜찮아요."

방안에 점점 긴장감이 감돌았다. 오그덴은 두 사람을 상대로 시합을 하고 있는 검투사처럼 두 사람을 똑같이 겨누어보고 있었다. 세운 코트깃에 목을 묻고, 갸름한 얼굴에는 여전히 의혹이 풀리지 않는다는 듯한 미소를 띠고 있다. 그러더니 자기가 있어서 거북한 것 같다고 하며, 스티븐스에게 위스키에 대한 인사를 하고 여러 가지를 생각해보니 찾아오기를 잘한 것 같다고 그럴 듯한 어조로 말한 뒤 돌아갔다. 현관문이 채 닫히기도 전에, 코베트 양은 스티븐스의 뒤를 따라 현관홀로 나갔다. 그리고 그의 팔에 손을 얹고 빠른 말로 얘기하기 시작했다.

"댁을 찾아온 진짜 이유는 스티븐스 씨한테 할 얘기가 있어서예요. 중요한 얘기는 아니지만 그래도 알려드리는 편이 좋을 것 같아요."

그때 갑자기 현관문이 열리면서 오그덴이 얼굴을 내밀었다.

그리고 이리 같은 음험한 미소를 지으면서 말했다.

"실례, 실례……역시 밀회 약속을 하셨던 모양이군요. 아무리 그렇지만 부인이 이층에서 주무시고 계신데 너무 하지 않습니까? 아니면 부인은……? 차고에 자동차가 보이지 않더군요. 이건 사회도덕을 지키기 위해서라도 당신이 외출할 때 뒤를 밟는 게 좋을 것 같군요."

"나가!" 하고 스티븐스가 침착하게 말했다.

오그덴은 유쾌한 듯이 "하하하……그리고 지금 보니까 침실에 불이 훤하게 켜져 있던데 마리는 불을 켜 놓고 자는 모양이죠?"

"나가라는 소리 안들려!"

오그덴의 태도는 변하지 않았지만 스티븐스의 어조에서 나가는 편이 좋을 거라고 생각한 모양이었다. 하지만 형세는 압도적으로 그에게 유리했다. 즉, 그는 시속 2마일의 속도로 차를 몰면서 스티븐스와 코베트 양이 데스파드 저택에 도착할 때까지 미행하는 형국이었기 때문이다. 안개는 약간 걷혔지만, 아직도 12, 3피트 앞도 보이지 않았고 산울타리와 숲과 전봇대가 새하얀 안개 속에서 느닷없이 나타나기도 했다. 그리고 데스파드 저택의 부지 안도 쥐 죽은 듯이 조용했다. 그 정적은 누가 현관문을 두드리는 소리가 높아졌다 사라지고 다시 높아졌다 사라질 때까지 계속되었다. 안개가 일대에 잔뜩 끼어 있어서 그런지 그 소리는 불길하게 들렸다.

오그덴이 불쑥 말했다. "아니! 아무도 없을 리가……."

이런 때 왜 오그덴은 그런 이상한 말을 꺼내는 것일까 하고 스티븐스는 생각했다. 그때, 속도를 내지 않아서 망정이지 차가 하마터면 현관 앞 기둥에 부딪칠 뻔했다. 현관 포치에 서류가방을 든 건장한 체격의 남자가 서서 문을 두드리고는 초조한 듯이 번갈아 다리를 움직이고 있었다. 스티븐스 일행이 다가가자 남자가 돌아서서 의아하다는 듯이 그들을 쳐다보았다. 짙은 감색 외투에 잿빛 중절모를 쓴, 차림새가 단정한 남자였다. 늘어진 모자 챙 밑으로 인상 좋은 눈이 보였고, 엷은 갈색 얼굴에 턱이 길었다. 관자놀이 근처 머리카락에 몇 가닥 흰 것이 섞여 있는 것으로 보아 그의 얼굴은 실제 나이보다 훨씬 젊어 보이는 것이리라. 태도는 붙임성이 있고 뭔가 궁금해하는 것이 있는 것 같다.

"당신들 중에 이 집에 사는 사람이 있나요? 너무 일찍 오기는 했지만, 이 집에 아무도 없는 건 같군요."

그리고 잠깐 사이를 두었다가 "저는 브레넌이라고 하는데, 경찰본부에서 나왔습니다" 하고 말했다.

오그덴이 휘파람을 휘익 하고 불었지만, 행동거지는 아까보다 훨씬 침착해져 있었다. 스티븐스는 그것이 갑자기 조심스러워졌기 때문임을 간파했다.

"아닙니다. 모두 간밤에 늦었기 때문에 아직 자고 있는 거겠지요. 걱정 마세요, 제가 열쇠를 가지고 있으니까. 저는 이 집에 사는 사람인데 오그덴 데스파드라고 합니다. 그런데 아침 일찍 무슨 볼일입니까, 서장님?"

"아닙니다. 전 경웝니다" 하고 블레넌이 오그덴을 보면서 말한다. 오그덴도 이날 아침만은 누구에게도 인기가 없는 것 같다.

"제가 만나러 온 사람은 아무래도 당신 형님인 것 같군요, 데스파드 씨. 혹시……."

그때 현관문이 갑자기 열렸기 때문에 노크를 하려던 블레넌의 손이 그대로 공중에 머물렀다. 안개가 자욱한 포치에는 굴뚝에서 나오는 연기가 그을음을 토하고 있었는데, 안의 홀은 그 포치보다 더 추워서 음산하게 보였다. 단정하게 옷을 갈아입고 말끔하게 수염을 깎았기 때문인지 무척 깔끔한 느낌의 퍼팅턴이 문 앞에서 모두를 빤히 쳐다보고 있었다.

"무슨 일이신가요?" 하고 그가 물었다.

경위는 헛기침을 한 뒤, "저는 블레넌이라고 하는데 경찰본부에서……"라고 말하는 순간 스티븐스는 아무래도 이상하다는 생각이 들었다. 퍼팅턴의 안색이 흙빛이 되더니, 문기둥에 걸친 손이 아래로 미끄러지다가 다시 그것을 단단히 붙잡았다. 그렇게 하지 않으면 무릎이 꺾여버려 주저앉을 것 같은 모습이었다.

제12장

"왜 그러십니까?" 하고 블레넌이 예사로운 어조로 물었다. 다른 뜻이 전혀 없는 말투였기 때문에 퍼팅턴은 태엽이 늘어난 인형의 나사가 다시 감긴 것처럼 즉각 정신을 수습하더니 아무렇지도 않은 듯이 낮은 소리로 반문했다. "경찰본부에서 오셨다고요? 하하, 그러시군요. 아니, 뭐 별일 아닙니다. 얘기해 봤자 어차피 믿어주실 것도 아니고."

"어째서죠?" 블레넌이 사무적인 어조로 물었다.

퍼팅턴은 잠시 눈을 깜박였다. 그 모습이 너무나도 당혹해하는 것처럼 보여서 한 순간 스티븐스는 그가 술에 취한 게 아닌가 하고 생각했지만 그런 기색은 이내 사라지고 퍼팅턴은 뭔가 생각났다는 듯이 말했다.

"아, 블레넌 씨! 그 이름이라면 알고 있지요……맞아요, 모두에게 귀가하라는 전보를 보낸 건 당신이죠?"

경위는 그를 보며 참을성 있게 말했다.

"아무래도 얘기가 혼선을 빚고 있는 것 같군요. 더 이상 혼선이 일어나지 않도록, 안에 들어가서 차근차근 얘기해도 될까요? 저는 전보 같은 건 치지 않았습니다. 제가 알고 싶은 건 오히려 누가 저에게 전보를 쳤나 하는 것인데요? 데스파드 씨……마크 데스파드 씨를 만나고 싶습니다. 만나고 오라는 경시총감의 명령입니다."
오그덴이 지나치게 공손한 태도로 말했다.
"이 의사 양반이 오늘 아침엔 아무래도 평소 때와는 좀 다른 것 같군요, 경위님. 퍼팅턴 박사, 기억 못하시는 모양인데, 나 오그덴이에요. 당신이……그러니까……당신이 이곳을 떠났을 때 난 학교에 다니고 있었지요. 그리고 이것도 혹시 잊어버리셨을까 봐 말씀드리는 건데, 이쪽은 당신이 간밤에 만났던 테드 스티븐스 씨. 그리고 이쪽은 백부님의 간호사였던 코베트 양."
"그렇군, 알았네! 아, 마크가 나왔군!"
넓은 현관으로 통하는 문이 열리더니 노란색 불빛이 비쳐든 홀에 마크가 서 있었다. 동작 하나하나 신경을 쓰고 있는 듯한, 어딘가 묘하게 긴장된 느낌이 있었다. 제3자는 전혀 의미를 알 수 없는 위기감이 그의 표정에서 느껴졌다. 마크는 멍하니 서 있는 것 같으면서도 옆얼굴에 비친 광선으로 보니 역시 긴장하고 있는 게 틀림없었다. 잿빛 자라목 스웨터를 입고 있어서 어깨 근처가 머리에 비해 가늘게 보였다.
"아무튼 우린 뭔가 번거로운 사건에 휘말린 것 같아, 형. 이쪽은 살인과의 블레넌 경위님."
"살인과가 아니에요." 블레넌은 혐오스러운 기분을 감추지 않으면서 말했다. "저는 경시총감 직속 경위입니다. 당신이 마크 데스파드 씬가요?"
"네. 안으로 들어오시죠."
그는 옆으로 몸을 약간 비켜주었지만, 말이 묘하게 격식을 차린 말투여서 평소의 마크답지 않았다. 그것은 기분이 좋지 않다는 증거였다.

"오늘 아침에는 집안이 좀 어질러져 있습니다. 동생이 간밤에 몸이 좋지 않았기 때문에……아, 참! 코베트 양, 이층에 가서 그녀를 좀 봐주지 않겠소?……그리고 요리사와 하녀가 집에 없어서 아침식사도 우리가 직접 준비해야 하는 형편입니다. 이쪽으로 오세요, 테드……퍼팅턴……자네들도 들어오지 않겠나? 아니, 오그덴, 넌 안 돼."

오그덴은 뭔가 잘못 들은 게 아닌가 하는 얼굴이었다.

"응? 왜 그래, 형! 나도 들어가는 게 맞잖아? 이상한 소리 하지 말아줘, 그러니까……."

"오그덴, 난 너에게 형제로서 애정을 느낄 때도 있다……파티를 열었을 때는 사실 네가 분위기를 띄워주는 덕분에 자리가 흥겨워지는 일도 있고, 그렇지만 네가 있으면 곤란한 자리도 있어. 지금이 그래. 넌 부엌에 가서 뭐든지 만들어 먹어라. 알았지?"

다른 세 사람이 건물 앞쪽의 방으로 들어가자 마크는 문을 닫았다. 창문의 셔터는 간밤에 내려둔 그대로이고 램프도 아직 켜져 있다. 하룻밤이 지났다고는 생각할 수 없는 느낌이었다. 마크가 손짓으로 신호하자 블레넌은 지나치게 속을 많이 넣어 빵빵한 의자에 앉아 모자와 서류가방을 옆 바닥에 내려놓았다. 모자를 벗은 블레넌은 반백의 머리를 단정하게 빗어 붙여 벗어진 곳을 가린, 빈틈없어 보이는 중년 남자였다. 턱의 모양새가 좋고 얼굴이 동안이었다. 얘기를 어떻게 꺼내면 좋을지 몰라 약간 주저하고 있는 눈치였는데, 이윽고 크게 숨을 한번 쉰 뒤 서류가방을 열었다.

"제 용건은 알고 계실 줄 알고 친구분들 앞에서 얘기해도 괜찮을 거라고 생각합니다만, 실은 데스파드 씨께 보여드릴 것이 있습니다."

그리고 서류가방에서 깔끔하게 타이핑한 종이가 든 봉투를 꺼냈다.
"바로 어제 아침에 받은 편집니다. 보시면 아시겠지만, 이것은 제 개인한테 온 편지로 목요일 밤 크리스펜에서 부쳤더군요."

마크는 그 편지를 천천히 펼쳤다. 처음에는 읽지 않고 뚫어지게 들여다보기만 했는데, 곧 시선을 들지 않은 채 그대로 소리 내어 읽기 시작했다.

'4월 12일 크리스펜의 데스파드 저택에서 사망한 마일즈 데스파드는 병사한 것이 아닙니다. 독살되었습니다. 이 편지는 장난이 아닙니다. 증거가 필요하다면 월넛가 218번지 조이스 레드판 분석화학 연구소에 가보십시오. 살인이 일어났던 다음날, 마크 데스파드는 우유가 든 유리잔과 포도주와 달걀을 섞은 음료가 든 은컵을 그곳으로 가지고 갔습니다. 은컵에는 비소가 들어 있었습니다. 그 컵은 지금도 데스파드 저택 안 마크의 책상서랍에 들어 있습니다. 그는 그것을, 살인행위가 있었던 뒤 마일즈 데스파드의 방 어디선가 발견했습니다. 전부터 그 집안에서 기르고 있던 고양이의 사체는 건물 동쪽의 화단에 묻혀 있습니다. 아마 그 고양이는 비소가 든 혼합음료를 핥아먹었을 것입니다. 마크는 범인이 아니지만, 그 사건을 숨기려 하고 있습니다.

범인은 여자입니다. 그 증거를 원하신다면 그 집의 요리사 헨더슨 부인을 만나보면 될 것입니다. 그녀는 사건 당일 밤 마일즈의 침실에서 범인인 여자가 문제의 은컵을 그에게 건네는 것을 목격했습니다. 그녀를 저택에서 데리고 나가 물어보면 알 수 있을 겁니다. 그녀는 자신이 목격한 것이 살인현장인 줄 모르고 있으므로 여러 가지 사실을 들을 수 있을 겁니다. 그녀는 지금 프랭크포드의 리즈 가 92번지에 있는 친구 집에 머물고 있습니다. 이 편지를 무시하지 않는 것이 당신을 위해 좋을 것입니다.'

정의를 사랑하는 자로부터

마크는 편지를 테이블 위에 내려놓았다.
"나도 정의를 사랑하는 자의 행위에는 찬성합니다만, 문장이 썩 좋지는 않군요."
"그런 건 잘 모르겠고……데스파드 씨, 요컨대 이 편지에 적혀 있는 내용이 사실이라는 것입니다. 잠깐만 기다려 주세요."
블레넌은 그때까지보다 날카로운 어조로 말했다.
"어제 경시청에서 그 헨더슨 부인을 만났습니다. 그래서 당신의 친구인 경시총감의 배려로, 당신을 지원하기 위해 제가 파견된 겁니다."
"당신도 이상한 형사로군요." 마크가 말하더니 갑자기 웃기 시작했다.
블레넌은 대답하는 대신 표정을 풀고 씩 웃었다. 스티븐스는 그토록 팽팽하게 긴장되어 있던 공기가 이렇게 빨리, 그리고 부드럽게 풀리는 것은 그때까지 한번도 본 적이 없었다. 그렇게 된 진짜 이유를 그는 이윽고 이해했는데 블레넌 쪽도 마찬가지였다.
"흐음, 제가 이곳에 처음 들어왔을 때 당신이 무슨 생각을 했는지 알 것 같군요."
조금 전의 싱글거리는 웃음이 흐흐하는 웃음으로 바뀌었다.
"묻고 싶습니다만, 제가 이곳에 뛰어들어 모든 사람의 얼굴을 지목하며 괴롭히기라도 할 줄 아셨습니까? 잘 들어주세요, 데스파드 씨. 미리 말씀드리는 건데……그런 행동을 하는 경찰관은 당장 목이 날아갑니다. 특히 관계자들이 조금이라도 권력이 있는 사람이거나, 당신처럼 경시총감의 친구이거나 한 경우는 말할 것도 없지요. 이런 일을 소설로 쓸 때 한 가지 간과하기 쉬운 것이 있는데……그건 정치라는 점입니다. 그러나 우리는 잊어서는 안 됩니다. 아니, 그 정도가 아니죠. 일을 하는 건 우리니까요. 우리는 전력을 다해 성공적으로 이끌려고 노력하고 있고, 그래서 훌륭하게 할 수 있는 거라고 생각합니다. 공연장의 구경꾼이 아니니까요. 모든 사람을 총동원하여, 자기만 남보다 돋보이려고 하는 야심 찬 젊은 경찰관은 경시청에서는 좀처럼 일하기가 힘들죠. 그런 건 극히 일반적인 상식입니다만. 방금도 말했듯이 저는 경시총감 카텔 씨를 대신하여 이곳에 온 것입니다……."

"카텔……씨라" 하고 되뇌이던 마크는 자세를 고쳐 앉았다. "그렇군요. 그는……."

"그러니까, 아무쪼록 있는 그대로 얘기해 주시지 않겠습니까?" 하고 블레넌이 손을 크게 움직이며 말했다. "이런 말씀을 드리는 것도 제 입장을 이해해 주십사하는 뜻에서고, 총감은 법률이 허용하는 범위 내에서 저에게 최대한 도와드리라고 지시하셨습니다. 괜찮으시죠?"

마크 데스파드가 거절하지 못하게 하는 데는 이런 방법도 좋을지 모른다……블레넌 경위라는 자는 경시총감의 대리일 뿐만 아니라 상당히 머리가 좋은 남자라고 스티븐스는 생각했다. 마크가 고개를 끄덕이자 블레넌은 다시 한번 서류가방을 열었다.

"그런데 우선, 데스파드 씨는 제가 이곳에 찾아온 목적……그게 무슨 장난 같은 것이 아니라는 점을 알아주셨으면 합니다. 아까도 말씀드렸듯이, 이 편지는 어제 아침에 받았습니다. 그리고 이곳에 계시는 모든 분에 대해선 모두 알고 있습니다……사촌동생이 메리언에 살고 있거든요. 그래서 저는 이 편지를 즉시 총감에게 보였습니다. 그는 별로 중대한 일은 아니라고 생각한 것 같았고, 저 역시 그렇습니다. 하지만, 어쨌든 조이스 레드판 분석화학 연구소에 가 봐야겠다고 생각했지요."

그렇게 말한 뒤 타이핑한 편지의 문장을 손가락으로 가리켰다.

"어쨌든 이 점은 그대로였습니다. 당신은 4월 13일 목요일에 그 연구소에 갔어요. 분석을 부탁하기 위해 유리잔과 은컵을 가지고 갔지요. 그리고 댁에서 키우는 고양이가 독살되었다……그 컵의 어딘가에 들어 있었던 것을 먹은 것으로 생각한다고 말했습니다. 연구소 사람에게는 누가 물어도 말하지 말아달라고 부탁했지요. 그리고 다음날 분석결과를 들으러 갔습니다. 유리잔은 이상 없었지만 은컵에는 비소 2그레인이 검출되었어요. 그 컵은……지름 약 4인치, 높이 3인치, 순은제……가장자리에 꽃무늬……굉장히 오래된 것."

그런 다음 눈을 들고, "틀림없겠죠?" 하고 물었다.

그리고 몇 분 동안 블레넌은 참으로 능란한 말솜씨로 얘기를 이어 갔다. 나중에 마크는 수완 좋은 세일즈맨의 감언이설에 넘어가 물건을 사고 만 것과 같은 거라고 말했는데, 정말 아무런 저항도 없고 분별심도 작용하지 않는 사이에 그것을 깨달았을 때는 이미 그 물건을 사겠다고 약속을 하고 난 뒤였다는 식이었다. 블레넌은 반백의 머리를 서류 위로 숙인 채, 부드럽고 듣기 좋은 목소리로 발칸 제국의 외교관처럼 술술 얘기를 계속했다. 그는 그럴 생각만 있으면 날씨 얘기도 중대한 비밀을 털어놓는 것 같은 분위기로 얘기할 수 있는 화술을 가지고 있었는데, 그렇게까지 하지 않아도 필요한 정보는 다 캐내고 있었다. 어느새 마크에게 마일즈의 병에 대한 것과 마일즈가 사망한 날 밤의 일, 마일즈의 방에서 컵을 발견한 경위를 말하게 했고, 만약 독약을 먹은 것이라면 은컵 속에 든 것을 마신 게 틀림없다는 확증까지 얻어내고 말았다.

  그런 다음 블레넌은 헨더슨 부인의 증언에 대해 설명했다. 그리 자세한 내용은 아니었지만, 스티븐스는, 아마 블레넌은 마크의 친구라고 사전공작을 펼친 다음 프랭크포드에 가서 헨더슨 부인을 만나, 그녀의 장기인 수다를 이용하여 알아냈을 거라고 추측했다. 왜냐하면 블레넌도 말했지만, 그녀는 경시청에 출두하여 경시총감 앞에서 그 증언을 되풀이해 달라는 요청을 받기 전까지는, 자신이 그렇게 나쁜 일을 했다고는 생각하지 않았던 모양으로, 이 역시 블레넌 경위가 나중에 말했지만, 그녀는 데스파드 집안 사람들을 배신하고 말았으니 그들 앞에서 얼굴을 들 수 없다며, 히스테리를 일으켜 울면서 경시청을 나갔다는 것이었다.

  블레넌 경위는 타이핑한 서류의, 헨더슨 부인이 4월 12일 밤에 대해 진술한 부분을 읽어나갔는데, 요점은 그녀가 마크에게 얘기한 것과 같았다. 블레넌의 기록에 없는 점이라 하면 단 한 가지, 그 말할래야 말할 수 없는 분위기에 대한 것뿐이었다. 즉 그 기록에는 초자연적 또는 비정상적이라고 생각되는 것은 하나도 기재되어 있지 않고, 거기에 있는 것은 헨더슨 부인이 밤 11시 15분에 커튼 틈새를 통해 마일즈의 방에 있는 여자의 모습을 보았다는 것⋯⋯그 시점에서는 마일즈가 상당히 건강해 보였다는 것⋯⋯그 여자는 몸집이 작으며, '고풍스럽고 기묘한 옷' 또는 가장무도회용 의상 같은 것을 입고 있었다는 것⋯⋯헨더슨 부인이 그 여자를 루시 데스파드 부인이나 이디스 데스파드 양일 거라고 생각했다는 것⋯⋯그녀는 이 두 여성이 그날 밤 가장무도회에 갔다는 것은 알고 있었지만, 클리블랜드의 여행에서 막 돌아와서 두 사람의 모습을 보지 못했기 때문에 두 사람이 어떤 옷을 입고 갔는지 몰랐다는 것⋯⋯그 '고풍스럽고 기묘한 옷'을 입은 여자는 나중에 비소가 들어 있었던 것이 확인된 은컵과 똑같은 컵을 들고 있었고, 그것을 마일즈 데스파드에게 건네주었다는 것……마일즈가 그 컵에 든 것을 실제로 마셨는지 어떤지는 모르지만, 그 컵을 손에 들고 있는 것을 봤다는 것뿐이었다.

그런 것에 관한 한, 그 기록은 분위기나 암시적인 것은 모두 배제된 것이어서, 그런 만큼 무미건조한 느낌이 들었다. 어쨌든 스티븐스는, 블레넌의 실무가적인 머리가 이 사건의 마지막 부분―곧, 그 여자가 있지도 않은 문으로 나갔다는 점을 어떻게 생각할지 궁금했다.

이윽고 블레넌의 얘기가 그 부분에 이르렀다.

"그런데 데스파드 씨……이 부분이 아무래도 석연치가 않더군요. 헨더슨 부인의 얘기에 의하면, 그 여자는 '벽을 빠져 나갔다'고 합니다. 여기 분명히 그렇게 되어 있어요……'벽을 빠져나갔다'고. 그녀는 그 이상은 확실하게 설명할 수 없었고 하려고 하지도 않았습니다. 그녀는 벽이 '어찌된 일인지 변했고, 그 뒤에 다시 원래대로 돌아간 것처럼 보였다'고 했습니다. 아시겠습니까? 좋아요. 그래서 총감은 그녀에게, '당신이 말하는 뜻을 알 것 같군요. 그러니까, 비밀통로로 나가는 문을 말씀하시는 거지요?' 하고 말했습니다. 물론 그렇다면 얘기가 되지요. 저도 이 건물이 매우 오래전부터 있었다는 건 알고 있으니까요."

마크는 약간 몸을 긴장시키며 의자 등받이에 기대어 두 손을 호주머니에 찔러 넣은 채 경위를 지그시 바라보았다. 그의 얼굴도 블레넌과 마찬가지로 표정만으로는 무슨 생각을 하고 있는지 알 수 없었는데, 블레넌의 얘기를 듣고 "거기에 대해 헨더슨 부인은 뭐라고 하던가요?" 하고 물었다.

"'네, 저도 그런 것이 틀림없다고 생각해요'라고 했습니다. 그런데 제가 묻고 싶은 것도 바로 그 점입니다. 비밀통로 얘기는 여러 번 들은 적이 있지만, 실제로 제 눈으로 본 적은 한번도 없거든요. 다

락방에 그런 것이 있다고 하는 친구가 있었는데, 그건 속임수였고, 단순한 전등 퓨즈박스가 있을 뿐이었습니다. 그런데 댁의 것은 잘 보면 문이 보인다고 하니까요. 당연히 저는 매우 흥미를 느꼈지요. 그 방에 그런 문이 정말 있습니까?"

"그런 말을 들은 적은 있습니다."

"아하! 그럼 있는 거로군요? 한번 보여 주시겠습니까?"

그때서야 비로소 마크는, 실제 행위보다 말로 우세를 만회하는 수밖에 없다고 생각한 것 같았다.

"유감이지만 경위님, 17세기에는 퓨즈박스 같은 건 없었어요. 네, 옛날에는 그 자리에 문이 있었습니다. 이 건물의 별동으로 연결되는 통로였는데 그 별동은 그 뒤 화재로 타버렸지요. 지금은 곤란하게도 그것을 열 수 있는 잠금쇠나 용수철 같은 건 하나도 없습니다."

"그렇군요." 블레넌은 여전히 그를 바라보고 있다.

"제가 물은 것은 단지, 헨더슨 부인이 거짓말을 했다는 것이 밝혀지면 용의자는 그녀가 되므로, 다른 사람은 아무도 의심하지 않아도 되기 때문입니다."

마크가 내심 난처하여 잠자코 있자, 경위는 아무렇지도 않은 듯이 계속 말했다.

"그래서 현재로서는 참고자료는 이것뿐입니다. 그녀의 설명을 그대로 받아들인다면 이건 지극히 평범한 사건이 됩니다만……그렇다고 그녀의 진술이 이상하다고 말하는 건 소용없을 겁니다. 저는 상대방이 거짓말을 하고 있는지 어떤지 한눈에 알 수 있으니까요."

그리고 방을 둘러보면서 한쪽 손을 가볍게 움직였다.

"경찰당국에서는 범행 시간을 11시 15분경으로 보고 있습니다. 백부님이 들고 있었던 비소가 든 컵도 회수되었고, 수수께끼의 여자가 입고 있었던 옷에 대해서도 알고 있으며……."

"즉, 살인이라는 결정적인 증거 외에는 모든 자료가 다 갖춰진 셈이군요."

"그렇습니다!" 블레넌은 사이를 두지 않고 맞장구를 치면서 서류 케이스를 가볍게 두드렸다. 마크의 이해력에 흡족하다는 듯이. "이 정도면 정황은 이해하셨겠지요. 우리는 먼저 닥터 베이커에게 전화를 걸어, 마일즈 데스파드 씨가 독살되었다고 생각했을 경우의 그의 의견을 물었습니다. 그러자 그는 우리의 머리가 어떻게 된 게 아니냐고 하더군요……마일즈 씨의 사망시의 증상이 비소 중독의 증상을 나타내고 있었다고 해도, 독살 같은 건 있을 수 없는 일이라는 겁니다. 물론 그가 그런 견해를 취하는 것도 이해합니다. 단골 의사라면 누구나 가능한 한 그런 골치 아픈 사건에 휘말리고 싶지 않을 테니까요. 다시 한번 시체를 발굴하여 검시하면 그의 의견이 틀렸다는 것이 밝혀지겠지요……그렇게 되면 그의 입장은 무척 난처하게 될 겁니다. 다음에 총감은 당신을 만나 그런 모든 사정에 대해 당신의 의견을 들어보려고 했습니다. 그런데 공교롭게도 당신은 사무소에도 자택에도 계시지 않아서……."

마크는 냉정하고 용의주도한 시선으로 그를 쳐다보면서 말했다.

"아, 저는 그때 뉴욕에 가 있었습니다. 영국에서 도착한 친구를 데리러 갔지요. 실은 여기 있는 퍼팅턴 군입니다만."

난로 옆에서 두 주먹을 무릎 위에 올리고 앉아 있던 퍼팅턴이 눈을 들었다. 광선 때문에 얼굴의 주름이 깊어보였는데 말은 하지 않았다.

"네, 그건 저도 알아봤습니다."

블레넌이 깨끗하게 털어놓았다.

"이제부터 사실들을 검토해 봅시다. 마일즈 씨의 방에는 가장무도회에서 입는 것과 비슷한 옷을 입은 여자가 있었고, 헨더슨 부인에게 물어본 바로는 당신 부인, 여동생……물론 당신도 그날 밤에 세인트데이비스에서 열린 가장무도회에 참석하셨다더군요. 그리고 수수께끼의 여자는 아무래도 두 여자분 중의 한 사람이었던 것 같고……나중에 헨더슨 부인이 데스파드 부인이 입었던 옷을 보고, 그 방에 있던 여자가 입고 있던 드레스와 비슷했다고 말한 점에서 보면, 99퍼센트 댁의 부인이라고 볼 수도 있겠지요. 아, 진정하세요! 아직 얘기중이니까요.

그런데 어제, 부인이나 동생분을 만나고 싶었는데 두 분 다 뉴욕에 가셨기 때문에, 총감은 12일 밤 여러분 전원의 행적을 조사하기로 했습니다. 그는 그 파티를 연 인물과도 아는 사이였고 참석자 중에서도 여러 명을 알고 있었기 때문에, 그 조사는 그리 어렵지 않았지요. 그래서 데스파드 씨, 당신들의 행동……특히 문제의 11시 15분경의 당신들의 행동에 대해서는 상세한 보고서가 작성되어 있습니다. 괜찮으시다면 요점만 간추려서 말씀드리죠."

갑자기 침묵의 장막이 드리워진 것 같았다. 오랫동안 소리 하나 나지 않는 방 안은 몹시 후텁지근했다. 스티븐스는 아까부터 옆 눈으로 문이 움직이고 있는 것을 보고 있었다. 처음부터 누군가가 엿듣고 있었던 것이 틀림없었다. 그는 오그덴일 거라고 생각했지만, 문이 다시 조금 크게 열렸을 때 보니까, 그건 루시였다. 그녀는 가만히 들어와서 문 옆의 한구석에 두 손을 축 늘어뜨린 채 섰다. 얼굴이 완전히 새파랗게 질려 있어서 '주근깨'가 더욱 드러났다. 하지만, 그런 안색과는 대조적으로 아무렇게나 빗질하여 가르마를 탄 머리는 새카맣고, 어딘지 모르게 화가 난 듯한 모습이었다.

블레넌은 그녀 쪽은 쳐다보지도 않았고, 그녀가 들어온 것도 모르는 듯한 모습이었다.

"우선 당신입니다만, 데스파드 씨. 아, 아……그야 당신을 가슴이 깊게 파인 드레스를 입은 여자로 잘못 볼 사람은 거의 없지요. 하지만, 의심스러운 점이 없다는 것을 증명하기 위해 형식적으로 일단 거론하는 것뿐입니다. 그날 밤 당신한테는 완벽한 알리바이가 있습니다……특히 당신은 가면을 쓰고 있지 않았으니까요. 그날 밤 몇 시든 당신의 소재를 증언한 사람이 열 명도 넘습니다. 이렇다 할 특이한 일도 없었으니까 일일이 그 점을 얘기할 건 없을 것 같군요. 당신이 그 집에서 몰래 빠져나가 이곳으로 돌아올 수가 없었다는 건 확인되었습니다. 그래서 당신의 경우는 이것으로 충분합니다."

"계속하시죠" 하고 마크가 말했다.

블레넌은 서류에 시선을 준 채 말했다.

"다음은 이디스 데스파드 양인데……그녀는 여러분과 함께 9시 50분 무렵 파티 장소에 도착했습니다. 그리고 검은 가장자리 장식이 있고, 둥그런 심이 든 하얀 스커트에, 하얀 모자. 검은 도미노 가면을 쓰고 있었지요. 10시부터 10시 반까지 춤을 추고 있는 것을 본 사람이 있습니다. 10시 반쯤 그 집 안주인이 그녀를 만났을 때, 동생분은 스커트 속에 입고 있던 레이스 달린 속옷인가 뭔가가 터졌다고 말했다더군요……."

"맞아요. 그녀는 집으로 돌아오는 중에도 그 일 때문에 화를 냈습니다."

"……아무래도 마음에 걸려 견딜 수가 없었던 모양이군요. 그래서 안주인은 별실에서 브리지를 하고 있으니 함께 하는 게 어떻겠느냐고 권했고, 동생분은 좋다고 하며 그 방으로 갔습니다……물론 거기서는 가면을 벗었지요. 10시 반쯤부터 당신들 모두가 집으로 돌아간 새벽 2시까지 그녀는 브리지 게임을 하고 있었습니다. 그 증인은 많이 있습니다. 결론적으로 말하자면 완전한 알리바이가 있는 셈이지요."

블레넌이 헛기침을 했다.

"다음은 데스파드 부인 차례인데, 그녀는 파랑과 빨간 무늬의 실크 드레스를 입고, 다이아몬드 비슷한 돌로 장식한 폭넓은 스커트를 입고 있었습니다. 그녀도 가장자리를 레이스로 장식한 도미노 가면을 쓰고 있었지요. 그녀는 이내 춤을 추기 시작했는데 10시 35분인가 40분 무렵에 전화가 걸려왔다더군요……."

"전화라고!" 마크가 날카로운 목소리로 말한 뒤 자세를 고쳐 앉았다. "남의 집까지 전화를 걸어오다니……도대체 누가 걸었습니까?"

블레넌은 코를 킁킁거리며 "그건 모릅니다. 그 전화를 처음 받은 사람이 누구인지도 밝혀지지 않았어요. 그녀에게 전화가 온 것을 안 것은 옛날 마을에 포고를 알리고 다니는 관리로 변장한 손님이……그게 누구였는지 파티의 주인과 안주인을 포함하여 아무도 아는 사람이 없었습니다만……포고인 흉내를 내며, 춤을 추는 사람들 사이를 헤치면서 데스파드 부인에게 전화 왔습니다 하고 소리쳤기 때문입니다. 그래서 부인은 나갔던 것 같고요. 그 뒤 그 집의 집사가 10시 45분쯤 그녀가 현관 홀로 나오는 것을 보았는데, 그는 자기가 절대로 잘못 보았을 리가 없다고 했습니다. 그때 홀에는 다른 사람은 아무도 없었습니다. 그녀는 그대로 현관문 쪽으로 걸어갔는데 가면은 쓰지 않고 있었다고 합니다. 집사는 그녀가 밖으로 나가려는 줄 알고 문을 열어주려 했지만, 그녀는 그가 열기도 전에 바삐 나갔기 때문에 더욱 더 잘 기억하고 있었지요. 마침 집사는 그대로 홀에 계속 있었고, 5분쯤 지나 데스파드 부인이 돌아왔으며……그때도 가면은 쓰고 있지 않았습니다. 그녀가 사람들이 춤을 추고 있는 방 쪽으로 가자, 타잔으로 가장한 남자가 그녀에게 춤을 신청하여 춤을 추었습니다. 그 뒤에도 두 번 연달아 춤을 추었고 상대방 남자들의 이름도 알고 있습니다. 11시 5분에도 모두가 기억하고 있는 남자와 춤을 추었습니다……키가 약 7피트나 되는 거구의 남자로, 작대기처럼 말랐고 해골 같은 머리를 하고 있었다 하며…….”

"아, 분명히 그랬어!" 마크는 작은 목소리로 말하더니 의자 팔걸이를 두드렸다.

"나도 기억하고 있어요. 케넌 노인이야……고등재판소의 케넌 판사 말이오. 나중에 나는 그와 술을 한 잔 마셨지요."

"네, 그것도 알고 있습니다. 어쨌든 사람들 눈에 띄었습니다……안주인이 누군가에게 말했다더군요……'어머, 루시 데스파드가 죽음의 신과 춤을 추고 있네' 하고. 두 사람이 눈에 띈 것도, 데스파드 부인이 상체를 비켜, 죽음의 신의 얼굴이 잘 보이도록 가면을 올렸기 때문이죠. 그때는 방금 제가 말했듯이 정각 11시 15분이었습니다. 그리고 보니…….”

블레넌은 서류를 내려 놓았다.

"알리바이가 완벽하군요."

제13장

 마크 데스파드의 얼굴에서 긴장의 빛이 누그러들었다. 그리고 다시 똑바로 허리를 세워 앉았다. 사태가 점점 이해되는 듯했다. 아직 약간은 마음이 동요하고 있어서 그런지, 마크로서는 어딘가 야릇한 동작으로 의자에서 갑자기 일어서더니 루시를 돌아보았다.
 그리고 배우 같은 억양으로 말했다.
 "죽음의 신과 춤을 춘 부인을 소개하죠. 블레넌 경위님, 이 사람이 제 아내입니다."
 그러나 이 연극적인 행동도 곧 불편한 심기를 드러낸 말 때문에 효과가 반감되고 말았다.
 "그런 걸 가지고, 그런 얼토당토않은 말로 우리를 살인용의자가 된 기분으로 만들지 말고, 처음부터 그렇게 말해주었으면 좋았을 것을."
 하지만 스티븐스는 루시와 블레넌의 기색에 완전히 정신을 빼앗기고 있었다.
 루시가 평소의 가식 없는 대범한 태도로 모두들 앞에 나서자, 그것을 본 모든 사람들은 마음이 편해지는 걸 느꼈다. 그녀의 연한 갈색 눈은 장난스럽게 빛나고 있었지만 안색은 아직 창백했고 겉으로 보기보다는 긴장이 풀린 것 같지 않았다. 스티븐스는 그녀가 힐끗 마크를 쳐다보는 것을 눈치 챘다.

"경위님, 제가 얘기를 엿듣고 있었던 건 알고 계셨죠? 아니, 어쩌면 제가 그렇게 할 거라고 예상하셨던 게 아닐까요? 어쨌든 상당히 여러 가지 일들이 있었군요……좀더 일찍 문제가 되었어도 좋았던 일과 방금 처음으로 알게 된 일들, 저어, 전……."

그녀의 얼굴이 굳어지면서 당장이라도 울음이 터져나올 것 같았다.

"저, 이 사건 뒤에 그렇게 여러 가지 일들이 있는 줄은 몰랐어요. 저로서는 일찍 알았으면 좋았겠지만. 어쨌든 덕분에 저, 감사드리고 있어요."

"아닙니다, 제가 감사합니다" 하고 블레넌은 깜짝 놀라 말하면서 일어서더니 그녀의 시선을 피하면서 불안하게 다리를 꼼지락거렸다.

"그거야 서로 마찬가지지요. 하지만, 그 파티가 열렸던 날 밤, 일단 현관을 나갔다가 다시 돌아오시고, 집사가 그 모습을 보았던 것이 정말 다행이었습니다. 만약 그렇지 않았다면 난처한 입장에 빠지실 뻔했으니까요."

그러자 마크가 자연스러운 태도로 끼어들었다.

"그건 그렇고, 루시, 그 전화 누구한테서 걸려온 거지? 당신은 어디에 간 거고?"

그녀는 남편을 쳐다보지 않고 손만 약간 그 쪽으로 움직였다.

"별일 아니었어요. 그 일은 나중에 얘기할게요. 블레넌 씨, 아까 마크는 당신에게 왜 이곳에 왔을 때 처음부터 설명하지 않았느냐고 물었는데……전 그 이유를 알 것 같아요. 당신에 대한 소문은 들어서 알고 있으니까요. 솔직히 말하면, 어떤 의미에서는 전 당신에 대해 경계심을 가지고 있었어요." 그리고 생긋 웃었다.
"화내지 않으셨으면 좋겠는데, 경시청에서 당신은 '능구렁이 프랭크'로 통한다고 하던데 그게 정말인가요?"
블레넌은 아무렇지도 않다는 얼굴로 쓴웃음을 짓더니, 그 말을 지우려는 듯이 손을 내저으며 말했다.
"아니, 전 소문 같은 건 믿지 않습니다. 경시청 사람들이······."
루시가 엄격한 어조로 그의 말을 가로챘다.
"그리고 속된 표현을 빌리자면 당신은 악당을 철저하게 조사하여 죄를 자백하지 않을 수 없게 만들어 결국 체포한다던데, 그것도 정말인가요? 그리고 만약 그게 정말이라면 당신은 아직도 숨기고 있는 것이 있을 거예요."
"그런 것이 있다면 있는 그대로 얘기할 겁니다" 하고 대답한 그는, 갑자기 발을 꼼지락거리는 것을 그만두었다.
"도대체 어디서 저에 대한 얘기를 들으셨습니까?"
"글쎄요, 기억이 안 나는군요. 어쨌든 들은 적이 있어요. 경시총감님한테서 들었을지도 모르죠. 하지만 어찌된 일일까요? 우리 모두가 집으로 돌아오라는 전보를 받았을 때······."
"아, 바로 그건데요. 전 전보를 치지 않았고 그런 말을 전한 기억도 없습니다. 오히려 저도 누군가한테서 편지를 받았으니까요······ '정의를 사랑하는 자로부터'라고 서명한 편지를 말입니다. 누가 쓴 건지는 모르지만 장난도 정도가 있어야지요. 도대체 누가 보냈을까요?"
"그거라면 저한테 맡겨주십시오" 하고 마크가 무뚝뚝하게 말했다.
그러더니 벽 가장자리에 복잡하게 둔 물건 가운데 책상에 천을 씌운 것 같은 형태를 한, 호두나무 재목의 네모난 상자가 있는 곳으로 걸어갔다. 덜컹거리는 소리를 내며 뚜껑을 열자, 먼지가 쌓인 스미스

타자기와 그것을 올려놓는 작은 접이식 탁자가 나왔다. 용지를 찾았지만 보이지 않자, 그는 하는 수 없이 바지 뒷주머니에서 꺼낸 낡은 편지를 뒤집어서 타자기에 말아 넣었다.

"한번 쳐 보세요……그리고 찍힌 문자를 당신의 편지 문자와 비교해 보는 겁니다."

블레넌은 올빼미 눈처럼 동그랗고 큰 '대모갑' 테의 안경을 점잖게 쓰더니, 피아노의 대가 같은 모습으로 타자기 앞에 앉았다. 그리고 잠시 기계를 살피듯이 들여다보다가 신중한 손놀림으로 치기 시작했다. '지금이야말로 모든 선량한 사람들이……' 타자기는 닭이 모이를 쪼아 먹듯 콕콕콕콕 글자를 찍었다. 블레넌은 그것을 바라본 뒤 타자기 앞에서 일어났다.

"저는 전문가는 아니지만 이 정도면 알 수 있습니다. 이보다 더 확실한 지문은 없을 겁니다. 같은 것이군요. 이 집 안의 누군가가 친 것이 틀림없어요. 누가 한 건지 아십니까?"

"오그덴의 짓이야." 마크가 울분을 참으면서 말했다.

"오그덴이 친 게 틀림없습니다. 이 편지를 보았을 때 저는 이내 알아보았습니다. 이 집에서 그런 짓을 할 사람이라면 오그덴 말고는 없으니까, 그렇지 않나?"

그는 뭔가 짚이는 데가 있는 듯 스티븐스와 퍼팅턴을 향해 단호하게 말했다.

"내가 고양이 사체를 묻는 것을 보았던 거야. 간밤에 자네들한테 그 얘기를 한 것, 기억하고 있지? 거의 다 묻어갈 때 오그덴의 전조등 불빛이 언덕을 올라오는 것을 보고 그가 본 게 아닐까 하고 생각했는데 역시 봤던 거야. 다만 그 녀석은 그것을 입 밖에 내어 말하지 않았을 뿐이었어."

루시의 눈이 방을 구석구석 둘러보았다.

"그럼 우리에게 전보를 친 것도 오그덴이라고 생각한다는 거군요? 그렇지만 마크, 그건 좀 잔인해요! 왜 그가 그런 짓을 하지 않으면 안 되죠?"

"그거야 알 수 없지." 마크는 골치 아프다는 듯이 대답했다. 그리고 의자에 앉더니, 관자놀이 부분의 머리카락을 쓸어올렸다.

"오그덴이 한 짓이니 별다른 악의는 없겠지. 음, 그래. 그럴 리가 없어……다시 말해 뭔가 목적이 있어서 한 짓은 아니라는 뜻인데 ……잘 표현할 수는 없지만 요컨대 그는 별로 중대한 일이 아니라고 생각했겠지. 모든 사람을 약간 난처한 입장에 빠뜨려놓고 당황하는 모습을 한번 높은 곳에서 구경하자는 속셈이 아니었을까? 오그덴은 조촐하고 유쾌한 만찬회를 열 때면, 견원지간으로 유명한 두 사람을 초대하여 그 두 사람을 한 테이블에 앉힐 수도 있는 녀석이야. 그렇게 하지 않고는 못 배기는 거지……그런 녀석입니다, 그 아인. 그런 기질은 때로는 위대한 과학자가 될 수도 있고 굉장히 교활한 인간이 될 수도 있는데, 때로는 그 둘을 합하여 둘로 나눈 것 같은 놈이 될 수도 있어요. 하지만 발상치고는 정말 뭔가……."

"정말 한심해요, 마크" 하고 루시가 쌀쌀맞게 말했다. 진심으로 걱정하고 있었던 만큼 속이 상해서 견딜 수가 없었던 것이다.

"설마 누군가에게 이상한 데가 있다고 생각하고 계신 건 아니겠죠. 그야 오그덴은 어딘지 이상한 데가 있기는 해요. 그는……어쩐지 사람이 변했어요. 전에는 그렇지 않았는데. 게다가 마리 스티븐스를 무척 싫어하는 것 같아요. 미안해요, 테드……마크, 당신은 그가 자기 가족을 살인죄로 고발하기 위해 그런 편지를 썼다는 거예요?……그것도 그렇게 태연하게……."

"알게 뭐야. 그 놈은 분명히 스파이로 치면 제1급이니까, 나쁜 놈! 그러나 우리가 납골당을 여는 것은 몰랐을 텐데 말이야……."

그렇게 말하다가 마크는 갑자기 입을 다물었다. 그 순간 방 안이 물을 끼얹은 듯 조용해졌다. 이윽고 그 침묵은 천천히 같은 간격을 두고 톡톡 하는 소리에 깨어졌다. 타자기 옆, 등받이가 똑바른 의자에 천천히 앉은 블레넌이 안경을 벗어 그것으로 책상을 톡톡 치고 있었던 것이다. 그는 불길하고 교활한 웃음을 지으면서 마크를 쳐다보았다.

"그리고……그리고 어떻게 됐죠? 얘기를 끊지 말고 계속하시죠, 데스파드 씨. 방금 납골당을 여는 것은……하고 말하신 것 같은데. 저는 아무것도 숨기지 않고 다 얘기했습니다. 이젠 당신이 모든 걸 얘기해 주실 차롑니다."

"역시 '능구렁이 블레넌'답군요" 하고 마크가 입을 열더니 곧 다시 입을 다물었다. 그러나 잠시 뒤 이렇게 물었다.

"그럼, 그 일도 알고 있었단 말입니까?"

"예, 그 점이 수수께끼여서 마음에 걸렸지요. 아무리 생각해도 알 수가 없어서요, 도대체……."

여기서, 여성 앞에서는 너무나도 정중했던 블레넌이 갑자기 크게 소리쳤다.

"그런 꿈같고 엉뚱하고 어린아이처럼 유치한 얘기는 도대체 어떻게 된 겁니까! 그래서 그 납골당 안에 뭐가 있었는지 얘기해 주기를 기다리고 있었던 겁니다."

"뭐가 있었는지 얘기한다 해도 믿지 않을 겁니다."

"틀림없이 믿겠습니다. 거짓말이 아니에요, 데스파드 씨. 어제 당신이 뉴욕의 57번 부두로 퍼팅턴 박사를 마중 나갔을 때부터, 당신과 친구분의 행적은 모두 다 알고 있습니다. 미행을 붙여 두었으니까요."

"간밤의 일도 알고 있겠군요?"

"계속 들어주세요!" 블레넌이 손가락을 들어 마크를 저지하더니 서류가방에서 서류를 꺼냈다.

"당신은 퍼팅턴 박사와 함께 뉴욕에서 오후 6시 25분에 돌아와서 이 집에 들어왔습니다. 8시 5분에 다시 밖으로 나가 둘이서 킹 거리 왼쪽에 있는 하얗고 작은 집으로 차를 몰았습니다. 그 집은 스티븐스라는 사람의 집이지요……그렇죠, 스티븐스 씨?"

그는 자연스럽게 싱긋 웃으면서 스티븐스를 돌아보았다.

"그 집에서 8시 45분까지 있었습니다. 그리고 두 사람은 이곳으로 돌아왔지요. 두 사람은 헨더슨이라는 하인과 함께, 이곳과 헨더슨의 집을 오가며 도구를 준비했습니다. 9시 반에 스티븐스 씨가 왔어요. 9시 40분에 당신들 네 사람은 납골당을 파헤치기 시작했고 정각 11시 45분에 작업이 끝났습니다."

"그러고 보니, 헨더슨이 누군가가 보고 있는 것 같은 기분이 든다고 말했지" 하고 마크는 불안한 듯이 낮은 목소리로 말하더니 힐끗 블레넌을 쳐다보았다.

"하지만……."

"당신들 중 세 사람만 밑으로 내려갔습니다. 퍼팅턴 박사는 안채에 갔다가 2분 만에 돌아왔어요. 12시 28분에 퍼팅턴 박사, 스티븐스 씨, 헨더슨이 뭔가 중얼거리면서 납골당에서 나오는 걸 보고, 미행하던 형사는 뭔가 좋지 않은 일이 있었던 게 아닌가 하고 생각하여 뒤를 밟았어요. 아무래도 납골당 안의 냄새 때문이었는지, 그들은 이곳에 와서 사다리 두 개를 들고 12시 32분에 납골당으로 돌아갔습니다. 퍼팅턴 박사는 12시 35분에 돌아왔고, 12시 45분에 대리석 꽃병인지 뭔지를 뒤집는 듯한 큰 소리가 났으며, 12시 55분에 모두들 포기한 듯 헨더슨의 집으로 들어갔습니다.”

"세세한 건 아무래도 좋지만……" 하며 불만스럽다는 듯이 말하는 마크의 목소리에서 초조한 기색이 엿보였다.

"딱 한 가지 문제가 있어요. 우리가 한 일은 아무래도 상관 없습니다……너무나 잘 알고 있으니까. 그 형사가 우리가 하는 얘기도 들었습니까? 우리가 얘기하고 있는 것을 엿들었나요?”

"납골당과 헨더슨의 집에서 얘기한 것은 들었다고 합니다. 잊어버리셨는지 모르지만, 헨더슨의 집 창문이 열려 있었다더군요. 여러분이 하던 이야기가 거의 다 들렸다고 했습니다.”

"실망이군." 잠시 묵묵히 있던 마크가 말했다.

"아니, 뭐 그렇게 실망하실 건 없습니다.”

블레넌이 다시 한번 안경을 벗으면서 말했다.

"제가 상세하게 이런 말을 한 건 말이죠……그러니까, 제가 왜 이렇게 아침 일찍 찾아왔는가 하는 이유를 설명하기 위해섭니다. 그 형사는 새벽 3시까지 미행을 계속했습니다. 그렇다고 여러분을 방해한 것은 아니었지요……그런 짓은 하지 말라는 명령을 받았으니까. 그는 이곳을 떠나자 그 길로 제가 살고 있는 체스넛힐로 찾아와 절 깨웠습니다. 간밤에는 도저히 잠을 이룰 수 없을 것 같다고 말했지만……버크가 그렇게 의욕에 차 있는 모습을 본 건 처음이었어요. '경위님, 그 사람들은 모두 머리가 돌았습니다. 정말이지 구제할 길 없는 바보들이에요. 죽은 사람이 살아 돌아왔다는 둥, 노인이 관에서 걸어나가 그 납골당에서 사라졌다는 둥……그래서 관이 비어 있다는 둥 하고 말했습니다' 라고 말하더군요. 그래서 저는 가능한 한 빨리 찾아뵙는 것이 좋다고 생각한 겁니다.”

방 안을 다시 무거운 걸음으로 서성이고 있던 마크는, 걸음을 멈추고 이상하게 차가운 눈으로 경위를 응시했다.

"음, 그러고 보니 얘기가 되는군요. 아무래도 얘기가 본론으로 돌아온 것 같습니다. 그래, 당신은 우리가 정말 머리가 돌았다고 생각하십니까?"
"그렇지도 않습니다" 하고 블레넌은 잠시 생각한 뒤에 말했다.
"그래요, 꼭 그렇다고는 할 수 없으니까요."
"그럼 납골당에서 시체가 사라진 것은 인정하시나요?"
"하는 수 없지요. 그 일은 버크도 여러 번 얘기하더군요. 그리고 당신은 경찰이 추리할 만한 것을 모두 생각해낸 것 같다고 했습니다. 보아하니, 그는 완전히 겁에 질려 있어서, 당신들이 돌아간 뒤 납골당에 내려가 혼자 조사해볼 마음은 도저히 들지 않았던 모양입니다……유령이라도 본 것 같은 기분이 들어서요. 특히……."
그는 힐끗 서류가방에 시선을 주더니, 갑자기 입을 다물어버렸다. 마크가 사이를 두지 않고 재촉했다.
"이보세요, 경위님! 특히……뭐 어쨌단 말입니까? 이렇게 얘기하다 보니 모두 생각지도 못한 말들뿐이군요. 저도 아까 루시가 한 것과 같은 질문을 하고 싶은데……아직 뭐가 더 있는 것 아닌가요?"
"있습니다." 블레넌은 침착하게 말했다.
"이를테면 4월 12일 문제의 밤에, 이 집 사람들이 어떤 행동을 했는가 하는 것도 모두 조사가 되어 있습니다."
잠깐 사이를 두었다가 다시 얘기를 계속했다.
"데스파드 씨, 당신이 곤경에 빠져 있다고 생각하는 건, 부인 때문에 너무 걱정이 되어서……즉……."
마치 변명이라도 하는 것처럼 눈을 감고 빠르게 말을 했다.
"그녀가 범인이 아닌가 하는 억측이 성립되기 때문이죠. 그리고 여동생의 경우도 마찬가집니다. 아니, 댁에는 그밖에도 가족들이 있습니다. 그 사람들을 차례차례 거론해볼까요⋯⋯맨 먼저 동생이신 오그덴 데스파드 씬데⋯⋯역시 당신들과 마찬가지로 조사가 되어 있습니다. 조금뿐이지만. 그런데 헨더슨 부인의 얘기에서, 어제 그는 이 마을에 있지 않았다는 것을 알았습니다. 그렇다면 그에게 질문해도 소용없지요⋯⋯아니, 소용없다고 생각했습니다. 그런데 형사 한 사람에게 신변조사를 시켜봤더니, 다행히 살인 사건 날 밤의 그의 행적을 알아냈더군요."
마크는 생각하고 또 생각하며 말했다.
"제 기억으로는, 그는 마을의 베르뷰 스트랫퍼드에서 열리는 고교 동창회의 만찬회에 참석할 예정이었는데, 헨더슨 부인이 클리블랜드에서 돌아올 때까지 기다려야 하는 바람에 그 동창회에 아마 가지 못했을 겁니다. 우리가 9시 반에 가장무도회에 갈 때도 아직 이곳에 있었으니까요."
"그건⋯⋯." 문득 루시가 말하려다 그대로 입을 다물었다.
"뭔가요, 데스파드 부인?"
"아니에요, 별로. 어서 말씀하세요."
"흠, 좋습니다. 헨더슨 부인은 그의 행선지를 기억하고 있었습니다. 그는 9시 45분에 파란색 뷰익을 타고 이곳을 나갔습니다. 마을에 가서 베르뷰 스트랫퍼드 호텔에 10시 35분에 도착했지만, 그때는 이미 식사가 끝나서 연설중이었습니다. 그가 호텔에 들어가는 모습을 본 사람들도 있습니다. 나중에 안 일이지만, 동창생 중 몇 사람이 그 호텔에 방을 빌려 축하횐지 뭔지 하고 있었던 모양인데, 그도 그 사람들과 합류했으니 10시 35분부터 새벽 2시까지 그의 행동은 증명할 수 있어요. 즉⋯⋯ 그도 알리바이가 성립된 거지요. 그리고 그 수수께끼의 여자가 그였다고 생각하는 건, 당신과 그 여자가 같다고 생각하는 것과 마찬가지로 거의 불가능합니다. 하지만 저는 철저한 성질이라서요. 다음에 제 리스트에 올라온 사람은 간호사 마이라 코베트 양입니다."

블레넌은 메모에서 눈을 들어 싱긋 웃더니 손을 약간 움직여 보였다.

"그런데 뭐, 저도 간호사가 환자를 죽이고 다닐 거라고는 생각하지 않습니다. 그래도 조사는 조사니까요. 우수한 형사에게 시켜……."
그리고 의미심장한 어조로 "그녀의 행동을 조사하는 동시에 그녀를 직접 만나보았어요."

약간 사이가 있은 뒤 루시가 빠른 말로 끼어들었다.
"그러니까, 그녀가 말을 하게 만들었다는 거군요……그녀가 이곳에 있는 동안 일어난 일을."
"그렇습니다."

루시는 뭔가 좋은 '수'가 없을까 하고 찾는 듯한 눈으로 그를 보았다. 그런 다음 힐난하는 말투로 말했다.
"아직도 뭔가 숨기는 게 있군요. 그녀는……그녀는 자기 방에서 사라진 작은 약병에 대해 뭔가 말하던가요?" 하고 물었다.
"예."

마크가 화가 나는 듯이 말했다.
"그래서? 그녀는 훔친 사람이 누구이며 약은 뭐였는지 알고 있던가요?"

블레넌은 모든 사람의 얼굴을 천천히 둘러보면서 대답했다.
"그녀는 두 사람 중 한 사람이 틀림없다고 생각하고 있는데, 거기에 대해선 이제 곧 얘기하겠습니다. 먼저 그녀의 행적인데요. 12일 밤, 그녀는 휴가를 얻었고, 당국은 스프링가든 거리의 YWCA에 있는 그녀의……저어, 그리 쾌적하지 않은 방까지 미행했습니다. 그녀가 그곳에 도착한 것은 7시쯤입니다. YWCA에서 식사를 한 뒤, 여자친구와 함께 7시 반쯤 영화를 보러 가서 10시쯤 돌아와 잠자리에 들었습니다. 이건 그녀와 한 방을 쓰는 또 한 사람의 간호사가 증언한 것으로 이것도 완벽한 알리바이가 성립됩니다.

그 다음은……이 리스트에 올라 있는 마지막 사람인데……하녀 마거릿 라이터로, 그녀는 지금 웨스트 필라델피아의 부모님 집에 돌아가 있지요…….''
"마거릿도?……그녀까지 미행했단 말이에요?"
루시가 큰 소리로 말했다.
"기억하고 있어요. 그날 밤 그녀가 데이트하러 간다고 해서 허락해 줬어요."
"네. 그 점에 대해선 조사를 마쳤습니다. 그녀의 남자친구와, 그들과 함께 데이트를 한 또 한 쌍의 사람들도 만나 확인했지요. 그 네 사람은 그날 밤 차를 몰고 여기저기 드라이브를 했다 합니다…… 물론 가끔 차를 세워 놓기도 했습니다. 어쨌든 10시 반쯤부터 자정까지, 그들은 페어마운트 공원 안의 들판에 차를 세워두었으니까요. 그렇다면, 그 하녀가……아시는지 모르지만, 그녀는 펜실베이니아 출신의 네덜란드 인인데……11시 15분에 당신 백부님의 방에 있었던 여자라고는 생각할 수 없습니다."
마크는 눈썹을 찡그리며 그를 응시하고 있었다.
"마거릿이 펜실베이니아 출신의 네덜란드 인이라는 것이 이 사건과 무슨 관계가 있는지 모르겠군요. 아니, 전혀 이해할 수가 없어요. 잠깐만, 경위님. 헨더슨 부인의 얘기는 믿으시겠지요?"
블레넌은 생각에 잠긴 얼굴로 대답했다.
"예……그건 믿습니다."
"그리고 그녀의 남편 조 헨더슨이 관련되어 있다고 생각하는 건 아니겠죠?"

"예."

마크는 두 손을 허리에 댔다.

"그렇다면, 경위님, 전원이 모두 '결백'하지 않습니까! 당신에 의하면 이 집의……또는 이 집과 관련 있는 사람은 한 사람도 빠짐없이 알리바이가 다 있다는 얘기죠? 그럼 범인으로 생각할 수 있는 사람은 아무도 없는 셈입니다. 경찰 당국이 이번 사건을 초자연적인 것으로 믿고 있는 거라면 몰라도……."

"잠깐만요."

블레넌은 더 이상은 못 배기겠다는 듯한 모습으로 말했다.

"그런 건 아무래도 좋으니까 그날 밤 이곳에서 일어난 일을 제대로 검토해보시기 바랍니다. 당신들이 토끼처럼 겁을 먹고 있는 바람에, 제가 유치원 교사처럼 잘 알아듣도록 설명하지 않았습니까? 그러니까 당신 중에 범인이 있다거나 유령의 짓이라는 어리석은 생각을 머리에서 쫓아내지 않는 한, 어떤 의문도 풀지 못할 겁니다. 제가 당신들이 이해해줬으면 하는 것은 처음부터 일목요연합니다. 이 사건을 처음 들었을 때부터 알고 있던 것으로 이건 아무리 봐도 외부 사람의 짓이 틀림없습니다."

잠깐 사이를 둔 뒤 그는 스스럼없이 계속했다.

"그렇게 놀라는 얼굴 하지 마십시오……좋은 소식이니까. 잘 생각해 보세요. 독살범은 여자였습니다. 12일 밤, 그녀는 여러분들 대부분이 외출한다는 사실을 알고 있었습니다. 데스파드 부인이 가장 무도회에 간다는 것도, 어떤 옷을 입을 건지도 알고 있었지요…… 정확하게 말이죠. 글쎄, 엷은 스카프를 머리와 어깨에 걸치는 것까지 똑같이 흉내 냈습니다. 그리고 혹시 누가 보더라도 데스파드 부인으로 오인할 거라는 것까지 계산에 넣고 이곳에 찾아왔습니다……아마 가면도 쓰고 있었겠죠. 그리고 신속하게 그대로 실행한 겁니다.
 그런데 그녀가 한 것은 그것뿐만이 아니었습니다. 데스파드 부인은 가장무도회에 참석하여 가면도 쓰기로 했습니다. 이건 틀림없어요……하지만, 하지만 아무리 그런 가장을 해도 파티에 모인 사람들은 모두 그녀인 줄 알아볼 것이고, 나중에 그녀의 알리바이를 증언할 수 있다는 것도 잘 알고 있었지요. 그래서 범인은 세인트데이비스에 있는 데스파드 부인에게 가짜 전화를 거는 '방법'을 생각한 겁니다."
그는 빈틈없는 눈길로 루시를 힐끗 보았다.
"그 전화가 누구한테서 걸려왔는지, 어떤 내용의 것인지는 모릅니다. 데스파드 부인이 그 점에 대해 얘기하고 싶어하지 않았기 때문이죠."
루시는 입을 열어 뭔가 말하려 했지만, 얼굴이 빨개져서 잠시 주저했다.
"하지만 걱정할 필요 없습니다. 그 전화가 속임수였다는 건 제 목을 걸고 맹세할 수 있으니까요. 그것은 데스파드 부인을 어디에 있었는지 잠시 증언하기 어려운 입장에 몰아넣는 것이 목적이었습니다. 몇 시에 전화가 걸려왔는지 기억하고 계십니까? 10시 40분경입니다. 그녀가 밖에 나가 45분이나 1시간 동안 돌아오지 않았다면……이 말의 의미, 아십니까?……하지만 데스파드 부인은 생각을 고쳐먹고 가지 않고 다시 돌아왔습니다.
 진범은……또는 '범인인 여자는'이라고 말해야 할지도 모르지만……남의 눈에 띌 염려가 거의 없었습니다. 그 이유를 말씀드릴까요?……그 범인은 비밀통로를 통해 왔기 때문입니다. 그런데 그곳에 헨더슨 부인이 라디오를 들으러 나타났습니다. 게다가 베란다로 통하는 창문에 걸린 커튼에 틈새가 있었습니다. 하지만 그 여자로서는 얼굴만 보여주지 않으면 데스파드 부인인 줄 알 것이므로 그리 신경 쓸 일이 아니었지요. 헨더슨 부인은 그 여자가 얼마나 조용했으며 몸을 전혀 움직이지 않는 것 같았다는 등, 여러 가지 얘기를 해주었습니다. 정말이지 움직임 하나 없었다더군요! 그건 움직이면 뒤를 돌아보지 않을 수 없고, 그렇게 되면 자기가 누군지 알게 될지도 모르기 때문이었지요.

그런데 여기까지는 조사가 되어 있지만, 이제부터는 여러분들이 생각해 주셨으면 합니다. 이 집안에 대해 하나에서 열까지 잘 알고 있고, 당신들의 친한 친구이자 사건 날 밤 이 집에 어떤 일이 있는지 알고 있는 사람을 찾으면 되는 겁니다. 뭔가 짚이는 데가 없을까요?"

루시와 마크는 얼굴을 서로 마주보았다.

그런 다음 루시가 입술을 내밀며 말했다.

"하지만 그건 무리예요! 우리는 집안에만 있는 편이고……별로 외출을 하지 않거든요. 전 외출을 좋아하지만 마크가 싫어해서요. 그래서 그 가장무도회는 정말 오랜만에 기분전환이 되었죠. 그러니까 친한 친구는 거의 없어요……다만……."

그녀는 그렇게 말하다가 입을 다물었다.

"다만……뭡니까?"

루시는 천천히 얼굴을 돌려 스티븐스의 얼굴을 정면으로 보았다.

제14장

 스티븐스는 공기가 점점 압박해 오는 것을 느꼈다. 처음에는 하나의 단어가 뇌리를 스치고 지나가거나, 하나의 문구가 정리되지 않은 채 떠오를 뿐이었는데, 이윽고 그것이 하나의 형태를 이루며 되돌아왔다. 스티븐스는 그것이 쉬지 않고 다가오고 있고 점차 커지고 있는 것을 알았다. 그러나 그 움직임은 너무 막연하기만 했고 그런 만큼 더욱 귀찮았다. 눈앞이 어른어른하고 머리가 어지러운 느낌 속에서, 마침내 그것은 그 방 안까지 들어왔다. 어쩐지 허탈하고 무기력하여 밖으로 쫓아낼 수도 없었다.
 "다만 테드와 마리는 달랐어요."
 루시가 모호한 미소를 지으면서 말했다.
 스티븐스는 자신들 세 사람이 무슨 생각을 하고 있는지 금방 알아차렸다. 마크와 루시가 그를 바라보았다. 지금까지의 대화 내내 생각에만 잠겨 있던 퍼팅턴까지 얼굴을 약간 쳐들었다. 가슴 밑바닥에서 투쟁심이 활활 솟아오르는 듯한, 전율이라고도 할 수 있는 상태 속에서, 스티븐스에게는 마크의 머리 속이 훤히 들여다보였고, 거기에 떠오르는 생각도 하나하나 다 알 것 같았다. 역시 마크도 그렇게 생각하고 있는 것이다. 스티븐스는 마리의 모습이 눈앞에 선하게 떠올랐다. 잠시 침묵이 흘렀고, 그는 거의 하마터면 아무도 믿어주질 않을 말을 입으로 내뱉을 뻔했다. 마리의 모습이 다시 한번 눈에 떠올랐다. 그가 자칫 입으로 내뱉을 뻔한 충동은 어느새 상냥한 미소로 뒤바뀌었다.

그때, 스티븐스가 느낀 기분을 배반하듯 마크가 입을 열었다. 뭔가 성명서라도 낭독하는 듯한 억양 없는 목소리였다.

"내 목을 걸어도 좋아······난 절대로 그런 식으로 생각해 본 적 없네. 알겠나, 테드, 간밤에 자네는 만약 내 아내가 고발당하는 일이 생기면 견딜 수 있겠느냐고 물었지. 어쩐지 자네와 내 입장이 뒤바뀌어······이번에는 내가 자네한테 똑같은 질문을 해야 할 것 같군."

"그것도 하는 수 없지."

스티븐스는 아무렇지도 않다는 듯 가벼운 목소리로 대답했다.

"실은 나도 그런 건 한번도 생각한 적이 없지만 질문의 요점은 알고 있네."

말은 그렇게 했지만 실상 마크의 말은 그리 마음에 걸리지 않았다. 그는 정중한 표정으로 돌아보는 블레넌을 곁눈질로 살피고 있었다. 그리고 블레넌이 어디까지 알고 있을까 하고 생각했다. 그와 동시에 거짓말 같지만 이런 장면이 전에도 어디선가 있었던 것만 같은 기분이 드는 것이었다. 어쨌든 '능구렁이 프랭크'를 상대로 정면대결을 해야 한다면, 이제부터 2, 3분이 승부의 갈림길이 될 거라고 예상했다.

"테드와 마리라니요?" 블레넌은 스티븐스가 예상했던 대로 정중한 태도로 고개를 갸우뚱하며 반문했다.

"그렇다면, 당신과 부인을 말하는 거군요, 스티븐스 씨?"
"예, 그렇군요."
"그럼, 어디 한번 솔직하게 얘기해 봅시다. 두 분 중 어느 쪽이라도 마일즈 데스파드 씨를 독살할 만한 동기가 있습니까?"
"아니, 말도 안됩니다. 우린……둘 다……그를 제대로 알지도 못합니다. 내가 그분과 말을 나눈 적이라고 해야 몇 번밖에 안되고 마리는 저보다 더 적을 겁니다. 이곳 사람이라면 누구나 알고 있을 겁니다."
"당신은 그다지 놀라시는 것 같지 않군요."
"무엇을 말입니까?"
"용의자 취급을 받고 있는 것 말입니다" 하고 블레넌은 말하더니 갑자기 누가 잡아당기는 것처럼 눈을 크게 껌벅였다.
"'깜짝 놀랐다'는 말의 의미에 따라 다르겠지요. 그야 물론 펄쩍펄쩍 뛰며 '도대체 무슨 소릴 하는 거냐?'고 소리치거나 하지는 않았지만. 당신의 목적은 훤히 알고 있어요, 경위님……그것도 당연하지요. 다만 문제는 그게 완전히 잘못 짚은 것이라는 데 있어요."
"절차상 묻고 싶습니다만. 저는 부인을 한번도 만난 적이 없습니다, 스티븐스 씨. 어떤 분인지 알고 싶군요. 이를테면 체격이 데스파드 부인과 비슷하고 외모도 닮았다든가……어떻습니까, 데스파드 부인?"
루시의 눈이 이상하게 빛나고 있었는데, 뭔가 골똘히 생각하고 있는 것처럼 어딘가 몽롱한 데가 있었다. 스티븐스는 그가 알고 있는 루시의 온화하고 느긋한 얼굴에서 그런 표정이 떠오른 것은 처음 보았기 때문에 어쩐지 불안해졌다.
"그래요, 저와 비슷한 체격이지만……하지만 말도 안돼요! 당신은 그녀를 알지 못하고 게다가……."

"고마워요, 루시" 하고 말한 뒤, 스티븐스는 약간 가벼운 어조로, "데스파드 부인이 말하고자 한 것은 아마 당신의 논법에 맞지 않는 것 같군요, 경위님. 저의 억측으로는 범인으로 지목되는 여자는 루시와 똑같은 가면과 의상을 입고 있었기 때문에, 그녀를 우연히 보는 사람이 있더라도 루시로 알 것이라는 얘기 같은데요?"
"예, 뭐, 그런 얘기가 되지요."
"좋아요. 그리고 또 한 가지……그건 그렇다 치고, 그 여자는 모자를 쓰고 있지 않았다고 했죠?"
"예, 그야 아까도 얘기했듯이, 그 여자는 데스파드 부인의 차림을 흉내냈고, 데스파드 부인은 모자를 쓰지 않았으니까요. 둘 다 어깨에 얇은 스카프를 쓰고 있었지요."
스티븐스가 단호하게 말했다.
"그렇다면 그 여자가 마리였을지도 모른다는 생각은 버리는 편이 좋을 겁니다. 루시, 당신의 머리는 시인이라면 새의 촉촉한 깃털색이라고 찬양했을 새까만 색이지만, 마리는 금발이에요. 그렇다면……."
블레넌은 한 손을 들어 그의 말을 저지했다.
"그만, 됐어요! 그렇게 너무 앞서 나가지는 마시고, 그 점에 대해서는 헨더슨 부인에게 물어보았습니다. 그 여자의 머리가 어떤 색이었는지 그녀는 알지 못했고, 확실하게 말할 수 없다고 했기 때문에, 머리색에 대해서는 달리 입증할 방법이 없었습니다. 헨더슨 부인이 불빛이 어두워서 잘 보이지 않았던 것 같습니다."
"불빛이 어두워서 머리 색깔을 알 수 없었다는 얘깁니까……드레스 색깔은 그렇게 상세하게 봤으면서. 그 뿐만이 아닙니다……그 여자는 불빛을 등지고 실루엣처럼 서 있었다고 했어요. 얇은 스카프를 쓰고 있었든 아니든 불빛이 약간이라도 비추고 있었다면, 머리가 금발이라면 빛나는 위치였을 겁니다. 그렇다면 그녀가 본 것이 루시 같은 검은 머리인지 이디스 같은 암갈색 머리인지 알 수 있지 않았을까요? 그래서 그녀는 그 여자가 루시나 이디스 중 한 사람이 틀림없다고 생각했던 겁니다. 그런데 마리의 머리는 놋쇠 주전자 같은 색입니다. 그렇다면, 헨더슨 부인이 그 여자를 루시나 이디스라고 생각했을 리가 없지요."

잠시 사이를 둔 뒤, "하지만 그것도 좋다고 칩시다. 마리가 루시처럼 변장할 생각이었다고 가정해 보십시오. 무거운 의상과 가면, 스카프로 몸을 감싸고, 금발의 여자가 검은 머리의 여자로 변장했다고 쳐봅시다. 어땠을까요?……그 여자가 모자도 쓰지 않고, 20피트쯤 되는 곳에서 검은 머리가 아니라는 걸 알 수 있도록 머리를 드러내고 있을 수 있다고 생각하십니까?"

마크는 손을 뻗어 벨의 끈이라도 당기는 듯한 몸짓을 했다. 그리고 심판관 같은 말투로 말했다.

"제1라운드는 끝났군……지금까지는 당신의 패배군요, 경위님. 테드, 난 법정조언자로서 자네를 지원해줄 생각이었지만 그럴 필요가 없을 것 같군. 미리 말해두지만, 경위님. 이 사람은 무서운 이론가입니다. 논의를 시작했다 하면 아무리 억지이론을 갖다붙일 수 있는 사람도 감히 끼어들 여지가 없을 정도지요."

블레넌이 생각에 잠기면서 말했다.

"그러고 보니 그렇군요. 어느새 얘기가 본론에서 벗어나버린 것 같은데."

그리고 얼굴을 찡그렸다.

"그럼 다시 확실한 사실 쪽으로 얘기를 돌려볼까요? 12일 밤, 당신과 부인은 어디에 있었습니까?"

"이 크리스펜에 있었습니다. 틀림없습니다."

"왜 틀림없다고 단서를 붙이십니까?"

블레넌이 사이를 두지 않고 물었다.

"평소와는 달랐기 때문이죠. 우리는 대개 주말에만 이곳에 오는데 그날은 수요일이었으니까요. 제가 필라델피아에 볼일이 있었기 때문입니다만."

블레넌이 루시를 향해 물었다.

"스티븐스 부인은 당신이 가장무도회에 나간다는 것과, 어떤 옷을 입고 가는지 알고 있었나요?"

"네, 알고 있었어요. 마리가 급히 별장에 와서 머물게 되었다며 그날 오후 이곳에 와서 그날 밤의 예정을 묻기에, 전 거의 완성된 그 드레스를 보여주었어요. 화랑에 걸려 있는 초상화에 그려진 의상을 본떠서 제가 직접 만들었거든요."

"좀 물어봐도 되겠소, 루시?" 하고 스티븐스가 끼어들었다 "마리가 의상에 대한 얘길 들은 건 수요일 오후가 처음이었소?"

"네, 그 드레스를 만들기로 결정한 것이 바로 월요일이었으니까요."

"누군가가 연극용 의상실이나 부인복점 같은 곳에서 똑같은 드레스를 살 수 있을까요?"

루시의 목소리가 약간 단호해졌다.

"그건 도저히 불가능하다고 생각해요! 굉장히 수공이 많이 드는 독특한 의상이고 아무데나 흔히 있는 옷이 아니에요. 아까도 말했지만 그건 이 집에 있는 초상화를 모방한 것으로, 다른 데서는 그런 드레스 본 적도 없어요. 그래서 전……."

"당신이 수요일 오후 마리에게 그 드레스에 대한 얘기를 했을 때부터 수수께끼의 여자가 11시 15분에 마일즈 씨의 방에 나타날 때까지, 그 여자가 직접 똑같은 드레스를 만들려고 생각하면 만들 수 있었을까요?"
루시의 눈이 둥그렇게 커졌다가 곧 다시 가늘어졌다.
"말도 안돼요! 그걸 어떻게 만든단 말이에요? 생각도 할 수 없어요. 제가 만드는 데도 사흘이나 걸린 걸요. 그 여자한테는 재료를 구할 시간도 없었을 거예요. 게다가 방금 떠오른 거지만, 마리는 여기서 6시 반까지 저하고 함께 있었어요. 그런 다음 당신을 데리러 역으로 갔으니까요."
스티븐스는 의자 등받이에 기대어 블레넌을 바라보았다. 비로소 블레넌의 얼굴에 궁지에 몰린 듯한 표정이 떠올랐다. 동요는 보이지 않았지만, 그런 태도 속에서도 이윽고 미약한 감정의 움직임이 나타나기 시작했다. 그는 그것을 미소와 자신만만한 모습으로 감추었다.
"그건 믿어도 좋을 것 같군요, 데스파드 부인. 그런 드레스에 대해서는 잘 모르지만 누군가가 급히 서둘러 지었다고 한다면……."
"그건 무리예요."
루시는 여선생 같은 엄격한 태도로 고개를 저으면서 말했다.
"글쎄, 유리 다이아몬드를 여기저기 다는 데만도 하루 온종일은 걸릴 걸요. 뭣하면 이디스한테 물어보세요."
블레넌이 뒷덜미를 긁는다.
"하지만 누군가가 똑같은 드레스를 만든 건 틀림없습니다! 만약……아니, 잠깐……그건 나중으로 미루고, 다시 옆길로 새고 말았군요. 다시 한번 질문으로 돌아갑시다."
그는 사람 좋아 보이는 얼굴을 찡그리며 스티븐스를 향했다.
"12일 밤, 당신은 뭘 하셨습니까?"
"아내와 함께 집에 있었습니다. 내내 함께 있다가 일찍 잠자리에 들었지요."
"그게 몇 시였나요?"

"11시 반이었습니다." 스티븐스는 1시간 늦추어서 대답했다. 확실히 블레넌에게 거짓말을 한 것은 그것이 처음이었다. 그 대답을 듣자 '능구렁이 프랭크'의 눈이 점점 커졌다. 한번 시작하자 연달아서 다음 거짓말이 나왔다.

"11시 반이었습니다, 경위님. 우연이지만 잘 기억하고 있어요."

"왜 그렇게 잘 기억하고 계셨을까요?"

"토요일도 아닌데 크리스펜에 머무는 건 그때가 처음이었기 때문이죠……아침에 일찍 일어나 뉴욕으로 돌아가야 해서 자명종 시계도 맞춰 두었습니다."

"본인 말고 다른 증인은 없습니까? 아이는? 하녀는?"

"아, 하녀는 증인이 될 수 없습니다……낮에만 오니까."

블레넌은 가까스로 결심이 선 듯했다. 윗도리 가슴주머니에 안경을 집어넣더니 두 무릎을 탁 때리며 일어섰다. 전보다 눈이 날카롭고 험상궂다.

"데스파드 씨, 괜찮으시면 이 사건과 관련하여 지금 정리해두고 싶은 일이 한 가지 있습니다만. 간호사 코베트 양, 지금 댁에 있습니까? 약품을 잃어버린 일에 대해 좀 물어보고 싶은 것이 있어서요."

"이디스의 방에 있으니까 불러오지요." 마크는 빈틈없고 묘하게 조심성 있어 보이는 눈길로 경위를 바라보았다.

"그리고, 방금 얘기한 그런 일에 천착하는 건 그만두시는 게 좋을 것 같습니다. 드레스에 대한 것이 무엇보다 그 증거니까요. 마리가 이번 사건과 관련이 없다는 건 모두가 알고 있습니다."

"하지만 당신은, 내가 이 사건과 관계가 있을지도 모른다는 얘긴 쉽게 믿더군요."

루시의 따지는 듯한 말투였다. 분노를 삭이지 못했던 것이리라. 하지만 다음 순간 뚜렷하게 후회하는 빛을 보였다. 루시의 작고 뾰족한 턱이 긴장되며, 눈이 두리번거리고 움직였지만 마크는 쳐다보지 않았다. 그녀는 흥분한 모습으로 우뚝 선 채 석조난로 위에 걸린 그림을 응시했다.

"어째서 그런 식으로 생각하는 거지? 난……아니, 말도 안돼. 생각 좀 해봐! 드레스에 대한 얘기잖아?……옷에 대한 얘기라구! 그러니까……게다가 당신이 이 사건과 관계가 있다고 생각한 적은 한번도 없었어! 정말이야."

루시는 그림에 눈을 고정시킨 채 "그만둬요. 내가 하고 싶은 말은 당신이 그런 걸 나한테 말하기도 전에 다른 사람들과 신중하게 의논하고 싶어했다는 점이니까."

마크는 뜻밖의 공격을 받자 본능적으로 반격했다.

"이곳에 있는 사람들과 그런 걸 어떻게 의논한단 말이야? 난 걱정했어. 당신이 전화를 받고 나갔다는 걸 알았더라면 더욱 걱정했을 거야. 전화에 대해 묻지 않아서……."

루시는 마음을 바꿨지만 그림에서 여전히 눈을 떼지 않은 채 불어로 말했다.

"그만 해요, 바보 씨……경찰이 듣고 있는데. 만나지 않았어요…… 정말이에요."

마크는 고개를 끄덕이더니 거친 발소리를 내면서 방을 나갔지만, 원숭이처럼 손을 흔드는 약간의 동작에도 내심의 분노가 드러나고 있었다. 입구에서 그가 퍼팅턴에게 눈짓을 하자, 퍼팅턴은 일어나서 다른 사람들에게 정중하게 고개를 숙여 보인 뒤, 마크를 따라갔다. 스티븐스는 퍼팅턴이 그 자리에 있었던가 하고 속으로 놀랐다. 그리고 전날 밤 퍼팅턴이 온화한 태도였지만 대화를 무척 즐겼던 것을 떠올리고, 이 의사는 술을 몇 잔 걸치지 않으면 자신의 본모습을 보여주

제3부 논증 207

지 않는 게 아닌가 하는 생각이 들었다. 하지만 그보다도 스티븐스는 블레넌의, 이것으로 공격을 포기한 건지 아니면 다시 반격에 나설 준비를 하고 있는 건지 알 수 없는 태도에 마음을 뺏기고 있었다.
 루시가 시선을 내리며 미소 지었다.
 "죄송해요, 블레넌 씨. 아이에게 들려주고 싶지 않은 말을 할 때는 대개 불어로 말하는데 정말 악취미였어요. 게다가 무척 속이 상해서. 제 기분은 잘 아실 거라고 생각해요."
 블레넌이 루시에게 처음부터 호의적인 것은 명백했다. 그는 손을 내저으며 상대방의 말을 제지했다.
 "그 전화 때문에 상당히 마음에 걸리시는 모양이군요, 데스파드 부인. 하지만 그런 걱정은 하실 필요 없다고 생각합니다. 정말입니다. 진상은 아직 잘 모르겠지만 지금은 억지로 물어볼 마음도 없습니다. 더 중요한 일이 여러 가지 있으니까요."
 "그 여러 가지 일이란 어떤 일인가요? 아까부터 물어보고 싶었어요. 이 사건은……유령이나 말도 안 되는 이상한 일, 그리고 마일즈 백부님의 유해가 사라지는 소름 끼치는 일이 있고……너무 복잡해서 어디서부터 손을 대면 좋을지 저는 모르겠어요."
 블레넌이 눈을 크게 뜨며 말했다.
 "물론 시체는 찾을 겁니다. 그렇지 않으면 아무것도 해결이 안 되니까요. 그 노인은 독살되었고 그 점은 틀림없습니다. 범인은 데스파드 씨가 납골당을 열려고 한다는 것을 알았기 때문에 시체를 빼내간 것입니다. 여기까지는 간단한데……시체를 찾지 않는 한 독살된 것을 증명할 수 없으니까요. 어떻게 훔쳐냈을까요? 저한테 물어봤자 소용없습니다! 납골당에 몰래 들어가는 길도 모르니까요……아무리 그래도……."
 그런 다음 돌아서더니 떠름한 얼굴로 스티븐스를 바라보았다.

"하지만 말입니다, 좋은 정보가 없는 것도 아닙니다……당신한테는 혐의가 돌아갈 염려는 없습니다. 납골당을 연 당신들 네 사람에게 간밤에는 조금도 의심스러운 데가 없었다는 점에서죠. 만약 당신들이 오늘 아침 저에게 와서 그 얘기를 했더라면, 저는 당신들이 의논하여 일을 꾸민 거라고 의심했을 겁니다. 하지만 형사를 한 사람 잠복시켜 두었기 때문에 그만큼 전 상황을 잘 알고 있었지요."
"그렇군. 그것만은 '운'이 좋았군요."
루시는 불안이 사라지지 않았다.
"그렇지만, 어떻게 시체를 찾을 수 있을까요? 그러니까, 저어……땅을 파거나 하는 건가요? 소설 속에서는 꼭 그렇게 되던데. '칸델라'니 여러 가지 도구를 사용해서."
"필요하다면 그렇게 하겠지만……그렇게 거창하게 할 일은 아닌 것 같습니다. 99퍼센트 짐작이……."
조용한 목소리지만 눈은 두 사람을 향하고 있다.
"……그러니까 시체는 99퍼센트 이 집 안에 있을 겁니다."
"이 집 안에?" 스티븐스는 자기도 모르게 깜짝 놀라 그렇게 말했다.
"그렇습니다. 이상할 것 없지요. 그 납골당에는 비밀통로가 있는 게 틀림없고, 마일즈 데스파드 씨의 방에도 어딘가 비밀 문이 있을 겁니다. 이건 저만의 '직감'이지만 이 두 가지는 서로 연관이 있어요……아마 그럴 거라는 느낌이 듭니다."
"하지만 이상하군요, 경위님! 설마 그 여자가 마일즈 씨에게 비소를 먹인 뒤, 비밀통로를 통해 납골당의 관으로 다시 돌아갔다는 얘기는 아니겠지요?"
"자꾸만 되물으시는데……어이가 없군요. 전 그렇게까지 늙지는 않았어요. 하지만 이것만은 말해두지요. 간밤에 당신들이 2시간 동안 그 납골당을 파헤치고 있을 때, 그 여자가 안에 몰래 들어가 시체를 끌고 납골당과 저택 사이의 통로 어딘가에 둔 것일지도 모릅니다."

그런 다음 한손을 들어 상대방을 제지하는 시늉을 했다.

"여자에게 그런 힘이 어디 있겠느냐는 말씀이겠지만 뭐 들어보세요."

그는 잠깐 생각에 잠겨 있다가 옛날을 회상하는 듯한 눈빛으로 얘기하기 시작했다.

"제 아버지는 굉장한 술꾼이었습니다."

루시가 힐끗 그를 보며 말했다.

"우린 유전 문제를 토론하고 있는 게 아니에요. 어째서 화제를 돌리시는 거죠?"

"아버지는 코크에서 태어나 1881년에 이쪽으로 왔습니다. 키가 6피트 3인치나 되었지요. 그가 라파티의 술집에서 노래를 부르면, 그 목소리가 2번가에서 독립기념관까지 들렸다고 합니다. 그는 토요일 밤이면 어김없이 술에 취했어요……그야말로 곤드레만드레가 되었지요. 집에 돌아와서 현관의 모자걸이 옆을 지난 뒤에 쓰러지면 그나마 다행이었습니다. 그런 때의 그는 무겁기가 이루 말할 수 없었어요. 그런데 어머니는……결코 몸집이 큰 편이 아니었는데……늘 그를 침대로 데리고 갔어요."

블레넌은 잠시 말을 끊은 뒤 쾌활한 목소리로 다시 말했다.

"정말입니다. 거짓말 같지요?"

"흐음, 그래서요?"

"그래서, 이번 사건을 체력이라는 점에서 한번 생각해 봅시다. 우선 지금은 범인이 누구냐 하는 것은 생각하지 않는 겁니다. 누구라도 상관없어요. 그 납골당에 들어가는 길이 있었다 치고 관을 여는 것이 힘들었겠습니까? 즉 뚜껑에는 '납땜'이나 용접이 되어 있지 않았습니다. 그렇지 않습니까?"
스티븐스는 마지못해 대답했다.
"예, 어쨌든 나무관이니까요. 자동적으로 개폐되는 자물쇠가 두 개 옆에 달려 있었을 뿐입니다……그러니까 그렇게 시간이 많이 걸리지는 않지만 고리를 들어올리는 데 굉장히 힘이 들지요. 포환던지기나 원반던지기 선수라면 여성이라도 들어올릴 수 있을지 모르겠습니다만."
"전 범인에게 공범자가 없었다는 말은 하지 않았습니다. 당신은 튼튼한 체격을 하고 계시군요……마일즈 노인은 어땠나요? 몸집이 컸습니까?"
루시가 고개를 옆으로 흔든다. 조금 전에 보여준 당혹감이 다시 눈에 떠올라 있었다.
"아뇨, 비교적 작은 편이었어요. 겨우 5피트 6인치가 될까 말까 했으니까요. 저보다 그리 크지 않았죠."
"몸무게는?"
"별로 나가지 않았어요. 몸 상태가 좋지 않았으니까요. 조금 회복되었을 때 의사 선생님이 욕실 체중계로 자주 몸무게를 재게 했는데, 백부님은 그때마다 화를 내셨어요. 제 기억이 틀림없다면 아마 109파운드쯤 되었을 거예요."
"그렇다면……." 블레넌은 그렇게 말하려다가 그만두었다. 코베트 양이 귀를 쫑긋 세우고 마크와 함께 방에 들어왔기 때문이다.
코베트 양은 코트는 입은 채였지만 모자는 벗고 있었다. 스티븐스는 머리 색깔 문제에 몹시 예민해져 있었기 때문에, 그녀의 머리도 루시나 이디스 같은 검은 머리가 아닌가 하고 생각했지만, 그녀의 머리는 약간 퇴색한 노란 색으로, 다부진 턱을 한 팽팽한 얼굴이 거기에 조화를 이룬 갈색눈과 묘하게 대조적이었다. 그 얼굴에는 간호사 일을 하고 있을 때의 활기가 거의 보이지 않았는데, 만약 그런 활기가 드러나 있었다면 상당히 매력적인 얼굴이었으리라. 블레넌은 약간 형식적인 동작으로 그녀에게 의자를 권했다.

"코베트 양이시군요?……예에, 그렇군요? 어제 오후, 우리 형사……패트리지 형사가 방문했죠? 그리고 당신은 여러 가지 얘기를 해주셨고."

"질문에 대답했을 뿐이에요."

"예, 그랬지요." 블레넌은 그녀를 흘깃 본 뒤 다시 서류를 들여다 보며 말했다.

"4월 8일 토요일 저녁……6시부터 11시 사이에, 당신은 4분의 1그레인의 모르핀 알약이 든 2온스짜리 병을 방에서 도난당했다고 하셨더군요."

"그럼, 그건 역시 모르핀이었군요!" 하고 마크가 소리쳤다.

블레넌이 질책하는 듯한 투로 말했다.

"질문은 저에게 맡겨 주십시오. 그 병이 없어진 것을 안 것은 언젭니까?……그리고 누가 가져갔다고 생각했나요?"

"처음에는 데스파드 씨일 거라고 생각했어요……마일즈 데스파드 씨요. 그분은 늘 모르핀을 원하고 계셨거든요……물론 베이커 선생님은 투여하려 하지 않으셨어요. 게다가 한번 그 분이 제 방에서 모르핀을 찾고 계시는 것을 본 적이 있어서, 틀림없이 그분이라고 생각했죠."

"그래서 병이 없어진 걸 알았을 때, 어떻게 했나요?"

간호사는 블레넌을 구제할 길 없이 머리가 나쁜 사람으로 생각한 듯 사무적인 투로 대답했다.

"찾아보았죠……그리고 이디스 양한테 얘기했지만, 마일즈 씨가 가져가신 거라고 믿고 있었고, 마일즈 씨한테서 돌려받을 수 있다고 생각했기 때문에 그리 상세히 말하지는 않았어요. 하지만 마일즈 씨는 절대로 가져가지 않았다고 하시더군요……그런데 그날 밤 늦게 병이 되돌아왔어요."

"내용물이 없어졌던가요?"

"네, 4분의 1그레인 알약이 세 알 없어졌더군요."

그때 마크가 끼어들었다.

"법적으로 말해 이건 그리 중대한 사안이 아니라고 생각합니다. 도대체 뭣 때문에 모르핀에 그렇게 집착하시는 겁니까? 백부님이 그 모르핀 때문에 죽었다고 생각할 수 있는 여지는 없지 않습니까? 4분의 1그레인 세 알로 뭘 하겠어요?"

블레넌은 잠시 어깨 너머로 돌아본 뒤, "그 점은 나중에 생각하기로 하죠……코베트 양, 어제 패트리지 형사에게 얘기한 것을 들려주세요……그러니까, 4월 9일 일요일 밤에 그 병이 돌아왔을 때의 상황과, 당신이 목격한 사실에 대해 듣고 싶군요."

그녀는 고개를 끄덕였다.

"그건 밤 8시 무렵이었어요. 전 이층 복도 끝에 있는 욕실에 잠깐 들어갔어요. 욕실문에서는 데스파드 씨 방 앞의 복도가 다 보였고, 그 문 앞에 놓여 있는 테이블도 보였어요. 그곳에는 전등도 하나 켜져 있구요. 욕실에는 한 2분 정도밖에 있지 않았어요. 다시 욕실문을 열었을 때 복도를 보았는데……그때 데스파드 씨 방문 앞에서 계단 쪽으로 걸어가고 있는 사람이 보였어요. 그때는 몰랐지만, 나중에 보니 테이블 위에 뭔가가 올려져 있더군요. 오면서 봤을 때는 아무 것도 없었기 때문에 가보니까, 2온스짜리 약병으로……그것이 되돌아온 거였어요."

"당신이 봤다는 그 테이블이 있는 곳에서 걸어간 사람은 누구였습니까?"

"스티븐스 부인이었어요."

그때까지의 그녀의 태도는, 치안판사 앞에서 경관이 직무상 증언을 하고 있는 듯한 사무적인 것이었다. 하지만 그렇게 말한 뒤 그녀는, 스티븐스를 향해 골똘히 생각한 듯한 어조로 말했다.

"죄송해요. 오늘 아침 당신이나 부인을 만나려고 했는데 공교롭게도 오그덴 씨가 오시는 바람에. 그때 전 어제 형사님한테 얘기한 것을 그대로 두 분께 얘기하고 싶었어요. 형사님은, 부인이 그 약병을 테이블에 놓는 것을 보았다고 말하게 하려 했어요. 하지만 전 그런 방식은 참을 수가 없더군요."

블레넌의 눈이 빛났지만 재미있다고 생각해서 그런 것은 아니었다.

"네, 네, 그건 훌륭하십니다……달리 생각할 방법은 없을까요? 다른 사람이 두고 갔을지도 모른다는?"

"사실 그건 지금도 잘 모르겠어요. 혹시 마일즈 씨가 두었을지도 모르고."

"그때 당신은 어떻게 했죠? 그 일에 대해 스티븐스 부인에게 얘기하지 않았나요?"

"얘기하고 싶어도 할 수가 없었어요. 그녀는 이미 아래층으로 내려가서 밖으로 나가버렸고, 그 뒤 스티븐스 씨와 함께 뉴욕으로 돌아가셨으니까요. 그녀는 그날 밤 작별인사를 하러 오셨죠. 그래서 전 그 다음 기회까지 기다리기로 한 거예요."

"그렇군요……그래서?"

"그래서 전 두 번 다시 그런 일을 당하고 싶지 않아서, 약병을 훔친 사람이 누구였든 전 방에 있을 때도 문을 잠그기로 했어요. 데스파드 씨 방으로 통하는 문의 이쪽도 고리를 걸어두기로 했구요. 제 방에서 복도로 나가는 문은 평범한 모양의 자물쇠라서 불편했는데, 아버지가 열쇠 기술자였기 때문에 저도 약간은 다룰 줄 알았어요. 그래서 자물쇠를 바꿔 달았죠. 제가 자물쇠를 조작하는 방법을 가르쳐주지 않는 한, 해리 후디니(본명 에릭 바이스, 1874~1926. 미국의 마술사)라 해도 들어가지 못할 거예요. 보통이라면 그런 복잡한 짓까진 하지 않았겠지만, 스티븐스 부인이 뜻밖에 수요일 오후에 크리스펜에 오셨고 그날 저녁 전 외출하기로 되어 있었거든요……."

"마일즈 씨가 살해된 날 오후 말인가요?"

그녀가 강한 어조로 말했다.

"데스파드 씨가 사망하기 전날 오후죠. 그래서 전 외출할 시간이 될 때까지 생각했어요……."

블레넌이 끼어들며 마크를 보았다.

"그럼, 문제가 한 가지 있군요. 아마 당신들은 제가 이것저것 질문을 계속해온 이유를 아셨을 겁니다. 스티븐스 부인은 지금까지……."

메모를 들여다본다. 그리고 코베트 양에게 물었다. "스티븐스 부인이 지금까지 독약에 대해 당신한테 얘기한 적이 있습니까?"

"네."

"무슨 말을 했나요?"

"비소를 어디에 가면 살 수 있는지 물었어요."

깊고 불길한 침묵이 방안에 차올랐다. 스티븐스는 모든 사람들의 둥그런 눈이 자신에게 쏠리고 있다는 걸 알았다. 코베트 양의 기미낀 얼굴이 빨개졌지만 눈은 미동도 하지 않고 똑바로 스티븐스를 응시하고 있다. 그녀의 숨소리가 들려왔다. 블레넌이 고개를 돌리고 쳐다보는 눈은 가늘고 온화했다.

"굉장히 기습적인 추궁이군요" 하고 블레넌이 말했다.

"추궁이 아니에요……절대로. 다만……."
"하지만 그 뒷받침이 없으면 곤란합니다. 하기는 그것이 가능한 경우의 얘기지만. 그녀가 그렇게 말했을 때 옆에 누가 있었나요?"
코베트 양은 고개를 돌리며 말했다.
"네. 데스파드 부인이 계셨어요."
"정말인가요, 데스파드 부인?"
루시는 망설였다. 입을 벌린 채 잠시 망설인 뒤 모두의 얼굴을 바라보며 말했다
"네, 사실이에요"
손바닥으로 의자 팔걸이를 꽉 붙잡고 있던 스티븐스는, 방안의 공기가 너무 후텁지근하다는 것과 주위 사람들의 시선을 따갑도록 똑똑히 느끼고 있었다. 그리고 태연한 얼굴을 하고는 있었지만 그는 다른 시선도 느끼고 있었다. 문 옆의 어두컴컴한 곳에서 오그덴 데스파드의 조롱하는 듯한 차가운 눈과 비틀린 입이 보이고 있었던 것이다.

제15장

블레넌은 코베트 양의 의자 등받이 이쪽에서 몸을 내밀며 한손을 그 등받이로 뻗더니 루시에게 말했다.

"저는 부인의 마음의 움직임을 하나하나 순서대로 생각해 보았습니다. 당신은 생각하면 할수록 머리에서 떨쳐낼 수가 없었던 것 같군요. 그래서 머리가 어떻게 되어 버릴 것 같았지만, 그래도 어쩔 수가 없었지요. 그때 누군가가 가장무도회에 대한 것과, 그런 드레스라면 그렇게 짧은 시간에 똑같은 것을 만들어낼 수 있는 사람은 없다는 얘기를 꺼냈습니다. 당신은 그것으로 모든 일이 해결된 것 같은 기분이었지요. 그리고 스티븐스 부인은 이 사건과 아무 관계가 없다고 생각했어요. 그런데 지금의 부인은 그다지 자신이 없어 보이는군요. 어떻습니까……제가 한 말, 틀렸습니까?"

"전……." 루시는 방 안을 빠르게 대여섯 걸음 왔다갔다하면서 팔짱을 꼈다.

"하지만 아무래도 이상한 걸요. 도저히 이해할 수가 없어요. 경위님에게 얘기 좀 해봐요, 테드."

제3부 논증

"걱정 말아요. 내가 얘기하겠소. 경위님, 좀 물어보고 싶은 것이 있습니다만?"

하지만 그때의 상황에 따라 그렇게 말했을 뿐 사실 그에게는 물어볼 것이 있을 리가 없었다.

"묻고 싶으신 것이 있으면 언제라도 물어주세요" 하고 블레넌이 말했다.

"그럼 얘기를 본줄기로 되돌립시다. 코베트 양. 스티븐스 부인이 어디서 비소를 살 수 있느냐고 물은 것이 언제였습니까?"

"3주일 정도 전이에요. 아마 일요일 오후였던 것 같아요."

"그때의 상황을 얘기해 주세요……뭐든지."

"그때 전 스티븐스 부인, 데스파드 부인과 함께 식당에 앉아 있었어요. 3월 말, 바람이 강한 날이었기 때문에 우린 난롯가에 앉아 있었죠. 버터토스트에 계피를 얹어 먹으면서 바로 그 무렵 신문에 났던 캘리포니아 살인 사건 기사에 대한 얘기를 했어요. 그러다가 여러 가지 살인 사건이 화제에 올랐죠. 그러자 데스파드 부인이 저에게 독약에 대한 걸 물으셔서……"

"스티븐스 부인이겠죠" 하고 블레넌이 말했다.

"아니에요, 그렇지 않아요." 코베트 양은 엄하게 블레넌을 돌아보며 대답했다.

"이곳에 앉아계시는 데스파드 부인이었어요. 부인께 물어보시죠. 스티븐스 부인은 처음부터 한 마디도 하지 않았어요. 아, 그래요. 꼭 한번 얘기했군요……제가 실습간호사를 지내고 있을 때 스트리크닌을 마신 남자가 병원에 실려왔던 얘기를 했더니, 스티븐스 부인이 그 환자가 많이 괴로워하더냐고 물었어요."

"아하, 제가 알고 싶었던 것이 바로 그겁니다. 그때 그녀는 어떤 모습이었죠? 어떤 얼굴을 하고 있었나요?"

"아름다웠어요."

블레넌은 어이가 없다는 듯 한동안 코베트 양을 응시하다가 힐끗 메모에 눈을 준 뒤 물었다.

"좀 묘한 대답이군요. 아마 제 질문의 뜻을 이해하지 못하신 것 같은데. 아름다웠다……는 건 무슨 뜻인가요?"

"말 그대로예요. 부인은……솔직히 말하라는 말씀인가요?"

"그래요. 솔직하게 말해주세요."

코베트 양은 냉소적인 또렷한 목소리로 말했다.

"성적으로 흥분한 여자처럼 보였어요."

소름이 끼치는 격렬한 분노가 스티븐스의 가슴에서 치밀어 올라, 그것이 폭탄의 폭발이나 강렬한 술처럼 온몸으로 퍼졌다. 하지만 그는 지그시 그녀를 응시하기만 했다. 한참 뒤 입을 연 스티븐스는 "잠깐만! 그건 좀 지나친 말 아니오, 코베트 양? 성적으로 흥분한 여자라는 게 어떤 것인지 설명해주겠소?" 라고 했다.

"그만, 그만!" 하고 블레넌이 제지하는 말을 했고, 그때 코베트 양의 얼굴이 희미하게 붉어지면서 요염해졌다.

"너무 그렇게 정색하고 화내지 마십시오! 신사답게 해주세요. 절대로 그녀를 경멸할 이유는 없으니까요. 그녀는 다만……."

"경멸할 마음 같은 건 없습니다. 만약 그렇게 들렸다면 사과하지요. 내가 말하려 한 것은, 그런 식으로 말하면 아무것도 안된다……아니 그보다 어떤 다른 의미로도 받아들일 수 있다는 얘깁니다. 그러니까 난 그 말이 정말 어떤 의미인지 알고 싶습니다. 무엇을 고발하든 그건 당신 마음이지만, 이 문제를 심리학자의 연구자료 같은 것이 되게 하지는 말아줬으면 합니다. 요컨대 코베트 양, 당신은 내 아내를 살인광이라고 생각하나요?"

그러자 마크 데스파드가 분노와 당혹감이 섞인 얼굴로 코베트 양의 변호에 나섰다.

"말도 안돼. 일이 왜 이렇게 되어 가는지 도대체 이해할 수가 없군. 이보세요, 경위님. 마리 스티븐스가 의심스럽다면 왜 우리를 상대로 얘기하고 있는 겁니까? 왜 직접 마리를 만나지 않습니까? 테드, 어째서 자네는 마리한테 전화해서 그녀를 이곳에 불러 그녀의 입으로 직접 해명하게 하지 않는 거지?"

바로 그때 다른 목소리가 들려왔다.

"맞아요……바로 그겁니다. 그에게 물어보세요, 왜 그렇게 하지 않는지 물어보는 게 순서일 텐데."

방 입구에서 오그덴 데스파드가 깃에 그 긴 턱이 닿을 정도로 크게 고개를 끄덕이며 천천히 들어왔다. 옷을 갈아입지 않은 건 물론이고 낙타지 외투도 벗지 않고 있었다. 그는 재미있어한다기보다는 비판적인 표정으로 스티븐스를 빤히 쳐다보았다. 한편으로 자신의 존재가 모든 사람의 주목의 대상이 된 것에 유쾌한 기분을 느끼고 있는 것은 분명했다.

"경위님, 괜찮으시다면 이 사람한테 좀 물어보고 싶은 것이 있습니다. 1, 2분이면 그를 한 마디도 못하게 만들어드릴 테니까 당신한테도 해롭지 않을 겁니다. 자……그럼, 스티븐스 씨. 어째서 부인에게 전화를 걸지 않습니까?"

오그덴은 어린아이의 대답을 들으려는 것 같은 모습으로 기다렸다. 스티븐스는 분노가 폭발하려는 것을 간신히 억제했다. 블레넌은 마음이 너그러운 사람이어서 그다지 마음에 걸리지 않았지만 오그덴은 참으로 방심할 수 없는 얄미운 녀석이다.

"대답을 하지 않으시는군. 그렇다면 어떻게든 대답을 하지 않을 수 없도록 만들어야지. 당신이 전화를 하지 않는 것은 걸어도 그녀가 없기 때문이 아닌가요? 그녀는 달아났죠? 오늘 아침에 이미 사라졌던 것 아닌가요?"

"그래, 그 사람은 없어."

"하지만 말이에요." 오그덴은 눈을 크게 떴다.

"오늘 아침 7시 반에 내가 댁에 들렸을 때 당신은 그녀가 아직 자고 있다고 했어요."

"그런 말 한 기억 없는데" 하고 스티븐스가 침착하게 말했다.

그 대답을 들은 오그덴은 갑자기 말문이 막혀 10분의 1초 정도 무슨 말을 하면 좋을지 생각이 나지 않았다. 그의 평소의 '수법'은 의심스러운 점을 철저하게 검토한 뒤에 그것을 들이대는 식이었다. 그러면 상대는 대개 사실을 털어놓고 이내 그의 논법이 옳았다는 것을 입증하게 되는데, 그것이 그가 생각하는 '비결'이라는 것이었다. 하지만 지금처럼 상대방이 처음부터 부정하고 나오는 것은 처음 있는 일이었다.

"어이가 없군." 그는 상대방에게 감탄이라도 하는 것 같은 투로 말했다. "거짓말을 하면 안돼요. 당신은 분명히 그렇게 말했어요. 나 말고도 들은 사람이 있으니까 깨끗하게 자백하는 것이 좋을 것 같은데. 코베트 양, 당신도 들었죠?"

코베트 양의 목소리는 침착했다.

"글쎄요, 잘 모르겠어요. 두 분은 부엌에 있었기 때문에 전 스티븐스 씨가 뭐라고 말했는지 몰라요. 그래서 저에게 증언하라는 건 무리예요."

"알겠어. 하지만 스티븐스 씨, 당신도 그녀가 없었다는 건 인정할 겁니다. 어디에 있습니까?"

"오늘 아침 필라델피아에 갔네."

"아하, 필라델피아에! 무슨 일로?"

"쇼핑하러."

"아이구 저런……서둘러 쇼핑하러 가기 위해 오늘 아침 7시 반에 일어났단 말인가요? 그런 얘기를 누가 믿을 줄 아십니까?"

오그덴은 깃을 따라 가만히 턱을 문지르고 또 문지르며, 다른 사람들의 얼굴을 조롱하는 듯한 눈길로 보면서 말했다.

"고작 쇼핑이나 하려고, 지금까지 그런 시간에 따뜻한 침대에서 나간 적이 있습니까?"

"아니, 한 번도 없었어. 분명히 코베트 양도 있는 곳에서 자네한테 말한 것으로 생각하는데, 우린 간밤에는 침대에 들어가지도 않았어."

"하지만 아침 일찍부터 상점에 가야 한다고 생각했단 말인가요?"

"오늘은 토요일이니까. 가게는 낮에 문을 닫지 않나?"

오그덴은 이죽거리며 웃었다.

"아, 오늘이 토요일이던가요? 그래서 허둥지둥 나갔군요. 이제 그 정도에서 속이는 건 그만두시는 게 어떨까요? 간밤에 나갔다는 걸 알고 계실 텐데요."

스티븐스는 결론을 내리는 것 같은 표정으로 블레넌을 보았다.

"내가 당신이라면 이런 걸 언제까지나 물고 늘어지지는 않겠소. 아직도 나에게 물어볼 말이 더 남았습니까, 경위님? 아내가 오늘 아침 필라델피아에 간 것은 거짓말이 아닙니다. 하지만 그녀가 낮까지 돌아오지 않는다면 나도 살인을 인정하지요. 지금은 이 오그덴 군이 하는 말을 그리 귀담아 듣고 싶지 않군요. 그건 그렇고, 당신한테 익명의 편지를 보내고 당신 이름으로 전보를 친 건 이 사람 아닌가요? 그렇다면 그가 얼마나 신뢰할 수 없는 사람인지 알 수 있을 겁니다."

블레넌은 반신반의하는 얼굴로 오그덴과 스티븐스를 번갈아 보더니 마뜩찮다는 투로 말했다.

"전 중요한 문제와 씨름하고 있을 때는 옆길로 새지 않는 주의인데 ……어쩔 수 없군요. 지금 그 말 정말입니까, 오그덴 씨? 그 편지를 나에게 보내고 다른 사람들에게 이곳으로 돌아오라고 전보를 친 것이 당신이었습니까?"

오그덴은 수상쩍은 데가 있는 남자였지만 적어도 용기는 가지고 있었다. 그는 두 걸음 정도 뒤로 물러서더니 침착하게 주위를 둘러보았다. 기민한 얼굴 뒤에서 바쁘게 이것저것 머리를 굴리고 있는 것이 틀림없었지만 표정에는 전혀 드러나지 않았다.

그리고 한쪽 어깨를 으쓱해 보였다.

"그것을 입증하기는 어려울 겁니다. 제가 당신이라면 신중을 기하겠어요. 까딱하다가는 명예훼손죄에 해당되니까요. 아니, 구두명예훼손인가? 어느 쪽인지는 잘 생각이 나지 않지만……어쨌든 더 신중하게 하는 편이 좋을 것 같군요."

블레넌은 날카로운 눈으로 오그덴을 쏘아보았다. 그러는 동안 주머니 속의 동전을 짤랑짤랑 울리면서 땅딸막한 몸으로 꼼짝 않고 서 있다가 고개를 젓기 시작했다.

"아무래도 당신은 즐겨 읽는 소설책에 등장하는 탐정역을 연기하고 싶어하는 것 같군요. 그것은 당치도 않은 생각입니다. 게다가 도대체가 틀려먹었어요. 만약 내가 마땅히 해야 할 일이라고 당신이 말하는 그런 일을 할 마음이 있다면 눈 깜짝할 사이에 당신을 체포했을 겁니다. 증거에 관한 한 그리 어려울 것도 없어요. 누가 전보를 쳤는지 금방 알 수 있으니까."

오그덴은 창백한 얼굴에 미소를 지으면서 고개를 저었다.

"법률 공부를 좀 더 하셔야겠군요, 경위님. 그런 전보는 문서위조도 아무 것도 아닙니다. 법률에 의하면 문서위조라는 것은 그 위조에 의해 직접적으로 개인적인 이익을 얻는 행위를 말합니다. 만약

제가 체이스 국립은행 총재한테 '오그덴 데스파드 씨를 소개합니다
……그는 제 개인적인 심부름꾼이므로 그에게 1만 달러를 내주십
시오'라는 편지를 쓰고 그 밑에 '존 D. 록펠러'라고 서명했다면 그
건 두말 할 것 없는 문서위조입니다. 하지만 '오그덴 데스파드 씨
를 소개할 테니 이 사람에게 최대한의 편의를 봐주시기 부탁합니
다'라는 편지를 쓰고 그 밑에 같은 서명을 한다면 그건 문서위조
가 되지 않아요. 그것이 굉장히 미묘한 점이죠. 그 전문에는 제가
기소될 만한 말은 한 마디도 없지 않습니까?"

"그럼 역시 당신이 한 짓이군?"

오그덴은 한쪽 어깨를 으쓱한 뒤, "전 그런 것 인정한 적 없습니
다. 주제넘은 말인지는 몰라도 전 고집을 자랑으로 여기고 있고 실제
로 전 고집이 세거든요."

스티븐스는 힐끗 마크를 쳐다보았다. 마크는 난로 옆 책장에 축 늘
어져 기대고 있었는데, 그 파르스름한 눈은 극히 온화했고 깊은 생각
에 잠겨 있었다. 두 주먹을 잿빛 스웨터 주머니 속에 찔러 넣고 있어
서 주머니가 그 모양대로 부풀어 있었다.

"오그덴……넌 도대체 어떻게 된 놈이냐. 루시 말이 맞았어……전
에는 그렇게 나쁜 녀석이 아니었는데, 마일즈 백부님의 유산을 손
에 넣을 것만 생각하고 있는 탓인지도 모르겠군. 어쨌든 있다가 단
둘이서 어째서 그렇게 비뚤어져 버렸는지 천천히 얘기해 보기로 하
자."

"내가 형이라면 그러지 않겠어." 오그덴이 마크 쪽으로 갑자기 돌
아보면서 말했다.

"이 세상에서 많은 것을 알고 있다는 것은 가치있는 일이야. 뭐 그
것도 내가 여러 가지에 흥미가 있기 때문이겠지. 이를테면 톰 퍼팅
턴을 일부러 이곳으로 불러들인 건 어리석은 짓이었어. 그는 온 영

국의 술집의 술을 맘껏 마시며 옛날을 생각하면서 여전히 편히 살고 있었으니까. 그는 모르지만, 이쪽에 왔으니 재닛 화이트에 대한 소식을 들을지도 모르지. 그래도 아직 모자란다는 얘긴가? 또 다시 옛날 일을 들추어내고 싶은 건가?"
블레넌이 빠른 말로 물었다.
"재닛 화이트가 누굽니까?"
"아, 그의 부인입니다. 저도 직접적으로는 모르지만 그녀에 대해 여러 가지 알고 있지요."
"아는 것이 무척 많군요." 블레넌은 내뱉듯이 말했다.
"이번 사건과 관련하여 뭔가 아는 것이 있나요?……그것 말고? 없습니까……정말인가요? 알았습니다. 없다니 얘기를 계속하도록 하지요……비소와 스티븐스 부인에 대한 것 말입니다. 코베트 양, 3주일 전 일요일 독약에 대한 이야기를 했다고 하셨는데 그때의 상황을 계속 얘기해 보세요."
"우린 그 뒤 한참동안 얘기를 나눴어요. 전 마일즈 씨에게 진한 쇠고기 수프를 드려야 했기 때문에……작은 테이블이 놓여 있는 복도로 나갔죠……그곳은 약간 어두컴컴한데……스티븐스 부인도 나중에 나왔어요. 그녀는 뒤따라 와서 제 손목을 붙잡았어요. 손이 마치 불덩이처럼 뜨겁더군요. 그리고 어디에 가면 비소를 살 수 있느냐고 물었어요."
그리고 잠시 말을 끊었다.
"처음엔 무슨 말인지 못 알아듣고 이상하다고 생각했어요. 처음에 그녀는 '비소'라고 확실하게 말하지 않았거든요. 누군가의 '처방'이라고 말했어요. 누군가에게 먹이는 약처방이라고. 무슨 이름이었는지는 잊어버렸어요. 어쩐지 프랑스식 이름이었던 것 같은 느낌이 들더군요. 그런 다음 확실하게 비소라고 하셨는데……바로 뒤에 데스파드 부인도 식당에서 나오셨으니 부인도 아마 들으셨을 거예요."

블레넌은 당혹스러운 얼굴이다.

"누군가의 처방? 아십니까, 데스파드 부인?"

루시는 불안한 듯이 눈썹을 찡그렸다. 그리고 난처한 표정으로 스티븐스를 보았다.

"듣기는 했지만 특별한 얘기는 없었어요. 어떤 이름인지 정확하게 기억이 나지 않아서……아마 G로 시작되는 이름이었던 것 같아요. Glac 같았는데……어차피 그것만 가지고는 아무것도 아니잖아요. 게다가 무척 빠르게 말했기 때문에 잘 알아듣지 못했어요. 그게 아니었을지도 모르구요."

그때 마크가 천천히 주위를 둘러보았다. 갑자기 밝은 빛을 받았을 때처럼 거기에 적응시키려는 듯이 눈을 깜박거렸다. 그런 다음 손을 주머니에서 꺼내 한쪽 손으로 얼굴을 문질렀다.

블레넌이 말했다.

"두 분 다 그때 그녀가 뭐라고 말했는지 기억해낼 수 없을까요? 그게 얼마나 중요한 일인지는 아시겠죠?"

코베트 양의 목소리에는 약간의 당혹감과 초조감이 배어 있었다.

"기억이 안 나요……기억이 마구 뒤엉켜 있어서. 방금 부인도 말씀하셨듯이 그녀의 말투가 너무 이상했거든요. 뭔가, 그……'누가 가지고 있을까? 이곳이 아니면 어렵지 않은데 그 노인네도 죽었고,' 뭐 이런 말을 한 것 같았어요."

연필로 메모하고 있던 블레넌이 답답하다는 듯한 얼굴로 두 사람을 보았다.

"무슨 소린지 알아들을 수 없는 말은 그만두시는 게 어떻겠습니까! 도통 이해할 수가 없군요……아, 잠깐만! 그녀의 말투가 이상했다고 했습니까? 그녀의 이름은 마리죠……프랑스식 이름을 사용하는 것을 보면……그녀는 프랑스 인인가요?"

그러자 루시가 말했다.

"아뇨, 천만에요. 그녀는 저와 경위님과 마찬가지로 영어를 써요. 캐나다 사람이죠……물론 프랑스계이긴 하지만. 전에 그녀한테서 들은 적이 있는데 결혼 전 이름은 마리 도브리라고 하더군요."

"마리 도브리라고?" 하고 말하는 마크의 얼굴에 겁에 질린 표정이 떠올랐다. 그런 다음 약간 앞으로 나서더니 검지손가락으로 한 마디 한 마디를 자르는 것처럼 또박또박 천천히 말했다.

"루시, 생각해낼 수 없을까? 잘 생각해 봐……한 사람의 목숨이 달렸을지도 모르니까. '누군가의 처방'이란 건 말이야……Glaser (글라제)의 처방 아니었어? 어때?"

"맞아요, 틀림없이 그거였어요. 그런데 어째서……그게 도대체 뭐 어쨌다는 거예요?"

그는 여전히 루시를 뚫어지게 본 채 "당신은 이 집의 누구보다도 마리를 잘 알고 있어. 오랫동안 그녀와 교제하면서 그녀의 행동에서 이상하다고 느낀 적 없었어? 이렇게 말하면 바보 같을지 모르지만 조금이라도 이상하다고 생각한 일 없었어?"

그런 말이 오가는 동안, 스티븐스는 철로 위에 서서 이쪽을 향해 돌진해오는 열차를 보고 있는 듯한 느낌이 들었다. 선로 옆으로 몸을 피하거나 그를 쇠사슬로 꽁꽁 묶으려 하는 기관차의 시선을 피하려고 해도 도저히 되지 않았다. 그것이 돌진해 오고 있는 굉음까지 들렸다. 그래도 간신히 그는 입을 열었다.

"바보 같은 소리 말게, 마크. 모든 사람의 머리에 똑같은 그런 기분이 차례차례 전염되고 있는 것 같군. 그런 건 '나와 너를 제외한 온 세상의 인간은 미쳐 있다……그리고 너도 약간 이상해' 하는 옛날 사고방식과 똑같잖아? '그런 식으로 나가면 이 방에 있는 사람 모두 머리가 이상해……특히 자네가' 라고 말하고 싶군."
"어떻게 생각해, 루시?" 하고 마크가 말했다.
루시가 격정적인 목소리로 말했다.
"난 그런 기색 느낀 적 한 번도 없었어요……절대로. 그런데 한 가지 테드의 의견에 공감이 가는 데가 있군요……검사를 받아야 할 사람은 바로 당신이라는 것……당신이 살인 사건이라든지 그 비슷한 일에 관심이 많고, 마리를 병적이라고 보는 것을 어쩌다가 알게 되었기 때문이에요. 네! 난 그녀에게 이상한 데가 있다고는 요만큼도 생각한 적 없어요. 다만……."
그렇게 말하려다가 입을 다문다.
"다만, 뭐?"
"별로 중요한 얘기는 아니에요. 그녀가 '깔때기'를 싫어한다는 것뿐. 언젠가 헨더슨 부인이 부엌에서 과일 통조림을 만들면서 주스를 거르고 있는데……나, 마리가 그렇게 눈가에 주름을 잡고 입술을 일그러뜨리는 건 처음 봤어요."
침묵이 흘렀다. 그건 온몸의 살갗이 오싹해지는 침묵이었다. 마크는 한 손을 눈 위에 대고 있었는데, 그 손을 치웠을 때 그의 얼굴은 평소의 순수하고 성실한 표정을 띠고 있었다.
"이보세요, 블레넌 씨. 이런 상황에서 탈출하는 가장 빠른 길은 그 배후에 있는 것을 당신에게 보여주는 것입니다……괜찮으시다면 테드와 경위님 외에는 이 방에서 나가줬으면 하는데. 아무 말 말고 지금 당장. 오그덴, 너에게 부탁이 있다. 헨더슨의 집에 가서 그를 끌고 와 줘……아직 일어나지 않았을 거야. 그리고 작은 도끼와 '끌'을 가지고 오라고 해. 큰 도끼는 이 부엌에 있는데 작은 것이 필요해."

블레넌의 표정으로 보아 마크의 머리가 좀 이상해진 게 아닌가 하고 반신반의하는 눈치다. 아니 그보다도 너무 놀란 나머지 이번에는 대답도 하지 않고 어떻게든 하지 않으면 안되겠다는 듯이 태세를 갖춘 느낌이었다. 하지만 다른 사람들은 모두 마크가 시키는 대로 했다.

"아, 뭐 도끼로 사람이라도 죽이려는 건 아닙니다" 하고 마크가 말했다.

"이제부터 건축가가 된 셈치고 백부님 방 창문과 창문 사이의 벽을 조사하여 정말 비밀문이 있는지 어떤지 확인해 보려는 겁니다. 시간도 걸리고 좀 과장스러운 짓이 될지도 모르지만 벽을 깨고 눈으로 직접 확인하는 것이 제일 빠른 방법 아니겠습니까?"

블레넌은 크게 숨을 들이마셨다.

"그래요, 좋지요! 방을 부숴도 상관없다면……."

"다만 한 가지 물어보고 싶습니다. 지금까지 이 사건에 대한 당신의 추리는 논리정연하고 사무적인 것이었지만, 아니 더 이상 이러니저러니 할 생각은 없습니다……다만 스스로 결론을 내렸으면 해서 물어보겠습니다. 벽에도 방에도 비밀문이 없다면 어떻게 하실 겁니까?"

"헨더슨 부인이 거짓말을 한 것으로 봐야겠지요."

블레넌이 사이를 두지 않고 즉각 대답했다.

"그밖에는 아무것도 없는 거지요?"

"예."

"그럼 마리 스티븐스에게도 의심스러운 점이 없다는 얘기가 되겠군요?"

"그렇지요……."

블레넌은 생각하는 얼굴로 말하더니 어깨를 으쓱했다.

"거기까지는 뭐라고 단정할 수 없어요……하지만 뭐 그렇게 되는 셈이지요. 그 결과 모든 것이 확실해질 것이 분명하니까요. 변호인 측이 이쪽의 비장의 증인을 거짓말쟁이로 입증할 수 있다면 아무리 뭐라 해도 재판에 걸 수는 없는 일이지요. 어떤 사람도 돌벽을 뚫고 빠져나갈 수는 없는 일입니다……그렇지 않습니까?"

마크가 스티븐스를 돌아봤다.

"자네한테도 나쁘지 않겠지, 테드? 그럼 갈까요?"

세 사람은 천장이 높고 어두컴컴한 복도로 나갔다. 마크가 다시 서둘러 돌아가서 도구가 든 바구니와 손도끼를 가지고 돌아오는 동안 블레넌도 스티븐스도 말이 없었다.

계단을 올라간 이층 오른쪽에 있는 화랑의 막다른 곳에 마일즈 데스파드의 방문이 있었다. 스티븐스는 화랑의 벽에 초상화가 여러 장 걸려있는 것을 보았지만 어두워서 그가 보고 싶은 그림은 보이지 않았다. 마크가 마일즈의 방문을 열자 모두들 안을 들여다보았다.

20제곱피트 정도의 방이지만 이 집의 다른 방들과 마찬가지로 그곳도 17세기 후기 양식으로 천장이 약간 낮았다. 바닥에는 퇴색하고 더러워지기는 했지만 화려한 하늘빛과 잿빛 무늬의 카펫이 깔려 있고, 군데군데 울퉁불퉁한 마룻장이 보였다. 벽은 8피트 정도의 높이까지 검은 호두나무 널빤지가 붙어 있고, 그 위쪽은 떡갈나무 들보가 지나가는 천장과 마찬가지로 회반죽이 칠해져 있다. 입구에 서 있는 그들의 왼쪽에 있는 벽과 벽이 만나는 구석에 커다란 찬장과 옷장이 비스듬하게 놓여 있다. 무늬를 새겨 넣은 떡갈나무에 놋쇠 손잡이를 단 문이 조금 열려 있어, 안에 죽 걸려 있는 옷과 선반에 진열된 구두가 보였다.

이 건물 뒷벽을 이루고 있는 왼쪽 벽에는 작은 유리창이 두 개 있는데, 그 두 창문 사이에 찰스 1, 2세 시대풍의, 등받이가 몹시 높은 검은 떡갈나무 의자가 놓여 있었다. 의자 위의 벽에는 그뢰즈(장 밥티스트 그뢰즈, 1725~1805. 프랑스 화가)가 그린 곱슬머리 소년의 둥근 초상화가 좁은 액자 속에 담겨 걸려 있었다. 그 그림을 비추듯 천장에서 알전구가 내려와 있고, 맞은 쪽 창문 옆에는 등의자가 하나 놓여 있다.

다음 벽 즉 그들의 정면에 있는 벽쪽에 머리를 두고 있는 침대가 보였다. 그 벽에는 놋쇠로 만든 침대용 보온기구와 17세기 풍의 판화가 걸려 있다. 마주보아 오른쪽 구석 그러니까 그 벽과 그들의 오른쪽에 해당하는 벽이 만나는 구석에는 베란다로 통하는 유리문이 있고, 거기에 갈색 비로드 커튼이 쳐져 있다. 그 방에는 벽난로가 없고 오른쪽 벽에서 맨 먼저 눈에 띈 것은 키가 크고 볼썽사나운 가스스토브, 그 다음은 간호사 코베트 양의 방으로 통하는 문으로 그 문에 옷걸이에 건 마일즈의 감색 가운이 걸려 있었다. 벽을 한 바퀴 돈 마지막 벽은 복도로 나가는 문이 있는 벽으로 거기에는 넥타이가 어지럽게 널려 있는 책상이 놓여 있었다.

그러나 세 사람의 주의를 끈 것은 그뢰즈의 그림과 의자가 어울리지 않게 함께 있는 벽의 널빤지였다. 전에 문이 있었던 것으로 보이는 널빤지 아래쪽은 문틀 형태대로 널빤지가 아주 조금 부풀어 있는 것이 보였다.

"아시겠죠?" 하고 마크가 그곳을 가리키며 말했다.

"아까 얘기한 것처럼 저곳에 있었던 문은 18세기 초 화재로 불타버린 건물로 통하고 있었습니다. 입구에 벽돌을 쌓고 그 위에 널빤지를 붙였지만 문틀은 돌이었기 때문에 지금도 그 흔적을 알 수 있는 거지요."

블레넌은 가까이 다가가서 그 부분을 살펴보고 주먹으로 두들겨보기도 했다.

"상당히 튼튼한 것 같군요. 이 정도면 데스파드 씨, 만약 이것이 움직이지 않는다고 한다면……" 하고 블레넌이 돌아보더니, 이번에는 반대쪽 벽의 유리문 쪽으로 성큼성큼 걸어가서 커튼을 살펴보고 눈대중을 하기도 했다.

"이 커튼은 헨더슨 부인이 들여다봤을 때 그대론가요?"

"예, 저도 만져보기는 했습니다만."

"틈새가 그리 크지는 않군요."

블레넌은 여기저기 들여다보면서 의심스럽다는 듯 중얼거렸다.

"10센트짜리 은화만한 크기밖에 안되는데 방 저쪽의 다른 문을 보았다는 것, 상상할 수 있습니까? 저 옷장문을 본 건……?"

"그건 절대로 무립니다. 한번 시험해 보십시오……그녀가 본 것밖에 보이지 않을 테니까……그뢰즈의 그림과 의자 윗부분, 그리고 벽에 흔적이 남아 있는 문틀 윤곽. 나머지는 아무리 목을 비틀어도 절대로 보이지 않습니다. 설령 그림과 의자와 문틀이 없었다 해도 말이죠. 그 방안에 돌출한, 놋쇠 손잡이가 있는 커다란 옷장문을, 어떤 종류의 것이든 비밀통로로 잘못 볼 사람은 없을 겁니다……어떻습니까, 경위님? 아무리 뭐라 해도 그렇게는 말할 수 없겠죠?"

마크는 사뭇 유쾌한 듯이 도끼를 쳐들고 자세를 잡더니 눈앞의 벽이 마치 살아 있어서 달려드는 적이라도 되는 듯 노려보았다. 그리고 도끼를 널빤지에 찍었을 때, 벽 저편에서 고함소리가 들린 것 같은 느낌이 들었다. 어딘가 먼 곳에서 "만족하시나요, 경위님?" 하고 외치는 소리였다.

방안에 모래먼지가 엷게 피어오르고 부서지면서 튀는 벽토의 강한 냄새가 났다. 그 모래먼지는 창밖에서 엷어져가고 있는 안개와 비슷한 느낌이었고 창문으로는 나지막한 화단과 난잡하게 포장된 오솔길, 꽃이 흐드러지게 핀 숲이 보였다. 널빤지와 벽토가 한꺼번에 무너져

내렸다. 이번에는 망치와 '끌'이 벽돌과 대결하여 조사원이 구멍을 파고 조사할 때처럼 벽돌이 제거되었다. 벽의 여기저기에서 햇빛이 비쳐들었다.

하지만 비밀문은 없었다.

제16장

 블레넌은 한동안 말이 없었다. 벽을 부수는 데 전력을 다하느라 얼굴이 붉게 달아올랐고, 턱 근처도 어쩐지 힘이 빠진 느낌이다. 벽을 지그시 응시하다가 몹시 거들먹거리는 듯한 모습으로 손수건을 꺼내더니, 마치 무슨 의식이라도 시작할 것처럼 이마와 목덜미를 정성스레 닦았다. 그리고 입을 열었다.
 "아무래도 이상하군요……거 참! 이 벽 어딘가 다른 곳에 문이 있고, 헨더슨 부인이 그것을 본 것은 아닐까요?"
 "그럼 확인하기 위해 이 방의 널빤지를 모두 벗겨볼까요?" 하고 마크는 말한 뒤 이가 거의 보일 정도로 야유조의 미소를 지었다. 여유만만한 모습으로 창문에서 비쳐드는 잿빛의 빛을 등지고 서서 '끌'을 손 안에서 장난감처럼 만지작거리고 있었다.
 "이 정도면 믿어주실 줄 알았는데. 전부 부숴본다고 뭐가 달라지겠습니까?"
 블레넌은 옷장 옆으로 걸어가서 그 문을 허탈한 듯이 쳐다보았다.
 "알 수가 없군" 하고 불만스러운 듯이 중얼거리더니 고개를 돌려 돌아보며 말했다.

"그건 그렇고, 방금 부순 널빤지 위쪽에 전등이 있군요. 수수께끼의 여자가 있지도 않은 문으로 빠져나갔을 때, 그 전등은 켜져 있었나요? 아, 잠깐! 헨더슨 부인이 말했는데……."

"그렇군요……운이 없었어요. 침대 머리맡의 작은 독서용 스탠드밖에 켜져 있지 않았다고 했습니다……그래서 머리색깔도 그렇고, 수수께끼의 여자를 정확하게 볼 수 없었지요. 보시는 바와 같이 이 방의 전등은 두 개뿐인데, 헨더슨 부인도 말했듯이……."

스티븐스는 참을 수 없이 화가 치밀어 올라왔다. 비밀통로가 없는 것을 진심으로 기뻐해야 할지 어떨지 알 수가 없었다. 아마 기뻐해야 할 일인지도 모른다. 하지만 화가 나서 견딜 수가 없는 것은 확실했다.

"잠깐 내 얘기좀 들어보시죠. 이 사건에서는 '헨더슨 부인이 말한 바에 의하면'이 붙지 않는 것은 하나도 없군요. 솔직하게 말해 '헨더슨 부인이 말한 바에 의하면'을 되풀이하기만 하는 건 참을 수가 없어요. 헨더슨 부인이 도대체 누구라는 말입니까? 그 여자가 뭔데요? 예언자, 점쟁이, 성서의 대변자라도 되는 겁니까? 헨더슨 부인은 지금 어디 있습니까? 이건 달아난 거라고밖에는 생각할 수가 없군요……자기가 한 말 때문에 경찰이 조사를 하러 오고 이 소동이 일어나고 있는 것을 알면서도 한번도 나타나지 않으니! 당신은 마크의 부인과 내 아내를 살인용의자로 만들었어요. 루시에게는 완벽한 알리바이가 있고, 내 아내에게는 브랑빌리에 후작부인의 의상과 비슷한 드레스를 손에 넣거나 만드는 것이 도저히 불가능하다는 증언이 있음에도 불구하고, 그녀들에 관한 시시콜콜한 것까지 왈가왈부했어요. 뭐 그것도 좋다 칩시다. 하지만 헨더슨 부인이 만약 피가 언덕 위를 향해 거꾸로 흐른다거나, 우리가 이 눈으로 없다는 것을 확인한 문이 있다고 하면 그게 아무리 믿어지지 않는 얘기라도 당신은 그걸 믿는군요."
마크가 고개를 저었다.
"이건 자네가 말하는 것처럼 부조리한 것은 아니네. 만약 그녀가 거짓말을 했다면 어째서 그런 꿈같은 말을 하겠나? 이 방에 여자가 있었고 백부님에게 뭔가를 마시게 했다고 말하는 것으로 끝내지 않았을까? 우리가 조사하면 거짓말이라는 게 곧 들통날 것이고 따라서 믿어줄 리도 없는 것까지 왜 말했을까?"
"그게 바로 무심코 진실을 말해버리는 경우지. 그런 말을 하는 걸 보니, 자네도 아직 그녀가 한 말을 믿고 있는 모양이군……아니면 나하고 논쟁을 하고 싶지 않아서거나."
침묵이 흘렀다. 스티븐스는 다시 말을 이었다.
"하지만 그런 건 직접적인 문제점에서 벗어난 거네. 자네는 지금 나한테 왜 헨더슨 부인이 수수께끼의 여자가 벽돌벽을 지나갔다는 얘기를 그토록 강력하게 주장했느냐고 물었네. 이번에는 내가 묻겠네만, 왜 헨더슨 씨는 시체가 화강암 벽을 빠져나갔다고 그렇게까지 완강하게 우겼을까? 왜 그는 밀폐된 납골당 안은 돌멩이 하나 움직인 흔적이 없다고 그렇게 장담했을까? 이 문제에서 절대로 있을 수 없는 일이 두 가지 있어……하나는 이 방에서 수수께끼의 여자가 자취를 감춘 것. 또 하나는 관 속에서 시체가 사라진 것. 그리고 이 두 가지 일에서 증인은 한 사람씩밖에 없는데 그것이 헨더슨 부부라는 것도 묘하지 않은가?"
블레넌은 작게 휘파람을 불었다. 그런 다음 호주머니에서 담뱃갑을 꺼내 두 사람에게 내밀었다. 마크와 스티븐스는 마치 칼을 받아드는 결투사처럼 담배를 뽑아들었다.
블레넌이 말했다.

"계속하시죠."

"이번 사건이 살인 사건이라 치고 그 구체적인 상황을 생각해봅시다. 경위님, 당신은 살인범이 외부인이 틀림없다고 했는데 나는 거기에 반대합니다. 나는 거의 99퍼센트 범인은 이 집 내부에 있다고 봐요. 그것은 지금까지 줄곧 간과하고 있었던 사실이 한 가지 있기 때문입니다. 그건 바로 독약을 마시게 한 '방법'이에요. 살인범은 독약을 계란과 우유와 포도주를 섞은 음료에 타서 마시게 했습니다."

"그렇지요……."

"그렇다면 우선, 외부인이 몰래 집안에 들어와서 냉장고에서 계란을 꺼내 깨뜨린 다음, 다시 냉장고에서 우유를 꺼내고 지하실에 가서 포도주를 가져와서, 그것들을 혼합하여 음료를 만들 수 있는 일일까요? 또, 이 방의 찬장에 들어 있는 은컵에 담기 위해, 그 음료가 담긴 그릇을 들고 당당하게 집 안을 걸어온다는 것이 외부인에게 가능할까요? 설령 가능하다 하더라도, 가장 곤란한 문제에 부딪칩니다……외부인이 과연 마일즈 씨에게 그 음료를 마시게 할 수 있다고 생각할 수 있는지. 마크, 자네만 해도 그에게 몸에 좋은 약을 먹이는 데도 무척 힘이 드는 것을 충분히 겪었을 거네……특히 그날 밤에는 더욱 더. 만약 외부인이 그에게 독약을 먹이려 했다면 틀림없이 그가 잘 마시는 음료를 선택했을 거야……샴페인이나 블랜디 같은 것 말이네. 암……계란과 우유와 포도주를 섞은 가정적인 음료는, 마일즈 씨에게 그런 걸 먹일 수 있는 집안 사람이 아니면 도저히 생각해낼 수 없는 종류야. 만든 것은 루시일지도 모르고 이디스일지도 모르고, 간호사일 수도 있고, 하녀도 예외는 아니지. 그런데 루시는 세인트데이비스에서 춤을 추고 있었고, 이디스는 브리지 게임을 하고 있었고, 코베트 양은 YWCA에서 놀고 있었고, 마거릿은 페어마운트 공원에서 데이트를 즐기고 있었어. 그렇다면 문제는 알리바이가 있느냐 없느냐가 되지. 그런데 경위님, 당신이 알리바이를 조사하거나 의심을 품지 않았던 사람이 둘 있습니다. 제가 굳이 말할 필요도 없겠지요. 그 가정적인 음료에 대해서인데 그 둘 가운데 한 사람은 요리사라는 것을 잊지 마십시오. 게다가 두 사람 다 마일즈 씨의 유언으로 유산을 분배받게 되어 있습니다."
마크가 어깨를 으쓱했다.
"설마……말도 안돼. 우선 그들은 이집에 오래전부터 계속 있었고, 설령 그들이 마일즈 백부님을 죽이고 그것을 속이기 위해 거짓말을 했다 쳐도 그래. 뭐 하러 그런 괴담 같은 얘기를 지어내겠나? 그런 짓을 하면 자신들에게 어떤 이익이 돌아올까? 보통 살인범도 그런 뻔한 거짓말로는 달아날 수 없는데, 그건 완전히 억측이고 말이 안 된다고 생각하네."
"그럼 묻겠네만……간밤에 자네는 우리에게, 헨더슨 부인이 수수께끼의 여자에 대해 얘기했고, 그녀가 도무지 어찌된 건지 이해할 수가 없다고 말했다고 했네……모습이 이상하게 변한 것과, 그 여자의 목이 몸에 딱 붙어 있지 않은 것 같았다는 묘한 말까지 상세하게……."
"뭐라고요?" 하고 블레넌이 물었다.
"그런데 마크, 그런 생각은 간밤에 우리가 생각한 것처럼 자네가 그녀한테 불어넣은 건가, 아니면 그녀가 자네한테 불어넣은 건가?"
마크는 냉정하게 대답했다.
"그건 모르겠네. 나도 그걸 생각해 보려고 했지."
"하지만 그녀가 자네한테 그렇게 생각하게 만든 것이 아니면 자네가 그렇게 생각했을까?"

"생각 안 했을지도 모르지만……난 모르겠어."

"하지만 우리 모두가 알고 있는 사실이 있네. 우리는 넷이 힘을 합쳐 납골당을 열었는데 그 네 명 중 한 사람은 끝까지 유령의 존재를 믿는다고 주장했어……그게 누구였지? 정체를 알 수 없는 누군가가 내내 우리를 보고 있으니 하는 말을 해서 초자연적인 분위기를 조성하려 했던 게 누구였지? 그 납골당에 사람이 들어간 흔적이 전혀 없다고 꿈같은 말을 주장한 것은 누구였나? 조 헨더슨 아니었나?"

"그렇기는 하지만……그뿐이잖아? 오랜 옛날부터 우리 집에 있는 선량한 고용인 부부가 갑자기 두 마리의 악마로 변했다고 자네는 말하려는 건가?"

"당치도 않아. 그 두 사람은 악마 같은 것은 아니야……악마가 어쩌고저쩌고 하는 말을 꺼낸 건 자네잖아? 그들이 무척 선량하고 좋은 사람들이라는 건 나도 인정하네. 하지만, 그런 선량하고 좋은 사람이 살인을 하는 경우도 있으니까. 그들이 자네한테 충실한 건 확실해. 하지만 마일즈 씨에게도 충실하다는 증거는 없어……마일즈 씨는 거의 외국에서만 살아서, 그들도 자네와 마찬가지로 그를 제대로 알지 못했기 때문이지. 그리고 마일즈 씨한테서 그들에게 유산의 일부가 상속된다 하지만, 그건 자네 아버님의 유지에 의한 것이네. 그런데 그 괴담 같은 얘기 말인데, 그 근원이 뭐라고 생각하나?"

"근원이라니?"

이때, 마치 마크의 기분을 보여주기라도 하는 것처럼 한쪽으로 구부러진 채 다 타버린 담배를 가리키면서 블레넌이 끼어들었다.

"아무래도 의론만 분분하고 성과가 없군요. 하지만 저는 스티븐스 씨가 하시는 말씀을 이해할 것 같은 기분이 듭니다. 제 생각을 얘기해 보겠어요. 마일즈 씨가 사망했을 때는 아무도 그가 독살되었다고 의심하지 않았습니다……당신 말고는."
그가 마크를 향해 턱을 치켜올려 보였다.
"그 찬장에서 당신이 은컵을 발견했기 때문이죠. 그리고 바로 그 뒤, 헨더슨 부인이 당신한테 와서 유령인지 뭔지 모르지만 벽을 빠져나갔다는 얘기를 했어요……그녀는 나한테는 여자의 목이 완전히 붙어 있지 않았다는 얘기는 전혀 하지 않았습니다. 그것 말고는 당신한테 한 얘기와 같습니다. 어쨌든 그녀는 당신한테 그 얘기를 했어요……왜 그랬을까요? 당신이라면 반신반의할지라도 일단은 믿어줄 것이고, 더욱이 그 얘기를 비밀로 하라고 입막음을 할 거라고 생각했기 때문입니다. 그리고 당신이 할 일은 납골당을 열어보는 것밖에 없었어요. 그런데 어떤 악마의 짓인지 마일즈 씨의 시체가 사라졌기 때문에, 더욱더 다른 사람들에게 비밀로 하지 않을 수가 없었습니다. 어떤가요, 이것으로 모든 게 그 부부가 얘기한 것과 앞뒤가 맞아떨어지지요?"
마크는 갑자기 의심스러워진 눈으로 블레넌을 쳐다보았다.
"그럼 모든 것이 거짓말이고, 시체가 사라진 것도 내가 다른 사람들에게 말하지 못하게 하기 위해 꾸민 짓이라는 말입니까?"
"그럴지도 모릅니다."
"하지만 그렇다면 말입니다……어제……아직 납골당을 열기도 전에……헨더슨 부인이 모든 걸 정직하게 경시총감에게 얘기한 것은 어떻게 해석해야 할까요?"
두 사람은 서로 얼굴을 마주보았다.
그때 스티븐스가 끼어들었다.
"그것도 그렇군."

"아니, 그렇지도 않아요. 오그덴 씨를 잊어서는 안 됩니다" 하고 블레넌이 말했다.

"그는 상당히 머리가 좋은 사람이에요. 그도 역시 뭔가 이상하다고 생각한 겁니다. 그렇다고 얼마나 이상하다고 생각한 건지는 모르고 다만 헨더슨 부부가 그렇게 생각했을 뿐인지도 모르지요. 그 부부라면 오그덴 씨가 그냥 있을 리가 없다는 걸 알았을 테니까요. 그래서 헨더슨 부인이 신경과민이 되어 여자의 얕은꾀로 그렇게 했다고 생각할 수도 있어요……다시 말해 그녀는, 자신이 연루될 것임을 알았기 때문에 그런 얘기를 날조하기로 한 거지요."

블레넌은 다시 한번 옷장 있는 곳으로 천천히 걸어가서 이번에는 결코 만만하게 물러서지 않겠다는 듯 뚫어지게 그것을 노려보았다.

"이번 사건에서 이 옷장이 어떤 역할을 했는지 알 수 있으면 좋겠는데. 아무래도 뭔가 냄새가 나요……왠지 모르게. 뭐 이 옷장의 만듦새가 어떻다는 건 아닙니다. 하지만 당신이 독이 든 컵을 발견한 곳은 바로 이 안이었지요, 데스파드 씨? 그런데 왜 범인은 컵을 이런 곳에 두었을까요? 독이 들어 있지 않은 우유컵과 비소가 남아 있는 컵을 나란히 함께 두었던 건 왜일까요? 그리고 고양이도 있었고, 아마 비소가 든 컵을 핥았던 것 같은데 그건 또 어째서일까요?"

그는 옷장 속에 걸려있는 옷 사이를 헤치며 살펴보았다.

"마일즈 씨는 옷이 무척 많았군요, 데스파드 씨?"

"예. 간밤에도 모두에게 말했지만, 그는 외모에 신경을 써서 틈만 나면 옷을 갈아입었던 모양입니다. 하지만 우리에게는 알리고 싶지 않았던지……."

"그가 여기서 한 것은 그뿐만이 아니에요" 하는 뜻밖의 목소리가 들렸다.

제3부 논증

복도 입구에서 이디스 데스파드가 들어왔는데 발소리가 나지 않았기 때문에 아무도 눈치채지 못했던 것이다. 하지만 일부러 발소리를 죽여서 들어온 것은 아니었다. 그녀의 표정이 무엇을 나타내고 있는 건지 그때는 아무도 이해할 수 없었다……아니, 조금 지난 뒤에도 알지 못했다. 그녀의 눈은 수면부족으로 약간 부석부석해 보였지만, 화사하고 아름다운 얼굴에는 의연한 침착성이 나타나 있었다. 어찌된 건지 스티븐스에게는 그녀가 간밤보다 훨씬 젊어보였다. 그녀는 팔에 책을 두 권 끼고 한손의 손가락으로 그것을 톡톡 두드리고 있었다. 어딘지 모르게 옷차림이 세련돼 보이고 아름답게 치장도 하고 있었는데, 스티븐스는 나중에 생각해 봐도 검은 드레스였다는 것뿐 그녀가 어떤 옷을 입고 있었는지 전혀 생각이 나지 않았다.
　마크가 깜짝 놀라며 꾸짖었다.
　"이디스, 넌 이 방에 오면 안 될 텐데! 오늘은 하루 종일 누워 있겠다고 약속했잖아. 간밤에 너는 한숨도 못 잤다고 루시가 말했어……아니, 잠깐씩 눈을 붙이긴 했는데 그것도 내내 꿈에 시달렸다고 하던데."
　"응, 맞아" 하고 말한 뒤 이스디는 판에 박힌 정중한 동작으로 블레넌을 돌아보았다.
　"블레넌 경위님이시죠? 몇 분전에 당신이 이 방에서 다른 사람들을 내보냈을 때 모두가 당신에 대한 얘기를 해주었어요."
　그녀의 미소는 너무나도 매력적이었다.
　"하지만 전 쫓아내지 않으시겠죠?"
　블레넌은 무던하고 사람 좋은 붙임성을 보이며 "데스파드 양이시군요. 아무래도 우리가……." 그렇게 말하다가 부서진 벽을 턱으로 가리키면서 기침을 했다.
　"아니에요, 어차피 이렇게 될 줄 알았으니까요. 당신이 고심하고 있는 문제를 제가 풀어드리겠어요."

이디스는 이렇게 말하면서 가슴에 낀 책에 가만히 손을 댔다.

"전 당신이 저 옷장이 이번 사건에 뭔가 관련이 있을 것 같다고 말씀하시는 것을 들었어요. 저도 크게 관련이 있다고 생각해요. 전 그 속에서 간밤에 이 책을 발견했어요. 이 두 번째 책이 한곳에서만 자꾸 펼쳐진 흔적이 있는 걸 보면, 아마 마일즈 백부님은······뭐 그렇다고 독서가라고 할 수 있는 분은 아니었지만······거기서 뭔가 조사해야 할 것을 발견했던 것이 아닐까요? 블레넌 씨에게······아니, 모든 분들에게······잠깐 읽어드릴게요. 재미가 없을지도 몰라요, 학문적이고 딱딱해서 지루하니까. 하지만 잘 들어 보세요. 문 좀 닫아주시겠어요, 테드?"

"책?······무슨 책인데?" 하고 마크가 물었다.

"그리모의 《마술의 역사》야."

창가에 있는 등의자에 앉더니, 그녀는 세탁물 리스트라도 읽듯이 사전설명도 하지 않고 겁내는 기색도 없이 읽기 시작했다. 하지만 소리 내어 읽기 전에 눈을 들어 스티븐스를 쳐다보았다. 그는 그 눈 속에 떠올라 있는 흥미와 호기심을 읽고, 자신이 의심을 받고 있는 듯한 느낌이 들어 속으로 섬뜩한 기분이 들었다. 그녀의 목소리는 억양은 별로 없지만 맑고 막힘이 없었다.

'불사의 인간'을 믿는 풍조는 17세기 말 25년 동안 프랑스에서 시작되었다. 1737년, 라마르의 영주에 의해 처음으로 문자로 기록되었다(마법, 요술, 악령 및 주술에 관한 개설). 그 뒤 몇 년 동안 과학자들 사이에서도 이것이 진지하게 논의되었다. 이에 관한 논쟁은 근년인 1861년에도 형사법정에서 재연되었다.

간단하게 말하면 '불사의 인간'이란——대체로 여성이 많은데—

—독살에 대한 죄과로 사형을 선고받고 그 육체가 생사를 불문하고 화형에 처해진 인간을 말한다. 여기서 범죄학의 영역과 마술의 영역의 접촉이 시작된다.

옛날부터 독약의 사용은 마술의 일부로 간주되고 있었기 때문에 '불사의 인간'을 믿는 풍조의 기원을 조사하는 건 어렵지 않다. '미약'이나 '증오의 마약'도 마술의 일종으로 여겨지고 있었기 때문에, 독살자는 그것을 핑계 삼아 독살을 자행했다. 따라서, 무해한 미약을 주는 것조차 로마법에서는 처벌의 대상이 되었다. 중세 때는 이교와 동일시되기도 했다. 영국에서는 1615년까지도 독살 사건의 재판은 사실상 마술에 대한 재판이었다. 코크 재판관에 의해, 토마스 오버베리 경을 독살한 혐의로 앤 터너의 재판이 열렸을 때도, 밀랍인형과 양피지로 만든 서책, 사람의 가죽 한 조각을 증거로 그녀의 마술이 공개되자, 방청객들은 마왕이 지나가는 기척을 느꼈다고 한다.

'그 물건들과 주문서, 그리고 여러 가지 그림이 법정에 제출되었을 때, 단두대에서 무시무시한 소리가 들려왔고 그 소리가 방청객들 사이에 깊은 공포와 혼란을 불러일으켜, 모두들 흡사 마왕이 그 자리에 나타나, 자신의 제자도 아닌 자의 손에 의해 마술이 공개되는 것에 격분한 것 같은 느낌이 들어 공포에 떨었다'고 서기는 기록하고 있다.

프랑스에서는 같은 17세기 후반에 이르러 마법에 의한 살인이 극에 달했다. 리스본에서는 각자의 영역을 가진 마녀가 수없이 있었다는 기록이 있다. 토파나의 비밀결사 여인들이 600명이나 되는 사람을 독살했다는 이탈리아에서는, 그라제와 에그지리가 등장해 황금석을 연구하고 비소를 팔았다. 루이 14세의 궁정 귀부인들은 악마주의를 예찬하여 특히 흑미사 때 태아를 희생으로 바치는 일이

성행했다. 이들의 비밀의식은 비밀방에서 거행되었다. 마녀 라 보아장은 생드니에서 사자의 영혼을 불러냈다. 이 악마주의 예찬자들은 골의 시에 나오는 것 같은 '주름투성이의 얼굴에 새하얀 눈썹, 드러낸 이빨, 사시인 눈, 새된 목소리와 추잡한 혀'를 가진 노파들이 아니라, 침모에서 궁정의 귀부인에 이르기까지 뛰어난 미모의 여성들이었다. 그리고 그녀들의 남편과 아버지들이 살해되어 갔다.

이 비밀결사의 존재는 한 참회자의 말에 의해 파리 대사제의 귀에까지 전해졌다. 바스티유에서 가까운 병기고에 유명한 '화형법정'이 설치되었고, 피고들은 사지가 4대의 마차에 묶여 찢어지는 형벌이나 불에 타죽는 형벌을 받았다. 1672년, 루이 14세의 애인 몽테스팡 부인의 의심스런 죽음은, 독약 탐구자들에게 자극이 되었다. 1672년부터 1680년까지 프랑스 상류계급의 귀부인들이 여러 명 화형법정에 소환되었고, 그 중에는 마자랭 추기경의 두 질녀와 브이용 공작부인, 유진 왕자의 어머니인 소앙송 백작부인도 있었다. 그러나 비밀결사의 전모가 세계적으로 드러나게 된 것은 1676년 브랑빌리에 후작부인의 재판에서였고 이 재판은 석 달이나 계속되었다.

브랑빌리에 후작부인의 행위는 애인 생 클루아 대위의 급사에 의해 폭로되었다. 생 클루아 대위의 유산 중에 '내가 죽은 뒤에는 생 폴 가에 사는 브랑빌리에 후작부인에게 전해주기 바란다'고 쓴 편지가 들어있는 티크 상자가 있었다. 이 상자에는 염화수은, 안티모니, 아편 등의 독약이 들어 있었다. 브랑빌리에 후작부인은 달아났지만, 결국 데프레라는 탐정의 노력에 의해 법정에 끌려나와, 대규모 독살사건 혐의로 재판을 받았다. 메이틀 니베르가 현란한 변설로 그녀를 변호했지만, 그녀를 유죄로 몰아넣은 것은 데프레였다. 그는 후작부인이 은밀하게 그에게 맡긴 자술서를 법정에 제출한 것이다. 이 자술서는 그녀가 실제로 성공한 사건 외에, 미수에 그친 몇몇 사건까지 열거된 무서운 것이었다. 그녀는 단두대에서 사형시킨 뒤 화형에 처한다는 선고를 받았다.

  결판 뒤 공범자의 이름을 자백시키기 위해 그녀는 '물고문'을 당했다. 이것은 당시의 재판 방법의 하나로 피고를 눕혀놓고 가죽 '깔때기'를 입에 넣어 물을 부어넣는 것이다.

이디스는 읽고 있던 책에서 흘깃 시선을 들었다. 창문에서 비쳐드는 잿빛의 햇빛이 그녀의 머리를 비추고 있었고, 그녀의 얼굴에는 강한 호기심과 흥미가 넘쳐나고 있었다. 남자들은 미동도 하지 않았다. 스티븐스는 카펫을 응시하고 있을 뿐. 그는 유명한 범죄에 흥미가 있다면 반드시 가보라고 웰든 박사가 추천했던 파리의 주소를 떠올리고 있었다──생폴 거리 16번지.

  그 뒤 세비니에 부인은 후작부인이 형장으로 끌려가는 것을 보고 조롱하며, 후작부인에 대해 떠들고 다녔다. 군중은 그녀가 한 손에 촛불을 들고 새하얀 속옷 한 장에 맨발의 모습으로 참회하는 것을 구경했다. 그때 그녀의 나이 42세, 인형처럼 아름답던 용모도 거의 퇴색해 있었다. 그녀의 참회와 헌신은 참으로 전형적인 것이어서 필로 수도원장도 만족했다. 그러나 그녀는 데프레 탐정의 행위를 용서하는 기색은 없었고, 단두대에 올라갔을 때도 잘 울리는 목소리로 계속 주문을 외었다. 그녀의 시체는 그레이브 광장에서 화형에 처해졌다.

  이 재판에서 밝혀진 증거를 근거로 경찰당국은 가까스로 대군주의 궁정 안에 펼쳐진 마법의 그물을 제거할 수 있었다. 생 클루아의 하인 라쇼세는 이미 사형에 처해졌고, 독살자인 마녀 라 보아장은 1680년 공범자들과 함께 체포되어 산 채로 화형에 처해졌다. 마왕을 추종한 무녀들도 죽고 불타고 남은 재는 뿌려졌으며, 마왕만이 노트르담 대성당 위에서 득의의 미소를 지었다.

그러나 그것으로 모든 사람이 만족한 것은 아니었다. 이렇다 할 뚜렷한 이유는 없지만 메이틀 니베르는 대주교에게 "어쩐지 이것만으로 끝날 것 같지 않은 느낌이 듭니다. 저는 그녀들이 죽는 것을 제 눈으로 보았습니다. 그녀들은 보통 여자들이 아닙니다. 이대로 편안하게 잠들지는 않을 것입니다" 하고 말한 것으로 전해진다.

그런데 이 말의 진정한 의미는 무엇일까? 극히 최근인 1925년에 마르셀 나드와 모리스 페레티, 이 두 사람의 연구에도 인용되어 있듯이 오늘날의 유럽에서도 악마주의의 발생을 볼 수 있다. 대부분 여성의 손으로, 또 뚜렷한 동기도 없이 독살과 대량살인이 벌어지고 있는 것에 대해서는 문헌을 보여줄 필요도 없을 것이다. 이를테면 1811년 바바리아에는 안나 마리아 숀레벤이 있었고, 1868년에는 스위스에 마리 자네르가 있었다. 또 27명을 독살한 팡 드 라이덴 부인도 있다고 페로는 말했다. 영국에는 파머와 크림 같은 남자들도 있었다. 그들은 어떤 동기에서 그런 짓을 했을까? 여성의 경우는 피해자의 죽음에서 이득을 얻는 일은 좀처럼 없을 뿐더러 얻을 수 있을 거라는 기대는 물론, 선악의 구별조차 없는 게 보통이다. 그녀들은 자신의 행위의 동기를 설명할 단계에서는 여간 곤혹스러워 하지 않았는데 그렇다고 미쳐 있었던 건 아니다.

그녀들의 동기는 단순한 욕망에 지나지 않으며, 비소의 하얀 가루를 애용한 것도 이 독약이 그녀들에게 여왕과 운명의 지배자의 권력을 주기 때문이라고 설명되기도 했다. 하지만, 그것으로 모든 것이 해명된 것은 아니다. 이를테면 그런 여자들이 살인의 욕망을 품었다 해도 희생자들이 독살 당하기를 원했을 리가 없기 때문이다. 그러나, 이 모든 사건들에 공통되는 가장 기이한 특징은, 희생자들이 자신들이 독살된다는 사실을 알고 있었던 것으로 보이는 경우에서도, 침착하게 숙명으로 받아들이며 진심으로 그것을 감수하는 마음을 가지고 있었다는 사실이다. 팡 드 라이덴 부인은 한 희생자에게, "한 달 뒤면 당신 차례예요" 하고 미리 일러주었고, 주다고는 "내가 가는 곳에는 반드시 죽는 사람이 나온다"고 말했다. 뿐만 아니라 그녀들은 고발당하지 않았다. 마치 가해자와 피해자를 이어주는 무슨 마법의 끈이……무슨 주문과 최면술 같은 것이…… 있었던 것으로 추정된다.

이런 생각은 1737년에 파리를 깜짝 놀라게 한 사건에서 라마르의 영주가 막연하게 말한 것이었다. 마녀라고 밀고 당해 1680년에 화형에 처해진 여자와 성이 같은, 테레즈 라 보아장이라는 19살의 소녀가, 일련의 살인 사건의 용의자로 체포되었다. 그녀의 부모는 샹틸리의 숲에서 숯을 구우며 사는 사람들이었다. 그녀는 글을 읽을 줄도 쓸 줄도 몰랐다. 태어났을 때의 상황은 평범했고 16살까지는 완전히 정상이었다. 이웃에서 8명의 사람이 살해되기에 이르자 아무리 엉덩이가 무거운 경찰관들도 이상하게 여기지 않을 수 없었다. 피해자의 베개 밑과 담요 속에서 매듭이 아홉 개 있는 끈——대부분 머리카락이나 끈, 털실 같은 것으로 만든——이 발견된 것이 상황치고는 기이했다.

당국은 그것을 이렇게 해석했다. 즉 9는 3의 배수로 신비한 숫자이며, 마법의 의식이 열리는 곳에서는 반드시 사용된다. 한 줄의 끈에 아홉 개의 매듭을 짓는 것은 희생자를 완전히 마녀의 지배 하에 두는 주술을 거는 것으로 믿었기 때문이라는 것이다. 경찰이 라 보아장의 집을 급습했을 때 그들은 이 여자가 가까운 숲 속에서 알몸으로 이리처럼 무서운 눈을 하고 풀숲에 숨어 있는 것을 발견했다. 파리로 연행하여 신문하자, 그녀는 모든 것을 진술했다. 그녀는 불만 보면 비명을 질렀다. 부모는 그녀가 글을 모른다고 말했지만, 실제로는 글을 읽고 쓸 줄도 알았으며, 궁정의 귀부인처럼 품위 있는 말씨를 썼다. 그녀는 살인행위를 인정했고, 희생자들에게 외운 주문의 의미를 묻자 이렇게 대답했다.

"그녀들은 이제 우리의 동료가 되었어요. 우리는 수가 너무 적어서 좀 더 많은 동료가 필요해요. 그녀들은 정말로 죽은 것이 아니며, 지금은 이미 이 세상에 환생해 있어요. 내가 하는 말 믿어지지 않는다면 그녀들의 관을 열어보면 알 것 아니에요? 하지만 안에는 아무것도 없을 거예요. 한 사람은 간밤에 열린 악마의 집회에 갔어요."

적어도 관이 비어 있었던 것만은 사실이었다. 이 사건에서 또 한 가지 기묘한 것은 그녀의 재판 때 부모가 어떤 범행에 대해 알리바이 같은 것을 증언한 것이다. 그것은 만약 그녀가 범인이라면 그녀는 지극히 짧은 시간에 2km의 길을 걸어 문이 잠겨 있는 집에 무언가의 방법으로 몰래 들어가야 하지 않으면 안 되었다는 것이다. 그러나 거기에 대해 보아장은 이렇게 대답했다고 한다.

"그런 건 어렵지 않아요. 전 풀숲에 들어가 온 몸에 약을 바르고 전부터 가지고 있는 옷을 입어요. 그렇게 하면 그런 것쯤 아무 것도 아니죠."

'전부터 가지고 있는 옷'이 뭐냐고 묻자 그녀는 "드레스를 많이 가지고 있는데 지금 말한 것은 아름다운 드레스예요. 하지만 불 속에 들어갔을 때는 입지 않았어요" 하고 대답했다. 그리고 불이라는 말을 입에 올린 순간 그녀는 갑자기 무언가가 생각난 듯 무서운 비명을 질렀다.

"그만하면 됐습니다" 하고 블레넌이 무거운 목소리로 말했다. 그리고 한손으로 얼굴을 쓰다듬었다.

"죄송하지만 아직 일이 남아 있어서요, 데스파드 양. 지금은 4월이고 아직 만성절(10월 31일)까지는 시간이 있습니다. 게다가 빗자루를 탄 마녀 얘기는 아무래도 제 분야가 아니라서요. 만약 당신이 나에게 그 여자가 마일즈 씨에게 주술을 걸고 자신의 몸에 약을 바른 뒤 수백 년 전의 드레스를 입고 그 벽을 뚫고 나갔다고 말씀하셔도……그러니까 저로서는 적어도 배심원들을 이해시킬 만한 증거가 없으면 안 된다는 말밖에 할 수가 없습니다."

이디스는 약간 거만한 태도를 보였지만 그리 화를 내지는 않았다.

"정말이에요? 그럼 그 증거를 보여드리죠. 실은 제가 당신에게 읽어드리고 싶었던 것은, 이 뒤에 나오는 말이에요. 하지만 그런 말을 해도 아무 소용없다고 한다면, 굳이 읽을 필요 없겠군요. 그것은 1861년에 단두대에서 처형된 마리 도브리라는 여자에 대해 쓴 거예요……그건 브랑빌리에 후작부인의 결혼 전의 이름과 같죠. 17세기와 18세기를 당신이 어떻게 생각하든 상관하지 않겠지만, 이들의 세기가 1861년의 사건과 전혀 무관한 것이라고는 생각하지 않으실 거라고 보는데요."

"설마 그 후작부인이 마법을 사용한 죄로 처형되었다고 말씀하시려는 건 아니겠지요?"

"네, 살인죄로 처형되었으니까요. 상세한 것은 별로 재미도 없기 때문에 되풀이해 얘기할 생각은 없지만, 그녀가 피고석에 들어갔을 때의 모습을 당시의 서기가 기록해둔 것만은 읽어드리고 싶군요. 거기에는 이렇게 적혀 있어요……'이 재판이 사람들의 주의를 끈 것은, 피고 여성이 미모이며 유복했기 때문만이 아니라 그 겸허한 태도에 의한 것이었다. 그것은 참으로 겸허 그 자체여서 검사가 무례한 말을 했을 때 그녀는 여학생처럼 얼굴을 붉혔을 정도였다' 그리고 여기에는 이렇게 되어 있군요……'그녀는 흠칫거리며 재판장에게 목례를 하고 피고석에 들어갔는데, 그때의 차림새는 갈색 비로드로 만든, 큰 깃털장식에 배 모양을 한 모자에 갈색 드레스, 한 손에 은 향수병……또 한쪽 손목에는 루비를 박은 고양이 머리 모양의 잠금쇠가 있는 묘하게 고풍스러운 황금팔찌를 끼고 있었다. 증인들이 베르사유의 별장의 한 방에서 벌어진 흑미사와, 루이 디나르 독살에 대해 상세하게 증언하기 시작하자, 방청객 중에 흥분한 몇몇 사람이, '거짓말이야……거짓말이야!' 하고 소리를 지르기까지 했다. 그녀의 마음 속 동요는 손목의 팔찌를 만지작거리는 행위에서 드러날 뿐이었다.'"

이디스는 탁 하고 소리를 내며 책을 덮었다.

"진실은 결국 밝혀지게 되는 법이죠, 테드. 이것과 똑같은 팔찌를 끼고 있는 사람을 알고 계시죠?"

스티븐스는 알고 있었다. 간밤에 사라진 그 1861년에 찍은 마리 도브리의 사진에 있었던 팔찌를 본 기억도 있었다. 하지만 그는 완전히 갈피를 잡지 못하고 있었기 때문에 아무 말도 할 수 없었다.

"그래, 맞아" 하고 마크가 힘없는 목소리로 입을 열었다.

"나도 그 생각을 하고 있었는데……그렇게 확실한 이상 아무래도……."

그러나 블레넌이 질책하는 듯한 목소리로 말했다.

"아니, 그게 뭐 어떻다는 겁니까……당신 생각은 알겠지만, 전 스티븐스 씨를 동정하고 있습니다. 스티븐스 씨, 그런 일로 묘한 얼굴을 하고 있는 거라면 걱정할 필요 없습니다. 하지만 이상하군요, 그 책에 적혀 있는 말도 안 되는 얘기를 듣기 전까지, 데스파드 씨는 마리 씨를 열심히 변호했습니다. 그리고 저는 그 말을 듣기 전까지 그녀를 공격하고 있었지요."

이디스는 엄격한 투로 말했다.

"당신은 과거에 마법이 행해진 것을 부정하시는 건가요?"

의외로 블레넌은 "당치도 않습니다……우리 미국에서도 마법이 행해지고 있으니까요. 그 매듭이 아홉 개 있는 끈의 주술에 대해서도 잘 알고 있지요. 그건 '마녀의 사다리'라고 하는 것입니다" 하고 말했다.

마크는 눈을 둥그렇게 떴다.

"예에? 하지만 지금 당신은……."

"데스파드 씨는 이곳이 어딘지 잊으셨습니까? 게다가 신문도 읽지 않으시나요? 당신들은 펜실베이니아 출신의 네덜란드 인이 사는 지역의 끝자락에 살고 있는 겁니다……이 근방에서는 아직도 마녀가 밀랍인형을 만들고, 황소에 주술을 걸기도 하니까요. 그렇잖습니까, 바로 조금 전에도 마법에 의한 살인 사건이 있었고……. 우리 형사 한 사람이 그 일로 그들에게 충고하러 갔지요. 제가 아까 댁의 하녀 마거릿이 원래는 펜실베이니아 출신의 네덜란드 인이라는 것을 강조한 것, 기억하고 계시죠? 그랬더니 당신은 그것과 이번 사건이 무슨 관계가 있느냐고 물으셨습니다. 저는 그 하녀가 범인이라고 생각하지는 않지만, 관련은 크게 있을 겁니다. 매듭이 있는 끈에 대한 얘기를 들었을 때, 저는 이 근방의 마법사가 당신의 백부님에게 마법을 걸려고 했던 게 아닌가……아니면 그런 식으로 보이게 하려고 한 것이 아닌가 하고 생각했습니다. 거기에다 헨더슨 부부에 대한 스티븐스 씨의 의견을 종합해보면, 그 마법사가 누구였는지 알 것 같은 기분이 들었어요. 그래서 묻고 싶은데……헨더슨 부부는 어디 출신입니까?"

"레딩인 것 같은데……원래는. 가족의 일부는 클리블랜드로 옮겼지만."

"아하, 레딩은 좋은 마을이지만 시골사람이 우글거리는 그런 곳은 아니지요……하지만, 펜실베이니아 출신의 네덜란드 인이 사는 지역도 아닙니다" 하고 브레넌은 온화하게 말했다.

"무슨 말인지 전혀 못 알아듣겠군요, 경위님. 이쪽이 깜짝 놀랄 말만 하시니. 그럼 당신은 마법이 행해지고 있다고 정말로 믿고 있는 겁니까? 만약……."

팔짱을 끼고 고개를 갸웃거리면서 마크를 쳐다보는 블레넌의 눈에는 뭔가 생각하고 있는 듯한 표정이 떠올라 있었다.

"저는 어렸을 때 권총이 갖고 싶었습니다. 아!……정말 권총이 얼마나 간절하게 갖고 싶었던지!……상아 손잡이가 달린 대형 아이버 존슨 6연발 말입니다. 세상의 그 무엇보다 그게 갖고 싶었어요. 기도를 하면 뭐든지 원하는 걸 손에 넣을 수 있다는 주일학교 선생님의 말을 듣고 저는 기도했습니다. 권총을 얻기 위해 정말 부지런히 기도했지요. 권총 때문에 저만큼 기도를 한 사람은 아마 없을 겁니다. 그 무렵 아버지는 자주 악마 이야기를 해주셨어요……특히 술에서 깨어나 다시는 술을 마시지 않겠다고 결심했을 때는 특히 더. 아버지는 무척 신심이 깊었는데 어느 날 악마가 거실문에서 얼굴을 내밀며, '블레넌 순경, 또 한 잔 걸칠 거니까 이따가 데리러 오겠어' 하고 말했다는 얘기를 한 적이 있어요. 아버지의 말씀으로는, 그 악마는 온몸이 새빨갛고 1피트나 되는 구부러진 뿔이 나 있다고 하셨죠. 만약 그 악마가 나타나 영혼과 맞바꾸어 크랜시 가게의 쇼윈도에 진열되어 있는, 상아 손잡이의 대형 연발총을 주겠다고 했다면 전 아마 교환했을 겁니다. 그런데 그렇게 열심히 기도를 했는데도 그 권총은 제 손에 들어오지 않더군요.

지금의 경우도 마찬가집니다. 싫어하는 사람들의……이건 주로 공화당을 가리키는 건데……그 자들의 밀랍인형을 만들 수는 있습니다. 하지만, 그 인형에 바늘을 꽂는다고 그들이 죽지는 않습니다. 그래서, 당신이 백부님은 마법에 걸려 살해되어 아귀의 무리에 들어갔다거나, 납골당의 관을 빠져나갔으니까 지금이라도 이 방에 들어올지 모른다고 말해도……실례지만 전…….″

바로 그때 방문이 덜컥 소리를 내며 열렸기 때문에 모두들 깜짝 놀라 벌떡 일어났고, 마크는 신경질적으로 뒤돌아보았다. 오그덴이 약간 창백한 이마에 땀을 번들거리며 문기둥에 기대 서 있었다. 그 모습을 보자 스티븐스는 왠지 지금까지 한번도 느낀 적이 없는 공포에 사로잡혔다. 오그덴은 외투 소매로 이마를 훔치면서 말했다.

″헨더슨이…….″

″헨더슨이 왜?″ 하고 마크가 물었다.

″형이 나에게 거기……그의 집에 가서 도구를 가지고 오라고 시키지 않았어? 그래서 데려 오려고 갔어. 그는 오늘 아침 일찍 이곳에 오지 못했는데 발작인가 뭔가를 일으킨 모양이야. 말도 제대로 못해……하고 싶지 않은 건지도 모르지만. 모두 가서 좀 봐야 할 것 같은데. 그는 백부님을 보았다고 말하고 있어.″

″설마…….″ 블레넌이 다시 거침없는 사무적인 태도로 바뀌어 말했다.

″……설마 시체를 발견했다는 얘기는 아니겠지요?″

″아니, 그런 게 아닙니다.″ 오그덴은 약간 화난 듯한 목소리로 말했다.

″저어……백부님을 봤다고 했어요.″

제4부 요약

산초는 이제 복면을 벗은 상대를 보며 물었다. "이 호주머니에 들어 있지." 상대는 앞에서 얘기했던 복면용 코——두꺼운 종이에 니스를 칠해서 만들었다——를 꺼냈다. "이게 어찌된 영문인가? 자넨 동네 친구 토메 세시알이 아닌가!" 산초는 놀라서 외쳤다. "그래, 맞아, 산초" 하고 종자(從者)가 대답했다. "어떤 속임수와 흉계에 걸려 내가 이곳에 왔는지, 나중에 얘기해 주지."

《유명한 라만차의 돈키호테의 생애와 행적》에서

제17장

 고르지 않은 돌이 깔린 넓은 포장도로 옆의 느릅나무, 그 밑에 있는 작은 돌집의 문은 활짝 열려 있었다. 안개가 완전히 걷혀서 차갑고 상쾌한 산들바람이 초록색 레이스 같은 느릅나무의 어린잎을 흔들고 있었다. 포장도로 끝에 다 쓰러져가는 예배당이 푸르스름한 하늘을 이고 서 있다. 예배당 문에는 판자가 쳐져 있고, 자갈과 부순 돌을 깐 길에서 조금 떨어져 있는 납골당 입구에는 테니스 코트용 방수천이 덮여 있고 네 구석에 누름돌이 놓여 있다.
 간밤에 그들이 앉아 있었던 헨더슨의 집 좁은 거실에 들어서자 헨더슨이 긴 가죽의자에 앉아 반쯤 뜬 눈으로 물끄러미 천장을 응시하고 있는 것이 보였다. 그의 얼굴에는 끔찍한 불쾌감과 불편한 기색이 떠올라 있었다. 여위어 푹 꺼진 관자놀이에 심한 상처가 나 있고, 성긴 머리카락은 평소보다 더욱 헝클어져 있었다. 간밤에 입고 있던 옷 그대로인 데다 얼굴도 씻지 않은 것 같다. 담요를 가슴께까지 끌어올리고 있는데 그 위로 축 늘어져 있는 두 손은 정맥이 구불구불 부풀어 있는 데다 떨리고 있었다. 밖에서 발소리가 들려도 미동도 하지 않다가 얼굴을 획 돌려 쳐다본 뒤 곧 다시 원래의 자세로 돌아갔다.
 마크, 블레넌 경위, 스티븐스 세 사람은 방문 앞에 선 채 헨더슨의 모습을 찬찬히 살펴보았다.
 "잘 잤나, 조" 하고 마크가 잔뜩 빈정대는 말투로 말을 걸었으나, 헨더슨은 얼굴의 근육을 한번 꿈틀 움직였을 뿐이다……그건 굴욕감의 표시였는지도 모른다. 하지만 그 표정은 그가 받은 특별한 고통이 인간이 견딜 수 있는 한계를 넘은 것이라고 호소하고 있는 것처럼 보였다. 눈은 울컥하는 빛을 띤 채 천장에 고정되어 있다.
 "조, 걱정할 것 없어." 마크는 약간 동정하는 듯이 말하며 옆에 다가가서 조의 어깨에 손을 얹었다. "자넨 너무 과로했어. 노인인데도 소처럼 일해 왔으니 그럴 만도 하지……그런데 마일즈 백부님을 봤다는 엉뚱한 얘기는 도대체 어떻게 된 건가?"
 블레넌이 조용히 끼어들었다. "보세요, 데스파드 씨, 어째서 그런 애매한 말투를 쓰십니까? 어째서 엉뚱한 얘기라고 하시는 거죠? 바로 조금 전까지 당신은 유령이니 불사의 인간이니 하는 것을 인정하는 듯 말했는데, 이번에는 완전히 반대로……."
 "글쎄요, 저도 잘 모르겠군요." 마크는 그 말에 깜짝 놀란 듯이 말했다. 그리고 눈을 크게 떴다. "아니, ……경위님이 이상하게 여기시는 것도 무리가 아닙니다. 테드의 설명을 몹시 감탄하며 듣고 있던 차에, 이번에는 헨더슨 부부 중 한 사람이 유령을 보았다고 했으니 말이죠. 당신 귀에 어떻게 들렸는지 알 것도 같군요……우연치고는 너무 지나치니까요." 그러고 나서 헨더슨을 돌아보며 거친 목소리로 말했다. "기운 내, 조! 몸이 얼마나 좋지 않은지는 모르겠지만, 정신을 차려야지! 경찰관이 와 있네."
 헨더슨은 깜짝 놀라 눈을 떴다. 그 얼굴은 더 이상의 괴로움은 없으며……더 이상 불가사의한 일은 없다는 듯한 표정을 띠고 있었다.

금방이라도 울음이 터질 듯한 얼굴로 간신히 스스로를 억제하면서 반쯤 몸을 일으키는 듯 하더니 물기 어린 눈으로 모두를 쳐다보았다.

"경찰이라고요? 누가 불렀습니까?"

"자네 집사람이야" 하고 블레넌이 거침없이 말했다.

"그 사람이 그럴 리가! 절 속이려 해봤자 소용없습니다. 제가 그 말을 믿을 것 같습니까?"

"그런 걸로 입씨름하는 건 그만두세. 내가 묻고 싶은 건 당신이 오 그덴 데스파드 씨에게 무슨 말을 했는가 하는 것이네……마일즈 씨의 유령을 봤다고 했다던데……."

"유령이 아닙니다." 헨더슨이 목줄기를 꿈틀거리면서 항의했다. 스티븐스는 이 노인이 어찌할 바를 모를 정도로 겁을 먹고 있는 것을 보고 약간 놀랐다. "그건 지금까지 얘기로 듣던 유령 같은 것이 절대로 아니었습니다. 유령이라면 나도 무섭지 않아요. 하지만 그건…… 그건……."

"그럼 살아 있었나?"

"모릅니다." 헨더슨이 안타깝다는 듯이 대답했다.

그러자 마크가 "뭘 봤는지 모르겠지만 본대로 얘기하게, 진정하고. 조, 어디서 봤나?" 하고 물었다.

"저기 침실에서요." 그는 문 쪽을 가리켰다. "곰곰이 생각하지 않으면 기억이 나지 않아요. 사실은 이렇게 된 겁니다. 간밤에……기억하고 계시겠지요……우리가 이곳에 있을 때 이디스 양과 마님께서 오신 것을……말입니다. 그리고 모두들 집으로 돌아가셨는데, 그때 이디스 양이 저에게 난롯불을 피우라고 분부하셨습니다. 그래서 저는 그렇게 했지요. 그때 여러분은 정면의 방에서 얘기를 나누시다가 3시 전에 모두 해산하셨습니다. 기억하고 계시지요?"

"그래, 맞네."

헨더슨이 고개를 끄덕였다. "모든 걸 다 말씀드리지요. 데스파드 나리와 저는 테니스코트 옆의 오두막에서 방수천을 꺼내 납골당 입구를 덮을 예정이었습니다. 하지만 나리께서 몹시 피곤해 보인 데다 그리 힘든 일도 아니어서, 저 혼자 할 테니 쉬시라고 말씀드렸지요. 그랬더니 나리께서는 고맙다고 하시며 저에게 위스키를 한 잔 주셨습니다. 제가 뒷문으로 나간 뒤 나리께서 문을 잠그는 소리가 들렸을 때, 전 이제부터 이 길을 걸어가서 혼자 자야 한다는 생각이 들더군요. 그런데다 테니스코트는 뜰에서 훨씬 남쪽에 있어서 언제나 썩 기분이 좋지 않은 나무그늘을 지나가야 합니다.

그래도 하는 수 없이 그쪽으로 걸음을 내딛은 순간 아참, 그렇지! 거기까지 갈 필요가 없다는 생각이 나더군요. 왜냐하면 제가 올해도 사용할 거라고 생각하여 방수천을 수선하느라 저기 있는 재봉틀 밑에 넣어 두었거든요. 그래서 발길을 돌려 이곳에 들어왔습니다. 그런데 이 방의 불이 꺼져 있어서 스위치를 눌렀지만 켜지지 않았습니다. 이거 큰일 났다 싶었는데 다행히 '칸델라'가 있었어요. 그래서 재봉틀 밑에서 방수천을 꺼내 다시 서둘러 집을 나가 그것을 납골당 입구 위에 씌웠습니다. 처음부터 끝까지 평소보다 빨리 움직여서 방수천의 네 구석에 돌도 눌러두었지요. 그건……누군가가 계단을 올라와서 밖으로 나오려고……밑에서 방수천을 밀어올릴 것 같은 느낌이 들었기 때문입니다.

일이 끝나자 정말 살았다 싶더군요. 아까도 말씀드렸듯이 유령이니 뭐니 하는 것에는 전 눈 하나 깜짝하지 않습니다. 이미 말씀드렸다시피 몇 년이나 전에 배링거 씨가 저에게 말한 그대로입니다. '조, 죽은 사람은 겁낼 필요 없어……조심해야 하는 건 살아 있는 악당들이니까' 하고 그가 항상 말했으니까요. 하지만 역시 방수천을 덮는 일은 기분이 으스스하더군요.

어쨌든 일이 끝나 이리로 돌아와서 저 문에 열쇠를 꽂았습니다. 다시 한번 전등을 켜 보았지만 역시 불이 들어오지 않았어요. '칸델라'의 불빛이 그리 밝지 않은 것 같아서 심지를 올리려고 했습니다. 그런데 심지를 거꾸로 돌리는 바람에 불이 꺼졌고, 아마 그것 때문에 머리가 혼란을 일으킨 거겠지요……눈앞이 캄캄해졌어요. 하지만 그것만 붙들고 있을 게 아니라, 침실에 등불이 있는 것이 생각나서 안에 들어가 문을 잠가야겠다고 생각했습니다.

그래서 침실로 갔습니다. 그런데 안에 들어간 순간 흔들의자가 삐걱거리는 소리가 들리는 거예요. 그 놈의 쥐가 찍찍 우는 듯한 소리도 났지요. 의자는 맞은편 창가에 있었어요. 그래서 그 쪽을 살펴보니 누군가가 의자에 앉아서 앞뒤로 흔들고 있는 겁니다.

그리 밝지는 않았지만 그 사람이 마일즈 씨라는 건 분명히 알 수 있었습니다. 언제나 저를 만나러 오셨을 때 하던 대로 의자를 끼익끼익 흔들고 있었어요. 얼굴까지 똑똑히 보였습니다. 두 손도……창백하고 윤기는 그리 없었지만 부드러워보였습니다. 그걸 안 것은 그가 한쪽 손을 내밀어 저와 악수를 하려고 했기 때문입니다.

저는 달아났습니다……아니, 적어도 뛰어나와 문을 쾅 하고 닫았습니다. 열쇠는 안쪽의 구멍에 꽂아둔 채였는데……그때 그가 일어서서 나를 따라 문 쪽으로 오는 소리가 들렸습니다.

이 방에 뛰어들어 무언가에 부딪쳐 쓰러지면서 머리를 세게 부딪쳤습니다. 이 긴 의자 끝에 쓰러진 것까지는 기억나지만 그 뒤의 일은……. 긴 의자에는 담요 같은 것이 올려져 있었습니다. 저는 그 위를 굴러 반대쪽으로 떨어져 숨으려 했던 것 같습니다. 제가 얘기할 수 있는 건 그것뿐입니다……그러다가 정신이 들고 보니 오그덴 씨가……저쪽의 나선형 계단을 올라와서 절 흔들어 깨우고 있더군요."

헨더슨은 이마에 땀이 맺히고 혈관이 꿈틀꿈틀 부풀어 오른 채 한쪽 팔꿈치를 집고 상체를 일으키려다가 그대로 다시 누워 눈을 감고 말았다.

다른 사람들은 서로 얼굴을 마주보았다. 그리고 마크는 헨더슨의 어깨를 가볍게 두드려 주었다. 블레넌은 반신반의하는 모습이었지만 잠시 머뭇거리다가 방을 가로질러 가서 전등 스위치를 찰칵 비틀었다. 불이 들어왔다. 스위치와 헨더슨을 번갈아 보면서 대여섯 번 스위치를 놀려보았다. 스티븐스는 그의 옆을 지나 바깥의 상쾌한 공기 속으로 나갔다. 그때 블레넌이 침실 쪽으로 가는 것이 보이더니 1, 2분 뒤에 그도 밖으로 나왔다.

"급한 일이 없으면 잠시 집에 돌아가서 아침식사를 하고 왔으면 하는데요" 하고 스티븐스가 말했다.

"그러시죠. 하지만 오늘 중에 당신과 부인을 만나고 싶으니 외출하지는 마십시오. 저녁때까지 부인이 쇼핑에서 돌아오시면 말이지만." 블레넌이 천천히 힘을 주면서 덧붙였다. "그때까지 전 해야 할 일이 산더미처럼 있습니다……정말 바쁘게 생겼어요."

스티븐스는 걸음을 떼다가 급히 돌아보았다. 그리고 데스파드 저택을 턱으로 가리키며 "어떻게 생각하십니까……?" 하고 물었다.

"아! 글쎄요. 만약 그 사람이 거짓말을 한 것이라면, 제가 30년 이래 처음으로 보는 대단한 거짓말쟁이가 될 겁니다."

"그러실 테죠. 그럼……오후에 다시."

"어쨌든 나중에. 그때까지 부인이 돌아와 주시면 좋겠군요. 스티븐스 씨."

데스파드 저택의 뜰을 지나 언덕을 내려가는 동안 그는 서두르지 않았다. 하지만 시계를 보고 11시가 지난 것을 알자 갑자기 걸음이 빨라졌다. 마리가 돌아와 있을지도 몰랐기 때문이다. 하지만 별장에 돌아와 보니 그녀는 아직 돌아와 있지 않았다. 평소처럼 하녀 엘렌이 집을 비운 사이에 왔다가 어느새 돌아가고 없었다. 집안은 깨끗하게 정리되어 있었고, 하녀가 삐뚤삐뚤한 글씨로 쓴, 식사를 오븐 안에 넣어 두었다는 메모가 남아 있었다.

스티븐스는 부엌 테이블에 앉아서 딱딱하게 구워진 베이컨 에그를 먹었다. 도중에 그는 일어나서 현관 홀로 나갔다. 그곳의 전화대에 그가 놓아 둔 대로 있는 서류가방의 서류봉투에서 클로스의 원고가 반쯤 비어져 나와 있었다. 그는 원고를 꺼내어, 제목이 적힌 페이지를 보았다. 〈각 시대의 독살사건의 동기에 관한 연구. 뉴욕 시, 리버델, 필딩홀. 고던 클로스.〉 그는 원고의 주름을 꼼꼼하게 편 뒤 테이블에 놓고 전화기를 집어 들었다.

"여보세요, 교환수? 미안하지만 간밤에 여기서 장거리 전화를 걸었는지 알아봐 줄 수 없겠소?"

물론 조회가 되었다.

"어디로 걸었나요?"

"네. 리버델 3……6……1번입니다" 하는 거침없는 목소리의 대답이 돌아왔다.

수화기를 놓은 뒤 그는 천천히 거실에 들어가, 책장에서 클로스의 저서 《배심원》을 꺼냈다. 속표지에 나와 있는 클로스의 사진을 응시했다. 갸름한 얼굴에 지적이고 좀 고지식해 보이는 표정……약간 튀어나온 눈……흰머리가 희끗희끗 섞여 있는 검은 머리. 먼 옛날에 일어난 닐 크림 사건의 저자 클로스는 아무래도 법정에 있었다고밖에 생각할 수 없다고 말함으로써 오히려 과대광고에 이용되었다던, 한 박식한 판사의 얘기가 생각났다. 또 이 책을 썼을 때의 클로스의 나이가 40세였으므로 그런 일은 있을 수 없다고 반박한 신문기사도 떠올렸다. 그는 책장의 다른 책들 사이에 책을 도로 집어넣은 뒤 이층으로 올라갔다. 침실에 들어가서 마리의 옷장 문을 열어 거기에 걸려 있는 드레스를 하나하나 살펴보았다. 드레스의 대부분은 뉴욕의 아파트에 있기 때문에 옷장 안은 썰렁했다.

이층에서도 아래층에서도 시계가 째깍째깍하는 소리가 들려왔다. 여느 때처럼 욕실의 수도꼭지에서 물이 새는 소리도 났다. 계단의 판자가 심하게 삐걱거리는 소리를 냈다. 텅 빈 집 안에서는 작은 소리도 묘하게 크게 울렸다. 그는 책을 읽으려 해보았다. 라디오 스위치도 돌려보았다. 위스키를 한 잔 마셔보면 어떨까 했지만, 지금의 기분으로는 도저히 그러고 싶지 않았다. 4시쯤 담배가 떨어졌는데, 담배를 사러 가야겠다고 생각하자 오히려 안도감이 들었다. 지금이라도 블레넌 경위의 발소리가 들려올 것 같았기 때문이다. 모든 것이 너무나 조용했다. 데스파드 저택 주변을 악마가 서성거리고 있는 듯한 느낌마저 들었다.

집을 나서자 뚜둑뚜둑 빗방울이 떨어지고 있었다. 역 쪽을 향해 킹 거리의 언덕길을 올라갔다. 굵은 나뭇가지가 크게 흔들리고 있었다. 모든 것이 음울하게 보였다. 담배 가게 근방까지 왔을 때는 빨강과 초록색 유리창 저편에 벌써 불이 켜져 있었다. 그때 그는 전날 밤에도 들었던 것 같은 느낌이 들었던 목소리가……아니, 누군가가 그의 이름을 부르고 있는 것 같은 느낌이 들었다. 두 개의 창문 사이의 '장의사 J. 애킨슨'이라고 적힌 문이 열리더니 누군가가 그 문에 서서 그를 손짓해 부르고 있었다.

그는 길을 건너갔다. 그를 불러 세운 것은 활력이 있어 보이고 장사꾼 티가 물씬 풍기는 중년남자였다. 옷차림도 단정하고 풍채도 좋았다. 숱이 줄어든 검은 머리는 한가운데에서 물고기의 등뼈처럼 정확하게 가르마를 탔고, 얼굴은 인상 좋은 동안이었으며 행동거지도 느낌이 좋았다.

"스티븐스 씨죠?" 하고 남자가 물었다. "얘길 나눈 적은 없지만 모습은 보아서 알고 있었습니다. 저는 애킨슨이라고 합니다……조나 애킨슨, 아들이지요. 아버지는 이미 은퇴하셨습니다. 잠깐 안에 들어오시겠습니까? 전해드릴 것이 있습니다."

창문 안쪽에 빈틈없이 검은 커튼을 쳐 둔 것은 밖에서 들여다볼 수 없게 하기 위해서였고 그것은 스티븐스가 생각한 것보다 높았다. 커튼 때문에 응접실은 어두컴컴했고 부드러운 카펫이 깔린 방을 묘하게 환상적인 밀실 같은 느낌으로 만들고 있었다. 조용하고 침착한 분위기도 일부러 그렇게 한 것이겠지만, 안의 문 양쪽에 놓여 있는 커다란 대리석 꽃병——그 납골당에 있었던 것과 약간 닮은 꽃병——말고는 장의사 같은 느낌이 전혀 없었다. 조나 애킨슨은 하나하나의 몸가짐에 겸손한 태도를 보이면서 방 한구석에 있는 테이블로 걸어갔다. 그 모습에는 어딘지 호기심이 엿보였으며, 그는 최대한 그것을 억제하고 있는 것 같았다.

다시 돌아온 그는 1861년에 살인죄로 단두대에서 처형된 마리 도브리의 사진을 스티븐스에게 내밀었다.

"이것을 당신에게 돌려드리라고 하더군요. 아니 왜 그러십니까?"

스티븐스는 여우에 홀린 것 같은 기분이어서 도저히 설명할 수가 없었다. 애킨슨의 사람 좋은 인품과 숙인 이마 위의 물고기 등뼈처럼 가른 검은 머리까지, 이 세상의 것이 아닌 것 같은 기분이었다. 분명히 사진 때문만은 아니었다. 애킨슨이 사진을 가지고 온 테이블 위에 대여섯 권의 잡지가 아무렇게나 흩어져 있는데, 그 한 권의 책갈피 사이로 끈이 하나 나와 있고, 같은 간격으로 매듭이 지어져 있는 것이 보였다.

"아닙니다, 아무것도 아니에요." 스티븐스는 전에 이 가게를 보고 떠올렸던 탐정소설을 망연히 생각하면서 말했다. "어째서 이 사진이 당신 손에?"

애킨슨이 빙그레 웃었다. "기억하실는지 모르겠지만, 간밤에 당신은 7시 35분에 도착하는 열차를 타고 크리스펜에 오셨습니다. 그때 저는 볼일을 마치고 이 응접실에 있다가 우연히 밖을 내다보았는데 그때 당신이 보이더군요……."

"아하, 그랬군요, 저도 누군가가 서 있는 걸 보았습니다."

"앞에 당신을 마중 나온 차가 서 있었습니다. 마침 차가 방향을 바꿨을 때, 누군가가 길에서 큰 소리로 외치고 있는 것이 들렸습니다. 역 플랫폼으로 올라가는 계단 쪽에서 누군가가 손을 흔들면서 부르고 있는 것 같은 느낌이 들어서……무슨 일인가 하고 문을 열고 내다보았지요. 당신의 차가 지나갔을 때, 파트타임으로 개찰 업무를 보고 있는 사람이 계단을 내려오더군요. 당신이 열차 안에서 무슨 원고 사이로 이 사진을 떨어뜨린 걸 차장이 발견하고, 발차 직전에 승강구에서 근무를 마치고 퇴근하려던 사람에게 던져주었다고 합니다."

그 순간 스티븐스는 열차 안에서의 일을 떠올렸다. 그 사진을 자세히 보려고 원고지에 고정되어 있던 클립을 벗겼는데 그때 웰든이 말을 거는 바람에 급히 사진을 원고 밑에 숨기고…….

애킨슨이 조바심이 나는 것처럼 말했다. "그 사람은 당신이 가버린 뒤에 이 앞을 지나가다가 제가 입구에 서 있는 것을 보고, 자기는 근무가 끝나서 돌아가야 하기 때문에, 만약 당신을 보면 이것을 전해달라고 하더군요. 그 남자는 기분이 몹시 꺼림칙한 것 같았습니다……정말 그랬어요. 이 사진을 저에게 보여주면서, 아무래도 제 사업과 관계가 있을 것 같다는 말을 했습니다." 애킨슨은 사진 밑에 적힌 글자를 가리켰다. "단두대……뭐 이런 말 때문에 그렇게 생각한 모양입니다. 당신이 이것을 잃어버리고 난처해하고 계실 것 같아서……."

스티븐스는 느린 어조로 말했다. "아, 이걸 찾아주셔서 뭐라고 감사의 말을 해야 할지. 이것으로 어려운 문제가 완전히 풀린 것 같은 기분이군요. 그런데, 이런 걸 물어도 괜찮을지? 좀 물어보고 싶은 것이 있는데, 절 이상하게 생각하지는 말아주십시오. 무척 중요한 일입니다." 그렇게 말하며 그는 테이블을 가리켰다. "어째서 저 끈이 저곳에 있습니까? ……저 매듭이 있는 끈이……?"

사진에 완전히 시선을 빼앗기고 있던 애킨슨이 몸을 펴며 조용히 돌아보았다. 그리고 뭐라고 중얼거리면서 재빨리 끈을 집어들더니 호주머니 속에 넣었다.

"이건 말이죠……하하, 제 아버지의 것입니다. 아버지의 습관이지요……이런 걸 아무데나 놔두시니 참! 약간 노망기가 있어서……하하, 그러니까……항상 이런 걸 하고 계십니다. 담배를 피거나 단추를 만지작거리거나 열쇠를 짤랑짤랑 울리거나 하여 항상 손을 움직이는 습관이 있는 사람이 있듯이, 아버지는 끈만 보면 늘 매듭을 짓는 습관이 있습니다. 사람들은 그를 '구석의 노인'이라고 부르고 있지요. 탐정소설을 읽으십니까? 노인이 하루 종일 찻집 구석에 앉아서 끈에 매듭을 장식하는 그 오르치 남작부인의 탐정소설 기억하시나요?"

상대가 그런 말을 하고 있는 동안 스티븐스는 여러 가지 생각을 하고 있었다. 간밤에 퍼팅턴이 했던 조나 애킨슨 노인에 대한 얘기가 떠올랐는데, 그는 퍼팅턴이 술에 취해서 하는 말이라고 생각했다.

"조나 노인은 마크의 아버지가 무척 좋아했던 사람인데 두 사람밖에 모르는 농담을 하면서 자주 물었지……'지금도 여전히 그 찻집에 다니느냐' 라든가, '그 구석에 앉아 있는가' 하고 말이네. 무슨 뜻인지는 모르겠지만."

그러자 애킨슨이 말했다. "이번에는 제 쪽에서 묻고 싶은데요. 어째서 그런 걸 물으십니까? 저에게도 중요한 일일지 모릅니다. 그곳에서 뭔가……" 하고 말하다가 입을 다물더니 다시 "스티븐스 씨는 데스파드 집안 사람들과 가까이 지내시는 것 같던데. 마일즈 데스파드 씨의 장례식은 저희가 맡아서 했지요, 거기서 뭔가……?"

"뭔가 이상한 일이 있었느냐는 말인가요? 아니, 별로 없습니다." 설령 무슨 일이 있었다 해도 그것을 애킨슨에게 얘기해도 되는지 알 수 없는 일이었다. "그런 끈이……그……마일즈 씨의 관에 딸려 들어갈 수도 있었겠군요?"

"그럴 수도 있겠지요, 아버지는 아직도 건강하게 일을 거들고 있으니까요." 애킨슨은 그렇게 대답한 뒤 약간 장의사답지 않은 말투로 말했다. "화가 나는군요! 그런 일이 있었다면 죄송해서! 부디……."

사실 그럴 듯한 얘기지만 아무리 습관이라고 해도 애킨슨 노인이 매듭을 반드시 아홉 개만 만든단 말인가?……게다가 장의사가 오기 전에, 마일즈의 베개 밑에서 매듭이 아홉 개 있는 끈이 나온 것은 도대체 어떻게 설명하면 좋을까…….

스티븐스는 젊은 애킨슨의 대답에 일단은 납득한 것 같았지만, 잘 생각해 보면 역시 석연치가 않았다.

알 것 같기도 하고 모를 것 같기도 하고……사진에 대해서는 설명이 되었어……아마 어젯밤 같았으면 모든 것이 이해되었을 거야. 하지만 지금은……적어도 마일즈 씨의 시체가 납골당에 내려졌을 때, 정말로 그 관 속에 들어 있었는지 어떤지 확인할 수 있을지도 모른다…….

그래서 과감하게 물어보았다. 그러자 애킨슨은 한 손으로 테이블을 가볍게 두드리면서 강한 어조로 이렇게 말했다……"저는 알고 있습니다. 그 저택에서 뭔가 이상한 일이 있었다는 것을! 가는 곳마다 그 소문을 들었으니까요. 예, 정말입니다……물론 몰래 자기들끼리 수군대는 애깁니다만. 하지만 당신이 알고 싶어하는 것은 확실하게 얘기할 수 있습니다. 데스파드 씨의 유해가 관에 들어 있었던 것은 틀림없습니다. 실제로 그때 저도 거들었고 그 바로 뒤에 관을 운구하는 사람들에게 넘겨주었습니다. 우리 집 일꾼들도 그건 증언해줄 겁니다. 그리고 아시다시피……곧바로 납골당으로 운반되었으니까요."

그때 응접실 앞쪽의 문이 열리며 한 남자가 들어왔다.

밖은 이미 황혼녘이었고 가느다란 빗줄기가 유리창을 적시고 있었다. 방금 들어온 남자가 실루엣처럼 그 창문을 등지고 서 있었다. 커다란 모피외투를 입고 있었는데 몹시 몸집이 작은 데다 빈상이었다. 모피외투를 입고 멋진 갈색 중절모를 쓴 것은 무척 세련되어 보였지만, 어딘가 마일즈 씨를 연상시켜서 불쾌한 느낌이 들었다. 하지만 죽은 사람이 지금 길가에 세워 둔 운전사가 딸린 메르세데스 같은 고급차를 탈 리가 없다. 그 남자가 두 걸음 정도 앞으로 나섰을 때 마일즈 노인이 아니라는 건 이내 알 수 있었다.

모피외투는 결코 사치스럽지도 멋진 것도 아니었고 한 30년 전에 보수적인 남자들이 즐겨 입던 골동품이었다. 나이도 70은 넘어보였다. 용모는 거의 추악하다고 할 수 있을 정도였고, 콧날은 서 있지만 주름이 가득한 얼굴이 원숭이에 가까웠다. 그러면서도 어딘지 모르게 사람을 끌어당기는 데가 있었다. 그림을 보고 전에 본 것 같은 느낌이 들면서도 어디서 봤는지 기억이 확실하지 않은 것처럼, 스티븐스는 그 노인의 얼굴이 낯익은 데가 있고, 장소는 어디라고 말할 수 없지만 지금까지 여러 번 만난 적이 있는 것 같은 느낌이 들었다. 노인은 냉소적이고 어딘지 까다로울 것 같은, 반짝이는 원숭이 같은 눈으로 재빨리 방안을 둘러보았다. 그리고 그 눈이 스티븐스에게 머물렀다.

"갑자기 방해해서 미안하군요" 하고 그는 말했다. "당신하고 얘길 좀 하고 싶소. 당신을 만나기 위해 아주 먼 곳에서 찾아왔으니까. 내 이름은 클로스……고던 클로스라고 합니다."

제18장

 "아, 거짓말이 아니오." 하고 노인은 침착하게 말했다. 그리고 외투 호주머니에 손을 넣더니 명함을 한 장 꺼내 곤혹과 초조감이 섞인 눈으로 스티븐스를 바라보았다. 그런 다음 자신의 얼굴을 가리키며 말했다. "내 책의 재킷에 늘 나오는 사진보다 이 얼굴이 약간 늙어서 매력이 없다고 생각하시겠지. 당연한 일이오. 이런 얼굴이라면 일부러 그렇게 인쇄해 놓지 않을 테니까. 그러나 자세히 보면 30년쯤 전의 나와 어딘가 닮은 데가 있을 거요. 그건 내가 교도소에 들어가기 전에 찍은 것이니까."
 그렇게 말한 뒤 장갑을 낀 손을 다시 한번 쳐들고 뭔가 말하려 하는 스티븐스를 제지한다. "게다가 이런 생각도 했겠지요……교도소에 들어가 있었으면 상당히 들어왔을 인세도 받을 수 없었을 거라고." 그렇게 말한 다음 문 앞의 차를 가리키며 "맞아요. 교도소에 들어갔을 때 나는 상당한 인세수입을 올리고 있었지요. 하지만 교도소 안에서는 한 푼도 쓸 수 없었기 때문에 고맙게도 이자가 쌓이고 쌓여서, 뭐 한 재산이라고 할 만한 정도가 모이더군. 그 점이 이재가들과 작가의 차이지. 이재가는 돈을 모은 뒤 교도소에 들어가지만 작가는 교도소에 들어간 뒤 수입을 올리는 셈이니까. 애킨슨 씨, 실례했소. 스티븐스 씨, 나와 함께 잠깐 가주시겠소?"

그가 문을 열자 스티븐스는 속으로 놀라면서도 아무 말 없이 그를 따라갔다. 운전기사가 차 문을 열어주었다.

"타시오" 하고 클로스가 말했다.

"어디로 가는 겁니까?"

"특별한 목적지는 없소……헨리, 아무데나 좋으니까 가세."

차가 가볍게 엔진소리를 냈다. 고급차의 잿빛 가죽을 씌운 뒷좌석은 따뜻했다. 클로스는 한쪽에 앉아서 지그시 스티븐스를 바라보고 있었다. 그 얼굴에는 아까와 같은 신경질적이고 냉소가 섞인 표정이 떠올라 있었지만, 그것도 스티븐스가 눈치 채지 못하는 사이에 누그러졌다. 그는 천천히 엽궐련 케이스를 꺼내 스티븐스에게 권했다. 스티븐스는 담배 생각이 간절하던 참이어서 한 개비를 뽑아들었다.

"어떻소?" 하고 클로스가 물었다.

다시 신경질적이고 냉소가 섞인 얼굴을 한 채 그는 머리에 쓴 모자를 잠깐 벗어보였다가 다시 썼다. 머리 둘레에는 아직 상당히 많은 머리카락이 남아 있었지만 정수리는 쭈그러진 대머리였고, 거기에 단 한 가닥 남은 머리카락이 흔들리고 있는 것이 보였다. 당연히 우스꽝스러운 모습이었지만 우습다는 생각이 들지 않았던 것은, 반짝이는 원숭이 같은 눈에 엄격한 표정이 떠올라 있었기 때문인지도 모른다.

"어떻다니요, 뭐가 말입니까?"

"질투로 아직도 화가 나 계신 거요? 당신 부인이……지금까지 한 번도 만난 적이 없는 부인이……간밤에 멀리서 차를 타고 와서 한밤중에 나를 깨워 여러 가지 질문을 한 것 말이오. 부인은 내 집에 있었소. 그렇다고, 데이트 약속이라도 하고 만난 것은 아니라는 건 이미 아실 거요. 비록 내가 가정부 마겐로이드 부인과 한 방에서 자긴 해도 그게 데이트가 아니었다는 것은 내 나이를 봐서도 분명히 알 수 있을 텐데. 그녀가 나한테 온 것은 당신도 짐작했을 것이오. 당신이 이성을 제대로 작용시켰다면……하기는 나도 확신은 없지만……아마 그렇게 생각하고 있었겠지.”

"오그덴 데스파드 말고는 당신만큼 솔직하고 대담한 사람은 아마 없을 것 같군요. 이렇게 숨김없이 털어놓고 얘기하는 게 저도 좋을 것 같아서 말입니다만, 당신이 아내를 가진 남자에게 생각만큼 위험한 인물이 아니라는 건 저도 인정합니다.”

"맞아요, 그게 좋아요” 하고 클로스는 낮게 웃으면서 말한 뒤 웃음을 거두고 이렇게 덧붙였다. "허나 그건 당연한 것 아니오? 당신에게는 젊음이 있소……그래. 그리고 건강도……아마. 하지만 나에게는 뇌가 있지. 당신 회사의 편집장은……가만 있자, 이름이 뭐였더라……모리였나?……그가 나에게 무슨 말을 하던가?”

스티븐스는 잠시 생각해 본 뒤 대답했다. "아닙니다. 당신을 만난 적이 있느냐고 물었을 뿐입니다. 마리는 지금 어디 있습니까?”

"당신 집에. 아, 잠깐 기다리시오!” 그는 서둘러 한 손을 차 문으로 뻗으며 말했다. "내리지 마시오……아직은. 서두를 것 없어요.” 그렇게 말하더니 천천히 쿠션에 기대어 생각에 잠긴 얼굴로 담배를 피웠다. 그 얼굴에 활기가 나타났다. "자네, 난 이제 일흔 다섯이네. 하지만 175년을 산 남자도 따라올 수 없을 만큼 많은 범죄사건을 연구해 왔어. 무엇보다 교도소에서 20년이나 살았으니까. 난 부인을 위해 자네한테 충고하러 온 거네.”

스티븐스는 상대와 마찬가지로 진진한 어조로 말했다. "그건 감사하군요. 아까는 실례의 말을 해서 죄송합니다. 하지만 이건…….” 그는 호주머니에서 마리 도브리의 사진을 꺼냈다. "이게 도대체 어찌된 일인지 설명해 주시겠습니까? 그리고 마리가 왜 당신을 찾아갔습니까? 그리고 당신 이름은 고던 클로스인데 만약 그게 진짜 이름이라면 그 성의 기원 즉 조상은 어디서 왔나요?"

"하하, 당신은 정말 억측을 좋아하는 모양이군. 부인도 그걸 걱정하고 있었지. 그래 내 이름은, 그걸 사용할 권리가 있다는 의미에서는 정말 고던 클로스이네. 스물두 살 때 정식 절차를 밟아서 개명을 했으니까. 원래 이름은 앨프레드 모스바움. 오해하지 말아주게. 난 유대인이지만 이 종족의 위대한 다른 사람들과 마찬가지로 내가 유대인이라는 것을 자랑으로 여기고 있으니까. 우리 유대인이 없었다면 자네들은 의지할 데 없는 생활을 하고 있을 것이고, 이 질서가 있는 세계도 뒤죽박죽이 되어버렸을 거야." 그리고 쓸데없는 말이라는 듯한 어조로 덧붙였다. "나도 자신을 사랑하기 때문일세. 앨프레드 모스바움이라는 이름은 아무래도 어감이 나빠서 부르기 어려워. 그렇지 않나?

말이 나온 김에 나에 대해 잠시 얘기해 두는 편이 좋을 것 같아서 얘기네만. 범죄연구가 내 취미지……아주 젊었을 때부터 계속하고 있는 취미. 크림이 체포되어 재판에 회부되었을 때는 물론 난 영국에 있었고, 프라치니가 붙잡혀서 법정에 끌려나갔을 때는 프랑스에 있었네. 아는 사람이 거의 없는 보뎅 사건도 난 알고 있어. 30대 중반이 지난 무렵, 난 완전범죄 같은 건 그리 어렵지 않다는 걸 보여주려고 범죄를 저질렀지. 자네는 당장 반박하겠지……완전범죄가 얼마나 쉬운 것인지 보여주려다가 20년이나 교도소에 갇혀 있었느냐고? 당연한 의문이지……허나, 그 범행은 발각되는 길은 그것밖에 없는 형태로 발각되고 말았어……다시 말해, 내가 내 입으로 말해버린 거지. 술에 취해 입을 잘못 놀리고 만 거야."

그는 담배 연기를 토해낸 뒤 그것을 손으로 휘저었다. 그런 다음 원숭이 같은 눈으로 다시 한번 둘러보았다.
 "하지만 '운'이 좋았지! 교도소에서 난 소장의 한 팔이 되었네. 그래서 어떻게 되었을 것 같나? 어떤 사건이든 상세한 기록을 모두 직접 볼 수 있었네……특히 소장의 호의로, 그 교도소는 물론이고 다른 교도소의 기록도 가져다 볼 수 있었지. 몇몇 사건에 대해서는 판결을 내린 판사와, 유죄 평결을 내린 배심원들보다 범인에 대해 더 잘 알게 되었지. 또 그 범인들을 체포한 경찰관들과도 알게 되었고……난 가출소와 형기단축 신청 같은 건 하지 않았어. 사실 그곳만큼 살기 좋은 데가 어디 있겠나? 남의 돈으로 생활하며 자신의 돈은 저축할 수 있으니 출소할 때부터 부자가 되는 거지."
 "그렇게 생각할 수도 있겠군요."
 "다만 한 가지 좋지 않은 점이 있었네. 자네도 알겠지만, 출소 뒤……특히 작품을 쓰기 시작했을 때……그것이 사회적인 장애가 되었던 거지. 알다시피, 난……그……고던 클로스라는 기묘한 이름으로 복역했어. 그 이름은 바꾸지 않았네. 전력을 숨기지 않으면 안 되게 되었어도, 다시는 앨프레드 모스바움으로는 돌아가지 않았어. 하지만 그 이름은 곧 알려지고 말았지. 난 재능이 풍부한 신진 작가 고던 클로스와 살인죄로 1895년에 투옥된 고던 클로스를 결부해서 생각하는 건 원치 않았기 때문에, 나이를 항상 마흔 살로 하고 나이를 들키지 않도록 어느 책에나 젊은 시절의 사진을 싣게 한 거네."
 "살인죄였습니까?"
 "물론이지." 클로스가 부끄러워하는 기색도 없이 대답하는 것이 스티븐스는 놀라웠다. 클로스는 장갑 낀 손으로 외투에 떨어진 담뱃재를 털었다. "이런 말을 하는 것은, 내가 얼마나 확신을 가지고 책을 썼는지 알아줬으면 해서네. 자네는 부인이 왜 나에게 왔는지 그 이유를 알고 싶겠지? 얘기하지. 그녀는 내 신작의 첫 장을 보고……거기에는 이 책이 사실에 근거한 것이라는 말은 한 마디도 적혀 있지 않았지만……그녀가 모르는 사실을 '내'가 알고 있다는 걸 알았기 때문이네."

"어떤 사실입니까?"

"1676년에 처형된 마리 도브리……1861년에 사형당한 마리 도브리에 대한 것. 즉 그녀의 조상, 아니, 더 정확하게 말해서 그녀가 자신의 조상이라고 생각하고 있는 사람에 대해서지."

스티븐스는 느린 말투로 말했다. "제가 지금 생각하고 있는 것을, 당신은 대략 알고 있거나 짐작이 되시는 모양이군요. 지금 잠시 생각한 것은……현재의 일뿐만 아니라 과거의 일……아니, 먼 옛날의 일……죽은 사람과 불사의 인간에 대한 것을 생각하고 있었는데, 정말로……?"

"그런 일은 없네……유감이지만." 클로스는 결론을 내리듯 말했다. "적어도 그녀의 경우는."

스티븐스는 머리 속으로 생각하고 있었다……

난 지금 승차감이 좋은 고급차에 스스로 살인죄로 투옥되었다고 말하는 남자와 함께 타고 고급 담배를 피우고 있다. 이 남자를 믿어도 될지는 아직 모르겠지만, 어쩐지 사람의 마음을 끄는 데가 있는 이 작은 남자 덕택에 그 장의사의 응접실에서 설명을 들었을 때보다 기분이 훨씬 편안해졌고, 여러 가지 일을 잘 판단할 수 있게 되었다……

차창을 통해 밖을 내다보니 잿빛의 비로 인해 랭카스터 국도에 안개가 끼기 시작하고 있었다.

클로스가 눈을 깜박이면서 말했다. "자넨 결혼한 지 3년이 되었다고 하던데, 자네 아내에 대해 얼마나 알고 있나? 아무것도 몰라. 왜

지? 여자들은 모두 수다쟁이야. 자네가 백부에 대한 얘기를 하면, 자네 아내도 자신의 백부의 얘기를 하네. 세상 사람들에게 존경을 받고 있던 자네 큰어머니가 차에 토마토를 던지거나 순경을 때렸다고 얘기하면, 아내는 아내대로 자신의 가족에 대한 것을 털어놓게 마련이지. 그런데 왜 자네는 부인한테서 그런 얘기를 들은 적이 없을까? 그건 그녀가 가슴 속에 뭔가 숨기는 것이 있었기 때문이네. 왜 그녀가 언제나 어떤 것을 병적이라고 말하며 비난했을 것 같나? 그녀 자신이 그런 것을 두려워하고 있었기 때문이지. 그렇고 말고! 난 단 10분 만에 모든 걸 그녀한테서 들었네. 그녀의 얘기를 긍정하기도 하고 부정하기도 했지만.

무슨 소린지 알겠나? 잘 들어보게. 캐나다 북서부의 황폐한 마을 기블이라는 곳에, 브랑빌리에 후작부인을 낳은 도브리 집안의 혈통을 이은 집안이 지금도 살고 있네. 이 일가에서 지금 자네가 가지고 있는 사진 속의 마리 도브리도 태어났지. 거기까지는 틀림없는 사실이네. 내가 사실이라고 말할 수 있는 건, 신작을 쓸 준비를 위해 일부러 기블에 2주일이나 머물며, 그 집안의 기록을 조사했기 때문이야. 그 〈불사의 인간〉에 대한 전설에 얽혀 있는 실례가 더 있는지 찾아내고 싶었네. 원래 나는 전설 같은 건 믿지 않거든. 그래서 출생신고서와 교구의 등록부를 조사해 봤는데, 그 결과 자네 부인은 자기는 그렇다고 생각하고 있는 모양이지만 그 집안과는 아무 관계도 없다는 것을 알았네. 그녀는 세살 때, 그 집안에서 단 한 사람 살아남은 아드리엔 도브리의 양녀로 들어왔어. 클로스가 내 본명이 아닌 것처럼 그녀의 원래 이름은 도브리가 아니었던 거지. 그녀의 어머니는 프랑스계 캐나다인이고 아버지는 스코틀랜드 출신의 노동자였네."

스티븐스는 중얼거리는 듯한 목소리로 말했다. "우리가 지금 마법에 지배되는 세상에 있는 건지, 상식에 지배되는 세상에 있는 건지

도저히 모르겠군요. 하지만 이 사진을 보십시오. 놀랄 만큼 닮아 있어서……."

"도대체 왜 그녀가 양녀가 되었다고 생각하나?"

"도대체라니요……?"

"그래, 흡사하게 닮았기 때문이네. 그 외에 아무 이유도 없었어. 아드리엔 도브리는 말하자면 마법사 노파 같은 사람이었으니까. 나도 그 기블에서 살았더라면 그녀를 정말로 마녀라고 믿었을 거야. 알겠나? 기블은 하늘이 잔뜩 찌푸려 있고 거의 일년 내내 눈이 온다네. 원래 기블이란 이름의 유래를 알고 있나? 17세기에는 흑미사를 '기블의 미사'라고 불렀지. 도브리 집안은 전나무가 자라는 언덕을 등지고 있는 좁고 길고 지붕이 낮은 집에서 살았네. 삼림을 가지고 있어서 형편이 괜찮은 편이었어. 하지만, 그 사람들은 볼일이 있어도 좀처럼 외출하지 않아. 날씨가 나빠서 늘 집안에 틀어박혀 난로 앞에서 사진만 바라볼 뿐이네. 아드리엔 도브리가 스코틀랜드 출신의 노동자의 딸을 양녀로 삼은 목적은 단 한 가지, 그녀를 키워 자신이 불사의 인간의 자손이며 언젠가 불사의 인간이 자신의 몸으로 옮겨올 것이라고 믿게 하는 것뿐이었어. 아드리엔은 딸에게 여러 가지 그림을 보여주며 옛날이야기를 들려주거나 전나무 숲 속의 신기한 것을 보여주기도 했어. 딸을 가르칠 때는 조상이 한 것처럼 '깔때기'로 물을 붓거나 본보기를 보이기 위해 화상을 입히기도 했지. 더 이상 굳이 얘기할 필요는 없겠지?"

"예" 하고 스티븐스는 말하면서 두 손으로 얼굴을 감쌌다.

클로스가 얘기하는 모습은 미술작품을 볼 때 느끼는 것처럼 묘하게 생생한 데가 있었다. 그는 좌석에 기대에 만족스러운 듯이 담배를 물었다. 하지만 담배가 너무 커서 메피스토펠레스의 역할을 하고 있는 것치고는 음산한 분위기가 없었다.

그런 다음 약간 부드러운 목소리로 말했다. "이것이 자네와 함께 살아온 여성의 정체네. 그녀는 그 비밀을 잘 지켜왔지. 고민거리는……그런 부분이었다고 생각하네만……자네와의 결혼으로 가까스로 그녀는 자신의 몸에 새겨진 낙인을 지울 수 있었다고 생각한 것 같네. 그런데 자네가 이곳의 데스파드 집안 사람들과 사귀기 시작하자, 몇 가지 일에서 그녀는 다시 옛날 일을 떠올리지 않을 수 없는 입장에 처하게 되었지. 어느 일요일 오후, 마크 데스파드의 부인이 마일즈 노인의 간호사가 있는 앞에서 독약에 대한 얘기를 꺼냈어……." 클로스는 날카로운 눈으로 그를 보았다.

"알고 있습니다."

"허어! 알고 있었나? 그랬군. 그건 바로 오랫동안 가둬 두었던 도깨비가 갑자기 튀어나온 것과 같았어. 독약 얘기가 바로 그것이었는데, 그녀의 종잡을 수 없는 말을 빌리자면, '완전히 머리가 이상해진 것 같은 느낌이 들었다'……'나에게 저주가 걸려 있는 거라고 샬럿 부인이 소리쳤다.'고 하는 기분이었지." 클로스는 그렇게 내뱉듯이 말하더니, 엽궐련의 연기를 운전석과의 사이에 있는 유리칸막이를 향해 내뿜었다. "거참! 정말 어리석은 짓을 한 모양인데, 그녀는 간호사를 쫓아 방에서 뛰어나가 독약에 대한 것을 물었다더군. 어째서 그런 짓을 했는지 자기도 모르는 채. 아마 정신과의사라면 뭔가 설명할 수 있겠지. 실제로 부인은 별로 달라진 데가 없네……근본부터 정상적이고 건전한 사람이니까. 그것을 이상하다고 한다면, 아드리엔 도브리의 교육이 무섭도록 성공했다는 얘기가 될지도 모르지. 그런데 독약 이야기를 한 뒤 3주일도 지나기 전에 마일즈 노인이 죽어버린 거야. 게다가 자네는 내 원고를 가지고 돌아와서 묘한 말만 했고, 마크 데스파드와 퍼팅턴 박사가 찾아와서 자네에게 얘기하는 것을 그녀는 문 뒤에서 엿들었네……마일즈 노인이 독살되었다는 확실한 증거가 있다느니, 마일즈 노인의 방에 브랑빌리에 후작부인의 의상을 입은 여자가 있는 것을 본 사람이 있다느니 하는 얘기를. 마크는 상세한 설명은 하지 않았지만 여러 가지로 이상한 말을 했어. 그 얘기를 들었을 때의 그녀의 기분을 상상할 수 없다면 자넨 내가 생각한 것보다 훨씬 더 바보야. 그래서 그녀는 자신의 조상에 대해 조사하지 않을 수 없었던 거네."

스티븐스는 두 손으로 머리를 부둥켜안은 채 차 바닥에 깔린 잿빛 카펫을 응시하고 있었다.

한참 뒤 그는 말했다. "운전기사에게 차를 돌리라고 해주시겠습니까? 그녀한테 가지 않으면 너무 가여울 것 같습니다. 살아 있는 한, 전 절대로 그녀가 괴로운 생각을 하지 않도록 해줄 겁니다."

클로스는 차를 돌리라고 지시했다. 그런 다음 원숭이들의 우두머리처럼 몸을 뒤로 젖혔다.

"이건 상당히 흥미로운 연구지만 화해시키는 역할은 처음 해보는 거라서 정말이지 어깨가 뻐근하군. 그런데 초면인 내가 부탁을 받았으니⋯⋯그녀가 자기 입으로 자초지종을 자네한테 얘기하는 것이 싫어서, 자네와 얼굴을 마주하기 전에 나보고 얘기해 달라고 해서 말이야. 왠지 모르지만 그녀는 자네를 사랑하고 있는 것 같더군. 아직 뭔가 묻고 싶은 것이 있나?"

"저어, 한 가지⋯⋯그녀가 무슨⋯⋯모르핀 알약에 대한 얘기를 하지 않던가요?"

클로스가 귀찮다는 듯이 대답했다. "아! 내가 깜박 잊었군. 모르핀 알약은 그녀가 훔쳤네. 왠지 아나? 아니야, 대답하지 않아도 돼⋯⋯자넨 모를 테니까. 생각해보게. 자네와 그녀는 어느 날 밤 함께 그 유명한⋯⋯아니, 나에게는 혐오스럽지만⋯⋯데스파드 저택에 간 적이 있네. 언제였는지 정확하게 기억하고 있나?"

"틀림없이 4월 8일 토요일 밤이었습니다."

"그래. 그날 밤 데스파드 저택에서 무엇을 했는지 기억하나?"

"그야 물론입니다. 브리지를 하러 갔는데……." 잠깐 사이를 두고, "브리지는 하지 않았습니다. 그날 밤에는 유령 얘기만 하느라……."

"그래, 자네들은 어두컴컴한 곳에서 유령 얘기만 하고 있었어…… 아무래도 몹시 꺼림칙한 얘기만……그것도 누구에게도 털어놓을 수 없는 공포로 머리가 어떻게 되어 버릴 것 같은 여성 앞에서 말이네. 그녀에게 희망은 단 한 가지밖에 없었지. 잠을 자고 싶었던 거야. 침대에 들어가서 죽은 듯이 잠들어 버리고 싶었지……자네가 불을 끄면 꿈도 꾸지 않고 잠들어 버리고 싶었어. 자네가 그걸 눈치 채지 못했다 해도 난 놀라지 않겠네……데스파드 집안 사람들이 어째서 알아채지 못했을까? 그 사람들은 자네들 두 사람에게 좋은 영향을 주지 않았던 것 같군. 모두 악마의 부하 같은 자들……."

차창 밖에서는 엔진 소리에 섞여서 희미하게 천둥 소리가 들려왔다. 차창을 두드리는 빗줄기가 거세지고 있었다. 클로스는 유리창을 내리고 담배를 버리다가 비바람이 몰아쳐 들어오자 화를 냈다. 스티븐스는 마음이 개운해졌다. 하지만 아직 한 가지 더 마음에 걸리는 것이 남아 있었다.

"악마의 부하라고요?" 하고 그가 되물었다. "그러고 보니 분명히 그렇군요. 저도 다른 각도에서 사건이 보이기 시작했는데, 아무리 그래도 절대로 불가능한 데도 움직일 수 없는 사실이 있습니다. 사람의 시체가 납골당에서 사라졌어요……."

"응? 정말인가?" 클로스는 횃대에 매달려 있던 원숭이가 펄쩍 뛰는 듯한 모습으로 말하더니 상체를 내밀었다. "그건 그냥 넘어갈 수 없는 애기군. 아까도 말했듯이 나는 부인이 안쓰러워서 자네한테 충고를 하려고 이곳에 왔으니까……여기서 일어난 일은 아무래도 다 들어둬야 할 것 같은데. 자네 집에 도착할 때까지 아직 10분쯤 시간이 있으니……어디 그 애기를 해보게."

"기꺼이 애기해드리지요……어디까지 애기하면 좋을지. 물론 지금은 경찰도 와 있으니까 어쨌든 언젠가는 해결될 겁니다만. 블레넌 경위가……."

"블레넌?" 클로스는 귀를 쫑긋 세우고 두 손을 무릎에 올려놓았다. "프랜시스 자비엘 블레넌……능구렁이 프랭크 말인가? 언제나 자기 아버지가 어쩌고저쩌고 하는 이상한 말만 하는 작자?"

"그렇습니다. 아십니까?"

클로스는 생각에 잠긴 얼굴이다. "프랭크 블레넌이라면 알지…… 경사 시절부터. 해마다 나한테 크리스마스카드를 보내오네. 포커는 상당히 심오한 경지에 이르렀지만 그게 다지. 어떤 사건이든 그들은 내 의견을 묻는다네. 그건 그렇고, 애기를 계속해 보게."

클로스는 스티븐스의 애기에 귀를 기울였지만 생각 탓인지, 그 얼굴은 이해를 했는지 어떤지 표정이 젊어 보이기도 하고 늙어 보이기도 했다. 이따금 "그렇지!" 하고 장단을 맞추거나 세련된 모자챙을 손가락으로 만지작거릴 뿐, 운전사에게 차의 속도를 늦추라고 지시를 한번 했을 뿐 한 마디도 하지 않았다.

"그래서, 자넨 그것을 모두 믿고 있는 건가?"

"믿고 안 믿고는 문제가 아닙니다. 그런 마술 같은 일이 일어났으니……."

"허점투성이의 마술이군." 클로스는 신랄하게 말했다. "그야 마술의 훌륭함은 무시할 수 없지만 그것도 지금 같은 '속임수'와 비교했을 때의 애길세. 하지만 지금의 애기는 살인이야, 자네! 진정한 '살인'

이란 말일세……연출도 상당히 잘했고 착상도 제법 좋았어……하지만 그것을 계획한 자는 이도저도 아닌 애매한 태도에 솜씨도 별로 좋지 않아……결과적으로 성공한 건 순전히 우연이지."

"그럼 그 계략과 그것을 실행한 사람이 누군지 아십니까?"

"물론 알고 있네."

가까운 곳에서 무시무시한 천둥소리가 작열하더니 우르릉 쾅! 하며 하늘 가득 꼬리를 끌었다. 그리고 거의 동시에 '번개'가 달린 뒤 세찬 비로 창밖은 더욱 어두워졌다.

"그래서 범인은 누굽니까?"

"그 집 사람이 틀림없네."

"하지만 그들에게는 모두 완벽한 알리바이가 있습니다. 물론 헨더슨 부부는 예외지만."

"헨더슨 부부는 관련이 없다는 걸 단언할 수 있네. 이 사건은 마일즈 노인의 죽음에 헨더슨 부부보다 밀접한 관계가 있고, 게다가 그것으로 이익을 챙길 수 있는 자의 소행이야. 자네의 알리바이는 걱정할 것 없어. 내가 로이스를 죽였을 때……참고로 말해 두네만 그자는 죽어서 마땅한 놈이었어……난 완벽한 알리바이가 있었지……웨이터를 포함하여 스무 명이나 되는 사람들이 델모니코의 식당에서 내가 식사를 하고 있었다고 증언해 주었으니까. 이건 교묘하고 통쾌하기 짝이 없는 알리바이 공작이어서 시간만 더 있으면 자네한테 얘기해주고 싶네만. 난 처음에는 강도로 생계를 꾸려가고 있었는데 그때도 마찬가지였어. 그런데 이번의 이 사건에는 독창적인 데가 전혀 없군. 납골당에서 시체를 훔쳐낸 수법만 해도 다소는 능숙하게 했다고 할 수는 있지만, 먼저 내 친구 바숑이 전에 절묘하게 해치운 적이 있지. 그는 1906년에 형기를 마치고 우리와 헤어진 뒤 영국으로 돌아가자마자 강제로 처형되었는데, 그때까지 예술적으로도 놀라운 일을 몇 번 했던 자네. 그런 얘기라면 아직 더 많지만 아무래도 벌써 도착한 것 같군."

스티븐스는 익숙한 문 앞에서 차가 채 서기도 전에 보도로 뛰어내렸다. 집에는 불이 켜져 있지 않았다. 현관으로 통하는 오솔길 입구에 낯이 익은 뚱뚱한 남자가 우산을 들고 서 있었다. 블레넌 경위였다. 그가 이쪽을 돌아보느라 우산이 흔들리는 바람에 단정하게 차려입은 외투에 빗방울이 튀었다.

"프랭크……이쪽이네, 이쪽……이 차에 올라타게" 하고 클로스가 소리쳤다.

"아, 당신이었습니까? 죄송하지만 지금은 좀 바빠서……이 집에 볼일이 있거든요. 이 다음에……."

"자넨 바보로군……자네가 하루 걸려 알아낸 것보다 더 많은 것을 난 단 15분 만에 조사해 버렸네. 만사가 끝났어. 자넬 깜짝 놀라게 해줄 테니까 어서 이 차에 타게. 자네한테 할 얘기가 있어."

블레넌은 우산을 접더니 시키는 대로 순순히 차에 올라탔다. 스티븐스는 얼굴에 비를 맞으면서 한 시름 놓았다는 기분으로 달려가는 차를 전송했다. 말을 하려 해도 할 수가 없었다. 목이 막히고, 안도한 탓인지 머리까지 어질어질했다. 겨우 몸을 돌려 현관으로 가는 오솔길을 걸어가자 그곳에 마리가 기다리고 있었다.

제19장

한참 뒤 두 사람은 거실 뒤쪽의 창가에 서서 뜰을 바라보고 있었다. 그는 마리의 허리를 감싸안고 있다. 이제 두 사람은 평화로운 마음으로 돌아가 있었다. 시간은 6시쯤 되었을까? 처마를 때리던 비는 이제 거의 멎었다. 아직 해가 지려면 시간이 좀 남았다. 뜰에 하얀 안개가 내려 있고, 그것을 통해 촉촉한 잔디와 느릅나무 숲, 모양도 꽃의 색깔도 분명하지 않은 화단이 몽롱하게 보였다. 두 사람 다 하고 싶은 말을 다한 뒤였다.

"왜 당신에게 말할 수 없었는지 알겠어요?" 하며 그녀는 그의 허리에 두르고 있던 팔에 힘을 주었다. "너무나 허황되어서 얘기가 안된다는 느낌이 들었고 또 두려워서 얘기할 수 없었던 거예요. 그리고 당신은, 정말……정말 느긋한 사람인 걸요. 뭐든지 그랬어요. 정말이지 아드리엔 숙모님 같은 사람한테서 벗어나는 건 쉽지 않은 일이에요. 나도 어른이 되어서야 간신히 숙모의 집을 뛰쳐나올 수 있었으니까요."

"이미 끝난 일이야, 마리. 이제 와서 더 이상 얘기해서 뭐하겠어?"

"아뇨, 얘기해야 해요!" 하며 마리는 얼굴을 약간 들었다. 하지만 공포로 떨고 있지는 않았고 잿빛 눈에는 미소가 떠올라 있었다. "얘기하지 않았기 때문에 그런 마음고생을 한 거잖아요? 나, 처음부터 사실을 밝히려고 했어요. 당신, 기억해요?······파리에서 처음 만난 날,"

"응, 생폴 가 16번지였지."

"그 건물은······." 그리고 잠시 사이를 두었다. "내가 그곳에 가서 뜰에 앉아본 건, 그렇게 하면 뭔가 알 수 있을지도 모른다고 생각했기 때문이에요. 지금 이렇게 얘기한 것만으로는 아드리엔 숙모님이 그렇게 무서운 힘을 가지고 있다는 것이 허황되게 들릴지 모르지만, 그건 당신이 내가 살았던 집을 보지 못해서 그래요, 테드, 아니, 보여주고 싶지도 않아요. 뒤에 언덕이 있고······." 그녀가 위를 쳐다보자 턱의 선이 뚜렷이 드러났다. 떨고 있었는데, 그건 공포 때문이 아니라 웃고 있었기 때문이었다. "이젠 무섭지도 아무렇지도 않아요. 내가 또 악마에게 사로잡히거나······잠을 자고 있든 깨어 있든, 어쨌든 나쁜 꿈을 꾸고 있을 때는 당신이 한 마디만 해주면 돼요. 작은 목소리로, '마기 막타비쉬'라고 속삭여주면 난 금방 돌아올 테니까."

"왜 '마기 막타비쉬'라고 말하는 거지?"

"그것이 내 진짜 이름이니까요, 여보, 귀여운 이름이죠? 이건 마법의 이름이에요. 당신이 뭘 어떻게 하든 난 변치 않을 거예요. 하지만 데스파드 집안 사람들이 저러지 않았으면 좋겠지만······저러지 않았으면······잘 표현할 수는 없지만, 저곳의 건물은 옛날에 내가 살았던 집과 너무 비슷해서, 당신이 잊게 해주었다고 머리로는 생각했어도 자꾸만 옛날 일이 떠올랐어요······. 이상하지만, 저 집에서 마음이 떠나지 않았어요. 저 집이 나에게 달라붙었거나 내가 저 집에 달라붙은 거겠죠. 들어봐요, 테드, 내가 비소를 어디 가면 살 수 있는지 같은 걸 묻다니! 무서웠어요. 도대체 왜……."

"마기 막타비쉬."

"네, 그거예요. 하지만 그 토요일 밤 모두가 유령 얘기를 하고 있었을 때는 정말이지 너무 무서워서……게다가 마크가 그런 이상한 이야기를 했잖아요……난 비명을 지를 것만 같았어요. 잠시라도 좋으니까 옛날 일을 잊지 않으면 머리가 이상해질 것 같아서 모르핀 병을 훔쳤지만 이튿날에는 도로 갖다놓았어요. 테드, 당신이 이상하게 생각한 것도 무리가 아니에요! 하지만 나에게 불리한 증언만 자꾸 쌓여가고……결국 나 자신도 내가 범인이 아니었나 하는 기분이 들었어요. 옛날에는 그런 식으로 많은 사람이 화형을 당했죠."

그는 마리의 얼굴을 자기 쪽으로 돌려놓고 가만히 눈꺼풀에 손을 대었다.

"마지막으로 정리하고 싶어서 묻는 건데 그 다음 주 수요일 밤, 당신이 나에게도 모르핀을 먹인 건 아니지? 그게 가장 마음에 걸렸어. 그날 밤 난 이상하게 피곤해서 10시 반에 잠들어 버렸으니까."

"아뇨, 어떻게 그런 짓을? 정말이에요, 테드. 한 알밖에 훔치지 않은 걸요, 가능할 리가 없잖아요?……게다가 난 그 한 알도 반으로 쪼개……."

"한 알이라고? 하지만 없어진 건 세 알이었다고 하던데."

그녀는 의아해하는 얼굴이다. 그리고 거짓말은 하지 않는다는 듯이 단호한 목소리로 말했다. "그럼 누군가 다른 사람이 훔쳐간 거예요. 난, 정말 제 정신이 아니었어요……자살 같은 걸 생각하기도 했으니까요. 테드, 도대체 어떻게 된 일일까요? 누군가가 마일즈 씨를 죽인 건 틀림없지만, 난 절대로 아니에요……꿈속에서도 그런 짓은 하지 않아요……난 그날 밤은 11시 반까지 잠이 오지 않았어요. 약도 먹지 않고 술도 마시지 않고 당신 옆에 누워 있었던 것도 똑똑히 기억하는 걸요. 그것을 기억하고 있었기 때문에 내가 얼마나 안심했는지, 당신 모를 거예요. 그렇지만 그 집의 누군가가 내 고민을 알고 있었던 것 같아요. 당신은 이디스가……."

그녀는 거기서 갑자기 입을 다물더니 화제를 돌렸다.

"아, 그래요! 테드, 내가 마음의 짐을 얼마나 내려놓고 싶었는지 지금 얘기하고 있지만, 이번 사건이 무사히 해결되었을 때의 기분에 비하면 아무것도 아닐 거예요. 어쨌든……살인 사건이잖아요, 안 그래요? 해결할 수 있을까? 그 클로스 씨……당신 그 사람 어떻게 생각해요?"

스티븐스는 잠시 생각한 뒤 말했다. "음, 물론 악당이 틀림없어. 그 자신이 직접 살인, 강도, 그밖에 여러 가지 나쁜 짓을 했다고 말했으니까……뭐 허풍이 아니라면 말이지만. 만약 내가 그가 원하는 것을 가지고 있다면, 상당히 조심하지 않으면 목이 잘릴지도 몰라. 도덕관념 같은 건 전혀 없어……17세기의 유물이 인간의 모습으로 남아 있다고 한다면 그건 바로 클로스일 거야……."

"그런 심한 말을!"

"잠깐, 마기. 그렇게 비난하지 않아도 방금 말하려던 참이었어……. 그는 무척 호감이 가는 데다……당신이 무척 마음에 들었던 모양이고……머리도 상당히 좋은 사람이라고. 아니, 뿐만 아니라, 만약 그가 이번 사건을 앞뒤가 잘 맞아떨어지게 해결할 수 있다면, 난 그의 책 초판 3천 부의 인세율을 25퍼센트로 인상해 줄 용의도 있어."

그녀는 몸을 부르르 떨면서 손을 뻗어 창문을 열려고 했다. 스티븐스가 대신 창문을 열자 바깥의 상쾌한 공기가 들어왔다.

"안개가 지독해요. 자욱하게 흐려 있어요. 이번 일이 정리되면 당신, 휴가를 내어 어디론가 여행가지 않을래요? 아니면 아드리엔 숙모님을 이곳에 초대해서, 기블을 떠난 숙모가 어떻게 보이는지……역시 평범하고 추한 노파에 지나지 않다는 걸 확인해 보는 건 어떨까요? 당신 알고 있어요?……난 정말로 흑미사의 의식을 할 수 있어요. 본 적이 있거든요……불길하고 꺼림칙하지만 언젠가 얘기해줄게요. 아참! 그러니까 생각났는데……잠깐만 기다려요."

그녀가 그의 팔을 풀고 잰 걸음으로 복도로 나간 뒤 이층으로 올라가는 발소리가 들려왔다. 돌아온 그녀는 마치 불덩이라도 들고 있는 것 같은 동작으로 고양이 머리의 잠금쇠가 달린 금팔찌를 내밀었다. 창가의 어두컴컴한 불빛 속에서도, 그에게는 그녀의 얼굴이 홍조를 띠고 있고 가슴이 높게 일렁이고 있는 것이 보였다.

"보세요……숙모님이 주신 건데, 지금 가지고 있는 건 이것뿐이에요." 그렇게 말하며 그녀가 눈을 들자 그 잿빛 홍채의 검은 동공이 똑똑히 보였다. "이거, 무척 예쁜 데다 행운의 부적이라고 해서 가지고 있었는데, 당신이 가지고 있던 1860년대 귀부인의 사진을 본 뒤로는 녹여버리거나……." 그렇게 말하다가 그녀는 창밖에 시선을 주었다.

"그래, 창문에서 던져버리면 돼, 마리."

"하지만 이거……무척 비싼 건데……."

마리는 결심이 서지 않는 듯이 말했다.

"바보 같은 소리 마. 더 좋은 걸 사줄 테니까. 자, 이리 줘."

그는 분풀이할 데를 그 팔찌에서 발견했다는 듯이, 포수가 2루수에게 공을 던지는 듯한 동작으로 힘껏 언더스로로 창문에서 던졌다. 그렇게 한번 팔을 마음껏 휘두르기만 한 것으로 안도의 기분이 들었다. 팔찌는 곡선을 그리며 느릅나무를 스친 뒤 가지에 맞았는지 소리를 내며 곧장 안개 속으로 사라졌다. 바로 그 순간 안개 속에서 고양이 울음소리 같은 것이 들려왔다.

"테드, 안돼요" 하고 소리치던 마리가 "당신, 들었어요?" 하고 말했다.

"응." 그는 불쾌한 듯한 목소리로 말했다. "제법 무거운 거니까……안개 속에 꼬리를 끌며 날아간 데다 고양이란 놈 옆구리라도 맞았으면 비명을 지르는 건 당연한 거야."

잠시 뒤 그녀가 말했다. "저기, 누가 오고 있어요."

처음에는 젖은 잔디 위를 걸어오는 것 같았는데 이어서 자갈길에서 발소리가 났다. 그리고 빠른 걸음으로 저벅저벅 걸어오는 사람이 안개 속에서 희미하게 보이기 시작했다.

"정말이군. 당신은 안개 속에서 유령이라도 나온 게 아닌가 하고 생각했지? 저건 루시야."

"루시?" 하고 마리는 이상한 듯이 말했다. "루시라고요? 하지만 왜 집 뒤에서 오는 걸까요?"

루시가 채 노크도 하기 전에 두 사람은 뒷문으로 나갔다. 그녀는 젖은 모자를 벗고 검은 머리를 약간 거칠게 쓰다듬으면서 부엌으로 들어왔다. 급하게 코트를 걸치고 온 듯 드레스도 매무새가 흐트러져 있다. 눈물은 보이지 않았지만 눈꺼풀이 빨갛게 부어올라 있었다.

그녀는 흰색을 칠한 의자에 앉았다.

"미안하지만 잠시 방해 좀 할게요" 하면서 감탄과 의혹이 섞인 눈길로 마리를 보다가, 다시 새로운 불안이 솟아난 듯 갈라진 목소리로 말했다. "집에 가만히 있을 수가 없었어요. 그래요……위스키 있으면 한 잔 주실래요? 집안이 모두 엉망이 되어버렸어. 테드……마리……마크가 집을 나갔어요."

"집을 나갔다고? 왜요?"

루시가 잠시 입을 다물고 바닥을 응시하고 있자 마리가 그 어깨에 손을 얹었다.

"내가 쫓아낸 거나 다름없어요. 하지만……점심 식사 전까진 아무 일도 없었어요. 그 어딘지 모르게 인상 좋은 경위……'능구렁이 프랭크' 말이에요……함께 식사를 하자고 했더니 극구 사양하는 거예요……밖에서 먹고 오겠다면서. 그 전까지 마크는 무척 침착했어요. 아니 그때도 침착했지. 말은 없었지만 기분이 나빠 보이지는 않았는데 그런 만큼 난 이상한 예감이 들었어요. 가족이 모두 식당에 들어가서 자리에 앉으려고 하는데 느닷없이 마크가 오그덴에게 걸어가서 그의 얼굴을 마구 때리는 거예요……마구 연달아서. 아, 그 모습! 난 차마 보고 있을 수가 없었지만 아무도 마크를 말릴 수가 없었어요. 마크가 어떤 사람인지 아시죠? 실컷 때린 뒤……아무 말 없이 방에서 나가 서재에 들어가서 담배만 피우고 있더군요."

그녀는 덜덜 떨면서 숨을 들이쉬다가 갑자기 시선을 쳐들었다. 마리는 난처하고 걱정스러운 듯이 스티븐스를 향하고 있던 눈을 다시 루시에게 돌렸다. 그런 다음 얼굴을 붉히며 말했다. "나도 그런 모습은 보고 싶지 않아요……솔직히 말해서 루시, 나, 다투는 건 싫어해요. 하지만 기탄없이 말하라고 한다면……지금까지 오그덴이 제멋대로 구는 것을 아무도 말리지 않는 것이 이상했어요. 오래 전에 버릇을 고쳐 줬어야 했다구요."

"맞아요" 하고 스티븐스도 거들었다. "틀림없이 그런 편지를 보내고 전보를 친 것 때문이겠지. 마크가 때린 것도 당연해요."

"네, 그건 오그덴도 인정했어요. 하지만 그것으로 끝냈으면 되었을 것을, 오그덴에게 적의를 품어봤자 오히려 봉변만 당할 뿐이에요" 하고 루시는 무표정한 목소리로 말했다.

"난 그렇지 않다고 생각해요. 난 그 사람의 적이 되는 것 무섭지 않아요. 그 사람……저어, 전에 한번, 뻔뻔스럽게 나에게 수작을 건 적이 있었어요. 하지만 내 마음이 조금도 움직이지 않는 것을 보고 무척 놀란 것 같았어요."

"잠깐 기다려 봐요. 내 얘기를 들어줘요. 이디스와 내가 그의 얼굴에 찬물을 끼얹고 나서야 겨우 정신이 돌아왔을 정도로, 그 사람, 심하게 맞았어요. 겨우 몸을 일으킬 수 있게 되자, 그는 곧장 모두를 불러모아 할 얘기가 있다고 하는 거예요. 마크에게도 들리도록 그렇게 말하더니, 옆방으로 우릴 데리고 갔어요. 난……당신들이 톰 퍼팅턴에 대해 얼마나 알고 있는지 모르지만……그 사람, 낙태수술을 한 것이 발각되어 기소 당할 뻔하게 되자 외국으로 달아났었어요. 이디스는 그 여자를 그의 애인이라고 믿고 그게 틀림없다고 말했어요. 사실을 말하면 이디스는 처음부터 그를 사랑하지 않았던 게 아닐까요……그녀는 차가운 여자인 걸요……얼음처럼 말이에요. 그래서 형식적으로만 결혼하려고 했던 것 같아요. 그래서, 그 여자……재닛 화이트에 대한 걸 알고 파혼하고 말았어요. 그런데 오늘 오그덴이 처음으로 진실을 얘기한 거예요. 그 여자는 톰의 애인이 아니라 '마크'의 애인이었어요."

잠깐 사이를 둔 뒤 루시는 여전히 억양 없는 목소리로 얘기했다.

"톰은 마크의 친구였지만, 마크는 톰에게도 말하지 않았고 다른 누구한테도 사실을 얘기하지 않았어요. 이디스에게조차 말하지 않고 마음대로 상상하게 내버려 두었죠. 그 여자도 말하지 않았기 때문에 톰은 상대방 남자가 누군지 몰랐어요. 톰은 이디스를 무척 사랑하고 있었는데도 마크는 모르는 척했던 거예요. 틀림없이 나와 약혼하고 있었기 때문에 얘기하기가 두려웠던 거겠죠."

스티븐스는 부엌 안을 왔다갔다하고 있었다. 그리고 머리 속으로 생각했다……

 세상에서 연애 관계만큼 복잡하고 괴상한 건 없어. 만약 마크가 그런 짓을 했다면, 그 자가 한 짓은 오그덴이 한 짓보다 더 비열해…… 하지만 난 아무래도 마크가 그런 사람일 거라는 생각이 들지가 않는군…… 나에게는 늘 호의적이었으니까. 하지만 오그덴은 아무리 잘 봐줘도 그 반대야. 하지만 놀라워…… 마리도 나하고 같은 생각을 했다니…….

 "그럼 오그덴이 모든 걸 폭로하고 말았군요."

 마리가 경멸하듯이 말했다.

 스티븐스가 옆에서 끼어들었다. "그게 문제가 아니야. 문제는 퍼팅턴의 마음이지. 그도 함께 있었겠죠?"

 루시는 차갑게 빛나는 눈으로 고개를 끄덕였다. "네. 하지만 그렇게 심한 충격은 받지 않은 것 같았어요…… 그리 마음에 두지 않았던 모양이에요. 어깨를 한번 으쓱했을 뿐 무척 생각이 깊은 말을 하더군요…… 어떤 일이든…… 특히 연애 문제는…… 아무리 괴로워도 10년이나 계속되지는 않는다고. 이젠 여자보다 술이 더 좋아졌다고 했어요. 그래요, 그 일로 일을 더욱 복잡하게 만든 건 퍼팅턴이 아니에요. 나였어요. 내가 심한 말을 했기 때문이에요. 난 마크에게 두 번 다시 얼굴을 보고 싶지 않다고 말했고, 그는 여느 때처럼 기분이 상해서 말없이 집을 나가버렸어요."

 "하지만 그런 말을 한다고 해도 아무것도 달라질 게 없잖아요?" 마리는 눈을 동그랗게 뜨고 그렇게 말하자, 이 도자기 인형 같은 마리가 정숙한 얼굴로 그렇게 현실적인 말을 한 것에 스티븐스는 속으로 놀랐다. "그런 말은 할 필요가 없었어요. 10년이나 전의 일인데요 ……이제 와서 말해봤자 무슨 소용 있겠어요? 루시, 당신은 내가 남자가 아니라서 모른다…… 이제부터 앞으로도 무슨 짓을 할지 알 수 없지 않느냐고 생각하고 있죠? 그렇지만 10년 전의 일이에요. 게다가 퍼팅턴 씨에게 그런 심한 고통을 겪게 한 걸요, 두 번 다시 그럴 리야 있겠어요? 상당히 심한 짓을 한 건 틀림없지만 그것도 보기에 따라서는 마크가 당신을 그만큼 사랑했다는 증거라고 할 수 있잖아요? 나 같으면 그렇게 생각하겠어요."

스티븐스가 루시에게 위스키를 따라주자 그녀는 얼른 받아들었다. 그리고 잠깐 망설이다가 그걸 마시고 나더니 안색이 약간 돌아왔다.

"하지만 난 그가 그 뒤에도 그 여자를 만나고 있었던 것 같은 느낌이 들었어요."

"그 여자를 말이오? 재닛 화이트를?" 하고 스티븐스가 소리쳤다.

"네."

그는 씁쓸한 듯이 말했다. "그것도……그것도 틀림없이 오그덴이 말했겠지? 내 생각에는 오그덴은 머리가 어떻게 되었어. 오랫동안, 교활한 본성을 좋은 인상과 쾌활한 성격으로 숨기고 있다가, 이번에 백부님의 유산이 돌아오게 되자 이상해진 걸 거요."

루시는 시선을 지그시 그에게 향한 채 말했다. "스티븐스, 세인트 데이비스의 무도회에서 나를 밖으로 불러내려고 한 전화, 기억하고 있죠?……그때 무심코 나갔더라면 알리바이가 없어질 뻔했잖아요? 그 전화, 누가 걸었는지 모르지만……."

"그것도 오그덴다운 짓이군."

그녀는 잔을 입으로 가져갔다. "네, 나도 오그덴이라고 생각해요. 그래서 그날 밤에도 사키는 대로 할 뻔했죠. 오그덴은 다른 일로는 신용할 수 없지만, 하는 말은 언제나 맞았어요. 그 전화는 마크가 옛날 여자인 재닛 화이트를 다시 만나고 있다는 거였어요. 하지만 그때는 난, 퍼팅턴이 문제를 일으킨 여자의 이름을 듣지 못했고……적어도 기억에 없었기 때문에 마크와 그 여자를 결부해서 생각하지 못했어요. 하지만 여자 문제였고……게다가 마크가……요즘 나에게 왠지 냉담해서."

그녀는 어렵게 그렇게 말을 마치더니 급하게 위스키를 마시고 그 뒤 한참동안 꼼짝 않고 정면의 벽만 응시했다.

"전화 상대는, 그날 밤 마크가 가면을 쓰고 있기 때문에 자기가 어디 있는지 내가 모르는 것을 이용해서 집으로 돌아가 그 여자를 만날 거라고 하는 거예요. 하고많은 장소를 두고 하필이면 우리 집에서 말이에요. 그리고 이렇게 말했어요……15분만 밖으로 나와 차를 타고 크리스펜으로 돌아가 보면 직접 현장을 볼 수 있을 거라고. 처음에는 나도 그런 말을 믿지 않았지만 무도회장을 둘러봐도 마크가 보이지 않기에……실은 그때 그는 친구 두 명과 건물 안쪽의 방에서 당구를 치고 있었어요……나중에 안 거지만. 그래서 난 밖으로 나갔는데, 아무리 생각해도 얘기가 이상해서 돌아왔던 거예요. 그런데 오늘 오후, 퍼팅턴 문제와 관련이 있었던 여자가 재닛 화이트라는 오그덴의 말을 듣고……난……난……."

"하지만 그게 정말일까요?" 하고 스티븐스가 말했다. "만약 그날 밤 오그덴의 전화가 거짓말이었다면 오늘의 얘기도 거짓말일지 모르지 않소?"

"하지만 마크가 인정했으니까요. 그렇지만 이젠 집에 없어서. 테드, 그 사람을 찾아주세요! 나를 위해서가 아니라 마크를 위해서요. 이 얘기가 블레넌 경위의 귀에 들어가면, 그 사람 사건과 관계 없는 일까지 모조리 파헤칠 수도 있으니까요."

"블레넌은 아직 모릅니까?"

"네. 그는 조금 전에 나갔는데, 모피외투를 입은 이상하고 자그마한 사람과 함께 돌아왔어요. 그 사람, 무척 재미있어 보이지만, 지금은 재미있어하고 있을 계제가 아니잖아요. 블레넌 경위는 그 사람……클로프튼가 클로슨가 하는 이름이었던 것 같은데……그 사람은 범죄자의 심리라면 하나에서 열까지 다 알고 있으니까 괜찮다면 함께 있고 싶다고 했어요. 그 두 사람은 납골당에 내려갔는데, 나왔을 때 블레넌 경위의 얼굴은 새파랗게 질려 있었고, 그 작은 남자 쪽은 배를 잡고 웃고 있었어요. 내 짐작으로는 아무래도 비밀 통로는 발견되지 않았던 것 같아요. 헨더슨에게 두 사람이 뭘 했는지 물어봤더니 납골당 계단을 내려간 곳에 있는, 썩어서 잘 닫히지 않는 문이 있는 건 아시죠?"

"예, 그런데?"

"조의 얘기로는 클로스가 그 문을 앞뒤로 흔들면서 웃었대요. 무엇 때문에 그랬는지는 모르지만 어쩐지 기분이 나쁘더군요. 그리고 두 사람은 베란다로 올라갔어요……그 백부님 방이 들여다보이는 유리문이 있는 곳 말이에요. 그들은 커튼을 만지작거리고 틈새에서 들여다보고 하면서, 제법 오랫동안 그곳에 있었는데 도대체 어쩔 생각일까요?"

"글쎄요" 하고 스티븐스가 말했다. "그렇지만 루시, 그것 말고 또 마음에 걸리는 일이 있는 것 아니오? 지금의 얘기뿐만 아니라 그밖에도 걱정거리가 있죠?"

루시는 이를 악무는 것 같았다.

그런 다음 빠른 말투로 종잡을 수 없는 대답을 했다. "그렇게 걱정할 만한 일은 아니지만……어느 집에나 다 있을 수 있는 일이고, 블레넌 경위도, 그것을 발견했을 때 그렇게 말했어요……중요한 건 아니라고. 하지만, 우리에게 수요일 밤의 확실한 알리바이가 있다는 걸 알고 있었기에 망정이지, 그렇지 않았으면 걱정이 되어 견딜 수 없었을 거예요. 실은 테드, 당신이 돌아오고 얼마 안 되어 블레넌 경위가 우리 집에서 비소를 발견했어요."

"비소를? 이거 놀랍군요! 도대체 어디서?"

"부엌에서요. 그곳에 있는 것이 생각났다면, 나, 그 사람한테 말했겠지만. 생각해낼 이유도 계기도 없었어요. 오늘까지 아무도 비소에 대해 얘기한 적이 없었거든요."

"누가 그런 걸 샀소, 루시?"

"이디스예요. 쥐를 잡으려고 그랬대요. 그런데 그녀도 까맣게 잊고 있었대요."

아무도 말이 없었다. 루시는 빈 잔을 입으로 가져가서 마시려 했다. 마리는 약간 몸을 떤 뒤 걸어가서 뒷문을 열며 말했다.

"바람이 변했어요……오늘밤에도 '폭풍'이 올 것 같아요."

제20장

 그날 밤도 '폭풍'이 불었고, 스티븐스는 필라델피아 전역을 차를 타고 돌며 마크를 찾았다. 물론 마크가 이 도시에 반드시 왔다고는 할 수 없었지만, 그는 차를 타고 가지도 않았고 '가방' 하나 들고 나가지 않았다. 다른 곳으로 갔을지도 모른다. 처음에 스티븐스는 마크가 자신을 잊어버릴 정도로 자포자기했을 뿐이며 그렇다면 틀림없이 술을 마시고 있을 거라고 생각했지만, 클럽과 마크의 사무실, 자주 가던 장소에 찾아가 봐도 보이지 않자 불안해지기 시작했다.
 그는 실망한 채 비에 흠뻑 젖어서 밤늦게 크리스펜으로 돌아왔다. 그날 밤 스티븐스의 별장에 머물 예정이었던 클로스가 자정이 가까워져도 나타나지 않자 데스파드 저택까지 간 스티븐스는, 루시에게 마크에 대해서는 너무 걱정하지 말라고 위로해주었다. 저택 안은 정적에 싸여 있고, 자지 않고 있는 사람은 루시뿐인 것 같았다. 그가 다시 집에 돌아와 보니 집 앞에 고던 클로스의 고급차가 서 있고 클로스와 블레넌이 그 안에 타고 있었다.
 "어떻게 됐습니까······?" 하고 그가 물었다.

블레넌은 클로스보다 좀 의기소침해 보였다. "예, 범인이 누군지 짐작은 가지만 아무래도 좀 더 증거를 확보해야 할 것 같습니다. 이제부터 시내에 갔다 올 예정인데 그러면……그래요, 아마 모든 것이 해결되지 않을까 싶군요."

그러자 클로스가 차에서 목을 내밀고 말했다. "대체로 난 범죄연구와는 관계가 없는 인도주의적 사고방식을 경멸하고 있지만 말이야, 이번만은 누가 뭐래도 블레넌 경위의 의견에는 찬성할 수 없네. 이번 사건은 정말 지독해……정말이지 너무 지독해서 불쾌하기 짝이 없는 범행이야……범인이 전기의자에 앉는다 해도 난 안됐다고 생각하지 않을 걸세. 스티븐스 군, 오늘밤은 자네의 호의를 받아들여 여기서 머물 생각이었지만, 그렇게 못하게 돼서 미안하군. 경위와 함께 증거 수집을 계속해야 해서 말이야. 하지만 틀림없이 해결해 보일 것을 약속하겠네. 내일 오후 2시에 자네 부인과 함께 데스파드 저택에 오면 그때 범인을 소개함세. 자, 헨리. 출발해. 그 여자의 발자국을 따라가는 거야."

마리는 클로스가 머물지 못하게 된 것이 조금도 섭섭하지 않다고 솔직하게 말했다.

"그 사람은 무척 좋은 사람이고 무척 고맙게 생각하지만, 어쩐지 기분이 불길해서요. 그는 당신이 생각하는 걸 훤히 꿰뚫어보고 있는 걸요."

두 사람이 침대에 들어갔을 때는 이미 자정이었다. 스티븐스는 전날 밤에도 잠을 자지 못했지만, 과도한 긴장과 피로 때문인지 좀처럼 잠을 이룰 수가 없었다. 침실의 탁상시계가 큰 소리를 울리며 시간을 새기고 있었다. 초저녁에는 천둥소리가 쉬지 않고 울렸고, 집 주변에서는 전에 없이 고양이 울음소리가 시끄러웠다. 마리는 얕은 잠에 빠진 모양이었다. 3시쯤 되어 바스락거리며 몸부림을 치는 것 같더니 잠꼬대를 했다. 그녀가 악몽에 시달리고 있는 것 같으면 깨워주려고 스티븐스는 머리맡의 스탠드를 켰다. 그녀의 창백한 얼굴과 금발이 베개 위에 펼쳐져 있었다. 불을 켰기 때문인지, 비 때문인지, 그것도 아니면 악천후 때문인지 모르겠지만, 시끄러운 고양이 소리가 점점 집 쪽으로 다가오고 있는 것 같았다. 뭔가 던질 것이 없나 하고 둘러보았지만, 마리의 화장대 서랍에 들어 있는 콜드크림인지 뭔지의 빈 병밖에 찾을 수가 없었다. 창문을 열고——그 날은 이번이 두 번째였는데——병을 던지자 즉시 사람이 지르는 것 같은 비명 소리가 돌아왔다. 그는 깜짝 놀라 창문을 닫았다. 3시쯤 되어 간신히 깜박 잠이 들었다. 그대로 아침이 되어 일요일 교회의 종소리가 울릴 때까지 깨어나지 않았다.

2시 조금 전에 두 사람은 마치 교회에라도 가는 것처럼 정장을 하고 데스파드 저택으로 갔다.

흐린 봄날이었다. 해는 구름에 가려 보이지 않았지만 그래도 따뜻하고 기분 좋은 날씨였다. 두 사람이 걷고 있는 크리스펜 마을도, 데스파드 저택도, 일요일의 정적에 싸여 있었다.

현관문은 헨더슨 부인이 열어주었다.

스티븐스는 처음 보는 듯 호기심어린 시선으로 새삼스럽게 그녀를 찬찬히 뜯어보았다. 다부진 몸매……추녀……얼굴 생김새는 굳어 있지만 근본은 상냥한 사람인 것 같다. 잿빛이 섞인 머리카락이 귀 위까지 내려와 있고, 가슴은 풍만하며, 턱에서는 왠지 급한 성격이 엿보였다. 그런 모습으로 보아 잔소리는 심할지 몰라도 유령 같은 건 볼 것 같지도 않은 여자임을 알 수 있었다. 그녀는 외출복을 답답한 듯이 껴입고 있었다. 조금 전까지 울고 있었던 것 같다.

"길을 걸어오시는 게 보여서요." 하고 그녀는 거드름을 피우는 투로 말했다. "모두들 이층에 계세요, 마님 말고는. 어째서 마님은…

…." 그렇게 말하다가 주일이니 나쁜 얘기를 해서는 안 된다고 생각했는지 슬픈 표정으로 입을 다물었다. 그런 다음 등을 돌리고 구두를 삐걱거리면서 앞장서서 두 사람을 안내했다. 그리고 다시 어깨 너머로 돌아보면서 근심스럽게 덧붙였다. "하지만……오늘은 한가롭게 놀 형편이 아니잖아요."

몹시 크고 갈라진 목소리가 이층 어딘가에서 들려왔기 때문에 그렇게 말한 모양이었다. 그녀가 두 사람을 베란다로 안내하는 것으로 보아 그건 그곳에 둔 라디오 소리가 틀림없었다. 셋이서 건물 서쪽 끝의 이층 복도를 걸어가는 동안 스티븐스는 어떤 문 뒤에 누군가가 몸을 숨기고 있는 것을 보았다. 오그덴이었다. 오그덴의 창백한 얼굴이었다. 베란다의 모임에 나갈 마음은 없지만 아무래도 얘기는 엿들을 생각인 듯하다. 모퉁이를 돌자 세 사람 뒤로 몰래 오그덴이 따라왔다.

일광욕용인 베란다는 깊이도 폭도 제법 되는 넓은 방으로 서쪽은 거의 유리창으로 되어 있다. 짙은 장밋빛 커튼을 걷었기 때문에 햇살이 쏟아지고 있었다. 그 반대쪽에 간호사의 방 창문이 있고, 열려 있어서 안이 환했다. 장방형의 베란다 안쪽에 마일즈의 방으로 통하는 유리문이 있고 거기에 갈색 커튼이 쳐져 있는데, 스티븐스는 그 커튼 양쪽의 틈새에서 노란 빛이 새나오고 있는 것이 보이는 것 같은 기분이 들었다.

베란다의 가구는 하얀 칠을 한 등공예품으로 밝은 색의 커버가 씌워져 있었다. 장소에 어울리지 않는 느낌의 화분도 두세 개 있다. 어쩐지 거북한 공기가 모든 것 사이로 넘치고 있는 것 같았다. 그리고 한구석에 헨더슨이 겁먹은 태도로 서 있었다. 이디스는 새침한 얼굴로 커다란 의자에 앉아 있고, 그 옆의 소파에는 퍼팅턴이 오늘만큼은 술기운도 없이 약간 음울한 얼굴로 앉아 있다. 블레넌 경위가 불안해 보이는 얼굴로 창틀에 기대서 있는 것이 보였다. 간호사 코베트 양은 여전히 거북한 태도로 셰리(백포도주)와 비스킷을 돌리고 있었다. 루시와 오그덴도 보이지 않았지만 마크가 없는 것이 특히 눈에 띄었다. 그가 없으니 마치 뻥하니 커다란 구멍이 뚫린 것 같은 느낌이었다.

그 방을 좌지우지하고 있는 것은 고던 클로스였다. 베란다 한구석에서 그는 설교대나 독서 책상에 기대고 있는 듯한 모습으로 커다란 라디오에 몸을 기울이고 있었다. 꼬부라진 긴 머리카락이 한 가닥 남아 있는 대머리를 갸우뚱하며 원숭이 같은 얼굴에 온화한 표정을 짓고 있다.

코베트 양이 셰리 잔을 건네자 그는 귀찮다는 듯이 그것을 라디오 위에 올려놓았다. 라디오는 여전히 갈라진 목소리로 지껄이고 있었다. 목사가 설교를 하고 있는 모양이다.

"오셨습니다" 하고 헨더슨 부인이 스티븐스 부부를 가리키며 다시 말했다. 이디스의 시선이 재빨리 마리에게 향했다. 그리고 방안의 공기가 어쩐지 달라지는 것 같았다. 하지만 입을 여는 사람은 아무도 없었다.

"안식일에 라디오를 그렇게 크게 틀어놓아야 하나요?"

헨더슨 부인이 신경질적으로 소리 지르듯이 말했다.

클로스는 라디오 스위치를 껐다. 갑자기 소리가 사라지자 오싹 소름이 끼칠 정도로 조용해졌다. 그가 모든 사람의 간담을 서늘하게 할 생각이었다면 그건 대성공이었다.

"아, 헨더슨 부인" 하고 클로스는 정색을 하고 말했다. "교양 없는 사람들에게, 일요일은 안식일 아니라고 얼마나 더 가르쳐줘야 하는 거지? 안식일이란 건 히브리어로 토요일을 가리키네. 예를 들어 마녀의 안식일이라고 하면 토요일을 말하지. 하지만 우연이기는 하나

마침 그 얘기를 잘 해주었군……왜냐하면, 우리는 이제부터 진짜 마법과 거짓 마법에 대해 얘기할 참이니까. 헨더슨 부인, 당신은 이번 사건의 매우 희귀한 목격자로 당신 덕분에 우리의 이 어려운 사건을 해결할 수 있었소. 논리에 맞지 않는 부분이 없지도 않지만, 어쨌든 당신이 문틈으로 본 것에 대해 적어도 구체적으로 얘기해주었으니까.”

"그런 건 다 거짓말이에요……제가 다니는 교회 목사님은 일요일이 안식일이라고 말씀하셨고 성서에도 그렇게 적혀 있으니까요. 이상한 말씀 하지 말아주세요. 그리고 제가 본 것도 그냥 내버려둬 주세요. 누가 뭐래도 이 눈으로 본 건 본 거니까요…….”

"아르시아" 하고 이디스가 조용히 말했다.

그러자 헨더슨 부인은 그 길로 입을 닫고 말았다. 확실히 모두들 이디스를 두려워하고 있는 모양인데, 이디스는 꼿꼿하게 상체를 세운 자세로 의자 팔걸이를 손가락으로 톡톡 두드리고 있었다. 퍼팅턴은 코베트 양한테서 받아든 셰리를 맛없는 듯이 홀짝이고 있었다.

클로스는 미동도 하지 않고 얘기를 계속했다.

"내가 말한 것은 당신이 본 것이 틀림이 없는지 확인하고 싶었기 때문이오. 자, 문제의 문을 들여다봐 주겠소? 커튼은 4월 12일 수요일 밤과 똑같이 조정해 두었어요. 조금이라도 다른 점이 있으면 말해주시오. 방에는 불도 켜져 있으니까 보면 알 수 있겠지……마일즈 씨의 침대 머리 위의 불을 켜고 커튼은 내렸으니까 어두운 정도도 비슷할 거요. 자, 몸을 구부려 커튼 왼쪽의 틈새에서 들여다보고 뭐가 보이는지 말해주겠소?”

헨더슨 부인은 주저했다. 그녀의 남편은 한 손을 쳐드는 듯한 동작을 했다. 그때 스티븐스의 귀에 오그덴이 다가오는 발소리가 등 뒤에서 들려왔다. 아무도 돌아보는 사람이 없었다. 헨더슨 부인은 잠시 창백한 얼굴로 이디스를 힐끗 보았다.
 "하라는 대로 해요, 아르시아" 하고 이디스가 말했다.
 클로스가 계속했다. "다소라도 그날 밤과 같은 상황을 재현하기 위해서는 라디오도 켜지 않으면 안돼요. 그때는 분명히 음악이었다고 한 것 같은데. 그렇죠? 좋아요, 됐어요……그럼……."
 헨더슨 부인이 베란다 반대쪽 끝으로 걸어가자 클로스는 라디오의 다이얼을 돌렸다. 웅웅거리는 시끄러운 잡음이 스피커에서 들려오더니 곧 깨끗하고 맑은 밴조 소리와 달콤한 노랫소리가 흘러나왔다.

 그래, 난 남쪽으로 갔어
 아침부터 밤까지 노래 불렀지
 귀여운 샐리를 만나기 위해

 나의 샐리는 귀여운 아가씨
 멋진 노래를……

 그때 헨더슨 부인이 찢어지는 듯한 비명을 지르는 바람에 모두들 노래를 들을 정신이 아니었다.
 클로스가 라디오 스위치를 끄자 다시 조용해졌다. 헨더슨 부인이 멍한 눈을 커튼 틈새에서 떼더니 사람들 쪽으로 돌아섰다.
 "뭐가 보였소? 다른 사람들은 모두 그대로 앉아 있어요! 앉아 있어! 일어서면 안돼요. 뭐가 보였나요? 그때 그 여자?"
 그녀가 고개를 끄덕였다.
 "문도 똑같았소?"
 "……네."
 클로스가 강압적으로 말했다. "한번 더……다시 한번 봐요. 겁낼 것 없어요……내가 보고 있으니까. 자, 다시 한번."
 다시 라디오 스위치를 틀었다.

 ……난 루이지애나로 갔어
 아침부터 밤까지 노래 불렀지
 귀여운 잔느를 만나기 위해
 ……

 "됐어요." 클로스가 다시 라디오를 껐다. "다시 한번 말해두지만 아직 아무도 일어서면 안돼요. 프랭크, 저 젊은이를 붙잡아두는 게 좋겠어……무슨 짓을 할지 모르니까."
 오그덴은 베란다 모퉁이를 돌아나갔다. 그는 불쾌한 표정을 숨기려고 하지 않았다. 그가 유리문 쪽으로 가려고 하자 블레넌이 간단하게 손목을 잡아 제지했다. 그러자 클로스가 말했다.
 "여러분의 양해를 얻어 먼저 이 사건에서 가장 자세한, 무엇보다도 명백하고 또 우연의 결과라고도 할 수 있는 점들을 들어보겠어요. 그건 완전히 계획 밖의 일이었소. 뿐만 아니라 우연히도……아니, 불행히도……살인범의 계획을 하마터면 허사로 만들 뻔한 것이었소. 바로 생각지도 못한 유령사건.
 이 사건을 통해 여러분은 마일즈 씨와 그의 방에 대해 늘 두 가지 사실이 머리에서 떠나지 않았을 것이오. 첫째는 그가 거의 자기 방에 틀어박혀서 여러 가지 색깔과 모양의 옷을 틈만 나면 갈아입었다는 것……그건 그가 허영심이 강했기 때문이라고 할 수 있어요. 두 번째는 그 방의 조명이 너무나도 빈약했다는 점이오. 실제로 그곳에는 전등이 두 개밖에 없었고……그것도 그리 밝지 않은 것뿐이었소. 하나는 침대 위를 비추고 있고 또 하나는 창문과 창문 사이의 높은 곳에 매달려 있어요. 그리고 마지막으로, 마일즈 씨가 방에 있었던 것은 대부분 저녁때부터였소.

아마 머리를 굴리는 건 번거로웠겠지만 만약 여러분이 그런 점들을 잘 생각했더라면 적어도 그 이유를 조금은 알았을 텐데 말이오. 옷을 갈아입고 자기 모습을 끊임없이 비춰보며 기쁨을 느끼는 남자에게, 필요한 것이 두 가지 있는데 그게 뭐겠소? 옷 자체는 말할 것도 없고 그 두 가지가 없으면 아무 소용 없어요⋯⋯바로 자신의 모습을 비춰볼 수 있는 불빛과 거울이오.

사실 그 방에는 편지를 쓰는 책상과 거울이 있소. 하지만 책상의 위치는 낮에는 창문을 통해 약간의 빛이 들어오지만, 밤에는 그 두 개의 전등만 가지고는 아무 것도 할 수 없어요. 게다가 한 가지 묘한 일이 있소. 창문과 창문 사이에 의자와 그림밖에 비추지 않는 전등이 높이 매달려 있는데, 아무리 봐도 아무 것도 없는 벽을 비추기 위해서라고 밖에 생각되지 않는다는 점이오. 이상한 전등 아니오? 책상 위쪽에 달려있어야 마땅할 텐데 말이오. 그래서 좀 더 잘 보이게 하기 위해, 밤에는 그 책상을 창문과 창문 사이로 옮겼을 것이오.

그런데 그러자면, 그림을⋯⋯매우 값나가는 것인 듯한데⋯⋯어딘가 다른 곳으로 옮기지 않으면 안 돼요. 책상을 원래 장소로 되돌릴 때까지는. 그림을 걸었던 장소는 어디일 것 같소? 걸개나 보통의 못 중에서 아무것도 걸려 있지 않은 것은 하나밖에 없소. 간호사의 방으로 통하는 문에 있는 못인데, 오늘 오후 내가 봤을 때는 그 문의 그림과 같은 높이에 가운이 걸려 있더군. 그림도 그렇지만 의자도 다른 곳으로 옮겨야 해요. 마일즈 씨는 방에 사람을 들이고 싶어하지 않았다고 하니⋯⋯불시에 사람이 들어오지 못하도록, 틀림없이 그 의자 등받이를 버팀목 대신 문의 손잡이 밑에 끼워넣었을 것이오.

　이제 이런 상황을 만들어 볼까요? 책상을 비추고 있는 전등을 꺼보는 거요……그러면 불은 침대를 비추는 어두컴컴한 전등밖에 없으므로, 안을 들여다보는 사람에게는 여자의 머리 색깔 같은 건 보이지 않지. 커튼에 작은 틈새는 있지만, 수수께끼의 여자는 허리에서 윗부분밖에 보이지 않았던 것으로 비추어, 위쪽밖에 볼 수 없었어요. 그렇다면……책상 위의 거울에는 사방의 벽에 붙인 널빤지와 같은 널빤지에 나 있는 문밖에 비치지 않게 돼요. 즉 간호사의 방으로 통하는 문인데, 그것이 거울에 희미하게 비치고 있었던 거지요. 게다가 거기에는 그뢰즈의 그림도 걸려 있고 밑에는 의자도 있었소. 모든 것이 절묘하게 맞아떨어졌지. 그리고 발소리도, 열쇠 소리도, 문을 닫는 소리도 모두 라디오의 음악소리에 묻혀버렸소. 헨더슨 부인이 본 것은 바로 책상 위의 거울에 비친 간호사의 방으로 통하는 문이었던 거요.”

　그런 다음 말했다. “데스파드 부인, 그만 이쪽으로 와도 돼요.”

　베란다 끝에 있는 유리문이 열리더니 스커트가 바스락거리는 소리가 났다. 그리고 공단과 비로드가 빛나듯이 아름다운 의상을 입은 루시가 나왔다. 암적색과 감색의 의상에는 ‘인조’ 다이아몬드가 반짝이고 있었다. 루시는 엷은 천의 스카프를 얼굴에서 벗으며 천천히 사람들을 둘러보았다.

　클로스가 계속했다. “데스파드 부인이 우리의 실험을 약간 도와주셨소. 지금은 창문과 창문 사이에 있는 책상의 거울에 비친, 암흑이나 다름없는 방에 들어갔다가 나왔을 뿐이지만.”

　원숭이처럼 반짝이는 눈을 크게 뜨고 참을 수 없이 통쾌하다는 듯이 계속했다.

　“그렇지만 여기 또 한 가지 아무래도 불가능하다고밖에 생각할 수 없는 일이 있소. 수수께끼의 여자가 그 방에 들어왔다면 나간 것도 틀림없는데……그렇다면 코베트 양의 방으로 통하는 문을 지나 자연스럽게 나갔다는 얘기가 돼요. 거울에 비친 그 여자를 헨더슨 부인이 본 것도 틀림없는 사실이고. 그런데 그날 밤 코베트 양은 문을 단단히 잠그고 나갔소. 맨 먼저 그녀는 자기 방의 안쪽에서 고리를 걸었고, 다음에 복도로 나가는 문도 직접 자물쇠를 빼고 그녀가 가지고 있는 열쇠로만 열리는 것으로 갈아끼웠소.

그러면 문은 양쪽 다 튼튼하기 이를 데 없게 되지요. 수수께끼의 여자가 마일즈 씨에게 독약을 먹인 뒤 방을 나가려 해도, 고리가 반대쪽에서 걸려 있는 문으로는 나갈 수 있을 리가 없어요. 아니, 혹시 거기서는 나갈 수 있다 쳐도, 복도로 나가는 특별 잠금장치의 문에서 달아날 수 있을 리는 더더욱 없지. 그리고 창문은 있지만 안쪽에 달린 창문고리를 걸어둔 채 거기서 베란다로 나갈 수도 없고……특히 그 베란다에는 헨더슨 부인이 있었으니 더 말할 것도 없지요. 이렇게 되면 이 사건의 살인범이 될 수 있는 사람은 오직 한 사람뿐. 그 범인은 11시 가까이 이 집에 돌아와서 아무도 그 사용법을 모르는 열쇠를 사용하여 간호사의 방 복도 쪽 문을 열고 들어간 뒤, 방 안을 지나 마일즈 씨의 방으로 통하는 문의 고리를 벗기고, 자신의 직분을 이용하여 컵에 든 독약을 약이라고 속이고 억지로 그에게 먹였소. 그런 다음 다시 자기 방으로 돌아가서 안쪽에서 고리를 걸고, 복도의 문에 다시 한번 자물쇠를 채운 뒤 달아난 거요."

클로스는 한 손을 라디오 위에 놓았는데 가만히 놓았기 때문에 셰리가 들어있는 잔은 흔들리지 않았다. 그런 다음 가볍게 머리를 숙이더니 말했다.

"마이라 코베트, 당신한테 체포영장이 나온 것을 전하는 건 영광스럽기 짝이 없는 일이야. 그 영장에는 지금까지 당신이 사용해온 이름이 아니라 본명이 적혀 있지……재닛 화이트라고."

제21장

그녀는 자기 방의 창문 쪽으로 약간 뒷걸음질쳤다. 지금은 간호사 복이 아니라 잘 어울리는 말쑥한 푸른 드레스를 입고 있었다. 그리 미인은 아니지만 뺨이 발갛게 상기된 얼굴은 생기가 있어서 아름다워 보였다. 노란 머리는 바삭바삭한 느낌으로 물결치고 있다. 그러나 얼굴의 생기에도 불구하고 눈은 겁에 질려 불안에 떨고 있었다.

그녀가 입술을 핥으며 말했다.

"당신, 머리가 어떻게 된 것 아니에요?……이 미친 영감쟁이! 그 말 증명할 수 있어요?"

"아, 잠깐만." 블레넌이 느릿느릿 걸어나와서 끼어들었다. "마음 대로 지껄여보시지……그런다고 체포되지는 않으니까. 하지만 조심 하는 게 좋을 걸. 당신의 본명이 재닛 화이트라는 건 부정하지 않겠 지? 아니, 대답하지 않아도 좋아……그걸 알고 있는 사람이 이 자리 에 있으니까. 어떤가요, 퍼팅턴 박사?"

가만히 바닥을 응시하고 있던 퍼팅턴은 잠시 뒤 어둡고 침울한 얼굴을 들었다.

"예, 재닛 화이트 맞습니다. 말씀하신 대로 난 처음부터 알고 있었어요. 그리고 어젠 아무 말도 하지 않겠다고 약속했지요. 하지만 그녀가 범인이라면……."

블레넌이 온화한 말투로 말했다.

"어제 말인가요, 박사님……어제 처음 만났을 때, 당신은 거의 정신을 잃을 지경으로 놀라더군요. 내가 현관에 서서 경시청에서 나왔다고 말했을 때, 내 어깨 너머로 전에 당신의 진료소에서 일했고, 당신이 낙태수술을 해준 여자의 모습을 보았던 거지요. 당신이 영국에 간 것은 형사소송을 피하기 위해서였다고 들었어요. 이번에 위험을 감수하면서까지 다시 미국으로 돌아온 것은 마크한테서 전보를 받았기 때문이죠? 당신이 그때 놀란 것은 나와 이 여자를 동시에 보았기 때문 아닌가요?."

"예, 맞습니다." 퍼팅턴은 두 손으로 머리를 감아쥐었다.

블레넌은 다시 시선을 코베트에게 돌렸다. "그밖에도 묻고 싶은 것이 있는데. 당신은 1년쯤 전에 마크와 재회하여 지난날의 관계로 돌아간 것을 부정할 건가?"

"아뇨, 부정할 리가 있나요?" 하고 그녀는 소리쳤지만 드레스 옆구리를 쥐어뜯는 소리가 모든 사람에게 들릴 정도였다.

"부정하기는커녕 자랑으로 여기고 있을 정도죠. 그는 나를 사랑하고 있어요. 지금의 부인을 포함해서 지금까지 그가 사귄 모든 여자들보다 내가 더 행복할 거예요. 하지만 그건 살인과는 관계없어요!"

블레넌은 화가 나는 동시에 진절머리가 났다.

"더 얘기해 볼까……4월 12일 수요일 밤 당신의 알리바이는 멋지게 입증되었어. 묘한 얘기지만, 어제 내가 맨 처음 이상하다고 여긴 것은 저기 계시는 스티븐스 부인이었소."

그렇게 말하면서 그는 코베트를 신기한 물건이라도 되는 것처럼 쳐다보고 있던 마리를 턱으로 가리켰다.

"그 이유는 무엇보다 먼저 그녀의 알리바이의 뒷받침이 그날 밤 한 방에서 잠을 잤던 남편의 증언밖에 없었기 때문이야. 그런데 이 사건에서 알리바이가 단 한 사람의 증언으로 성립되고 있었던 자가 스티븐스 부인 말고 또 한 사람 있었던 것에는 아무도 관심을 두지 않았지. 당신, 즉 재닛 화이트 양. 그 증언은 YWCA에서 같은 방에서 지내고 있는 여성에 의한 것이었는데, 지금 생각해보면 당신이 10시 이후에 방에 있었다고 증언해달라고 부탁한 것이 틀림없어. 그 밖의 사람들에게는 모두 대여섯 명의 증인이 있었지……하녀 마거릿도 네 명이 함께 외출했고, 당신은 그날 밤 사실은 이곳에 왔던 거지?"

거기까지 얘기하자, 코베트도 당황하지 않을 수 없었던 것 같다.

"마크를 만나러 오기는 했지만 마일즈 씨는 만나지 않았어요. 만날 생각이 없었기 때문에 이층에 올라가지도 않았다구요. 그런데 마크는 절 바람맞히고 결국 이곳에 오지 않았어요. 부인이 영리해서 그가 만든 '함정'에 걸려들지 않았던 거예요. 그런데 마크는 도대체 어디 있어요? 마크가 있으면 설명해 줄 거예요. 모든 걸 얘기하고 거짓말이 아니라는 걸 증명해 줄 거예요! 그렇지만 그가 없으면……."

블레넌이 부드럽지만 불쾌한 목소리로 말했다.

"그래, 맞아! 이곳에는 없어. 커다란 그물을 쳐도 쉽게 걸려들지 않을지도 모르지. 난처하게도 그는 자신에게 위험이 닥쳐오고 있다는 걸 느끼고 있었어. 한 가지 더 난처한 것은 당신과 마크가 이 범행의 공범자였다는 사실이야. 즉 당신이 직접 실행하고 그는 은폐하는 역할이었지."

20초 정도 아무도 말이 없었다. 스티븐스가 가만히 주위를 둘러보니 오그덴이 그늘진 곳에서 얼굴을 숨기듯이 서 있었는데, 그의 두꺼운 입술에 만족스러운 미소가 떠올라 있었다.

그때 루시가 조용히 말했다. "도저히 믿을 수가 없어요. 코베트에 대해 아무리 호의적으로 생각한다 해도 그런 애긴 믿을 수가 없어요. 어떻게 생각하세요, 클로스 씨?"

클로스는 그 자리의 과정이 재미있다는 듯이 쳐다보면서 라디오에 몸을 기대고 있었다.

"아무래도 이렇게 머리 속이 복잡한 사람들만 모여 있으니, 좀더 냉정하고 머리가 잘 돌아가는 자가 구조선을 띄워주지 않으면 안 되겠다고 생각하던 참이오. 하지만 부인, 그건 나에게 말해도 소용 없어요. 언제나 모두들 결국 내 의견을 구하지만 말이오. 유감이지만 남편이 코베트 양과 살인을 기도한 것도, 은폐역이었던 것도 사실이오. 범행 전에도 후에도 공범자였어요. 하지만 단 한 가지 그에게도 좋은 점이 있더군. 당신에게 혐의를 씌우고자 하는 계획과는 관련이 없었다는 거요. 그는 그런 것은 꿈에도 생각하지 않았소……당신에게 혐의가 돌아갈 때까지는 말이지. 그래서 그는 당신을 용의선상 밖으로 빼내려고 했던 건데……그 결과, 극히 평범한 살인사건을 복잡기괴하고 터무니없는 사건으로 만들어버린 거요.

그럼 한번 이 사건을 순서정연하게 정리해볼까요? 당신들에게는 무리일지도 모르지만, 그래도 엉뚱한 생각은 하지 말아줬으면 좋겠소. 이 사건에서 가장 중요하고 또 이 사건을 필요 이상으로 복잡기괴하게 만든 것은 두 사람의 머리 좋은 공범자가 서로 제멋대로 행동했기 때문이오. 처음의 계획은 그렇게 거창한 것이 아니었어요. 마크는 돈이 필요해서 코베트 양과 공모하여 마일즈 씨를 죽이려 했소. 그런 병약한 노인이니 누구라도 병사라고 생각할 것 아니겠소? 의심을 품는 사람이 있을까요? 어쨌든 마일즈 씨는 위염으로 죽은 것이 될 수 있었소. 주치의는 호기심도 재능도 없는 작자여서 아예 의심할 생각도 없었지. 도대체 비소가 든 은컵을 고양이 사체와 함께 옷장 속에 넣어두어 타살이라는 걸 알릴 필요도, 마법의 책 같은 걸 들고 나올 필요도 없었어요. 마크의 계획은 병사로 보이게 하는 것이었으니까. 그런데 코베트가 거기에 만족하지 않았어요. 그녀는 마일즈 씨를 죽이는 건 물론 루시까지 제거할 생각이었지요. 여자가 애인의 아내에 대해 그런 마음을 품는 건, 꼭 이해 못할 것도 없지만. 그녀는 마일즈 씨가 사망하고 그것이 타살이라는 사실이 밝혀졌을 때, 루시 부인에게 혐의가 돌아가도록 일을 꾸민 거였소. 마크가 눈치 채지 못하도록 이 계획을 실행하는 것은 그리 어렵지 않았소. 난 처음부터 브랑빌리에 후작부인의 의상을 입은 수수께끼의 여자가 이 집안 사람이라는 걸 알고 있었소. 나는 스티븐스 군에게 알리바이가 있는 자라도 믿어서는 안 된다고 말했어요. 그래도 루시 부인과 이디스 양을 용의자로 보게 되면, 많은 증인이 있는 알리바이를 의심하고 덤비는 것이 되기 때문에 그 의심은 아무래도 엷어지더군. 그렇다면, 브랑빌리에 후작부인의 옷을 입은 수수께끼의 여자는 그 두 사람이 아니라는 얘기가 돼요. 하지만 그럼 누구냐 하는 의문이 남는데, 누군가가 말한 것처럼 그 여자는 그 의상과 똑같은 것을 만들지 않으면 안돼요. 외부 사람에게는 도저히 무리지요. 첫째로 데스파드 부인이 화랑의 초상화를 모방하여 의상을 만들려고 생각한 것은 이 집 사람들 말고는 아무도 모르는 일이었소. 두 번째로, 헨더슨 부인의 눈을 속일 정도로 흡사하게 닮은 것을 만들기 위해 그 초상화를 조사한다는 건 외부 사람이 할 수 있는 일이 아니오. 그러나 내부 사람이라 해도, 똑같은 의상을 힘들게, 게다가 비밀리에 만들려면 아무래도 하지 않으면 안 되는 일이 한 가지 있어요……."

"그렇다면?" 스티븐스는 자기도 모르게 물었다.

"자기 방에 자물쇠를 채우지 않으면 안 되는 거지" 하고 대답한 뒤 클로스는 유쾌한 듯 얘기를 계속했다.

"그런데 그녀에게 정말 안성맞춤이라고 할 수 있는 구실이 생겼소. 스티븐스 부인이 토요일 밤, 그녀의 방에서 모르핀 병을 훔쳤다가 일요일에 그것을 되돌려놓은 일이오. 데스파드 부인이 브랑빌리에 후작부인의 의상을 만들어 그것을 입고 가장무도회에 가야겠다고 결정한 것은 월요일이었으니까…… 코베트에게는 방문을 잠궈 둘 구실이 공공연하게 생겼던 셈이오. 나머지는 너무나 간단했소. 데스파드 부인과 같은 의상을 입고 가면을 쓰고…… 아마 '가발'도 쓰지 않았을까? 그렇게 하면 누가 봐도 걱정 없을 뿐만 아니라 오히려 봐주는 편이 낫지.

그러나 돌다리도 두드려보고 건너가라고 하지 했던가요? 그래서 무도회가 열리고 있는 곳에 전화를 걸어 데스파드 부인을 불러내려고 했소…… 아니, 밖으로 불러내기만 하는 게 아니라, 이 집으로 오게 하려 했지. 그렇게 하면 데스파드 부인의 알리바이는 완전히 무너져버리니까.

코베트는 이곳에 오자 변장을 했소. 헨더슨 부인이 11시에 이 베란다로 라디오의 '경음악의 시간'을 들으러 온다는 것도 알고 있었지. 부엌에는 아무도 없었기 때문에 포도주와 계란을 섞은 음료를 미리 만들어 둘 수 있었소…… 헨더슨 부인은 납골당 옆의 돌집에서 살고 있었으니까. 그건…… 뭐 일종의 약용 음료이므로 강제로라도 마일즈 씨에게 먹일 수가 있소. 그의 방에는 11시 전에만 가면 되었어요. 그녀의 옷을 보고도 그는 놀라지 않았을 거요…… 그녀가 초대받지 않았다는 것은 모르더라도 그날 밤 가장무도회가 있다는 건 알고 있었으니까. 또 가장무도회니까 '가발'을 써도 이상할 게 없었소.

그녀는 자신의 모습이 보이라고 일부러 커튼에 틈을 하나 만들어 두었소. 그런데 이 베란다의 배치를 보시오. 헨더슨 부인은 이 구석에 둔 라디오 옆에 앉아 있었는데, 그 반대쪽 끝은 커튼을 친 유리문이 있는 마일즈 씨의 방이오. 그때는 라디오가 켜져 있었지. 하지만 그녀는 방 안에서 여자의 말소리를 똑똑히 들었소. 범인이 낮은 목소리로 얘기했다면 그건 이해할 수 있소. 뭐 보통의 목소리로 얘기할 수도 있겠지. 하지만 자신이 있는 것을 일부러 알려줄 생각이 아닌 한, 희생자에게 독약이 든 컵을 건네주면서 그렇게 큰 소리로 말을 한다는 건 있을 수 없는 일이오. 그녀가 헨더슨 부인에게 자신이 있는 것을 알리려고 한 이유는 여러분의 상상에 맡기겠소.

하지만 거울에 비친 모습을 볼 수 있는 틈새가 또 하나 있었던 건 물론 계산 밖의 실패였소. 치밀한 계획은 거기서 끝이 났던 셈이지. 마일즈 씨에게 음료를 먹이기는 했지만 그는 전부 다 마시지는 않았소. 그래서 그녀는 거기에 있던 고양이에게 나머지를 먹게 했소. 그리고 컵은 옷장 안의 바닥에 눈에 띄도록 두었고……이런 방법은 모두 타살이라는 것을 알게 하려고 한 것이오. 그리고 또 한 가지 주목해야 할 점은, 병사로 꾸밀 생각이었다면 그렇게 많은 양의 비소를 먹일 필요가 없었다는 점이오……컵에 남아 있는 것만 해도 2그레인이나 되었으니까.

그건 그렇다 치고, 마일즈 씨는 자기가 설마 독약을 마신 줄은 모르고 책상을 원래 자리에 갖다놓고, 그림을 제자리에 걸고, 그 밑에 의자를 다시 놓았소. 그건 그때 그에게는 힘든 일이었고, 그래서 갑자기 격렬한 경련을 일으키며 순식간에 위독 상태에 빠지고 말았소. 집에는 아무도 없었기 때문에 도움을 요청할 수도 없었지.

마크가 2시 조금 지나 돌아와 보니, 예상했던 대로 마일즈 씨는 빈사상태에 있었소……하지만 혈흔이나 마찬가지인 타살 증거가 분명히 남아 있는 것을 보고 필시 놀랐을 것이오. 이쯤에서 말해두고 싶은 건 그날 밤의 마일즈 씨의 기괴한 언동……즉 평소와 달리 분별 없는 말과 나무관에 넣어 달라는 유언, 베개 밑에서 매듭이 아홉 개 있는 끈이 나온 것 등은 단 한 사람……마크만이 증언한 것이라는 점이오. 마일즈 씨가 나무관에 넣어 달라고 했다는 유언을 그 말고 누가 들은 사람 있소? 그때 베개 밑에서 끈이 나온 것을 누가 본 사람이 있었소? 당치도 않아요……모두 나중에 만들어서 날조한 것이오.

마크가 식은땀을 흘리며 우왕좌왕한 것도 무리가 아니었소. 유리잔과 은컵을 숨기고 고양이를 묻은 것도 당연하고. 그런데 더욱 처치곤란한 일이 일어났소. 이튿날 아침, 헨더슨 부인이 데스파드 부인과 똑같은 옷을 입은 여자가 컵에 든 독약을 마일즈 씨에게 먹이는 것을 봤다고 그에게 말했기 때문이오. 그 말을 듣고 그는 코베트가 아내 루시에게 죄를 뒤집어씌우려 한 것임을 알았소. 어떻게 하면 좋을지 몰라 당황한 그는, 우선 헨더슨 부인에게 그 수수께끼 여자에 대한 것을 비밀로 해두도록 엄하게 명령했을 것이오."

클로스가 얘기를 중단하고 힐끗 헨더슨 부인을 쳐다보자 그녀는 새파란 얼굴로 고개를 끄덕였다. "어쩔 수가 없었어요." 그런 다음 그녀는 블레넌을 가리켰다. "하지만 이 양반이……이 양반이 교묘한 방법으로 얘기를 하게 만들고 말았어요."

클로스가 계속했다. "마크는 우선, 자신이 발견한 것이 과연 타살 증거인지를 알기 위해, 은컵과 우유잔에 독약이 들어 있는지 확인할 필요가 있었소. 화학분석 결과는 분명히 혐의가 있는 것으로 나왔고 사태는 더욱 나쁜 쪽으로 흘러갔어요. 그것은 사건의 처음부터 어느샌가 마일즈 씨가 살해되었다는 소문이 여기저기 퍼져갔기 때문인데, 그 소문은 그가 사망한 당일부터 나돌기 시작했던 것 같아요. 마크도 이것에는 도저히 어떻게 할 수가 없었소. 이렇게 소문이 번져가다가는 결국 사체부검을 하지 않을 수 없게 돼요. 그는 마일즈 씨가 죽은 다음날 즉 목요일에 그걸 깨달았소. 사체의 재검시는 어떻게든 피해야 했지. 위장에 비소가 들어 있는 시체를 무슨 일이 있어도 숨겨야 했어요. 장례식은 토요일에 거행되었는데, 그것이 끝날 때까지는 시체를 처리할 기회가 없었소. 우선 관리들이 나와 있었고, 두 번째로 ……이쪽이 더 큰 문제였지만, 코베트가 방심하지 않고 내내 지켜보고 있어서 방해가 되었기 때문이오. 뭔가 수를 쓴다면 비밀리에 하는 수밖에 없었소.

코베트가 취한 태도도 정말 교묘한 것이었소. 마일즈 씨가 사망한 직후에 그가 독살되었다고 공언할 수도 있었고, 지금 당장 검시해야 한다고 의사에게 말할 수도 있었지만 그건 위험부담이 너무 컸어요. 무슨 일이 있어도 자신이 정면에 나설 수는 없었소……그런 짓을 했다가는 마크와의 과거가 모두 밝혀지게 될 가능성이 있으니까……아니, 가능성이 문제가 아니라 독살과 어떤 관련이 있는지 추궁당할 수도 있었기 때문이오. 가려진 존재로서, 간호사로서, 인형으로서 안전한 입장에 있기만 하면 세상의 눈을 속일 수 있소. 가장 안전한 방법은 모든 사람에게 마일즈는 병사한 거라고 믿게 하여 시체가 매장된 뒤, 자신이 공들여서 만들어낸 증거를 한 달 정도 그대로 내버려두는 것이었지. 한달만 지나면 그녀의 존재는 그야말로 잊혀지게 되어 안전할 수 있으니까.

이렇게 되자 여우와 너구리의 속고 속이는 작전이 전개되기 시작했소. 마크도 마크대로 비책을 짜내고 있었어요. 아마 그것은 목요일 아침, 헨더슨 부인한테서 들었던 수수께끼 여자가 벽을 빠져나갔다는 얘기에서 힌트를 얻었을 거요. 실제로 그 이야기를 어떻게 생각했는지는 그를 붙잡기 전에는 알 수 없지만, 마일즈 씨가 옛날에 읽고, 그 안의 '불사의 인간'에 관한 장에 특별히 흥미를 가졌다는 마녀의 책을 떠올리고 생각해낸 건 틀림없을 거요. 그래서 그는 이 사건을 흐지부지 끝나게 만들어버려야겠다고 결심하고, 먼저 마일즈 씨의 베개 밑에서 매듭이 아홉 개가 있는 끈이 나왔다는 말을 하고, 다음에는 친구 에드워드 스티븐스에게 수수께끼의 여자가 벽을 빠져나갔다는 얘기를 흘렸소. 그런 얘기로, 자신의 계획에서 가장 중요한 부분인, 나무관에 넣어서 묻어달라고 마일즈 씨가 유언했다는 기묘한 얘기로부터 무사히 주의를 돌리고 말았던 거요.

분명히 그건 기묘한 부탁이었으까요. 상식적으로 생각하면 누구라도 묘하게 생각할 말이었소. 하지만 제임스 1세가 '무서운 마법의 죄에 의해 사형을 선고받은 자는 보통 돌이나 나무관을 좋아하고 강철관은 싫어한다'고 한 얘기가 있어요. 그래서 그런 것이 속임수에 이용된 셈이었지."

그때 퍼팅턴이 의자에서 일어나 새삼스러운 어조로 말했다.

"속임수라는 건 뭡니까? 마크가 납골당에서 시체를 빼돌렸다면 도대체 어떤 방법으로 한 건가요? 관이 나무든 철이든 그게 무슨 상관입니까?"

클로스가 답답하다는 듯이 말했다. "그야 나무관이 훨씬 다루기가 쉽기 때문이오. 마크 데스파드가 아무리 장사라 해도 철관은 너무 무거워서 옮길 수가 없어요."

"그걸 옮겼단 말입니까?"

"여기서 시체와 납골당에 대해 몇 마디 얘기해야겠군. 그 관은 두 개의 볼트로 뚜껑이 고정되어 있어서 간단하게 열 수 있어요. 마일즈 씨는 몸집이 작고 몸무게도 109파운드밖에 안됐소. 납골당을 내려간 곳에는 썩어가는 문이 있는데, 당신들이 금요일 밤 그곳을 조사했을 때는 닫혀 있었소. 납골당 안에는 커다란 대리석 화병이 두 개 있고 꽃이 꽂혀 있었지……."

스티븐스는 납골당에서 본 광경을 생생하게 떠올리며 끼어들었다.

"잠깐, 잠깐만요! 시체를 꺾어서 화병에 숨겼다는 얘기라면 그건 틀렸습니다. 우리는 그 안도 조사해 봤으니까요."

클로스가 언짢은 목소리로 말했다. "나에게 지원을 바란다면 얘기가 끝날 때까지 기다려 주게……그렇게 하면 다 알 수 있어. 그리고 마지막으로……이것이 바로 결정적으로 진실을 얘기하는 것이지만 당신들이 금요일 밤 그곳에 들어갔을 때, 꽃병 밑의 바닥에 꽃이 많이 흩어져 있었을 것이오. 어째서일까? 꽃병에서 떨어진 것이 틀림없는데 경건한 장례식 도중에 꽃이 바닥에 떨어진다는 건 있을 수 없는 일이지.

그러면 4월 15일 토요일 오후에 열린 장례식을 검토해 볼까요? 마크가 스티븐스한테 얘기한 것은 대체적으로 틀리지 않았소. 제3자도 있었기 때문에 사실대로 얘기하는 수밖에 없었지. 그런데 잘 생각해 보시오. 마크는 마지막으로 납골당을 나간 것은 자신이었고, 모두들 나간 뒤에 목사와 단 둘이 남았으며, 목사는 마크가 나올 때까지 한동안 기다리고 있었다고 말했을 것이오. 그러나 목사가 정말로 납골당 안에서 기다리고 있었을까? 천만에, 이것도 마크가 스스로 말한 것일 뿐이오. 어떤 사람이라도, 그런 납골당 안의 썩은 공기를 필요 이상으로 마시고 싶은 사람은 없을 거요. 목사는 신선한 공기를 마시기 위해 계단 꼭대기 가까이에서 기다렸던 거지요. 목사와 납골당 사이에는 나무문이 닫혀 있어서 안은 보이지 않았소. 마크는 철촛대를 정리한다는 핑계로 뒤에 남아 있었소. 1분 남짓밖에 되지 않앉다고 했지만……나도 그 말을 의심할 생각은 없어요. 그 작업은 1분이면 충분하니까. 시계를 보면서 그 행위를 그대로 해보면 그 시간이면 충분하다는 걸 알 수 있어요.

즉, 그는 이렇게 한 거요. 먼저 관을 끌어내어 볼트를 푼다……다음에 시체를 꺼내 안고 납골당 안으로 걸어간다……그리고 시체를 둘로 꺾어서 화병에 넣는다……다시 관에 볼트를 끼우고 원래의 '벽감' 안에 넣는다……금속음이 나더라도 촛대를 정리한다고 말해두었으니까 목사의 귀를 속일 수 있지. 시체는 화병 속에 있던 많은 꽃들이 숨겨주었을 거고, 누군가가 납골당을 들여다봐도 흔적은 바닥에 넘친 꽃뿐이고 그 정도는 어쩔 수 없는 일이오.

이제부터 진짜 시작이오. 무대장치는 만반의 준비가 된 셈이니 이제 드디어 그가 '기적'을 연출해 보일 차례지.

이 기적에는 두 가지 목적이 있었소. 그가 꾸며낸 불길하고 신비적인 분위기 때문에 시체가 사라진 것을 모두 악마의 소행이라 생각해주면 그야말로 기대하는 바이지. 그의 목적은 비소를 먹은 시체를 꺼내기 위해 모든 것에 신비의 베일을 씌우는 일이었지만, 실제로 납골당에서 시체를 꺼내고 기적이 일어나기 전까지는 사실 지나치게 악마의 짓으로 보여서는 곤란해요……왜냐하면 그의 장단에 춤추던 사람들이 거꾸로 그의 머리가 이상해진 거라고 생각하여 도와주는 걸 거부하게 될지도 모르기 때문이었소. 그렇게 되면 곤란하지. 납골당은 절대로 비밀리에 열지 않으면 안 되니까……낮에도 안 되고 경찰이 와서도 안 되고, 그가 한껏 조성해 놓은 분위기를 깨는 건 일체 안 되었던 거요.

여기서 그가 당신들을 속인 계략을 간단하게 설명하겠소. 나도 원래 칭찬하는 데 인색하지 않은 편이기도 하지만, 그의 연기는 참으로 훌륭한 것이었소. 관 속의 시체가 사라진 것을 알았을 때의 당신들의

심리를 교묘하게 이용하여, 그 결과 당신들이 어떻게 생각할지 훤히 계산한 것 같소. 당신들 네 사람이 납골당으로 내려갔을 때 손전등을 들고 있었던 건 마크뿐이었소. 공기가 탁해진다고 하며 '칸델라'를 가지고 들어가는 데 반대했지. 관을 열고 안이 텅 비어 있었을 때는 아마 당신들은 기겁을 하고 놀랐겠지. 자신의 눈을 믿을 수 없을 정도로 충격을 받았을 때, 순간적으로 당신들은 어떻게 생각했소? 시체가 사라진 것을 발견했을 때 마크가 뭐라고 말했는지 기억하고 있소?"

"예, 기억하고말고요." 스티븐스가 망연자실한 모습으로 대답했다. "마크는 벽감을 올려다보더니 손전등을 비추면서 '관을 잘못 찾은 건지도 모르겠군' 하고 말했습니다."

클로스는 정중하게 고개를 숙인 뒤 "원래 그 납골당의 관은 모두 똑같은 것이었기 때문에, 그 말을 들은 당신들은 시체가 다른 관에 들어 있을지 모른다고 생각했을 거요. 하지만 실은 그때는 이미 시체는 꽃으로 덮인 꽃병 속에 들어 있었소. 그때 마크는 훨씬 우위에 서 있었어요……손전등은 그가 들고 있었으니까. 그는 조사할 관에 불빛을 비추기만 하고 있었고, 당신들은 틀림없이 다른 관에 시체가 들어있을 거라고 생각했지. 그래서 어떻게 했소? 당신들은 먼저 아랫단의 관을 조사했지만 거기에는 없었소. 마크는 윗단에 있을지도 모른다고 했겠지……이렇게 그가 생각한 대로 되어갔소. 마크의 목적은 다른 사람들을 단 몇 분이라도 좋으니까 납골당에서 나가 집으로 돌아가게 하고, 자기 혼자 남을 수 있는 구실을 만들어내는 것이었소. 그래서 당신들도 알다시피 구실을 만들었지. 헨더슨과 스티븐스는 사다리를 가지러, 또 퍼팅턴은 술을 한 잔 걸치러 모두들 집으로 돌아갔소……그 다음 작업 역시 별로 어렵지 않았소. 스티븐스, 퍼팅턴, 헨더슨 세 사람이 12시 28분에 납골당을 나가 집으로 돌아갔다가, 스티븐스와 헨더슨은 12시 32분, 퍼팅턴은 12시 35분에 돌아왔다는 보고를 감시하고 있던 형사한테서 들었소. 그 형사가 가장 중요한 그 시간에 납골당을 계속 지키고 있었더라면 마크의 계획은 모두 수포로 돌아갔을 테지만, 그는 감시를 중지하고 세 사람 뒤를 따라 집까지 미행한 거요. 그래서 마크는 아무한테도 들키지 않고 12시 28분에서 32분까지 4분 동안 혼자 있을 수가 있었소.

그가 그 사이에 무슨 짓을 했는지 꼭 말해야 할까? 화병에서 시체를 꺼내 그것을 안고 계단을 올라가 헨더슨의 집에 숨겼소……아마 침실이었겠지. 그리고 다른 사람들이 납골당으로 돌아오자 기다렸다는 듯이 말했소……'더 이상 방법이 없으니 화병을 뒤집어 보세' 하고. 그래서 당신들은 그렇게 했고 물론 헛수고로 끝났소."

그때 조 헨더슨이 몸을 떨면서 나섰다. 그때까지 그는 한 마디도 하지 않고 있었다……관자놀이의 상처는 파랗게 부어올라 있었다.

"그날 밤 저는 침실……창가의 흔들의자에 마일즈 나리께서 앉아 계신 것을 보았습니다만……."

클로스는 라디오 위에 놓인 셰리 잔을 손에 들었지만 입을 대지 않고 다시 그대로 놓았다.

"그래, 그랬겠지. 그때도 악마의 출현인가 하고 생각했겠지만, 알고 보면 인간이 조종하고 있던 유령인형이었던 것이오. 그러나 그건 처음부터 예정된 것이 아니라 마크가 궁지에 몰려서 하는 수 없이 한 짓이었소. 당신이 본 것은 마일즈 씨의 유령이 아니라 진짜 마일즈 씨였지.

이래저래 사건의 경과를 대충 조사한 것만으로도 밝혀졌듯이, 납골당에서 시체를 치워버리면 마크의 계획도 이제 마무리단계요. 그렇게 되면 이제 수수께끼의 여자가 벽을 뚫고 나갔다는 얘기도 마음 놓고 할 수 있고, 마일즈 씨의 방에……데스파드 양이 나중에 발견한 마법과 관련된 책도 갖다놓을 수 있고, 관 속에서 발견된 끈에 이르러서는, 실제로 나는 '구석의 노인'으로 불리고 있던 조나 애킨슨 노인이 거기에 흘리고 간 건지 어떤지 의심스럽다고 생각해요. 만약 그렇다면, 마크는 끈을 발견했을 때 오히려 등골이 오싹해지는 걸 느꼈을 거요. 그리고 난 이렇게도 생각하는데, 어제 마크는 독살용의가 이번에는 스티븐스 부인에게로 돌아간 것을 보고, 자신의 머리가 이상해진 게 아닌가, 정말 악마에게 사로잡혀버린 게 아닌가 하고 생각했을 것이라고. 그도 여기에는 정말 놀랐던 것 같소.

시체의 처리는 별로 힘들지 않았소. 납골당에서 빼낸 뒤에는 스티븐스와 퍼팅턴을 가능한 한 빨리 쫓아내기만 하면 되었으니까. 스티븐스는 별장으로 돌아가면 되고, 퍼팅턴은 술을 마시러 집으로 돌아가면 끝나는 일이지. 나머지는 헨더슨인데……그때 시체는 헨더슨의 침실에 있었다고 했소. 하지만 그것도 그리 어려운 일은 아니었소. 우리는 모르핀 알약이 없어졌다는 얘기를 귀에 못이 박히도록 들었소.

스티븐스 부인이 훔쳤지……하지만 실제로 그녀가 훔친 것은 한 알 뿐이었소. 나머지 두 알을 훔친 건……공범자 코베트가 알았는지 어쨌는지 몰라도……마크의 짓이오.

스티븐스와 퍼팅턴이 돌아간 뒤 마크는 위스키에 모르핀을 타서 헨더슨에게 주었소. 그리고 노인의 눈이 가물가물해지고 몸이 휘청거릴 때를 기다렸다가, 침실에서 시체를 꺼내 처분하면 되었던 거지."

"처분이라 하면?" 갑자기 이디스가 그렇게 물었다.

"태워버리면 끝이지요" 하고 클로스가 말했다. "일층의 난로에서 지난 이틀 동안 쉴 새 없이 타고 있었던 불로……이 집 바깥 굴뚝에서는 연기가 뭉게뭉게 피어오르고……집안은 더울 정도로 따뜻했고……이것은 여러분도 느꼈을 것이오. 그런데 그 계획에 사소한 방해가 끼어들었소. 데스파드 부인과 이디스 양이 전보를 받고 갑자기 돌아온 거요. 이것으로 벼르고 벼른 계획의 톱니바퀴가 어긋났어요……시체는 아직 침실에 숨겨둔 채였고……하지만 그것도 실행이 약간 연기되었을 뿐이었소. 밤이 되자 집안사람도 모두 자러 가고 손님도 돌아가자, 마크는 헨더슨에게 혼자 납골당 입구에 방수천을 씌우고 오라고 시켰소……그 방수천은 잡목림 속을 지나 부지 끝까지 5, 6백 야드나 걸어가야 있다……고 두 사람 다 생각했소. 마크로 치자면 헨더슨의 집에서 시체를 꺼내 소각할 시간은 충분한 셈이지.

그런데 이것 역시 공교롭게도 방수천이 테니스코트 옆이 아니라 자기 집에 갖다둔 것을 헨더슨은 생각해냈소. 그래서 헨더슨이 돌아왔을 때 실은 집안에 마크가 있었던 건데 미리 손을 써둔 게 다행이었지……다시 말해, 모르핀을 탄 위스키를 헨더슨에게 먹인 것이 그때부터 효과가 나타나기 시작했던 거요. 불을 끄고……시체를 의자에 앉힌 뒤 그 뒤에 숨어서 의자를 흔들고 시체의 손을 쳐들기도 하면서 마치 유령인 것처럼 꾸몄소……이미 반쯤 넋이 나가 있던 헨더슨에게 이건 효과 백 퍼센트였고 그 뒤는 모르핀 덕택에 아무것도 모르는 채 쓰러진 거요. 그래서 마크는 간단하게 시체를 벽난로로 운반할 수 있었소."

클로스는 잠시 입을 다물고 얼굴 전체에 인상 좋은 미소를 머금은 채 모두를 둘러보았다.

"여러분도 이제 아셨겠지만 한 가지 덧붙여 둘 게 있어요……오늘 오후부터 이 집안이 전에 없이 춥다고 느끼지 않았소? 그래서 여러분을 이층에 있게 한 거요. 블레넌 경위의 부하들이 지금 벽난로 속을 뒤지고 있어요. 아무것도 나오지 않을지도 모르지만……."

그때 코베트가 두 걸음 정도 앞으로 나섰다. 그녀의 무릎은 옆에서도 알 수 있을 만큼 심하게 떨리고 있었다. 얼굴도 극심한 공포로 추악하게 일그러져 있다.

"모두 거짓말이에요!⋯⋯거짓말이에요! 마크가 그런 짓을 할 리가 없어요. 만약 그랬다면 나에게 얘기했을 것이고⋯⋯."

"흠⋯⋯이제 그만 마일즈 씨에게 독약을 먹인 건 자신이라고 인정하는 게 어떨까? 그런데 여러분, 또 한 가지 이 재닛과 관계되는 사실이 있어요. 분명히 이 여자는 어제 스티븐스 부인에게 의심이 돌아갈 만한 얘기를 했어요. 이디스 양은 실제로 비소를 샀지만, 스티븐스 부인도 어디에 가면 비소를 살 수 있는지 물어봤고, 여기에는 재닛을 포함하여 누구라도 놀라지 않을 수 없지요. 그러나 이 여자가 한 얘기에서 특별히 강조한 것이 어떤 의미인지 아시겠소? 독약 이야기를 처음 시작한 것이 사실은 누구인가? 독약과 그 효과에 대해 요모조모 물은 것은 누구인가 하는 점인데, 이 여자는 루시 데스파드라고 말했어요⋯⋯아니라고 해도 아마 막무가내로 그렇게 주장했을 거요. 지금도 그렇게 말하고 있고. 하지만, 이 중상도 데스파드 부인에게 움직일 수 없는 알리바이가 있다는 것이 확실해졌을 때는 역시 흔들리고 말았소. 그래서, 만약 이 여자가 독약을 먹인 것이 자기라고 인정한다면⋯⋯."

코베트는 기도라도 하는 듯이 두 손을 내밀었지만, 그 간절한 몸짓조차도 오히려 이를 갈며 분해하고 있는 모습처럼 보였다.

"난 죽이지 않았어요⋯⋯정말이에요. 죽인다는 건 생각조차 하지 않았어요. 돈을 원한 적도 없고⋯⋯내가 원했던 건 오직 마크뿐이에요. 그는 아무 짓도 하지 않았고, 그래서 달아난 게 아니에요. 그가 달아난 건⋯⋯달아난 건 부인 때문이에요. 내가 마일즈 씨를 죽였다니, 무슨 증거가 있어요? 시체가 나오지 않으면 증거도 없는 것 아니에요? 날 골탕 먹일 생각이라면 그렇게 해보세요. 날 돌로 쳐죽인다 해도 상관없어요……그렇게 한다 해도 난 절대로 아무 말 하지 않을 거예요. 모르시겠어요? 난 인디언처럼 참을성이 강하니까요……무슨 일이 있어도……."

그녀는 목이 막혀 말을 중단했다. 그런 다음 갑자기 겁에 질린 가련한 목소리로, "아무도 절 믿지 않으시는 건가요?" 하고 말했다.

완전히 의기소침해진 오그덴이 손을 내밀며 모두를 보면서 말했다. "방금 생각한 건데." 그런 다음 조용히, "내가 지금까지 어떤 짓을 했는지는 모르지만, 엄연히 그럴 만한 권리가 있기 때문에 한 겁니다……아니, 아무것도 묻지 말아주세요. 다만 당신의 설명 가운데 한 가지 정정해야 할 것이 있습니다. 가장무도회가 있었던 날 밤, 세인트데이비스에 전화를 건 사람은 적어도 이 여자가 아닙니다. 실은 제가 걸었습니다. 마크가 옛날 여자와 다시 만난다는 얘길 들으면 루시가 어떤 반응을 보일지 볼만하겠다고 생각했죠. 그렇다고 그것으로 날 집어넣을 수는 없을 테니까, 진정하고 들어주는 게 좋을 겁니다."

블레넌은 머뭇머뭇하면서 오그덴을 노려보았다. 클로스는 원숭이가 사람을 흉내 내는 듯한 동작으로 조용히 셰리 잔을 들더니, 오그덴에게 눈인사를 한 뒤 입으로 가져갔다.

"자네가 지금까지의 변변치 않은 반생 중에서 단 한번 사람 구실을 하려고 한 것은 나도 인정하네……자, 자네의 건강을 위해 건배할까? 내 판단이 틀린 적은 없지만 난 자신의 실수를 인정하는 데 인색하지 않다고 자부하네. 하지만 그런 것은 내 유언 같은 것으로, 이제……."

거기까지 말하고 그는 잔을 든 손으로 잠깐 뭔가를 가리키는 시늉을 했다. 모두가 두세 걸음 앞으로 걸어나가는 코베트 양을 보았을 때 털썩 하는 낮은 소리가 났다. 클로스는 라디오 위에 엎드려서 몸을 뒤집으려고 바르작거리는 것처럼 보였다. 눈은 부릅뜨고 있었다. 그리고 얼굴에 어울리지 않을 정도로 두꺼운 입술을 열고 공기를 들이마시려 하는 것 같았다. 그는 겨우 몸을 뒤집기는 했지만 힘이 다하여 그대로 쓰러지고 말았다. 스티븐스는 망연자실해 있었고 언제까지나 누구 한 사람 미동도 하지 않는 것 같은 느낌이었다. 옅은 황갈색의 양복을 입은 클로스는, 잔을 손에 들고 라디오 옆에 쓰러진 채 온몸에 경련을 일으키고 있었다. 그러나 퍼팅턴이 옆으로 갔을 때는 이미 더 이상 움직이지 않았다.

"죽었어" 하고 퍼팅턴이 말했다.

나중에 스티븐스는, 만약 그때 퍼팅턴이 무슨 말도 안 되는 거짓말을 했다 해도 클로스가 죽었다는 말보다는 그쪽을 믿었을 거라고 생각했다. 도저히 믿어지지 않았던 것이다.

"어떻게 이럴 수가!" 하고 블레넌도 소리친 뒤 말을 잇지 못했다. "미끄러졌을 뿐이오, 아마 기절했겠지. 설마……그런……."

"하지만 절명했어요. 직접 확인해보시죠. 이 냄새로 봐서 아마 청산가리일 겁니다. 문자 그대로 거의 즉사했어요. 이 잔은 보관해 두는 것이 좋을 것 같군요" 하고 퍼팅턴이 말했다.

블레넌은 서류가방을 가만히 내려놓은 뒤 다가왔다.

"그렇군……정말 죽었어." 그런 다음 마이라 코베트를 보았다. "이 잔은 당신한테서 받은 것이었어. 셰리 병과 잔에 손을 댄 건 당신뿐이야. 그는 이것을 당신한테서 받아들고 라디오 쪽으로 걸어갔지. 옆에는 아무도 있지 않았으니 당신 말고 청산가리를 넣을 수 있는 사람은 없어. 당신은 금방 마실 거라고 생각했겠지만, 그는 그렇게 하지 않았어. 그는 극적인 것을 좋아하는 사람이었기 때문에, 건배에 어울리는 적당한 구실이 생기기를 기다리고 있었던 거야. 이 나쁜 여자! 지금까지는 당신을 유죄로 체포할 확증이 없었지만, 이제 끝났어. 어떻게 될지는 알고 있겠지? 당신을 기다리고 있는 건 오직 전기의자뿐이야."

코베트는 설마 하는 얼굴로 무기력하고 얼이 빠진 듯한 미소를 짓고 있었지만, 지금까지의 모든 자제심은 거의 사라지고 없었고, 블레넌의 부하들이 올라와 그녀를 아래층까지 데리고 갈 때는 양쪽에서 붙잡아 주지 않으면 안 되었다.

제5부 평결

"이런 경향이 너무 강해지면 사람은 극히 심각한 불안을 품게 되어 '그렇다면 극단적인 타락부패의 증거가 털오라기만큼도 없다는 말인가?' 하고 자문하지 않을 수 없게 된다. 이것은 극악무도한 인간은 미학적 견지에서 보아 추악한 존재로 볼 뿐 역사상에서 완전히 말살하는 것은 거의 불가능에 가깝기 때문이다."

토마스 세콤 《12인의 악인》에서

에필로그

 담담하고 밝은 가을하늘의 색깔도 황혼녘에서 밤으로 넘어감에 따라 점차 엷어져 갔다. 꽃병의 무늬처럼 생기 없는 대여섯 장의 이파리가, 바람이 부는 데도 아직 가지에 악착같이 달라붙어 있다. 골짜기는 온통 갈색천지다.
 평화롭고 아늑한 방의 탁상 캘린더는 빨간 글씨로 10월 30일로 되어 있다. 내일 밤이면 만성절 전야다. 그 방은 테이블마다 오동통한 스탠드가 놓여 있고, 의자의 앉는 부분은 붉은 기가 도는 밝은 오렌지색 쿠션으로 되어 있다. 난로 위에는 렘브란트의 〈연인들〉의 감쪽같은 복제화가 걸려 있다. 긴 의자 위에는 신문이 펼쳐져 있고, 표제 기사의 일부가 고개를 내밀고 있다.

 살인범 간호사 사형을 면하다
 종신형에 대해서도 마이라는 무죄를 주장
 작가 고던 클로스를 살해한 혐의로 10월 9일 사형 판결을 받은 살인범 간호사 마이라 코베트가 무죄를 주장하고 있는 가운데, 오늘 사면위원회로부터 종신형으로 감형되었음을 통고 받았다. 피고의 변호사 G.L. 샤피로 씨는 행방불명중인 공범자 마크 데스파드의 행적이 여전히 불명임을 인정했지만……

램프의 불빛이 검은 표제의 활자를 어른어른 비추고 있었다. 지금 그 방에 켜져 있는 불빛은 그 램프뿐이다. 그 불빛에 일상적인 물건까지 일그러져서 낯선 것처럼 보였다. 뒤쪽의 창가에 한 여자가 서서 뜰을 바라보고 있다. 유리창에 비친 그녀의 얼굴은, 어두운 노란색의 곱슬머리를 늘어뜨린 화사하고 아름다운 얼굴이다. 약간 어렴풋하기는 하지만 그곳에 비친 무거운 듯한 눈꺼풀을 한 잿빛 눈에는, 숭고한 표정과 극히 희미한 미소가 떠 있다. 그녀는 생각하고 있었다.

——하지만 역시 그녀가 사형을 당하지 않게 된 건 유감이야. 내 험담을 그렇게 해댄 것만으로도 죽어 마땅한데. 그날 내가 마일즈에게 먹이고 있는 약에 대해 물은 건 실수였어. 오랫동안 그런 걸 사용한 적이 없었기 때문에 어쩔 수가 없었어. 그녀가 진짜 범인이 아니었던 것도 가엾지만, 우리의 동료가 되려면 유죄가 아니면 안 되니까 하는 수 없는 일이야. 우린 지금 동료를 좀더 많이 늘려야 하거든.

밖의 어두운 뜰에는 10월의 안개가 엷게 흐르고 있다. 하늘은 어둡고 밝은 별은 세 개밖에 보이지 않는다. 저편의 옥수수 밭에서도 파수막 위로 안개가 흘러간다. 여자는 눈은 여전히 창밖을 향한 채 아름다운 손을 뻗어 창문과 창문 사이에 놓인 작은 책상을 더듬었다.

——아, 다행이야……점점 기억이 떠오르고 있어. 처음에는 지

금 이렇게 유리창에 비친 내 모습을 보고 있는 것처럼 희미하게 밖에 생각나지 않았는데. 전에도 한번 기블의 미사에서 연기가 피어올랐을 때 생각이 날 것 같은 느낌이 든 적이 있었지⋯⋯눈과, 코끝과, 칼을 찔러넣은 갈비뼈가, 토막토막 생각났어. 다음에 고던을 만날 수 있는 건 언제쯤일까? 그의 모습은 어쩐지 일그러지게 비쳤어⋯⋯쓰고 있는 모자가 달랐기 때문인지도 모르지만 이내 그 사람인 줄 알아봤지. 난 적어도 이번에는 그의 도움을 빌리는 수밖에 없다고 생각했어. 정말 이번에는 재판관들에게 당할 위험은 조금도 없었지만 그이한테서 의심을 받고 싶지는 않았거든⋯⋯아직 지금은. 그이를 사랑하고 있으니까⋯⋯정말 사랑하고 있는 걸⋯⋯ 괴롭히지 말고⋯⋯너무 많이 괴롭히지는 말고⋯⋯바꿀 수 있다면 그이도 곧 우리의 동료가 될 거야⋯⋯.

손이 책상 위를 움직여 간다⋯⋯손에 열쇠가 쥐어져 있다. 그 손이 기묘한 상자를 열기 시작한다⋯⋯상자는 이중 삼중으로 되어 있다. 하지만 그녀의 얼굴은 그쪽을 쳐다보지 않았다. 그 손은 마치 그 자체가 살아 있는 생물이어서 자신의 의지로 움직이고 있는 것 같다. 마지막 상자 속에서 티크 상자와 작은 병이 나왔다.

　——그래, 난 그 사람이 고던이라는 걸 알았어. 그도 나를 찾고 있었던 모양이지? 난 그의 머리가 나쁘다고 생각한 적은 한번도 없었어. 복잡해서 나로서는 도저히 설명할 방법이 없었는데, 그는 그렇게 확실하고 구체적인 설명을⋯⋯아무리 봐도 허점이 없는 설명을 생각해낸 걸 보면 틀림없이 머리가 좋은 거야. 어떻게 그렇게 감쪽같이 해치울 수 있었을까?⋯⋯역시 난 머리가 나쁜가봐. 그는 틀림없이 마크 데스파드를 고발하려 했겠지만 그건 너무 가엾어

……난 마크를 좋아했거든.
 모두가 말하듯이 난 영리하지 않을지는 모르지만 결국 난 고던을 이겼다고 생각해. 그는 자기가 도와준 대가로 그 사람다운 보답을 원했어……하지만 내가 있는 곳으로 돌아오고 싶어한 것에서 그의 운은 끝났던 거야. 그런 남자가 연인이라니 말도 안돼! 그리고 그도 분명히 살아 있는 인간이었는데 약을 먹었으니 어쩔 수 없는 거지. 언젠가는 다시 환생하겠지만 어쨌든 지금은 나의 승리야……

새하얀 손이 뱀처럼 구불구불 기어가서 처음에는 나무상자, 이어서 작은 병을 만진다. 통통한 얼굴은 기묘한 미소를 띤 채 여전히 꼼짝하지 않는 모습으로 유리창에 비치고 있다……
 현관문을 여는 열쇠소리가 나고 문이 열리더니 홀에서 발소리가 들려왔다. 그때까지는 뭔가 아련한 빛……아니 투명한 베일 같은 것이 벽과 창문을 감싸고 있는 것 같았다. 하지만 그것은 그녀가 작은 병에서 손을 뗀 순간 사라져버렸다. 그리고 그녀의 얼굴은 아름다운 아내의 얼굴로 돌아가고 남편을 맞이하러 서둘러 달려 나간다.
 그녀가 긴 의자 옆을 지나갈 때 스커트에 닿은 신문이 바닥에 떨어지면서 지면이 넘어갔고, 기사의 다음이 나타났다.

 ……그의 수사는 중단될 것이라고 말했다. 아마 샤피로 변호사가 새로운 증거를 제출했기 때문인 것으로 추정된다. 이 '살인간호사 사건' 공판의 가장 흥미로운 점은 입증이 불가능한 독살범으로서 피고 간호사를 고발하려고 결심한 작가 클로스가 스스로 자신의 잔에 청산가리를 넣은 것이 아닌가 하는 것으로, 이를 샤피로 변호사가 입증해 보일 때 새롭게 각광을 받게 될 것이다.
 "어떤 인간이든 하나의 추리를 입증하기 위해 스스로 자기 잔에

4그레인의 청산가리를 넣었다고 피고측이 진심으로 주장할 생각이라면, 사태는 현시점에서 그대로 머무는 수밖에 없다"고 실즈 지방검사는 말했다.

이에 대해 샤피로 변호사는 다음과 같이 반박했다. "피고측으로서는, 클로스에게는 공모자가 있으며 그 자가 그에게 그저 가슴이 약간 울렁거릴 정도로 극소량의 비소라고 하면서, 실은 그를 살해할 작정으로 청산가리를 먹였을지도 모른다는 겁니다. 캡슐에 넣으면……."

그때 법정 안에 약간의 소란이 일어나자 데이빗 R. 앤더슨 판사는, 만약 더 이상 법정에서 웃음소리가 들려오면 폐정을 명령하는 수밖에 없다고 말했다.

초자연적 퍼즐 게임의 매력

《화형법정》은 존 딕슨 카가 1937년에 발표한, 탐정소설의 황금시대를 마지막으로 장식하기에 어울리는 걸작이다.

미국식의 캐치프레이즈를 사용한다면, 이 소설은 훌륭한 서스펜스 소설이자 뛰어난 괴기소설이며 또 1급 미스터리라고 할 수 있을 것이다.

이 소설의 제목이 된 화형법정에 대해서는, 어느 작가의 매혹적인 글귀를 인용하는 것이 좋을 듯하다.

화형법정이란 17세기 루이 왕조시대, 특히 요술이나 독살 같은 이례적인 재판을 심리하고 화형을 선고한 법정을 가리키는 말로, 방안에 검은 천을 둘러쳐서 대낮에도 횃불을 켜야 했던 음울하기 그지없는 장소였다. 그곳에서의 고문은 무섭기로 악명이 높았는데, (중략) 수조에 가득 찬 물을 깔때기를 통해 입에 부어 넣는 등 참으로 악랄하고 끔찍한 방법도 종종 사용되었다.

《독약 수첩》의 '브랑빌리에 후작부인'에서

카는 이 작품으로 타고난 스토리텔러로서의 재능을 마치 곡예라도 부리듯이 발휘하여 기교소설 가능성의 한계에 도전하고 있다.
 《화형법정》에서 작가가 시도한 취향의 하나는, 17세기의 독살마 브랑빌리에 후작부인과 그녀를 둘러싼 인물들의 요상한 인과관계를, 1927년 미국의 한 시골저택의 인물관계에 대비시켜서 이중배역적인 재미를 노렸다는 점이다.

 편집장이 건네 준 원고에 딸려 있던, 19세기의 독살마 마리 도브리의 사진을 들여다보면서 스티븐스는 아연실색했다. 자기 아내 마리와 똑같이 생겼던 것이다. 원고에는 '비소를 치밀하게 분량을 조절해 투여하면 마치 위염과 흡사한 증세가……'라고 적혀 있었다.
 2주 전에 죽은 마일즈 데스파드도 위염으로 죽었던 게 아닐까?
 카 특유의 미스터리와 초자연적인 세계가 전개된다.

 그 배역을 살펴보면 다음과 같다.
 후작부인에 주인공의 아내 마리 스티븐스,
 후작부인의 애인이자 독약에 대해서 가르쳐 준 고던 생 크루아에, 범죄연구가 고던 클로스,
 부인을 배신하고 체포한 밀정 데프레 역에, 마리를 고발하게 되는 데스파드 일가.
 작자는 과거의 인물관계를 현대와 교묘하게 교차시키면서 데스파드 노인의 괴죽음을 둘러싼 불가해한 수수께끼를 연달아 제시하고 있다.
 노인은 과연 비소로 독살된 것일까? 노인이 죽던 날 밤 가정부가

커튼 틈새에서 본 옛날 의상을 입은 여인의 정체는? 그 여인이 벽을 빠져나가 사라졌다는 가정부의 증언의 진위는? 사체의 베개 밑에서 발견된 아홉 개의 매듭이 있는 끈은 무엇을 의미할까? 출입구가 없는 납골당 안에서 사라져버린 노인의 시체에 대한 수수께끼는 어떻게 해명될까?

이들 수수께끼를 밝히기 위한 교묘한 복선에도 주목하기 바란다. 첫 부분의 별 것 아닌 배경 묘사로 생각되었던 역 앞의 장의사가 후반에 이상한 역할로 재등장하는 부분부터, 마치 몇 겹이나 중첩된 매듭이 풀려가듯이 전반의 수수께끼와 의혹이 본격 미스터리소설의 작법대로 하나하나 합리적으로 해명되어가는 스릴과 쾌감, 지어낸 이야기의 독자적인 매력이 여기에 있다.

있을 수 없는 인공의 세계를 창조한다는 점에서는 미스터리와 마술에는 공통요소가 있다.

마술사는 순간적으로 일상성을 비일상성으로 변형시킴으로써 관객에게 신비한 세계를 체험하게 한다. 수수께끼를 푸는 것을 목적으로 하는 미스터리에서는 결말의 의외성으로 독자들을 놀라게 한다.

의외성이라는 공통점이 있기 때문에 미스터리는 자주 마술에 비유되고 미스터리 작가는 마술사에 비유된다.

우리가 마술과 미스터리를 좋아하는 것은, 있을 것 같지 않은 일을 너무나도 있을 법하다고 우리를 믿게 만드는 그 솜씨에 끌리기 때문이다. 생생한 '거짓말'의 재미에 매혹되는 것이다.

어느 세계에서도 기묘한 '속임수'의 테크닉에는 지혜와 노력은 물론 숙련이 필요하다. 카가 마술사라고 불리는 것도 천재적인 속임수의 테크닉이 있기 때문이다.

독자에게 약간 '지나친 서비스를 하는 나쁜 버릇'이 있는 카는, 이 작품에서도 마니아들을 애먹이는 '마치 요술 같은' 두 가지 큰 불가능한 트릭을 만들어냈다.

납골당 안에서 사라져버린 시체에 대한 수수께끼 풀이는 특히 묘미가 있다. 소실(消失) 트릭의 백미일 것이다.

"곤란을 분할하라"고 하는 마술의 기본적인 원리가 있다. 예를 들면 어떤 물건을 사라지게 할 경우, 처리하기 쉬운 상태로 일단 만들어둔 뒤에 사라지게 하는 2단 조작의 책략을 사용한다. 카는 이 원리를 교묘하게 응용하여 무리 없는 시체의 소실법을 고안해냈다. 또 시체를 숨기는 용기의 사용법도 극히 교묘하다. 마술용어에서 말하는 '증명'(마술사가 손에 아무것도 숨기고 있지 않다는 것을 보여주기 위해, 두 손을 번갈아 펴 보여 손님의 의심을 푸는 증명법)도 완벽에 가깝다.

카는 이 소설에서 또 한 가지의 대담한 취향을 성공시켰다. 미스터리라는 기교소설의 역사 속에서도 거의 예를 볼 수 없는 대담하고 기발한 재주다.

심리학 책에 자주 나오는 '루빈의 술잔'이라는 도형을 알고 있을 것이다. 백지를 배경으로 보면 두 사람의 검은 옆얼굴이 서로 마주보고 있는 것처럼 보이고, 검은 색을 배경으로 보면 하얀 술잔 모양으로 보인다. 이것을 반전도형(反轉圖形)이라고 한다.

이 소설의 에필로그의 역전은, 붉은 장미가 눈앞에서 순식간에 시들어가는 영화 〈피와 장미〉의 암시적인 마지막 장면 같은 효과를 거두고 있다. 이 고안 때문에 《화형법정》은 마치 반전도형처럼 미스터리의 스타일을 빌린 괴기소설로도, 괴기소설의 맛을 곁들인 미스터리로도 읽을 수 있다. 미스터리로 읽든 괴기소설로 읽든 두 가지 다 정확하게 앞뒤가 맞아떨어지는 기교상의 계산이 되어 있다.

사건의 종국적인 해결을 독자의 상상에 맡기는 것이 리들 스토리(이를테면 스톡턴의 《여자와 호랑이》, 에린의 《결단의 시간》)인데

《화형법정》은 두 가지의 해석을 독자의 취향에 맡긴다는 양성구유적인 이중구조를 가진 이중그림 소설이다.

어떤 각도에서 읽으면, 탐정역의 인물이 멋지게 수수께끼를 풀어보인 납골당의 트릭과 벽을 빠져나가 사라진 여성의 수수께끼는, 눈 깜짝할 사이에 반전하여 자취를 감추고 대신 흔들의자에 앉아서 손짓하고 있던 어떤 인물과 길버그 지방의 기억, 나무관에 넣어달라는 노인의 유언과 어둠 속의 고양이 울음소리 등이 완전히 다른 도안이 되어 떠오르는 장치로 되어 있다. 달리의 이중그림 '편집광적인 얼굴'을 볼 때와 같은 도착적인 쾌감이 여기에 있다.

카는 1906년에 영국인을 부모로 미국에서 태어났다. 소년시절 뒤마와 스티븐슨을 애독하며 미스터리를 쓰는 것이 꿈이었다. 청년시절 파리에서 보헤미안적인 생활을 보내면서 몇 편의 통속 역사소설을 썼지만 모두 마음에 들지 않아 불태워버렸다고 한다.

1930년 뉴욕으로 돌아가 《밤을 걷다》를 발표하여 큰 호평을 받고 그때부터 미스터리 작가의 긴 여정을 걸어가게 된다. 1933년부터는 카터 딕슨이라는 이름으로도 작품을 쓰기 시작하여 《모자수집광 사건(1933)》《흑사장 살인사건(1934)》《수도원 살인사건(1934)》《세 개의 관(1935)》 등을 연달아 발표했는데, 그 작품에 불가능한 범죄를 다룬 퍼즐식 작품이 많아서 밀실파라고도 불렸다.

이 시기가 카의 전성기로 1937년에는 《화형법정》을 포함하여 무려 연간 5권의 장편을 써냈다. 이 중에는 《유다의 창》《독자여 속지 말라》《구부러진 경첩》 등 그의 대표작이 집중되어 있다.

카의 작풍은 1940년 무렵을 경계로 하여 점차 변화를 보이기 시작한다. 인물의 성격묘사와 풍속묘사에 힘을 주어 구성을 단순화하고 트릭의 부자연스러움을 완화하려고 노력했다. 《초록색 캡슐의 수수께끼(1939)》《황제의 코담배갑(1942)》《귀부인으로 죽다(1943)》 등의 작품이 이 시기의 명작이다.

카는 그 뒤, 그의 청년시절에 이루지 못했던 시도──영국의 전통적인 모험활극 취미를 도입한 미스터리 형식의 역사소설의 세계로 다시 돌아간다. 《비로드의 악마(1951)》《급소치기 대장(1955)》《불이여 타올라라! (1956)》 등은 모험소설로서도 참으로 재미있는 작품이다.

한국에서 존 딕슨 카라고 하면 밀실 퍼즐의 기발한 트릭을 만들어내는 작가 또는 오컬티즘(Occultism. 초자연적인 힘을 믿고 연구하는 것. 심령술, 연금술, 점성술 같은 신비학) 작가 같은 연상작용이 정착되어 있는 것 같다.

사람들은 흔히 카를 밀실작가라고 부르지만 그의 전 작품 중(1972년까지 발표한 70권의 장편 중) 단순한 밀실트릭은 10편 정도에 불과하다. 오컬티즘도, 그는 마술용어에서 말하는 미스디렉션으로서 작품 속에 사용하고 있을 뿐이다.